# AFTER

ANNA TODD

NEW ROMANCE

# AFTER

Traduit de l'américain
par Marie-Christine Tricottet

ANNA TODD

Hugo Roman

AFTER WE FELL - SAISON 3

Gallery Books
Un département de Simon & Schuster, Inc.
1230 Avenue of the Americas
New York, NY 10020

Ce livre est une fiction. Toute référence à des événements historiques, des personnes ou des lieux réels serait utilisée de façon fictive. Les autres noms, personnages, lieux et événements sont issus de l'imagination de l'auteur, et toute ressemblance avec des personnages vivants ou ayant existé serait totalement fortuite.


Première édition : Gallery Books, décembre 2014
GALLERY BOOKS et colophon sont des marques déposées de Simon & Schuster, Inc.



Pour la présente édition :
© 2015, Hugo et Compagnie
38, rue La Condamine
75017 – Paris
www.hugoetcie.fr

Ouvrage dirigé par Isabelle Antoni et Dorothy Aubert

ISBN : 9782755617351
Dépôt légal : mars 2015
Imprimé en France par Corlet

*À J.*
*qui m'aime d'un amour*
*que la plupart des gens ne connaissent*
*qu'en rêve.*

*Et à tous les Hardin du monde,*
*qui mériteraient que leur histoire*
*soit aussi racontée.*

# PROLOGUE

*Tessa*

Une vague de souvenirs me submerge quand je regarde, sidérée, le visage familier de cet inconnu.

Petite, quand je brossais les cheveux blonds de ma poupée Barbie, je souhaitais souvent devenir comme elle, si belle, toujours tirée à quatre épingles, fidèle à ce qu'on attendait d'elle. « Ses parents doivent être fiers », me disais-je. Son père, où qu'il fût, était probablement un important P.-D.G. qui sillonnait le monde pour subvenir aux besoins de sa famille, et sa mère une femme au foyer dévouée.

Le père de Barbie n'était pas du genre à rentrer à la maison en titubant. Il ne hurlait pas si fort que Barbie devait se réfugier dans la serre pour échapper aux cris et à la vaisselle cassée. Et si, exceptionnellement, un petit malentendu facile à expliquer avait provoqué une dispute entre ses parents, Barbie avait toujours Ken, son parfait petit ami, pour lui tenir compagnie... même dans la serre.

Barbie était parfaite, donc sa vie et sa famille devaient lui correspondre.

Mon père, qui m'a abandonnée il y a neuf ans, est devant moi, sale et hagard. Il n'a rien à voir avec mon souvenir. Un sourire s'affiche sur son visage tandis qu'il me regarde fixement, et une autre image refait surface.

Mon père, le soir où il nous a quittées. Le visage de ma mère, dur comme la pierre. Elle n'a pas pleuré. Elle est restée plantée là, à le regarder partir. Cette nuit-là, elle a changé. Après ça, elle n'a plus jamais été une mère aimante. Elle est devenue méchante, distante et malheureuse.

Mais elle a continué, là où lui a décidé d'abandonner.

∞

# 1
## *Tessa*

– Papa ?

Même si ces yeux bruns me paraissent familiers, l'homme qui me fait face ne peut pas être mon père, c'est impossible.

– Tessie ?

Il a la voix plus grave que dans mon souvenir. Jamais je n'aurais imaginé le voir avec ces vêtements crasseux sur le dos, dans ce quartier mal famé.

– Tessie ? C'est bien toi ?

Je suis tétanisée. Je n'ai rien à dire à cet ivrogne qui porte le masque de mon père.

Hardin pose la main sur mon épaule dans l'espoir de me faire réagir.

– Tessa...

Je fais un pas vers l'inconnu qui sourit. Sa barbe châtain est parsemée de gris, son sourire n'a plus la blancheur d'autrefois... Comment en est-il arrivé là ? Le revoir est bien plus douloureux que je ne l'aurais cru.

– Oui, c'est moi.

Je mets un moment à réaliser que c'est moi qui viens de parler. Il s'approche et me prend dans ses bras.

– C'est pas vrai ! Te voilà ! J'ai essayé de...

Hardin l'écarte brutalement de moi. Indécise, je recule d'un pas. Le regard incrédule de l'inconnu – mon père – va et vient nerveusement entre Hardin et moi. Mais il se calme rapidement et reprend une allure nonchalante tout en gardant ses distances, ce qui me convient tout à fait.

– Ça fait des mois que je te cherche.

Il se passe la main sur le front en y laissant une marque de crasse. Hardin s'interpose entre nous, prêt à bondir.

– J'étais là.

Je lui jette un coup d'œil par-dessus l'épaule d'Hardin, contente qu'il soit là pour me protéger. Il se demande probablement ce qui se passe. Mon père se tourne vers lui et le regarde, de la tête aux pieds.

– Noah a drôlement changé, dis donc !

– Ce n'est pas Noah, c'est Hardin.

Mon père le dévisage, puis finit par s'approcher de moi. Hardin se tend. Quand il est tout près, son odeur me prend à la gorge. C'est sans doute l'alcool, que je sens dans son haleine, qui l'amène à confondre Hardin et Noah. Car ces deux-là sont si différents qu'il est absolument impossible de les prendre l'un pour l'autre. Mon père passe un bras autour de mes épaules et Hardin m'interroge du regard. Je lui fais un petit signe de tête pour lui demander de ne pas intervenir.

– Qui est-ce ?

Mon père laisse son bras autour de moi trop longtemps tandis qu'Hardin reste là, visiblement au bord de l'explosion. Il n'est pas en colère, mais il a l'air désemparé. Tout comme moi.

– C'est mon... Hardin est mon...

– Petit ami. Je suis son petit ami.

Les iris bruns de l'homme se dilatent en détaillant l'allure d'Hardin.

– Enchanté, Hardin. Moi, c'est Richard.

Il tend une main crasseuse à Hardin.

– Euh... ouais, enchanté.

À l'évidence, Hardin est déstabilisé.

– Qu'est-ce que vous faites dans le coin, tous les deux ?

J'en profite pour me dégager et me rapprocher d'Hardin, qui s'est ressaisi et m'attire près de lui.

– Hardin vient de se faire tatouer.

J'ai répondu mécaniquement, mon cerveau ne semblant pas vouloir fonctionner.

– Ah… c'est sympa. Je connais le tatoueur, c'est mon pote Tom.

Il relève la manche de son pull pour montrer ce qui ressemble à une tête de mort sur son avant-bras.

– Oh…

Je ne trouve rien d'autre à dire. Je revois mon père buvant son café avant de partir au travail. Il était très différent de ce qu'il est devenu et, en tout cas, il ne se faisait pas tatouer à cette époque-là. Quand j'étais sa petite fille.

Cette situation est vraiment embarrassante. Cet homme est mon père, l'homme qui nous a quittées, ma mère et moi. Et me voilà face à un ivrogne. Je ne sais pas quoi penser.

D'un certain côté, je suis excitée, mais je ne veux pas me l'avouer pour l'instant. J'attends ce moment depuis longtemps, depuis que ma mère avait laissé entendre qu'il était de retour dans la région. Je sais que c'est idiot mais, d'une certaine façon, il a l'air mieux qu'avant. Il est peut-être ivre et SDF, mais il m'a manqué plus que je ne le croyais. Qui suis-je pour juger cet homme alors que je ne connais rien de lui ?

Quand je regarde autour de nous, ça me fait bizarre de voir que la vie continue comme si de rien n'était. J'aurais juré que le temps s'était arrêté au moment où mon père est arrivé en titubant face à nous.

Le regard méfiant d'Hardin est rivé sur lui, il ne le lâche pas une seconde, comme si c'était un dangereux prédateur.

– Où habites-tu ?

– Je n'ai pas vraiment de maison en ce moment.

– Oh.

– Je travaillais chez Raymark, mais j'ai été licencié.

Ce nom me dit vaguement quelque chose. Je crois que c'est une usine. Il a travaillé dans une usine ?

– Qu'est-ce que tu deviens ? Ça fait, quoi… cinq ans ?

Je sens Hardin se raidir à côté de moi.

– Neuf… en fait.

– Neuf ans ? Je suis désolé, Tessie.

Mon cœur se serre quand j'entends ce diminutif prononcé d'une voix pâteuse. Il appartient à des jours meilleurs, à l'époque où il me portait sur ses épaules pour courir dans notre petit jardin. Avant qu'il ne parte. Je ne sais pas quoi faire. J'ai envie de pleurer parce qu'il y a si longtemps que je ne l'ai pas vu, j'ai envie de rire devant l'ironie de la situation et j'ai envie de l'engueuler de m'avoir abandonnée. Ça me perturbe énormément de le voir comme ça. Je me souviens d'un alcoolo hargneux. Pas d'un poivrot souriant, qui exhibe ses tatouages et qui serre la main de mon petit ami. Il est peut-être devenu plus gentil...

Hardin ne quitte pas mon père des yeux.

– Bon, on y va.

– Je suis sincèrement désolé. Tout n'était pas de ma faute. Ta mère... tu sais comment elle est.

Il se défend en agitant les mains devant lui.

– S'il te plaît, Theresa, laisse-moi une chance.

– Tessa...

– Excuse-nous une seconde.

J'attrape Hardin par le bras et je l'entraîne à l'écart.

– Qu'est-ce que tu fais, bon sang ? Tu n'as quand même pas l'intention de...

– C'est mon *père,* Hardin.

– C'est un putain de clochard !

Les larmes me montent aux yeux. Hardin a raison, mais c'est dur à entendre.

– Ça fait neuf ans que je ne l'ai pas vu.

– Précisément parce qu'il t'a abandonnée. Tu perds ton temps, Tessa.

Il jette un coup d'œil à mon père derrière moi.

– Je m'en fiche. Je veux entendre ce qu'il a à dire.

– Je peux comprendre. Mais ne l'invite pas à l'appart.

– Je lui dirai si je veux. Et s'il veut venir, il viendra. C'est chez moi aussi.

Je regarde mon père. Ses yeux restent fixés sur le sol en ciment devant lui. Ça fait combien de temps qu'il n'a pas dormi dans un lit ? Qu'il n'a pas mangé un vrai repas ? J'en ai mal au cœur rien que d'y penser.

– Tu ne penses pas sérieusement à le faire venir chez nous ?

Il se passe la main dans les cheveux. Un geste de frustration que je connais bien.

– Je ne vais pas lui demander de venir s'installer chez nous, ou je ne sais quoi. C'est seulement pour cette nuit. On pourrait lui préparer à dîner.

Mon père lève les yeux et nos regards se croisent. Je regarde ailleurs quand il me sourit.

– *Dîner* ? Tessa, c'est un putain de poivrot qui n'a pas cherché à avoir des tes nouvelles depuis près de dix ans, et tu parles de lui faire à dîner ?

Gênée par la violence des propos d'Hardin, je le tire par le col et lui dis en baissant la voix :

– C'est mon *père*, Hardin. Déjà que je suis fâchée avec ma mère...

– Ce n'est pas une raison pour renouer avec ce mec-là. Ça va mal finir, Tess. Tu es trop gentille avec tout un tas de gens qui ne le méritent pas.

– C'est important pour moi.

Ses yeux se radoucissent avant que je lui fasse remarquer l'ironie de ses objections. Il soupire et se passe la main dans les cheveux, mécontent.

– Bon Dieu, Tessa. Je te dis que tout ça va mal finir.

– Tu n'en sais rien, Hardin.

Je regarde mon père qui caresse sa barbe. Hardin a peut-être raison, mais je me dois d'essayer de comprendre cet homme, ou du moins d'écouter ce qu'il a à dire.

– Tu veux venir dîner chez nous ?

– Vraiment ?

L'espoir se lit sur son visage.

– Oui.

– D'accord ! Ouais, ça marche.

Il sourit et, l'espace d'un instant, l'homme que j'ai connu réapparaît. L'homme d'avant la boisson.

Hardin ne dit pas un mot pendant que nous nous dirigeons vers la voiture. Je sais qu'il m'en veut, et je le comprends. Mais je sais aussi que son propre père a changé, dans le bon sens – il dirige notre fac, bon sang ! Est-ce si idiot d'espérer qu'un changement comparable puisse se produire chez le mien ?

Quand nous approchons de la voiture, celui-ci demande :

– Waouh ! C'est à toi ? C'est une Capri, c'est ça ? Fin des années soixante-dix ?

– Ouais.

Hardin s'installe sur le siège conducteur. Le son de la radio est au minimum et dès qu'Hardin met le moteur en marche, nous nous penchons tous les deux en même temps pour tourner le bouton, dans l'espoir que la musique allègera un peu l'atmosphère. Pendant tout le trajet, je me demande ce que ma mère penserait de tout ça. Cette simple idée me fait frissonner et j'essaie plutôt de penser à mon départ imminent pour Seattle.

Non, c'est encore pire. Je ne sais pas comment le dire à Hardin. Je ferme les yeux et j'appuie la tête contre la vitre. La chaleur de sa main sur la mienne m'aide à me détendre.

– Waouh, c'est là que vous habitez ?

Mon père reste bouche bée quand nous nous garons devant notre résidence. Hardin me lance un regard en coin, du genre « c'est parti ! ».

– Oui, nous avons emménagé il y a quelques mois.

Dans l'ascenseur, le regard protecteur d'Hardin me réchauffe les joues et je lui fais un petit sourire en espérant l'adoucir. Ça semble marcher, mais l'idée de me retrouver chez nous avec cet « inconnu » me paraît tellement bizarre que je commence à regretter de l'avoir invité. Trop tard maintenant. Hardin ouvre la porte et fonce tout droit dans la chambre, sans un mot.

– Excuse-moi une minute.

Je laisse mon père tout seul dans l'entrée.

– Est-ce que je peux utiliser les toilettes ?

– Bien sûr, c'est juste au fond du couloir.

Sans le regarder, je désigne la porte de la salle de bains et je vais retrouver Hardin dans la chambre. Assis sur le lit, il enlève ses boots. Il me fait signe de fermer la porte. Je vais vers lui.

– Tu m'en veux.

– Oui, plutôt.

Je prends son visage entre mes mains et lui caresse les joues de mes pouces.

– Il n'y a pas de raison.

Il ferme les yeux pour apprécier mon geste et il passe les bras autour de ma taille.

–Il va te faire du mal. J'essaie simplement de l'en empêcher.

–Que veux-tu qu'il me fasse ? Il y a si longtemps que je ne l'ai pas vu.

–Je parie qu'en ce moment même, il est en train de se remplir les poches avec nos affaires, putain !

Je ne peux me retenir de rire.

–Ce n'est pas drôle, Tessa.

Il a peut-être raison. Je lui soulève le menton pour l'obliger à me regarder.

–Tu ne veux pas essayer d'être un peu plus positif ? C'est déjà assez perturbant sans que tu en rajoutes en faisant la tête.

–Je ne fais pas la tête. J'essaie de te protéger.

–Je n'ai pas besoin d'être protégée – c'est mon père.

–Non, ce n'est pas ton père...

–Je t'en prie...

Je passe mon pouce sur sa lèvre et son visage se radoucit.

–Bon, allons faire à dîner, alors. Dieu sait depuis combien de temps il n'a pas mangé un vrai repas.

Mon sourire s'évanouit et mes lèvres se mettent à trembler sans que je puisse les contrôler.

–Excuse-moi, ne pleure pas.

Il soupire. Il n'a pas arrêté de soupirer depuis qu'on est tombés sur mon père devant la boutique de tatouage. Voir Hardin *s'inquiéter* ne fait qu'augmenter l'absurdité de la situation.

–Je ne retire rien de ce que j'ai dit, mais je vais essayer de ne pas me conduire comme un con.

Il se lève et pose ses lèvres sur la commissure des miennes. Quand nous sortons de la chambre, il marmonne :

–Allons nourrir le clodo.

Ce qui ne me rassure pas vraiment.

L'homme qui se tient dans le séjour regarde avec étonnement autour de lui, s'arrêtant sur les livres dans les étagères.

–Je vais préparer le repas. Tu peux regarder la télé, si tu veux.

–Tu as besoin d'aide ?

–Euh, d'accord.

Je souris à moitié et il me suit dans la cuisine. Hardin reste dans le séjour, gardant ses distances comme je m'y attendais.

– Je n'en reviens pas que tu sois déjà adulte et que tu aies ton propre appartement.

Je prends une tomate dans le frigo en essayant de rassembler mes idées.

– Je suis à la fac, à WCU. Tout comme Hardin. (Je passe sous silence son possible renvoi, bien entendu.)

– C'est vrai ? À WCU ? Waouh !

Il s'assied à table et je remarque qu'il a réussi à débarrasser ses mains de leur crasse. La tache sur son front a disparu, et une auréole humide sur son épaule suggère qu'il a essayé d'y nettoyer une autre tache. Je vois bien qu'il est nerveux, lui aussi, ce qui me détend un peu.

J'ai envie de lui parler de Seattle et du tournant très excitant que ma vie est en train de prendre, mais je ne peux pas le faire avant qu'Hardin soit au courant. La réapparition de mon père vient ajouter un détour imprévu sur ma route. Je ne sais pas combien de problèmes je vais pouvoir gérer en même temps avant que tout ne s'écroule à mes pieds.

– Je regrette de n'avoir pas été là pour voir tout ça. J'ai toujours su que tu deviendrais quelqu'un.

– Mais tu *n'étais pas là,* justement.

J'ai à peine prononcé ces mots que la culpabilité m'envahit, mais je ne les retire pas.

– Je sais, mais je suis là maintenant et j'espère que je pourrai me faire pardonner.

Ces mots tout simples sont plutôt cruels car ils me laissent espérer qu'il n'est peut-être pas si mauvais, après tout. Il a peut-être simplement besoin d'aide pour arrêter l'alcool.

– Est-ce que... est-ce que tu bois toujours ?

– Oui.

Il regarde ses pieds.

– Plus autant qu'avant. Je sais que c'est difficile à croire, mais je viens de traverser une sale période.

Hardin apparaît à la porte de la cuisine et je sais qu'il se retient d'intervenir. J'espère qu'il va tenir bon.

– J'ai croisé ta mère une fois ou deux.

– Ah bon ?

– Elle a refusé de me dire où tu étais. Elle avait l'air en forme.

Ça me fait tout drôle de l'entendre faire des commentaires sur ma mère. J'entends sa voix, dans ma tête, me rappeler que cet homme nous a abandonnées. Que c'est à cause de lui qu'elle est comme elle est, aujourd'hui.

– Qu'est-ce qui n'a pas marché entre vous deux ?

Je pose les blancs de poulet dans la poêle, l'huile crépite tandis que j'attends sa réponse. Je n'ose pas le regarder en face après une question aussi directe et personnelle, mais c'était plus fort que moi, je devais la poser.

– Nous n'étions pas compatibles, c'est tout. Elle voulait toujours plus que ce que je pouvais lui donner. Et tu sais comment elle est.

Je le sais, en effet, mais sa manière de la dénigrer ne me plaît pas du tout. Je me retourne brusquement et le renvoie à sa propre culpabilité.

– Pourquoi n'as-tu jamais appelé ?

– *Mais je l'ai fait.* J'ai appelé régulièrement. J'envoyais des cadeaux à chacun de tes anniversaires. Elle ne te l'a jamais dit, c'est ça ?

– Non.

– Pourtant, c'est la vérité. Je l'ai fait. Tu m'as tellement manqué pendant toutes ces années. Je n'arrive pas à croire que tu sois là, devant moi.

Ses yeux s'illuminent et sa voix tremble tandis qu'il se lève et s'approche de moi. Je ne sais pas comment réagir. J'ai l'impression de ne plus le connaître. Hardin se précipite entre nous et, cette fois encore, je suis contente de cette intrusion. Je ne sais plus quoi penser. J'ai besoin d'un espace physique entre cet homme et moi.

– Je vois que tu n'arrives pas à me pardonner.

Il sanglote presque et mon estomac se noue.

– Ce n'est pas ça. J'ai juste besoin de temps avant de considérer que tu fais partie de ma vie de nouveau. Je ne te connais même pas.

– Je sais, je sais.

Il se rassied à la table, me laissant finir la préparation du repas.

∞

## 2
### *Hardin*

Le putain de géniteur qui se prend pour le père de Tessa engloutit deux assiettes avant de reprendre sa respiration. C'est sûr, il était mort de faim, en vivant dans la rue et tout. Ce n'est pas que je n'aie pas de compassion pour les gens qui n'ont pas de chance ou qui traversent une mauvaise passe, mais cet homme est un ivrogne qui a abandonné son enfant, alors je n'éprouve pas la moindre sympathie pour lui.

Après avoir avalé un peu d'eau, il lance à ma copine un regard radieux.

– Tu es un vrai cordon bleu, Tessie.

S'il l'appelle comme ça encore une fois, je sens que je vais hurler.

– Merci.

Elle sourit, gentille comme toujours, *elle*. Je vois bien qu'elle met beaucoup d'espoir dans ces retrouvailles. Qu'elle souffre d'un gros manque affectif qu'il a créé en l'abandonnant quand elle était enfant.

– Non, c'est vrai. Tu pourrais peut-être me montrer comment tu fais cette recette un de ces jours ?

Et ça te servirait *où* ? Dans ta cuisine qui n'existe pas ?

– Si tu veux.

Elle se lève pour débarrasser son assiette et prend la mienne au passage.

– Je vais m'en aller maintenant. J'ai beaucoup apprécié ce dîner.

Richard – *Connard* – se lève.

– Non, tu peux passer la nuit ici, si tu veux et nous te ramènerons... *chez toi* demain matin.

Elle a parlé lentement, incertaine du choix des mots à employer pour décrire la situation. Ce dont je suis sûr, moi, c'est que ce bordel ne me plaît pas du tout.

– Ce serait super.

Connard se frotte les bras. Il a sûrement envie d'un verre en ce moment, ce pochtron.

Tessa sourit.

– Génial. Je vais chercher des draps et un oreiller dans la chambre. Je peux vous laisser tous les deux un moment ? Oui ?

Son père rit.

– Ouais. Ça nous permettra de faire connaissance.

*Tu parles !*

Elle fronce les sourcils en voyant mon expression et sort de la pièce en nous laissant seuls dans la cuisine.

– Alors, Hardin, où as-tu rencontré ma Tessa ?

Elle ferme la porte et j'attends un petit moment pour être sûr qu'elle ne nous entende pas.

– Hardin ?

Je me penche vers lui brusquement, ce qui le fait sursauter.

– Soyons clairs. Ce n'est pas *votre* Tessa... c'est *ma* Tessa. Et je sais très bien ce que vous avez derrière la tête, alors ne croyez pas une seconde que je ne vois pas clair dans votre jeu.

Il lève les mains d'un air innocent.

– Je n'ai rien derrière la tête, je...

– Qu'est-ce que vous voulez, de l'argent ?

– Quoi ? Non, bien sûr que non. Je ne veux pas d'argent. Je veux connaître ma fille.

– Vous avez eu neuf ans pour ça. Et pourtant, vous n'êtes là que parce que vous êtes tombé sur elle par hasard sur un foutu parking. Ce n'est pas comme si vous l'aviez cherchée.

Je m'imagine serrant les mains autour de son cou.

– Je sais.

Il secoue la tête, les yeux baissés.

– Je sais que j'ai fait beaucoup d'erreurs, mais je vais tout faire pour les réparer.

– Je sais reconnaître un ivrogne quand j'en vois un. Je n'ai pas de pitié pour un homme qui a abandonné sa famille et qui, neuf ans plus tard, n'a toujours pas remonté la pente.

– Je suis sûr que tu as de bonnes intentions et je suis heureux de voir que tu essaies de défendre ma fille, mais je ne vais pas tout gâcher maintenant. Je veux seulement apprendre à la connaître, et toi aussi.

Je ne dis rien, laissant retomber ma colère.

– Tu es bien plus sympa quand elle est là.

– Et vous, vous n'êtes pas aussi bon comédien quand elle n'est pas là.

– Tu as toutes les raisons de ne pas me faire confiance, mais laisse-moi une chance, ne serait-ce que pour elle.

– Si vous lui faites du mal, vous êtes mort.

Je devrais peut-être avoir un peu de remords de menacer le père de Tessa comme je le fais, mais cet ivrogne pathétique ne m'inspire que de la colère et de la méfiance. Mon instinct me dit de la protéger, pas de sympathiser avec un inconnu alcoolique.

– Je ne lui ferai pas de mal, je te le promets.

Je lève les yeux au ciel en buvant une gorgée d'eau. Pensant sans doute que sa promesse règle tout, il essaie de plaisanter.

– Cette discussion... on a inversé les rôles, tu ne crois pas ?

Sans relever, je vais dans la chambre. Si je ne sors pas de la cuisine, Tessa va revenir et me trouver en train d'étrangler son père.

∞

## 3
### *Tessa*

J'ai un oreiller, une couverture et une serviette de toilette à la main quand Hardin entre en trombe dans la chambre.

– Que s'est-il passé ?

Je m'attends à ce qu'il explose, qu'il me reproche d'avoir invité mon père à rester dormir sans lui demander son avis. Mais il s'allonge sur le lit et me regarde.

– Rien. On a sympathisé. Et puis j'en ai eu assez d'échanger des mondanités avec notre invité et j'ai décidé de venir ici.

– Dis-moi que tu n'as pas été horrible avec lui.

Je connais à peine mon père. Je n'ai pas envie de subir de nouvelles tensions.

– Je n'ai pas touché à un cheveu de sa tête.

Il ferme les yeux.

– Je suppose qu'en lui apportant sa couverture, je vais devoir m'excuser pour ta conduite, comme d'habitude.

Il m'énerve. Dans le séjour, mon père, assis par terre, joue avec les fils de son jean troué. Il lève les yeux quand il remarque ma présence. Je pose les affaires sur le bras du canapé.

– Tu peux t'asseoir sur le canapé, tu sais.

– Je... enfin, je ne voudrais pas le salir.

Mon cœur se serre quand je vois la gêne s'afficher sur son visage.

– Ne t'inquiète pas pour ça. Tu peux prendre une douche et je suis sûre qu'Hardin aura des vêtements à te prêter pour la nuit.

– Je ne voudrais pas abuser.

– Ce n'est rien, je t'assure. Je vais t'apporter du linge, va prendre ta douche. Tiens, voilà une serviette.

Il me gratifie d'un pâle sourire.

– Merci. Je suis si content de te revoir. Tu m'as tellement manqué.

– Je suis désolée si Hardin s'est montré grossier avec toi, il est...

– Protecteur ?

– Oui, je pense qu'on peut dire ça. Il peut être très rustre, parfois.

– Ce n'est rien. J'en ai vu d'autres. Il est sur la défensive et je le comprends. Il ne me connaît pas. Toi non plus d'ailleurs, bon Dieu ! Il me rappelle quelqu'un...

Mon père s'arrête et sourit.

– Qui ?

– Moi. J'étais exactement comme lui. Il fallait faire ses preuves pour obtenir mon respect et je rentrais dans le premier qui se mettait en travers de mon chemin. J'avais la rage, comme lui. La seule différence, c'est qu'il a beaucoup plus de tatouages que moi.

Il se marre et le bruit de son rire redonne vie à des souvenirs enfouis depuis longtemps. La sensation n'est pas déplaisante et je souris avec lui jusqu'à ce qu'il se lève et prenne la serviette.

– Bon, je vais accepter ta proposition pour cette douche.

– Je te poserai des vêtements de rechange devant la porte de la salle de bains.

Quand je retourne dans la chambre, Hardin est toujours sur le lit, les yeux fermés et les genoux repliés devant lui.

– Il prend une douche. Je lui ai dit qu'il pouvait t'emprunter des vêtements.

Il se redresse.

– Pourquoi t'as dit ça ?

– Parce qu'il n'en n'a pas.

Je m'avance vers le lit, les bras tendus pour le calmer.

– C'est ça, vas-y, donne-lui mes affaires ! Et pourquoi pas mon côté du lit, pendant que tu y es ?

– Arrête ça *tout de suite*. C'est mon père et j'ai envie de savoir ce que ça peut donner. Ce n'est pas parce que, toi, tu ne peux pas pardonner au tien que tu dois bousiller mes tentatives de renouer une relation.

Hardin me regarde, sidéré. Il plisse ses yeux verts, je vois bien qu'il fait un énorme effort pour ne pas prononcer à haute voix les mots odieux qu'il me jette à la figure dans sa tête.

– Tu es trop naïve. Combien de fois faudra-t-il que je te le dise ? Tout le monde ne mérite pas ta gentillesse, Tessa.

– Mais toi, si. C'est ça ? Tu es le seul à qui je devrais pardonner et à qui je devrais accorder le bénéfice du doute. C'est plutôt égoïste de ta part.

Je fouille dans son tiroir pour prendre un pantalon de survêtement.

– Et tu sais quoi ? Je préfère être naïve mais capable de voir le bon côté des gens plutôt que de me conduire comme une conne avec tout le monde parce que je pense que le monde entier en a après moi.

J'ajoute un t-shirt et une paire de chaussettes et je sors en claquant la porte. Quand je pose la pile de vêtements à l'extérieur de la salle de bains, j'entends la voix grave de mon père qui chante. Je colle l'oreille à la porte et souris. Ma mère trouvait ça insupportable, mais moi je suis fan.

Je rallume la télé dans le séjour et pose la télécommande sur la table, si par hasard mon père voulait regarder quelque chose.

Je débarrasse la cuisine et laisse quelques trucs sur le comptoir en cas de fringale nocturne. *Depuis quand n'avait-il pas fait un vrai repas ?* L'eau coule toujours dans la salle de bains, il doit apprécier la douche chaude, ce qui me laisse à penser qu'il n'a probablement pas pris de bain depuis un moment, non plus.

Quand je retourne finalement dans la chambre, Hardin a le classeur en cuir que je lui ai offert posé sur les genoux. Je passe devant lui sans le regarder, mais il m'attrape par le bras.

– Est-ce qu'on peut parler ?

Il m'attire entre ses jambes et repousse rapidement son classeur sur le côté.

– Vas-y, parle.

– Je m'excuse d'être aussi con, ok ? C'est juste que je ne sais pas quoi penser de tout ça.

– Tout quoi ? Il n'y a rien de changé.

– Si, justement. Cet homme que nous ne connaissons vraiment ni l'un ni l'autre se trouve chez moi, et il veut devenir intime avec toi après toutes ces années. C'est chelou. Ma première réaction, c'est de me méfier, tu le sais.

– Je peux le comprendre, mais tu as été vraiment odieux avec moi. Comme quand tu l'as traité de clodo. J'ai trouvé ça blessant.

Il prend ma main en me tirant contre lui.

– Excuse-moi, Bébé, je suis vraiment désolé.

Il porte ma main à ses lèvres et ma colère se dissipe à ce contact si doux. Je hausse un sourcil.

– Tu promets d'arrêter avec tes commentaires cruels ?

– Oui.

Il retourne ma main, paume ouverte, et en suit les lignes du bout des doigts.

– Merci.

J'observe ses doigts remonter sur mon poignet puis redescendre jusqu'aux extrémités.

– Fais attention, quand même ? Parce que je n'hésiterai pas à...

– Il a l'air plutôt sympa, non ? Je veux dire, il est chouette.

Les doigts d'Hardin interrompent leur mouvement.

– Je n'en sais rien. Ouais, il est plutôt sympa, c'est vrai.

– Ce n'était pas le cas quand il était jeune.

Les yeux d'Hardin lancent des éclairs, mais il me parle d'une voix douce.

– Ne me parle pas de ça quand il est dans les parages, s'il te plaît. Je fais tout mon possible pour rester calme, mais il ne faut pas me chercher.

Je monte sur ses genoux et il s'allonge en me tenant contre lui.

– Demain, c'est le grand jour, soupire-t-il.

– Ouais.

Je me blottis contre lui. Hardin, qui a cassé la figure de Zed dans l'enceinte de la fac, est menacé de renvoi. L'audience est prévue pour demain, et ça tombe plutôt mal pour nous.

Tout à coup, je repense au texto que Zed m'a envoyé, et que j'avais complètement oublié après avoir croisé mon père. Une légère sensation de panique m'agite. Quand nous attendions Steph et Tristan, mon portable a vibré dans ma poche et Hardin m'a regardée en silence pendant que je le lisais. Heureusement, il n'a rien demandé.

Il faut que je te parle demain matin, seule, s'il te plaît.

Je ne sais pas quoi en penser. Je ne sais même pas si je devrais lui parler, étant donné qu'il a dit à Tristan qu'il allait porter plainte contre Hardin. J'espère que c'était seulement pour l'impressionner, pour ne pas perdre la face. Qu'est-ce que je ferai si Hardin a des ennuis vraiment sérieux ? Je devrais répondre à ce message, mais je ne pense pas que ce soit une bonne idée de voir Zed seul à seul. Hardin a bien assez de problèmes comme ça, ce n'est pas la peine que j'en rajoute.

Soudain, Hardin me donne un coup de coude qui m'arrache au confort de ses bras.

– Tu m'écoutes ?

– Non, excuse-moi.

– À quoi tu penses ?

– À tout ça, demain, la plainte, le renvoi, l'Angleterre, Seattle, mon père... tout ça.

Je soupire.

– Tu viendras avec moi ? Pour l'annonce du verdict ?

Il parle d'une voix douce, mais sa nervosité est perceptible.

– Si tu veux.

– J'ai besoin que tu sois là.

– Alors oui.

Il faut que je change de sujet.

– Je n'en reviens toujours pas que tu te sois fait tatouer ça. Fais voir.

Il me repousse gentiment pour pouvoir se retourner.

– Soulève mon t-shirt.

Je relève complètement son t-shirt noir pour dénuder son dos, et je tire le pansement qui recouvre les mots nouvellement gravés sur sa peau.

– Il y a un peu de sang sur la bande.

– C'est normal.

Mon ignorance l'amuse. Du doigt, je suis le contour de la surface tout en observant les mots parfaitement tracés. *« Je ne veux plus jamais être séparé de vous. »* Ce tatouage qu'il s'est fait faire pour moi est mon préféré maintenant. Ces mots ont tellement de sens pour moi, et pour lui aussi, apparemment. Mais le plaisir est altéré par la nouvelle que j'ai choisi de lui cacher: mon départ pour Seattle. Je lui dirai demain, dès que nous saurons pour le renvoi. Plus j'attendrai, plus il sera furieux.

– Ça te va comme engagement, Tessie? Sinon je peux y retourner et me faire tatouer ton portrait juste en dessous.

– Non, ne fais pas ça.

Je secoue la tête, et il rigole.

– Tu es sûre que ça te suffira?

Il s'assied et tire sur son t-shirt.

– Pas de mariage.

– Ah bon? Un tatouage pour un mariage?

Je ne sais pas trop quoi penser de ça.

– Non, pas exactement. Je me suis fait tatouer parce que j'en avais envie. Et puis, ça faisait pas mal de temps que j'en voulais un nouveau.

– C'est une pensée délicate.

– C'est pour toi aussi, pour te montrer que c'est ce que je veux.

Il prend ma main dans la sienne.

– Quelle que soit la nature de notre relation, je sais que je ne veux jamais la perdre. Je l'ai perdue une fois, mais je suis sûr qu'aujourd'hui on est sur la bonne voie.

Sa main est chaude.

– Alors, une fois de plus, j'ai repris à mon compte les mots d'un homme bien plus romantique que moi pour faire passer le message.

Son sourire est éclatant, mais je discerne la peur qu'il dissimule.

– Darcy serait horrifié par ton adaptation de sa citation.

– Moi, je crois qu'il m'en taperait cinq.

Je m'esclaffe.

– Fitzwilliam Darcy ne ferait jamais ça.

– Tu crois qu'il est au-dessus de ça? Pas du tout, il s'assiérait ici et boirait une bière avec moi. Nous tomberions d'accord pour trouver les femmes de nos vies affreusement butées.

– Vous avez de la chance, tous les deux, de nous avoir, Dieu sait que personne d'autre ne pourrait vous supporter.

– Ah, tu crois ça?

– C'est évident.

– Tu dois avoir raison. Mais je t'échangerais contre Elizabeth sans la moindre hésitation.

Je pince les lèvres en haussant les sourcils, dans l'attente d'une explication.

– Ne serait-ce que parce qu'elle partage mon opinion sur le mariage.

– Elle se marie pourtant, je te rappelle.

Dans un geste qui ne lui ressemble pas du tout, il me prend par les hanches et me fait tomber sur le lit. Ma tête atterrit sur la pile de coussins qu'il déteste – un fait qu'il ne manque jamais de me rappeler.

– Ça suffit ! Darcy peut vous avoir toutes les deux.

Nous partons d'un même éclat de rire. Ces intermèdes pendant lesquels nous nous disputons à propos de personnages de fiction, et où il rit comme un enfant, valent bien l'enfer que nous nous imposons l'un à l'autre. Ces moments me font oublier les dures réalités que nous avons traversées depuis le début de notre relation, et tous les obstacles qui nous attendent encore.

– Apparemment, il est sorti de la salle de bains.

– Je vais aller lui dire bonsoir.

Je m'arrache à l'étreinte d'Hardin en lui posant un baiser tendre sur le front.

Dans le séjour, ça me fait tout drôle de voir mon père avec les vêtements d'Hardin, mais ils lui vont plutôt mieux que ce que j'aurais cru.

– Encore merci pour les habits. Je les laisserai là en partant demain matin.

– Ça va, tu peux les garder si tu en as besoin.

Il s'assied sur le canapé et pose les mains sur mes genoux.

– Tu as déjà fait beaucoup pour moi, je ne mérite pas tant.

– Ça va, je t'assure.

– Tu es beaucoup plus compréhensive que ta mère.

– Je ne suis pas sûre de comprendre quoi que ce soit pour le moment, mais j'aimerais essayer en tout cas.

– C'est tout ce que je demande, juste un peu de temps pour faire connaissance avec ma petite... enfin ma *grande* fille.

– Ça me plairait.

Mon sourire est un peu crispé. Je sais qu'il a du chemin à faire, et je ne vais pas lui pardonner du jour au lendemain. Mais c'est mon père, et je n'ai pas l'énergie de le détester. J'ai envie de croire qu'il peut changer. Ça s'est déjà produit. Le père d'Hardin, par exemple. Il a remis sa vie complètement sur pied, même si Hardin ne parvient toujours pas à tourner la page de leur passé douloureux. Hardin a changé, lui aussi. Et vu que je connais peu de gens qui soient aussi butés que lui, je me dis que tout n'est pas perdu pour mon père, même s'il est tombé très bas.

– Hardin me déteste. C'est loin d'être gagné avec lui.

Son sens de l'humour est contagieux et je rigole.

– Ça, tu peux le dire.

Je regarde mon petit ami au bout du couloir, tout de noir vêtu, qui nous observe d'un œil suspicieux.

∞

# 4
## *Tessa*

— Éteins ça !

Hardin grogne quand le réveil retentit dans l'obscurité de la chambre. Je cherche mon portable à tâtons et passe le doigt sur l'écran pour stopper ce bruit intempestif. Je m'assieds dans le lit, les épaules lourdes du poids des tensions de la journée qui s'annonce : la décision de l'université d'expulser ou non Hardin, la possibilité que Zed porte plainte contre lui et, pour couronner le tout, sa réaction quand je lui dirai que j'ai décidé de suivre les Éditions Vance à Seattle et que je voudrais qu'il m'y accompagne, bien qu'il ait déclaré qu'il détestait cette ville.

Je ne sais pas ce qui me terrifie le plus dans tout ça. Quand j'allume la lampe de la salle de bains et que je m'asperge le visage d'eau froide, je me rends compte que le pire est sans doute la plainte pour agression. Qu'est-ce que je ferais si Hardin devait aller en prison ? Et lui ? Rien que d'y penser, j'en ai la nausée. Zed veut me parler ce matin et je me creuse la cervelle pour savoir ce qu'il peut bien vouloir me dire. Surtout que, la dernière fois que je l'ai vu, il a laissé entendre qu'il était tombé « amoureux » de moi.

Le visage enfoui dans la serviette moelleuse accrochée au mur, je respire profondément. Devrais-je répondre à Zed pour savoir au moins ce qu'il a à me dire ? Il m'expliquera peut-être pourquoi il a tenu un autre discours à Tristan à propos de cette fameuse plainte. Je me sens coupable de lui avoir demandé de laisser tomber, surtout quand on sait avec quelle sauvagerie

Hardin l'a attaqué. Mais j'aime Hardin et puis, au départ, les intentions de Zed n'étaient pas meilleures, il voulait gagner un pari. Ils ne sont pas plus innocents l'un que l'autre dans cette histoire. J'arrête de me prendre la tête à propos des conséquences et j'envoie un texto à Zed. Après tout, j'essaie seulement d'aider Hardin. Je me répète ça encore et encore après avoir envoyé le texto, puis je me concentre sur ma coiffure et mon maquillage.

Mon cœur se serre quand je vois la couverture soigneusement pliée sur le bras du canapé. Il est parti ? *Comment je vais faire pour le retrouver...*

Le bruit étouffé d'un placard qui se ferme dans la cuisine me fait battre le cœur. J'allume en entrant dans la pièce plongée dans l'obscurité et je trouve mon père qui sursaute et lâche une cuillère qui tombe sur le ciment en claquant. Penaud, il se baisse vivement pour la ramasser.

– Pardon, je ne voulais pas faire de bruit.

Je ris.

– Ce n'est rien, j'étais debout. Pourquoi tu n'as pas allumé ?

– Je ne voulais pas vous réveiller. J'essayais seulement de me préparer des céréales, j'espère que ça ne t'ennuie pas.

– Bien sûr que non.

Je lance le café en regardant la pendule. Il faut que je réveille Hardin dans un quart d'heure.

– Qu'est-ce que tu fais aujourd'hui ?

– Eh bien, j'ai cours et Hardin est convoqué par le conseil d'université.

– Le conseil d'université ? Ça a l'air sérieux...

Je le regarde en me demandant si je devrais lui dire ? Mais il faut bien commencer quelque part.

– Il s'est battu sur le campus.

– Et ils le convoquent pour ça ? De mon temps, on se faisait taper sur les doigts et ça s'arrêtait là.

– Il a aussi saccagé du matériel qui coûte cher, et il a cassé le nez de l'autre type.

En soupirant, je mélange une bonne cuillerée de sucre dans mon café. Je vais avoir besoin d'énergie aujourd'hui.

–Dis donc ! C'était quoi la raison de la bagarre ?

–Moi, en quelque sorte. C'est un truc qui nous pendait au nez depuis un moment, et ça a fini par exploser.

–Il me plaît de plus en plus, ce Hardin.

Ça me fait plaisir qu'il apprécie mon petit ami, mais j'aurais quand même préféré que ce soit pour d'autres raisons. Je n'ai pas envie que ces deux-là sympathisent sur le terrain de la violence. J'avale la moitié de mon café, et le liquide brûlant vient apaiser ma nervosité.

–Il vient d'où?

Il a l'air sincèrement désireux de mieux connaître Hardin.

–D'Angleterre.

–C'est bien ce qu'il me semblait, à son accent. Mais parfois, je ne fais pas la différence avec l'accent australien. Et sa famille, ils sont toujours là-bas ?

–Sa mère, oui. Son père vit ici. C'est le président de WCU.

La curiosité se lit dans ses yeux marron.

–Carrément ! Ça ne manque pas d'ironie, s'il est renvoyé.

–N'est-ce pas.

–Ta mère le connaît ?

Il prend une nouvelle grosse bouchée de céréales.

–Oui, et elle le hait.

–Elle le « hait » ? Le mot est un peu fort, non ?

–Tu peux me croire, dans son cas c'est plutôt un euphémisme.

La douleur de la rupture avec ma mère se dissipe peu à peu. Je ne sais pas si c'est une bonne chose ou pas. Mon père repose sa cuillère et prend un air songeur.

–Elle manque parfois de souplesse, mais elle s'inquiète pour toi.

–Il n'y a pas de raison, je vais bien.

–Dans ce cas, tu n'as qu'à attendre qu'elle fasse le premier pas. On ne peut pas te demander de choisir entre les deux. Tu sais, ta grand-mère ne m'aimait pas beaucoup, elle non plus. J'imagine qu'elle doit me faire les gros yeux depuis sa tombe, à l'heure qu'il est !

Ça me fait tout drôle d'être assise dans ma cuisine avec mon père, à faire connaissance autour d'un bol de céréales et d'un café, après toutes ces années.

– C'est quand même un peu dur parce que nous avons toujours été proches. Autant qu'elle en ait été capable, du moins.

– Elle a toujours voulu que tu lui ressembles, et elle a tout fait pour, depuis ton plus jeune âge. Elle n'est pas méchante, Tessie. Elle a peur, c'est tout.

Je le regarde, perplexe.

– Peur de quoi ?

– De tout. Elle a peur de perdre le contrôle. Je suis sûr qu'elle a été terrifiée de te voir avec Hardin, et cela lui a fait réaliser qu'elle ne te contrôlait plus.

Je regarde fixement la tasse devant moi.

– C'est pour ça que tu es parti ? Parce qu'elle voulait tout contrôler ? Tu n'as pas supporté ?

Mon père pousse un soupir ambigu.

– Non, je suis parti parce que j'ai mes propres problèmes et que nous n'étions pas faits l'un pour l'autre. Ne t'inquiète pas pour ça. Occupe-toi plutôt de toi et de ton petit ami.

Je n'arrive pas à imaginer ma mère et cet homme ensemble en train de discuter. Ils sont si différents. Je jette à un œil à la pendule. Il est plus de huit heures. Je me lève pour mettre ma tasse dans le lave-vaisselle.

– Il faut que je réveille Hardin. J'ai mis tes affaires à la machine hier soir, je m'habille et je te les apporte.

Quand j'arrive dans la chambre, Hardin est réveillé. Il est en train d'enfiler un t-shirt noir.

– Tu devrais peut-être mettre quelque chose de plus habillé pour l'audience.

– Pourquoi ?

– Parce qu'ils vont décider de ton avenir et que tu as tout intérêt à leur faire bonne impression. Tu pourras toujours te changer en sortant.

– Fais chiiiiieer !

Il insiste sur le mot en rejetant la tête en arrière. Je passe devant lui pour aller chercher sa chemise noire boutonnée et son pantalon dans le dressing.

– Sérieux, non... pas ce pantalon.

– C'est juste pour un court moment.

Je le lui tends. Il le tient à bout de bras comme si c'était un déchet nucléaire ou un objet tombé de la lune.

– Si je mets cette merde et qu'ils me virent quand même, je fous le feu au campus.

– Tu ne crois pas que tu en fais un peu trop ?

Je lui fais une grimace qui ne le fait pas rire, mais au moins il enfile le pantalon noir.

– Est-ce que notre appart sert toujours de refuge pour SDF ?

Je laisse tomber la chemise, avec son cintre, sur le lit et me dirige vers la porte d'un pas décidé. Il me retient.

– Bon sang, Tess, excuse-moi. Je suis un peu nerveux et je ne peux même pas te baiser pour me détendre parce que ton père est sur le canapé.

Ses paroles obscènes réveillent mes hormones. Mais il a raison, mon père juste à côté constitue un obstacle de taille. Je vais vers Hardin qui se bagarre avec le bouton du col de sa chemise et j'écarte ses mains doucement.

– Laisse-moi faire.

Il se radoucit, mais je vois bien qu'il commence à paniquer. Je n'aime pas le voir comme ça. Je ne le reconnais pas. D'habitude, il se contrôle toujours et se fiche de tout et de tout le monde. Sauf de moi, mais même là il est plutôt doué pour cacher ses sentiments.

– Tout va bien se passer, Bébé. Ça va aller.

– Bébé ?

Son sourire est aussi instantané que le rouge qui me monte aux joues.

– Oui... Bébé.

Je ferme le col de sa chemise et il se penche pour m'embrasser sur le bout du nez.

– Tu as raison. Au pire, nous irons en Angleterre.

Sans répondre, je retourne dans le dressing pour prendre mes vêtements pour la journée. Je ne sais pas quoi mettre.

– Tu crois qu'ils me laisseront entrer avec toi ?

– Tu voudrais ?

– S'ils m'y autorisent, oui.

J'attrape ma nouvelle robe violette Karl Marc John que j'avais l'intention de mettre pour aller chez Vance demain. J'enfile des talons noirs, je sors du dressing, en tenant ma robe devant moi, et je me tourne vers lui.

– Tu veux bien m'aider ?

– Tu fais exprès de me torturer ?

Ses doigts parcourent mes épaules nues et descendent le long de mon dos, ce qui me fait frissonner.

– Excuse-moi.

J'ai la bouche sèche. Il remonte lentement la fermeture Éclair, je frissonne quand il pose les lèvres sur la peau hypersensible de mon cou.

– Il faut qu'on y aille.

Il grogne en m'attrapant les hanches.

– J'appellerai mon père en chemin. Est-ce qu'on dépose le... euh, ton père quelque part ?

– Je vais lui demander. Tu peux prendre mon sac ?

– Tess ?

Je me retourne.

– J'aime cette robe. Et toi. Enfin, je t'aime, bien sûr... et ta nouvelle robe aussi. Je t'aime et j'aime la façon dont tu t'habilles.

Je fais la révérence et un petit tour sur moi-même pour qu'il me regarde. Je n'aime pas voir Hardin si nerveux mais, en même temps, ce n'est pas désagréable, parce que ça me rappelle qu'il n'est pas si insensible après tout.

Dans le séjour, mon père s'est rendormi sur le canapé. Je ne sais pas si je le réveille ou si je le laisse se reposer jusqu'à notre retour.

– Laisse-le dormir.

Hardin a deviné mes pensées en entrant derrière moi. Je griffonne un mot rapidement pour expliquer vers quelle heure nous rentrerons et je lui donne nos numéros de portable. Je doute qu'il ait un téléphone, mais on ne sait jamais.

Le trajet jusqu'au campus est court, trop court, et Hardin a l'air prêt à donner un coup de poing dans n'importe quoi d'un moment à l'autre. Quand nous arrivons sur le parking, il cherche des yeux la voiture de Ken.

– Il a dit qu'on se retrouverait ici, dit-il en regardant l'écran de son portable pour la cinquième fois en cinq minutes.

– Le voilà.

Je montre du doigt la voiture métallisée qui entre dans le parking.

– C'est pas trop tôt. Pourquoi il a mis si longtemps, bordel ?

– Sois sympa avec lui. C'est pour toi qu'il fait tout ça. S'il te plaît.

Agacé, il soupire mais acquiesce.

Ken est accompagné de sa femme, Karen, et de Landon, le demi-frère d'Hardin. Ce dernier paraît surpris, et ça me fait sourire. Même s'il ne voulait pas de leur soutien, je vois que ça lui fait plaisir au fond.

– Tu n'as rien de mieux à faire ? lance-t-il à Landon quand celui-ci s'approche de nous.

– Et toi ? réplique Landon du tac au tac, ce qui fait rire Hardin.

Un sourire éclaire le visage de Karen qui était plutôt sombre quand elle est descendue de voiture. Nous nous dirigeons vers le bâtiment administratif.

– J'espère que cela ne va pas durer trop longtemps, dit Ken. J'ai fait jouer toutes mes relations pour que ça se passe le mieux possible.

Il se tourne vers Hardin.

– Tu me laisses parler, d'accord ? Je suis sérieux, là.

Il observe la réaction de son fils. Celui-ci ne discute pas.

– Ok, d'accord.

Ken hoche la tête et pousse les portes pour nous faire entrer. Sans se retourner, il ajoute avec autorité :

– Tessa, je suis désolé, mais tu ne peux pas entrer avec nous. J'ai préféré ne pas insister, mais tu peux nous attendre ici.

Il se tourne vers moi et me sourit d'un air compréhensif. Mais Hardin panique immédiatement.

– Qu'est-ce que tu veux dire, elle ne peut pas entrer ? J'ai besoin qu'elle soit là.

– Je le sais, je suis désolé, mais c'est seulement la famille. Sauf si elle avait été témoin, mais même dans ce cas, cela constituerait un conflit d'intérêt.

Ken s'arrête devant la salle du conseil et ajoute, pensif :

– Bien sûr, on peut dire qu'étant le président, je suis aussi engagé dans un conflit d'intérêt. Mais tu es mon fils, alors on va s'en tenir à un seul conflit, ok ?

Je me tourne vers Hardin.

– Il a raison, ce sera mieux comme ça. Ça va aller, je t'assure.

Il me lâche la main et hoche la tête en fusillant son père du regard. Ken soupire.

– Hardin je t'en prie, fais un effort pour...

– D'accord, d'accord.

Il m'embrasse sur le front. Quand ils entrent dans la pièce tous les quatre, j'ai envie de demander à Landon de rester avec moi, mais je sais qu'Hardin a besoin qu'il soit là, même s'il ne veut pas l'admettre. Je me sens si inutile à attendre là dehors, pendant qu'une bande de types en costume, en rogne contre lui, décident de l'avenir universitaire d'Hardin. Enfin, j'ai peut-être un moyen de lui rendre service... Je sors mon portable et j'envoie un texto à Zed.

Je suis au bâtiment administratif. Tu peux venir ?

Les yeux rivés sur mon écran, j'attends la réponse. Elle arrive en moins d'une minute.

Oui. J'arrive.

Je serai devant.

Après un dernier regard vers la porte, je sors. Il fait froid, trop froid pour attendre dehors avec ma robe courte, mais je n'ai pas vraiment le choix.

J'attends un moment et, juste quand je décide de rentrer, je vois le vieux pick-up de Zed pénétrer sur le parking. Il en sort, vêtu d'un sweat-shirt noir et d'un jean sombre délavé. Je l'ai vu hier, pourtant je suis choquée devant le gros hématome sur son visage. Il enfonce les mains dans la poche ventrale de son sweat-shirt.

– Salut.

– Salut. Merci d'être venu.

– C'était mon idée, je te rappelle.

Il sourit, ce qui me rassure un peu.

– Tu as raison.

– Je voulais te parler de ce que tu m'as dit à l'hôpital.

– Moi aussi.

– Toi d'abord.

– D'après Steph, tu aurais dit à Tristan que tu allais porter plainte contre Hardin.

J'essaie de ne pas regarder ses yeux au beurre noir.

– C'est vrai.

– Mais à moi, tu m'as dit que *tu ne porterais pas* plainte. Pourquoi tu m'as menti ?

– Je ne t'ai pas menti. Je le pensais quand je te l'ai dit.

Je me rapproche de lui.

– Qu'est-ce qui t'a fait changer d'avis ?

Il hausse les épaules.

– Un tas de choses. J'ai repensé à tout le mal qu'il m'a fait, et à toi aussi. Il n'y a pas de raison qu'il s'en sorte comme ça, ce serait trop facile. T'as vu ma tête, bon Dieu !

Je ne sais pas trop quoi lui dire. Il a toutes les raisons d'en vouloir à Hardin, mais je souhaiterais qu'il n'aille pas en justice.

– Il a déjà des ennuis avec le conseil de l'université.

J'espère que ça va le faire changer d'avis.

– Il n'aura pas d'ennuis. Steph m'a dit que son père était le président.

Son ton est plein de mépris. *Bon sang, Steph, pourquoi tu lui as dit ça ?*

– Ça ne veut pas dire qu'il n'aura pas d'ennuis.

Ça ne fait que l'exaspérer.

– Tessa, pourquoi est-ce que tu le défends toujours ? Quoi qu'il fasse, tu es toujours là pour le défendre.

– Ce n'est pas vrai !

– Si, c'est vrai ! Tu le sais aussi bien que moi. Tu m'as dit que tu réfléchirais quand je t'ai dit de le quitter, et deux jours après, je te retrouve avec lui dans une boutique de tatouage. Ça n'a pas de sens.

– Je sais que tu ne comprends pas, mais je l'aime.

– Si tu l'aimes tant que ça, pourquoi tu t'enfuis à Seattle ?

Ses paroles me secouent. Je marque une pause.

– Je ne m'enfuis pas à Seattle. J'y vais parce qu'on m'offre une meilleure opportunité.

– Il ne part pas avec toi. On se parle dans notre bande de potes, tu sais.

Quoi ?

– Il avait l'intention de le faire.

Je vois bien que mon mensonge ne convainc pas Zed. Avec un air de défi, il regarde ailleurs puis revient planter son regard dans le mien.

– Si tu me dis que tu n'éprouves rien pour moi, absolument rien, je retire ma plainte.

À cet instant précis, l'air me semble devenir encore plus froid.

– Quoi ?

– Tu m'as bien entendu. Dis-moi de te laisser tranquille et de ne plus jamais t'adresser la parole, et je le ferai.

Cette requête me rappelle quelque chose qu'Hardin m'a dit, il y a très longtemps.

– Mais ce n'est pas ce que je veux. Je ne veux pas que nous ne nous parlions plus jamais.

– Qu'est-ce que tu veux, alors ? (Il y a de la tristesse et de la colère dans sa voix.) Parce que tu as l'air aussi perdue que moi ! Tu n'arrêtes pas de m'envoyer des textos et de venir me chercher. Tu m'embrasses, tu dors dans le même lit que moi, tu viens me trouver quand il te fait souffrir ! Qu'est-ce que tu attends de moi ?

Je pensais avoir été claire à l'hôpital.

– Je ne sais pas ce que j'attends de toi, mais c'est *lui* que j'aime et ça ne changera jamais. Je suis désolée si je t'ai envoyé des signaux contradictoires, mais je...

– Dis-moi pourquoi tu ne lui as rien dit alors que tu pars à Seattle dans une semaine ?

– Je ne sais pas... Je lui dirai dès que l'occasion se présentera.

– Tu ne vas rien lui dire parce que tu sais qu'il va te quitter.

Zed regarde derrière moi.

– Il... enfin...

Je ne sais pas quoi dire parce qu'au fond de moi, j'ai peur qu'il n'ait raison.

– Eh bien, tu sais quoi Tessa ? Tu me remercieras plus tard.

– De quoi ?

Je regarde ses lèvres se crisper en un sourire mauvais. Il lève le bras pour montrer un point derrière moi, et un frisson me parcourt le corps.

– De lui avoir dit pour toi.

Je sais que quand je vais me retourner, Hardin sera juste derrière moi. J'ai l'impression d'entendre sa respiration saccadée couvrir le souffle glacé du vent d'hiver.

∞

# 5
## *Hardin*

Quand je suis sorti, le vent qui soufflait a porté jusqu'à mes oreilles *la* voix que je ne m'attendais pas à entendre à ce moment-là. Je venais juste d'écouter des tas de gens dire toutes sortes de trucs désagréables à mon sujet, sans pouvoir répondre. Après ça, la seule chose que j'avais envie d'entendre, c'était la voix de ma copine, la voix de mon ange. Elle était bien là, sa voix. Mais il y en avait une autre.

Je passe le coin et je les vois. Ils sont là *tous les deux*. Tessa et Zed.

*Qu'est-ce qu'il fout là, bordel ? Putain ! Qu'est-ce qu'elle fout, là, à parler avec lui ? Je lui ai pourtant dit de pas s'approcher de lui, elle a pas compris ou quoi ? Bordel !*

Quand ce fils de pute a élevé la voix contre elle, je me suis dirigé vers eux. Personne ne lui parle comme ça ! Mais quand il a mentionné Seattle... ça m'a arrêté net. *Tessa a décidé de partir à Seattle ?*

*Zed était au courant, mais pas moi ?*

C'est un cauchemar, ça n'est pas en train de se produire dans la vraie vie ! Elle ne déciderait jamais de partir sans m'en parler...

J'essaie de rassembler mes idées en vrac tandis que Zed se fout de ma gueule, les yeux fous et son sourire de merde sur la gueule. Elle écarquille ses beaux yeux gris, ses pupilles se dilatent au maximum quand elle croise mon regard.

– Hardin...

Je vois ses lèvres former les mots, mais sa voix est ténue, perdue dans le vent. Ne sachant pas quoi dire, je reste interdit, ma bouche s'ouvre et se ferme, s'ouvre et se ferme... dans un mouvement mécanique jusqu'à ce qu'enfin quelques mots passent mes lèvres.

– C'était ça ton plan, alors ?

L'air renfrogné, elle écarte les cheveux qui lui tombent devant les yeux. Puis elle se frotte les bras, croisés sur sa poitrine.

– Non, ce n'est pas ça, Hardin, je...

– Vous êtes des putains de comploteurs, tous les deux ! Toi...

Je pointe un doigt accusateur vers Zed.

– Tu complotes dans mon dos pour essayer de me piquer ma copine, depuis le début, bordel ! J'ai beau faire, j'ai eu beau te casser la gueule plusieurs fois, toi, tu continues à t'incruster comme un putain de cafard.

À ma grande surprise, il se permet d'ouvrir sa gueule :

– Elle...

– Et *toi*...

Je me tourne vers la blonde qui tient mon destin sous le talon pointu de sa chaussure.

– Toi, tu continues à me faire marcher, à faire comme si tu tenais à moi, bordel, alors qu'en fait tu as décidé de me quitter depuis tout ce temps. Tu sais que je ne veux pas aller à Seattle, et pourtant tu décides d'y aller... sans m'en parler !

Les yeux brillants, elle me supplie.

– C'est justement pour ça que je ne t'en ai pas encore parlé, Hardin, parce que...

– Ferme-la, putain !

Elle porte la main à sa poitrine comme si mes paroles lui faisaient mal. Et c'est peut-être le cas. Et c'est peut-être ce que je veux, pour qu'elle sache ce que ça fait.

Comment peut-elle m'humilier à ce point – devant Zed, en plus ?

– Qu'est-ce qu'il fout là ?

Je ne peux pas supporter son sourire supérieur quand elle se tourne vers lui avant de reporter les yeux sur moi.

– C'est moi qui lui ai demandé de venir.

Je recule en faisant semblant d'être étonné, mais je le suis peut-être vraiment. Je n'arrive plus à m'y retrouver dans ces sentiments qui m'assaillent à toute vitesse.

– Nous y voilà ! Il y a quelque chose de spécial entre vous deux, c'est évident !

– C'était juste pour lui parler de sa plainte. J'essaie de *t'aider*, Hardin. Je t'en supplie, *écoute-moi*.

Elle avance vers moi en écartant ses cheveux de nouveau. Je secoue la tête.

– Arrête tes conneries ! J'ai entendu toute votre conversation. Si tu ne veux pas de lui, dis-le immédiatement, devant moi.

Ses yeux pleins de larmes me supplient silencieusement de ne pas l'obliger à s'humilier devant moi, mais ça n'ébranle pas ma décision.

– Immédiatement, sinon tout est fini entre nous.

Mes propres mots me brûlent la langue comme de l'acide.

– Je ne veux pas de toi, Zed.

Elle le dit sans me quitter du regard, les mots se précipitant en panique hors de ses lèvres. Je sais que ça lui fait mal de le dire.

– Pas du tout ?

J'insiste en imitant le sourire de Zed.

– Pas du tout.

Elle fronce les sourcils, et Zed se passe la main dans les cheveux.

– Tu ne veux plus jamais le voir. Tourne-toi pour le lui dire.

Mais c'est Zed qui prend la parole.

– C'est bon, Hardin. Laisse tomber. J'ai compris le message. Ne rentre pas dans son jeu de malade, Tessa, ça va comme ça.

Il est pathétique, on dirait un gamin éperdu de tristesse.

– Tessa...

Quand elle lève les yeux vers moi, son regard empli de dégoût me fait presque tomber à genoux. Elle avance vers moi.

– Non, Hardin. Je ne le dirai pas. Non pas parce que je veux être avec lui – ce n'est pas le cas, c'est toi que j'aime, rien que toi – mais tu fais ça pour avoir le dessus, c'est horrible, c'est cruel, et je refuse de t'aider là-dedans.

Elle se mord les lèvres pour ne pas pleurer.

*Qu'est-ce que je fais, putain ?*

– Je rentre à la maison. Si tu veux qu'on parle de Seattle, tu sais où me trouver.

Elle tourne les talons et s'éloigne.

– Et comment penses-tu rentrer ?

Zed tend le bras vers elle.

– Je vais la ramener.

Quelque chose se brise en moi.

– Si je n'étais pas déjà dans un fichu merdier à cause de toi, je te *tuerais* là, tout de suite. Je ne parle pas de te casser la figure. Je veux dire que je t'exploserais vraiment le crâne sur le ciment et que je te regarderais te vider de ton sang.

– Ça suffit !

Tessa part en se bouchant les oreilles.

– Tessa, si tu...

– Zed, je te remercie pour tout ce que tu as fait, mais maintenant il faut que tu arrêtes, toi aussi.

Elle essaie de prendre un ton sévère, mais elle échoue lamentablement. En poussant un dernier soupir, Zed tourne les talons et s'en va. Je me dirige vers la voiture et, comme un fait exprès, dès que j'y arrive, Landon et mon père apparaissent. Les talons de Tessa claquent derrière moi.

– On y va.

Je ne leur laisse pas le temps d'en placer une.

– Je t'appelle bientôt, dit Tessa à Landon.

– Tu pars toujours mercredi, c'est ça ?

Elle lui octroie un faux sourire destiné à masquer la panique décelable au fond de ses yeux.

– Oui, bien sûr.

Landon me fusille du regard, il n'a pas manqué de remarquer la tension entre nous. *Est-il au courant de son projet ? Probablement – il l'a même probablement aidée à le mettre sur pied.*

Je monte dans la voiture sans même essayer de cacher mon impatience.

– Je t'appelle, répète-t-elle à Landon avant de faire un petit signe de la main à mon père.

Elle monte à son tour et j'éteins immédiatement la musique pendant qu'elle boucle sa ceinture.

– Vas-y.

– Quoi ?

– Vas-y. Engueule-moi. Je sais que tu vas le faire.

Sa certitude me coupe dans mon élan. C'est vrai, j'allais l'engueuler, mais le fait qu'elle s'y attende me prend au dépourvu. Mais bien sûr qu'elle s'y attendait... ça se passe toujours comme ça avec moi. Je me conduis toujours comme ça...

– Eh bien ?

– Je ne vais pas t'engueuler.

Elle m'observe un moment avant de regarder de nouveau par la portière.

Je soupire, le front appuyé sur le volant :

– Je ne fais rien d'autre que te hurler dessus... c'est le problème.

– Je ne complotais pas dans ton dos, Hardin, ce n'était pas mon intention.

– Ça y ressemblait pourtant.

– Je ne ferais jamais ça. Je t'aime. Tu comprendras quand je t'expliquerai.

Mais ses mots rebondissent sur moi quand ma colère reprend le dessus.

– Ce que *je comprends*, c'est que tu déménages bientôt. Je ne sais même pas quand, pourtant nous vivons ensemble, Tessa. Nous dormons dans le même lit, putain ! Et toi, tu me quittes, comme ça ? J'ai toujours su que tu le ferais.

J'entends le clic de sa ceinture de sécurité et elle appuie ses mains sur mes épaules pour se redresser. En une seconde, elle est sur mes genoux, ses cuisses nues me chevauchent, ses bras glacés sont autour de mon cou, son visage couvert de larmes est contre ma poitrine.

– Pousse-toi.

J'essaie de décroiser ses bras.

– Pourquoi est-ce que tu crois toujours que je vais te quitter ?

Elle resserre son étreinte.

– Parce que tu le feras un jour.

– Je ne pars pas à Seattle pour te quitter, j'y vais pour moi et pour ma carrière. Ça a toujours été mon projet et, maintenant, cette formidable opportunité se présente. J'en ai parlé à Monsieur

Vance quand nous préparions le projet, et j'ai voulu t'en parler plein de fois, mais soit tu me coupais la parole avant que je puisse le faire, soit tu ne voulais pas parler de choses sérieuses.

Tout ce que je vois, c'est qu'elle fait ses bagages et s'en va en ne me laissant rien d'autre qu'un mot à la con sur le comptoir de la cuisine.

– Tu as du culot de me mettre ça sur le dos.

Ma voix n'est pas aussi assurée que je le voudrais.

– Je ne te mets pas ça sur le dos, mais je savais que tu ne me soutiendrais pas. Pourtant, tu sais combien c'est important pour moi.

– Alors, qu'est-ce que tu vas faire ? Si tu pars, je ne serai pas avec toi. Je t'aime, Tessa, mais je n'irai pas à Seattle.

– Pourquoi ? Tu ne sais même pas si ça te plairait ou pas. On pourrait au moins essayer, et si tu détestes, alors nous pourrons aller en Angleterre... peut-être.

Elle renifle. Je lui lance un regard sans expression.

– Toi non plus, tu ne sais pas si tu vas te plaire à Seattle. Je suis désolé, mais tu dois choisir, c'est Seattle ou moi.

Elle lève les yeux vers moi puis retourne s'asseoir sur le siège passager sans un mot.

– Tu n'es pas obligée de décider tout de suite, mais il reste peu de temps.

– Je n'arrive pas à croire que tu me demandes de choisir.

Elle ne me regarde pas.

– Tu savais ce que j'en pensais. Tu as de la chance que j'aie gardé mon calme quand tu étais avec lui, tout à l'heure.

– Ah bon, j'ai de la « chance » ?

– C'est déjà un jour de merde, on ne va pas en plus se disputer pour ça. J'ai besoin que tu me donnes une réponse avant vendredi. À moins, bien sûr, que tu ne sois déjà partie à ce moment-là.

Cette idée me fait frémir. Je sais que c'est moi qu'elle va choisir. Ça ne peut pas être autrement. On peut aller en Angleterre et se sortir de toutes ces conneries. Je suis content qu'elle n'ait pas parlé des cours qu'elle a manqués aujourd'hui, c'est encore un sujet de dispute et je préfère l'éviter.

– Tu es vraiment trop égoïste.

Je ne discute pas cette accusation, c'est vrai, je sais qu'elle a raison.

– Ok, mais on pourrait aussi trouver égoïste de ne pas dire à quelqu'un qu'on s'apprête à le quitter. Où est-ce que tu vas habiter ? Tu as trouvé quelque chose ?

– Non, j'avais l'intention de m'en occuper demain. Nous partons mercredi pour ce petit voyage avec ta famille.

Il me faut un moment pour comprendre de qui elle parle.

– Nous ?

– Tu as dit que tu viendrais...

– J'en suis encore à essayer de me remettre de ce merdier de Seattle, Tessa. Sans oublier que tu as appelé Zed.

Je sais que je me conduis comme un connard, mais tout ça est tellement merdique ! Et Tessa est à ce point silencieuse que je la regarde à plusieurs reprises pour voir si elle ne dort pas.

En arrivant chez nous... *chez moi,* je finis par lui poser la question.

– Tu ne m'adresses plus la parole, maintenant ?

– Je n'ai rien à dire.

Sa voix est calme et résignée.

Au moment où je me gare, ça me revient brusquement. *Merde.*

– Ton père est toujours là, non ?

– Je ne vois pas où il pourrait être d'autre...

Elle ne me regarde pas. Nous sortons de la voiture.

– Quand nous serons en haut je lui demanderai où il veut que je le dépose.

– Non, c'est moi qui l'emmènerai.

Elle a beau marcher à côté de moi, j'ai l'impression qu'elle est à des kilomètres.

∞

## 6
### *Tessa*

Je suis trop dégoûtée, je n'ai même plus envie de discuter. Quant à Hardin, il est trop furax pour parler raisonnablement. En réalité, il a plutôt mieux pris la nouvelle que ce que je craignais, mais comment peut-il me demander de choisir ? Il sait pourtant à quel point Seattle est important pour moi. En plus, ça ne lui pose même pas de problème que je laisse tomber une chose à laquelle je tiens, pour lui faire plaisir. C'est ça qui fait le plus mal. Il passe son temps à dire qu'il ne peut pas vivre loin de moi, et il me pose un ultimatum, ce n'est pas juste.

– Si jamais il s'est barré en emportant des trucs à nous...

– C'est bon !

J'espère que mon épuisement est passé dans ma voix et qu'il ne va pas insister.

– Je disais ça comme ça.

En tournant la clé dans la serrure, j'envisage un moment la possibilité qu'Hardin ait raison, après tout je ne connais pas ce type. J'oublie ma paranoïa dès que nous entrons. Mon père est avachi sur le bras du canapé. La bouche grande ouverte, il ronfle de bon cœur.

Hardin va directement dans la chambre sans dire un mot, et moi je vais prendre un verre d'eau dans la cuisine, j'ai besoin d'un peu de temps pour réfléchir à ce que je vais faire. Je n'ai pas la moindre envie de me disputer avec Hardin, mais il ne pense qu'à lui et ça, j'en ai plus qu'assez. Je veux bien reconnaître qu'il a beaucoup changé, qu'il a fait des efforts, mais je lui ai donné sa chance plus d'une fois, tout ça pour en arriver à un cycle sans fin de rupture-réconciliation qui ferait fuir Catherine Earnshaw elle-même. Je ne sais pas combien de temps je pourrai maintenir la tête hors de l'eau en me battant contre ce raz de marée que nous appelons une relation. Chaque fois que je crois avoir appris à dompter son flot, je suis engloutie dans un nouveau conflit avec Hardin.

J'attends un petit moment, puis je me lève et je vais voir mon père qui continue à ronfler d'une façon que je trouverais amusante si je n'étais pas si préoccupée. Je finis par me décider à aller dans la chambre. Hardin est couché sur le dos, les bras derrière la tête, les yeux rivés au plafond. Je m'apprête à parler lorsqu'il me devance :

– Je suis viré. Au cas où ça t'intéresserait.

Je me tourne vivement vers lui, le cœur battant.

– Quoi ?

– Ouais. C'est fait.

Il hausse les épaules.

– Je suis terriblement désolée. J'aurais dû te le demander.

J'étais vraiment persuadée que Ken pourrait sortir son fils de cette situation. Je suis anéantie pour lui.

– C'est rien. Tu avais d'autres chats à fouetter avec Zed et tes projets pour Seattle, si je me souviens bien.

Je m'assieds sur le bord du lit, aussi loin de lui que possible, et je me retiens de répondre. Inutile de gâcher mon énergie.

– J'essayais de savoir s'il avait toujours l'intention de porter plainte. Il dit qu'il est encore...

Il hausse les sourcils d'un air moqueur.

– J'ai entendu. J'étais là, je te rappelle.

– Hardin, c'est bon, maintenant. Je comprends que tu sois contrarié, mais il faut que tu arrêtes d'être aussi désagréable.

Je parle lentement dans l'espoir qu'il m'écoute. Il a l'air sidéré, mais il se reprend très vite.

– Pardon ?

Je m'efforce de garder une expression aussi neutre que possible.

– Tu as entendu. Arrête de me parler comme ça.

– Excuse-moi, d'abord, je me fais virer de la fac, ensuite je te trouve avec *lui* et, pour finir, j'apprends que tu pars pour Seattle. Il me semble que j'ai le droit d'être un petit peu vénèr sur les bords.

– Tu as raison, mais ça ne te donne pas le droit de te conduire comme un con. En fait, j'espérais que nous pourrions en parler et régler le problème en adultes... pour une fois.

– Ça veut dire quoi, ça ?

Il s'assied, mais je garde mes distances.

– Ça veut dire qu'après six mois de ces va-et-vient, je croyais que nous pourrions résoudre un problème sans que l'un de nous parte ou casse quelque chose.

– Six mois ?

Il semble tomber des nues. Curieusement, j'évite de le regarder.

– Oui, six mois. Enfin, depuis qu'on s'est rencontrés.

– Je ne me rendais pas compte que ça faisait si longtemps.

– Et si !

*C'est toute une vie pour moi.*

– Ça ne m'a pas paru si long...

– Ça te pose un problème ? Il y a trop longtemps qu'on sort ensemble ?

Je finis par plonger dans ses yeux verts.

– Non, Tess, c'est juste que ça me fait drôle de penser ça. Je n'ai jamais eu une relation sérieuse avant, alors six mois, ce n'est pas rien.

– Enfin, on n'est pas sortis ensemble tout ce temps-là. Nous en avons passé une grande partie à nous bagarrer ou à nous éviter, je te rappelle.

– Tu es sortie combien de temps avec Noah, exactement ?

Sa question me surprend. Nous avons parlé de ma relation avec Noah à plusieurs reprises, mais en général ça ne durait pas plus de cinq minutes et ça tournait court à cause de la jalousie d'Hardin.

– Aussi loin que je me rappelle, nous avons toujours été amis, mais nous ne sommes sortis ensemble que vers le milieu du lycée. On avait peut-être commencé avant, mais on ne s'en rendait pas compte.

J'observe Hardin, un peu inquiète de sa réaction. Quand je parle de Noah, il me manque, pas au sens romantique du terme mais comme un proche vous manque quand vous ne l'avez pas vu depuis longtemps.

Hardin pose les mains sur ses genoux, j'ai envie d'aller vers lui et de les prendre dans les miennes.

– Oh ! Est-ce que vous vous disputiez ?

– Quelquefois. On se disputait à propos du film qu'on allait regarder, ou parce qu'il arrivait en retard.

Il garde les yeux baissés.

– Pas comme nous, alors ?

– Je crois que personne ne se dispute comme nous.

Je souris pour essayer de le rassurer.

– Qu'est-ce que vous faisiez d'autre ? Tous les deux, je veux dire.

J'ai l'impression d'avoir affaire à un petit enfant, avec ses grands yeux verts brillants et ses mains tremblantes. Je hausse les épaules.

– Pas grand-chose, en fait. On travaillait et on regardait des centaines de films. On était plutôt comme des amis, je suppose.

– Tu l'aimais.

C'est l'enfant qui parle, là.

– Pas comme je t'aime, toi.

– Tu aurais laissé tomber Seattle pour lui ?

Il lève vers moi des yeux où brille toute son insécurité. Alors, c'est pour cette raison qu'il a mis Noah sur le tapis : la mauvaise image qu'Hardin a de lui-même a repris le dessus, une fois de plus, pour le pousser à se comparer à ce qu'il croit que je recherche.

– Non.

– Pourquoi ?

Je lui prends la main pour dissiper l'inquiétude enfantine que je sens en lui.

– Parce que je ne devrais pas avoir à choisir. Il a toujours su quels étaient mes projets et mes rêves, alors la question ne se poserait pas.

– Il n'y a rien pour moi à Seattle.

Il soupire.

– Moi... Il y aurait moi.

– Ce n'est pas assez.

*Oh...*

Je me détourne.

– Je sais, c'est nul, mais c'est vrai. Je n'ai rien à faire là-bas, et toi tu auras ce nouveau job et tu vas te faire de nouveaux amis...

– Tu aurais un nouveau job, toi aussi. Christian a dit qu'il te donnerait du boulot, et nous nous ferions des nouveaux amis ensemble.

– Je ne veux pas travailler pour lui, et les gens que tu te choisirais comme amis ne seraient probablement pas les mêmes que ceux que je choisirais, moi. Ce serait beaucoup trop différent là-bas.

– Tu n'en sais rien. Je suis bien amie avec Steph.

– Seulement parce que vous étiez colocs. Je n'ai pas envie d'aller vivre là-bas, Tessa. Surtout maintenant que je me suis fait virer. J'ai tout intérêt à retourner en Angleterre pour finir mes études.

– Pourquoi est-ce qu'il faudrait toujours que ce soit ton intérêt qui compte ?

– Tu remarqueras que tu es allée voir Zed dans mon dos, encore une fois, donc tu n'es pas vraiment en position de décider.

– Ah bon ? Pourtant nous n'avons même pas décidé que nous étions ensemble de nouveau. J'étais d'accord pour revenir habiter avec toi parce que tu étais d'accord pour être plus aimable avec moi. (Je me lève et je commence à faire les cent pas dans la pièce.) Mais toi, tu vas voir Zed dans mon dos et tu lui casses la figure, ce qui te vaut d'être viré... Alors il me semble que s'il y a quelqu'un qui n'est pas en position de décider, c'est plutôt toi.

– Tu as fait tout ça dans mon dos ! Tu as décidé de me quitter et tu ne m'as rien dit !

– Je sais ! Je m'en excuse, mais au lieu de nous disputer pour savoir qui de nous deux est *le plus* fautif, pourquoi n'essayons-nous pas de nous mettre d'accord ou de trouver un compromis ?

– Tu... (Il se lève.) tu n'as...

– Quoi ?

– Je n'en sais rien, je n'arrive pas à penser normalement tellement je suis en pétard.

– Je suis désolée que tu l'aies appris de cette façon, mais je ne sais pas quoi te dire de plus.

– Dis que tu n'iras pas.

– Je ne veux pas faire ce choix tout de suite. Je ne devrais pas avoir à le faire.

– Quand, alors ? Je ne vais pas attendre...

– Et tu feras quoi ? Tu vas me quitter ? Qu'est-ce que tu fais de « je ne veux plus jamais être séparé de vous » ?

– Ah ouais ? C'est toi qui parles de ça ? Tu ne crois pas qu'il aurait été préférable de parler de Seattle avant que je me fasse tatouer pour toi, putain ? Je vois bien ce que ça a d'ironique.

Il s'approche de moi avec un air de défi.

– J'allais le faire !

– Mais tu ne l'as pas fait !

– Tu ne vas pas le redire une fois de plus ! On peut faire ça toute la journée, mais je t'avoue que je n'en ai pas la force. J'en ai marre.

– Tu en as marre ? Tu en as *marre* ?

Il rigole à moitié.

– Oui, j'en ai marre.

Et c'est vrai, j'en ai marre de me battre avec lui à propos de Seattle. C'est étouffant et insupportable, j'en ai par-dessus la tête.

Il prend un sweat-shirt noir dans le dressing et l'enfile avant d'enfiler ses boots.

– Où tu vas ?

– Loin d'ici.

– Hardin, ce n'est pas la peine de t'en aller.

Il sort sans répondre. Si mon père n'était pas dans le séjour, je courrais après lui et l'obligerais à rester. Mais, franchement, je suis fatiguée de lui courir après.

∞

# 7
## *Hardin*

Le père de Tessa est réveillé. Assis sur le canapé, les bras croisés sur sa poitrine, il regarde par la fenêtre, l'air absent.

– Je peux vous déposer quelque part ?

L'idée de l'emmener dans ma voiture ne m'excite pas plus que ça, mais c'est encore pire de le savoir ici, seul avec elle. Il tourne la tête brusquement comme si je l'avais fait sursauter.

– Euh... ouais, si ça ne t'ennuie pas.

– Non, ça va.

– Ok. Je vais juste dire au revoir à Tessie.

– D'accord. Je vous attends dans la voiture.

Je sors de l'appart sans savoir exactement où je vais aller après avoir déposé le vieux con, mais je sais que ce ne serait pas bon pour nous deux que je reste ici. Je suis trop furax contre moi. Je sais qu'elle n'a pas tous les torts, mais j'ai l'habitude de faire porter le chapeau aux autres et comme elle est toujours avec moi, elle constitue une proie facile. Ce qui fait de moi un fils de pute pathétique, je sais. Je ne quitte pas l'entrée de notre immeuble des yeux, en attendant Richard. S'il ne se dépêche pas, je me tire, tant pis pour lui. Mais, en même temps, je ne peux imaginer de le laisser avec elle.

Finalement le « Père de l'Année » apparaît à la porte en tirant sur les manches de son t-shirt. Je m'attendais à le voir arriver avec mes vêtements, ceux que Tessa lui a passés, mais il a remis ses affaires d'hier, qui sont propres maintenant. Cette fichue

Tessa, elle est vraiment trop gentille. Quand il ouvre la portière côté passager, je monte le son de la radio, j'espère que la musique le dissuadera de toute velléité de conversation. Manque de bol.

– Elle a dit de te dire d'être prudent.

Il attache sa ceinture avec ostentation comme s'il voulait me montrer comment on fait. Il se prend pour une hôtesse de l'air ou quoi ? Je lui fais un petit signe de tête et je démarre.

– Comment ça s'est passé, ta réunion ?

– Sérieusement ?

– Je posais juste la question. Je suis content qu'elle y soit allée avec toi.

– Ok.

– Elle ressemble beaucoup à sa mère, j'ai l'impression.

Je lui jette un regard mauvais.

– Ça va pas, non ? Elle n'a rien à voir avec cette bonne femme.

*Il tient vraiment à ce que je le largue en plein milieu de l'autoroute ?*

Il se met à rire.

– Je parlais des bons côtés, bien sûr. Elle est tenace, comme Carol. Elle sait ce qu'elle veut, mais Tessie est beaucoup plus douce, plus gentille.

Et c'est reparti, Tessie par-ci, Tessie par-là.

– Je vous ai entendus vous engueuler, tous les deux. Ça m'a réveillé.

Ben voyons !

– Excusez-nous de vous avoir réveillé à midi alors que vous dormiez sur notre canapé.

Il rigole encore une fois.

– Je vois ce que c'est, mec, t'es en colère contre le monde entier. J'étais comme ça, moi aussi. Bordel, je le suis toujours. Mais quand tu trouves quelqu'un qui est prêt à tolérer ton sale caractère, tu n'as plus de raison d'être en colère.

*Ah ouais ? Mon vieux, d'après toi, qu'est-ce que je devrais faire, étant donné que c'est ta fille elle-même qui me rend si furax, putain !*

– Écoutez, je veux bien reconnaître que vous n'êtes pas aussi mauvais que je croyais, mais je ne vous ai rien demandé, d'accord ? Alors, inutile de perdre votre temps à me donner des conseils.

– Je ne te donne pas de conseils, je parle d'expérience. Ce serait dommage que vous vous sépariez, vous deux.

*On ne se sépare pas, connard.* J'essaie juste de faire passer un message. Je veux être avec elle, et je le serai. Il suffit qu'elle cède et qu'elle vienne avec moi. Mais je suis vert de rage quand je pense qu'il a fallu qu'elle aille chercher Zed, une fois de plus, elle peut dire ce qu'elle veut. J'éteins la radio.

– Vous ne me connaissez même pas – ni elle, d'ailleurs. Qu'est-ce que ça peut vous foutre ?

– Je sais que tu lui fais du bien.

– Ah bon ?

Je pense que le sarcasme dans ma voix ne lui échappe pas. Heureusement, nous approchons de son quartier, cette horrible conversation touche à sa fin.

– Oui, je le sais.

Et, soudain, une évidence me frappe. Bien sûr je ne l'avouerais à personne, mais en fait ce n'est pas désagréable d'entendre quelqu'un dire que je lui fais du bien, même si ce quelqu'un n'est que son connard de poivrot de père. Ça me va.

– Vous comptez la revoir ? Au fait, où est-ce que je vous dépose ?

– T'as qu'à me laisser près de la boutique où on s'est rencontrés hier. Je me débrouillerai après. Et oui, j'espère bien continuer à la voir. J'ai beaucoup de choses à me faire pardonner.

– Ça, c'est sûr.

Le parking près du salon de tatouage est vide, ce qui est normal puisqu'il n'est même pas encore treize heures.

– Tu peux me laisser au bout de la rue ?

Je hoche la tête et je passe devant le salon. Au bout de la rue, il n'y a qu'un bar et une laverie automatique en déshérence.

– Merci de m'avoir accompagné.

– Ok.

– Tu veux entrer ?

Richard fait un signe de tête vers le petit bistrot. Boire un verre avec le père de Tessa, qui est SDF et alcoolo, ne me semble pas être ce qu'il y a de plus intelligent à faire en ce moment. Cependant, prendre les bonnes décisions n'est pas mon fort.

– Et merde !

J'arrête le moteur de ma voiture et entre avec lui. De toute manière, je ne savais pas où aller. Il fait sombre dans le bar et ça sent le moisi et le whisky. Je le suis vers le comptoir, j'attrape un tabouret en prenant soin de laisser un siège libre entre nous. Une femme entre deux âges vient vers nous. Ma parole, elle a piqué les vêtements de sa fille de treize ans? Sans un mot, elle pose devant Richard un petit verre de whisky avec de la glace.

– Et pour vous?

Sa voix est plus grave et rauque que la mienne.

– La même chose.

Ne fais pas ça, la voix de Tessa résonne comme une clochette dans ma tête. Mais je la repousse, je repousse Tessa. Je lève mon verre, nous trinquons et nous buvons une gorgée.

– Où trouvez-vous l'argent pour boire si vous ne travaillez pas?

– Je fais le ménage ici un jour sur deux, comme ça je bois gratis.

Je crois percevoir de la honte dans sa voix.

– Pourquoi ne pas prendre l'argent et rester sobre?

– Je ne sais pas, j'ai essayé plus d'une fois.

Il regarde fixement son verre, un instant ses yeux voilés me font penser aux miens. J'y vois comme une ombre de moi-même.

– J'espère que maintenant que je pourrai voir ma fille plus souvent, ce sera plus facile.

Je hoche la tête sans prendre la peine de faire une remarque et je serre mon verre glacé entre mes doigts. En rejetant la tête en arrière, j'avale le reste du scotch en me réjouissant de sa brûlure familière. Quand je le repose sur le bar vernissé, la femme me regarde dans les yeux et elle m'en sert un deuxième.

∞

# 8

## *Tessa*

– Ton père ?

Au téléphone, Landon tombe littéralement des nues. J'avais oublié que je n'avais pas eu l'occasion de lui parler des derniers événements.

– Ouais, on est tombés sur lui dans la rue hier.

– Comment va-t-il ? Qu'est-ce qu'il a dit ? De quoi il a l'air ?

– Il est...

Je ne sais pas pourquoi, mais ça me gêne de dire à Landon que mon père boit toujours, même si je sais qu'il ne me jugerait pas.

– Est-ce qu'il...

– Oui. Il était ivre quand nous l'avons rencontré, mais on l'a ramené et il a dormi chez nous.

J'enroule une boucle de cheveux sur mon index.

Immédiatement, il s'inquiète :

– Hardin était d'accord ?

– Je ne lui ai pas demandé son avis. C'est aussi chez moi. (Je culpabilise de répondre si sèchement.) Excuse-moi, j'en ai un peu marre qu'Hardin pense que c'est lui qui contrôle tout.

– Tessa, tu veux que je vienne ?

Landon est tellement gentil. Je soupire en jetant un coup d'œil autour de moi.

– Non, je dois me faire des films. En fait, je crois que c'est moi qui vais venir à la fac. Je peux encore arriver à temps pour mon dernier cours.

Le yoga me fera du bien, et un petit café aussi. Je continue à discuter avec Landon tout en m'habillant pour le yoga. Ça peut sembler être une perte de temps d'aller jusqu'au campus pour un seul cours, mais je n'ai pas envie de rester assise à attendre qu'Hardin veuille bien rentrer de son escapade je ne sais où.

– Le Professeur Soto m'a demandé pourquoi tu étais absente aujourd'hui. D'après Ken, il a rédigé une attestation de bonne moralité pour Hardin. Qu'est-ce que tu en dis ?

– Soto ? Il avait proposé de l'aider, mais je ne pensais pas qu'il le ferait. Je suppose qu'il l'aime bien.

– Il l'aime bien ? Hardin ?

Landon explose de rire et je ne peux pas m'empêcher de l'imiter. Mon téléphone tombe dans le lavabo alors que je me fais une queue de cheval et je le rattrape juste à temps pour entendre Landon me dire qu'il va à la bibliothèque avant son prochain cours. On se dit au revoir et je raccroche. Je commence à écrire un texto pour dire à Hardin où je serai. Mais, finalement, je ferme l'application.

Il finira par se faire une raison à propos de Seattle. Il sera bien obligé.

Quand j'arrive à la fac, le vent s'est levé et le ciel a pris une horrible teinte de gris. J'attrape un café vite fait, j'ai une demi-heure devant moi avant le cours de yoga. La bibliothèque étant de l'autre côté du campus, je n'ai pas le temps d'aller retrouver Landon. Je vais attendre devant la porte du Professeur Soto, le cours devrait bientôt finir. Soudain, une foule d'étudiants se rue hors de la salle et se répand dans le couloir. J'attrape mon sac et joue des coudes pour entrer dans la salle. Le professeur est en train d'enfiler son blouson de cuir en me tournant le dos. Quand il se retourne, il m'accueille avec un sourire.

– Mademoiselle Young.

– Bonjour, Professeur.

– Qu'est-ce qui vous amène ? Vous voulez le sujet d'aujourd'hui, pour votre rédaction ?

– Non merci, Landon me l'a communiqué. Je suis venue vous remercier.

Je saute d'un pied sur l'autre, mal à l'aise.

– Me remercier ? De quoi ?

– D'avoir rédigé cette attestation de bonne moralité pour Hardin. Il n'a pas été très aimable avec vous, c'était donc très gentil de votre part.

– Ce n'est rien, vraiment. Tout le monde a droit à un enseignement de qualité, même les têtes brûlées.

Il sourit.

– Je suppose que vous avez raison.

Je ne sais pas trop quoi dire.

– Et puis Zed l'avait bien cherché, de toute façon.

*Quoi ?*

Je tourne les yeux vers lui.

– Que voulez-vous dire ?

Le Professeur Soto cligne des yeux plusieurs fois avant de se reprendre.

– Rien, c'est juste que je suis sûr qu'Hardin avait une bonne raison de lui sauter dessus, c'est tout. Je dois y aller, j'ai une réunion, merci d'être venue. Je vous verrai au cours de mercredi ?

– Je ne serai pas là. Je pars en week-end.

Il fait un petit signe de la main.

– Amusez-vous bien, alors. On se voit à votre retour.

Il s'éloigne rapidement et me laisse là, perplexe.

*Qu'est-ce qu'il a bien pu vouloir dire ?*

∞

# 9
## *Hardin*

Ça fait quatre fois, depuis qu'on est arrivés, que mon improbable partenaire de boisson s'éclipse pour aller aux toilettes. J'ai comme l'impression que Betsy la barmaid en pince pour lui, ce qui me met dans une situation vraiment inconfortable, bordel !

– Un autre ?

D'un hochement de tête, je lui fais signe de me laisser. Il est plus de deux heures de l'après-midi et j'ai déjà bu quatre verres de scotch pur avec juste un soupçon de glace. J'ai l'esprit embrumé et ma colère n'est pas encore dissipée. Je ne sais pas à qui ou à quoi en vouloir le plus, alors j'abandonne tout sentiment rationnel et décide de me laisser aller à un état général du genre « foutez-moi la paix ».

– Voilà.

La serveuse pose le verre devant moi au moment où Richard revient s'asseoir sur le tabouret juste à côté du mien. J'avais espéré qu'il saisirait l'importance du siège vide entre nous. Faut croire que non.

Il se tourne vers moi et passe la main sur ses joues mal rasées. Le crissement est répugnant.

– Tu m'en as commandé un autre ?

– Tu devrais te raser.

Petite pique gratuite.

– Ça ?

Il refait le geste avec sa main, le même bruit.

– Ouais. C'est pas terrible.

– Ça me tient chaud.

Il se marre et je bois une gorgée pour ne pas l'imiter.

– Betsy !

Elle hoche la tête et ramasse son verre vide. Alors, il tourne la tête vers moi.

– Tu vas me dire ce que tu noies dans l'alcool ?

– Non.

Je fais tourner mon scotch dans mon verre et le glaçon cliquette contre la paroi.

– D'accord, pas de questions. On se contente de picoler.

Ça semble le mettre en joie. La haine que j'éprouvais pour lui s'est en grande partie dissipée. Enfin, jusqu'à ce que j'imagine la petite fille blonde de dix ans qui court se cacher dans la serre, ses grands yeux gris écarquillés de terreur... Et le petit garçon blond avec un putain de cardigan qui apparaît pour la sauver.

– Une question.

Son insistance me tire de mes pensées. Je prends une profonde inspiration et une grande goulée de whisky pour m'empêcher de faire une connerie. Je veux dire, quelque chose d'encore plus stupide que de boire avec le père alcoolique de ma petite amie. C'est de famille, les questions, putain !

– Une seule.

– Tu t'es vraiment fait virer de la fac aujourd'hui ?

Je regarde l'enseigne au néon, en réfléchissant à la question, je regrette d'avoir bu quatre... non, *cinq* verres.

– Non, mais elle croit que si.

– Pourquoi elle croit ça ?

*Espèce de fouille-merde.*

– Parce que c'est ce que je lui ai dit.

Je balance vers lui un regard éteint.

– Ça ira pour ce soir, les aveux.

– Comme tu voudras.

En souriant, il lève son verre pour trinquer avec moi, mais je me dérobe en secouant la tête. Il rit et je comprends qu'il ne s'attendait pas à ce que je le fasse, et qu'il me trouve aussi amusant que je le trouve agaçant.

Une femme, le même âge que lui environ, apparaît soudain et prend le tabouret à côté du sien. Elle passe son bras maigre autour de ses épaules et il l'accueille chaleureusement. Je n'ai pas l'impression qu'elle soit SDF, pourtant il est clair qu'elle le connaît. Il passe probablement le plus clair de son temps dans ce trou à rats. Je profite de cette diversion pour regarder si j'ai des messages ou des appels de Tessa. Rien. Elle n'a même pas essayé de me joindre. Je suis à la fois soulagé et agacé. Soulagé parce que je suis bourré, mais agacé parce qu'elle me manque déjà. À chaque verre de scotch qui me descend dans le gosier, j'ai un peu plus envie d'elle, et le vide de son absence grandit.

*Putain ! Qu'est-ce qu'elle m'a fait ?*

Elle est tellement exaspérante, elle fait tout pour me mettre hors de moi. On dirait qu'elle passe son temps à concocter de nouveaux moyens de me faire enrager.

Ça fait six mois qu'on est ensemble, maintenant. C'est long, putain ! Plus long que je m'en croyais capable. Je n'aurais jamais pensé pouvoir supporter de rester avec une fille aussi longtemps.

La voix de Richard interrompt mes pensées.

– Je te présente Nancy.

Je fais un signe de tête à la femme, puis pose le regard sur le bois sombre du comptoir.

– Nancy, ce jeune homme bien élevé s'appelle Hardin. C'est le petit ami de Tessie.

Il y a de la fierté dans sa voix. Pourquoi devrait-il être fier que je sorte avec sa fille ?

– Tessie a un petit ami ! Elle est là ? J'aimerais tellement la rencontrer. Richard m'a beaucoup parlé d'elle.

– Non, elle n'est pas là.

– Quel dommage ! C'était bien, son anniversaire ? C'était la semaine dernière, c'est ça ?

*Quoi ?*

Richard me regarde avec des yeux implorants, il est clair qu'il veut que je confirme un baratin qu'il lui a servi.

– Oui, c'était sympa.

Il a répondu à ma place avant d'avaler d'un trait le reste de son verre.

– Tant mieux.

Soudain, elle pointe le doigt vers la porte.

– Oh, la voilà !

Mon regard se précipite dans la direction qu'elle indique, et pendant un instant j'y crois. Mais ce n'est pas possible, elle ne l'a jamais vue. Une blonde trop maigre traverse la petite salle dans notre direction. Ce bistrot commence à être blindé. Je lève mon verre vide.

– Un autre !

La serveuse me sert un air agacé et un « connard » à voix basse.

– Voici ma fille Shannon, me dit Nancy.

Shannon me toise de haut. On dirait qu'elle a des araignées collées sur les yeux. Cette nana est beaucoup trop maquillée.

– Shannon, je te présente Hardin.

Je ne fais pas le moindre mouvement vers elle. À une certaine époque, j'aurais probablement fait un peu attention à cette fille. Peut-être même que je l'aurais laissée me tailler une pipe dans les chiottes. Mais maintenant, je voudrais seulement qu'elle arrête de me dévisager comme ça.

– Je ne pense pas qu'il puisse descendre plus bas. Autant l'enlever, carrément.

Je fais référence à la façon exaspérante qu'elle a de tirer sur le bas de son t-shirt pour exhiber son maigre décolleté.

– *Pardon* ?

En soufflant, elle pose les mains sur ses hanches étroites.

– Tu m'as bien entendu.

– Ok, ok. On va tous aller s'installer là-bas, dit Richard en levant les mains.

Sur ce, Nancy et sa petite pouf de fille partent à la recherche d'une table libre.

– Inutile de me remercier.

Il secoue la tête.

– Tu n'es qu'un grossier fils de pute.

Avant que j'aie le temps de réagir, il ajoute :

– Exactement comme je les aime.

***

Trois verres plus tard, c'est tout juste si je tiens encore sur le tabouret de bar. Richard, qui maîtrise pourtant assez bien le métier, semble avoir le même problème, si j'en juge notre proximité physique.

– Alors, quand je suis parti le lendemain, il fallait que je fasse trois kilomètres à pied et bien sûr il s'est mis à pleuvoir...

Il continue à me raconter la dernière fois où il s'est fait arrêter. Je continue à boire en faisant comme s'il ne s'adressait pas à moi.

– Si je suis censé garder le secret, tu devrais au moins me dire pourquoi tu as fait croire à Tessie que tu étais viré.

Je savais qu'il attendrait que je sois complètement cuit pour remettre ça sur le tapis.

– C'est plus facile comme ça.

– Comment ça ?

– Parce que je veux qu'elle vienne en Angleterre avec moi et que cette idée ne la branche pas plus que ça.

– Je ne comprends pas.

Il se pince l'arête du nez.

– Ta fille veut me quitter et je ne pourrai pas le supporter.

– Alors, tu lui fais croire que tu t'es fait virer pour qu'elle parte en Angleterre avec toi ?

– En gros.

Il regarde son verre, puis moi.

– C'est complètement idiot.

– Je sais.

Et c'est vrai que ça paraît complètement idiot quand je le dis tout haut, pourtant ça se tient dans ma tête en vrac.

– Tu te prends pour qui, à me donner des conseils en plus !

– Tout ce que je dis, c'est que tu finiras comme moi si tu continues comme ça.

J'ai envie de lui dire d'aller se faire foutre et de s'occuper de ses affaires, mais quand je le regarde, je comprends ce qu'il veut dire. Putain !

– Ne lui dis rien, ok ?

– Non, je ne lui dirai rien.

Puis, en se tournant vers Betsy.

– Une autre tournée.

Elle lui sourit en remplissant nos verres. Je ne crois pas que je vais pouvoir en avaler un de plus.

– Ça va pour moi. J'ai l'impression que tu as trois yeux, putain !

Il hausse les épaules.

– Il m'en faut plus.

*Je suis un petit ami de merde.* Je me demande ce que Tessie – Tessa, bordel – fait en ce moment.

– Je suis un père de merde.

Je suis trop bourré pour faire la différence entre penser et parler, alors je ne sais pas si c'est une coïncidence qu'il dise ça ou si j'ai pensé à voix haute...

– Dégage de là, dit une voix rocailleuse à la gauche de Richard.

En levant les yeux, je vois un homme de petite taille avec une barbe encore plus fournie que celle de mon compagnon de beuverie.

– Il n'y a plus de tabouret, mec.

– Justement, tu ferais mieux de dégager.

*Bordel, pas ça, pas maintenant.*

– Nous ne bougerons pas de là.

Le mec attrape Richard par le col pour l'obliger brutalement à se lever.

∞

# 10
## *Tessa*

En sortant du yoga, le retour à pied jusqu'à ma voiture me semble beaucoup plus long que d'habitude. La méditation m'a fait oublier le poids du renvoi d'Hardin et de mon départ pour Seattle, mais une fois sortie de la salle, il me revient multiplié par dix.

Au moment où je quitte le parking, mon téléphone se met à vibrer sur le siège passager. Hardin. Je m'arrête et j'enclenche le levier de vitesse en position parking.

– Allô ?

Une voix de femme aboie dans le haut-parleur, et mon cœur arrête de battre.

– Vous êtes Tessa ?

– Oui ?

– C'est au sujet de votre père et...

– Son... petit ami...

C'est Hardin qui grogne derrière.

– Votre *petit ami*. Vous avez intérêt à venir les chercher avant que quelqu'un n'appelle les flics.

– Les flics ? Mais où sont-ils ?

J'enclenche une vitesse.

– Chez Dizzy, sur Lamar Avenue, vous savez où c'est ?

– Non, mais je vais trouver sur Internet.

Je raccroche et je cherche rapidement le chemin. *Qu'est-ce qu'Hardin et mon père foutent dans un bar à trois heures de l'après-midi ? Et d'abord, qu'est-ce qu'ils foutent ensemble ?*

Je n'y comprends rien. C'est quoi, cette histoire de flics ? Qu'est-ce qu'ils ont fait ? J'aurais dû demander à la bonne femme au téléphone. Je n'espère qu'une chose, c'est qu'ils ne se sont pas battus. Il ne manquerait plus que ça. Le temps que j'arrive au bar, j'en suis arrivée à la conclusion qu'Hardin a assassiné mon père, à moins que ce ne soit l'inverse. Pas de flics à l'horizon, ce qui est plutôt bon signe, je suppose. Je me gare juste devant l'immeuble et me précipite à l'intérieur, en regrettant de ne pas avoir pris un pull.

– La voilà.

Mon père jubile et je vois qu'il est bourré parce qu'il titube en venant vers moi. Il tape dans ses mains.

– T'aurais dû voir ça, Tessie. Hardin vient de démolir un vrai connard !

– Où est...

Avant que je finisse ma phrase, la porte des toilettes s'ouvre et Hardin apparaît en essuyant ses mains sanguinolentes sur une serviette en papier.

Je crie à travers le bar :

– Qu'est-ce qui s'est passé ?

– Rien. Pas la peine de s'énerver.

Je le regarde bouche bée en allant vers lui.

– Est-ce que tu es *bourré ?*

Ses yeux sont rouges et injectés de sang. Il regarde ailleurs.

– Ça se pourrait.

– J'y crois pas !

Je croise les bras quand il essaie de me prendre la main.

– Hé, tu devrais me remercier d'avoir défendu ton père. Sans moi, ce serait lui, là par terre.

Il montre du doigt un homme assis sur le sol, qui tient une poche de glace sur sa joue.

– Tu parles que je vais te dire merci ! Tu es bourré à trois heures de l'après-midi ! Et avec mon père, en plus. Qu'est-ce qui s'est encore passé dans ta tête, putain ?

Je m'éloigne de lui, furax, et je vais vers le bar où mon père est assis.

– Faut pas lui en vouloir Tessie, il t'aime.

Et mon père qui le défend ! *Mais qu'est-ce que c'est que ce bazar?*

Tandis qu'Hardin traverse la pièce, je serre les poings et je me mets à crier.

– Alors c'est ça, vous vous soûlez la gueule ensemble et, maintenant, vous êtes les meilleurs amis du monde ?

– Bébé.

Hardin susurre dans mon oreille en essayant de me prendre par la taille.

– Hé !

La femme, derrière le bar, cogne sur le comptoir pour attirer mon attention.

– Vous attendez quoi pour les emmener ?

Je lui fais un signe de tête et je fusille du regard ces deux imbéciles bourrés. Mon père a une joue toute rouge, il a dû prendre un coup. Et les mains d'Hardin commencent déjà à enfler.

– Tu peux venir chez nous ce soir pour dessoûler, mais cette conduite est inadmissible. Pour vous deux.

Je les gronde comme des mômes.

Je sors de cet endroit exigu et nauséabond et quand j'arrive à la voiture, ils ont à peine avancé. Hardin fait les gros yeux à mon père qui essaie de s'appuyer sur son épaule. Dégoûtée, je monte dans ma voiture.

L'ivresse d'Hardin m'angoisse. Je sais comment il est quand il a bu et je ne suis pas sûre de l'avoir jamais vu aussi soûl, même le soir où il a réduit toute la porcelaine en miettes. Je regrette l'époque où Hardin ne buvait que de l'eau dans les fêtes. On a déjà notre lot de problèmes en ce moment, il n'a pas besoin d'en rajouter.

Apparemment, mon père a changé. De l'alcoolo violent dont je me souviens, il est devenu celui qui n'arrête pas de raconter des blagues, la plupart de très mauvais goût et qui ne me font pas rire. Pendant tout le trajet de retour, il rit trop fort à ses propres « bons » mots et Hardin l'accompagne de temps en temps. Ce n'est pas du tout comme ça que j'avais imaginé cette journée. Je ne sais pas ce qui a amené Hardin à sympathiser avec mon père, mais maintenant qu'ils sont tous les deux ivres en plein milieu de journée, leur « amitié » ne me plaît pas du tout.

Quand nous arrivons à l'appart, je laisse mon père seul dans la cuisine où il continue à piller les céréales d'Hardin et je vais dans la chambre – c'est, apparemment, là où la plupart de nos bagarres débutent et prennent fin.

– Tessa...

– C'est bon, Hardin.

– Ne le prends pas comme ça. On a juste bu un coup.

Il veut le jouer sur le ton de la plaisanterie, mais je ne suis pas d'humeur.

– Juste bu un coup ? Avec mon père – un alcoolique avec qui j'essaie de bâtir une relation et que j'aurais voulu amener à, peut-être, songer à arrêter de boire. C'est avec cette personne que tu as « juste bu un coup » ?

– Bébé...

Je secoue la tête.

– Ce n'est pas la peine d'essayer de m'attendrir. Ça ne me va pas du tout, tout ça.

– Il ne s'est rien passé.

Il m'attrape par le bras pour m'attirer vers lui, mais je me dégage et il perd l'équilibre et tombe sur le lit.

– Hardin, tu t'es encore battu !

– Ce n'était pas vraiment une baston. On s'en fout.

– Moi, je ne m'en fous pas.

Assis sur le bord du lit, il lève vers moi ses yeux rougis.

– Alors, pourquoi tu veux me quitter si je compte tant pour toi ?

Mon cœur se serre encore un peu plus.

– Je ne veux pas te quitter, je te demande de venir avec moi.

Je soupire.

– Et moi, je ne veux pas y aller.

– Je sais, mais c'est le plus important pour moi – à part toi, bien entendu.

– Je t'épouserai.

Il me tend la main, mais je fais un pas en arrière. J'oublie de respirer. Ce n'est pas possible, j'ai dû mal entendre !

– *Quoi ?*

Je lève les mains pour l'empêcher de s'approcher.

– J'ai dit que je t'épouserai si tu me choisis, moi.

Il se lève et avance vers moi. Bien sûr, avec la quantité d'alcool qu'il a ingurgitée, ce qu'il dit n'a pas beaucoup de sens, n'empêche, je suis heureuse de l'entendre.

– Tu es ivre.

C'est uniquement parce qu'il est ivre qu'il me propose ça, ce qui est encore pire que de ne pas le proposer du tout.

– Et alors ? Ça ne m'empêche pas de le penser.

– Mais non, tu ne le penses pas.

Je secoue la tête en continuant à éviter de le toucher.

– Mais si ! Bon, pas tout de suite, bien sûr, mais disons dans genre six ans, par là.

Il réfléchit en se grattant le front. Il m'exaspère.

– On verra ça demain.

Je suis sûre qu'il ne s'en souviendra même pas.

– Tu mettras ce pantalon, demain ?

Ses lèvres esquissent un sourire entendu.

– Non, ce n'est même pas la peine d'y penser.

– C'est toi qui as commencé en le mettant ! Tu sais l'effet qu'il me fait.

Il baisse les yeux vers ses genoux, puis pointe le doigt vers lui et relève les yeux en haussant les sourcils.

Ce Hardin qui plaisante, qui me fait marcher, qui est ivre, est plutôt adorable... mais pas assez adorable pour me faire lâcher prise.

– Viens là.

– Non, je suis toujours en colère.

– Allez, Tessie, arrête.

Il rigole et se frotte les yeux.

– Si vous m'appelez encore une fois comme ça, toi ou lui, je vous jure que...

– Tessie ? Qu'est-ce qui ne va pas, Tessie ? Tu n'aimes pas qu'on t'appelle Tessie, Tessie ?

Son sourire s'élargit et plus je le regarde, plus je sens ma détermination s'amenuiser.

– Allez, laisse-moi t'enlever ce pantalon.

– Non. J'ai un tas de choses à faire aujourd'hui et aucune n'implique que tu m'enlèves mes vêtements. Je t'aurais bien demandé de m'accompagner, mais tu as préféré prendre une cuite avec mon père, alors je vais devoir y aller seule.

– Tu vas quelque part ?

Sa voix est câline, mais rauque et pâteuse à cause de l'alcool.

– Oui.

– Tu n'y vas pas habillée comme ça, quand même ?

– Si, justement. Je m'habille comme je veux, putain !

J'attrape mon pull KMJ et me dirige vers la porte.

– À tout à l'heure. T'as intérêt à te tenir tranquille parce que je ne paierai pas la caution pour vous sortir de prison, ni toi ni mon père.

– Insolente ! Ça me plaît, mais je pense à autre chose que tu pourrais faire avec cette bouche.

Voyant que je ne relève pas sa remarque indécente, il roucoule.

– Reste avec moi.

Je m'empresse de sortir de la chambre et de l'appartement avant qu'il ne réussisse à me convaincre de rester. Je l'entends m'appeler « Tessie » quand j'arrive à la porte et je me mets la main sur la bouche pour réprimer le gloussement qui m'échappe. C'est mon gros problème, quand il s'agit d'Hardin, mon cerveau ne fait plus la différence entre le bien et le mal.

∞

# 11
## *Tessa*

Quand j'arrive à ma voiture, je regrette déjà de ne pas être restée dans la chambre avec Hardin. Mais j'ai trop de choses à faire. Il faut que je rappelle la femme de l'agence pour l'appart à Seattle, je dois acheter deux trois trucs pour le week-end avec la famille d'Hardin et, le plus important, il faut que j'y voie plus clair en ce qui concerne mon départ pour Seattle. La proposition d'Hardin m'a presque fait changer d'avis, pourtant je sais très bien qu'il n'y pensera plus demain. Je fais tout ce que je peux pour ne pas me laisser influencer, mais c'est plus difficile que je ne le croyais.

*Je t'épouserai si c'est moi que tu choisis.*

Ça m'a étonnée, pour ne pas dire choquée, quand il a dit ça. Il avait l'air si calme, il n'y avait aucune émotion dans sa voix, comme s'il annonçait le menu du dîner. Je ne me fais pas d'illusion pourtant. Je sais qu'il est désespéré. Cette proposition n'était dictée que par l'alcool et son refus absolu de me voir partir à Seattle. Malgré tout, je n'arrête pas de me repasser ses mots dans la tête. C'est nul, je sais, mais pour être franche, je n'arrive pas à m'empêcher de ressentir ce mélange paradoxal d'espoir insensé et de lucidité.

En arrivant chez Target, je n'ai toujours pas appelé Sandra (je crois qu'elle s'appelle comme ça) pour parler de l'appartement. D'après les photos sur le site, il a l'air sympa. Pas aussi grand que notre appart actuel, mais convenable, et j'ai les moyens de le prendre toute seule. Il n'y a pas de bibliothèque ni de briques apparentes comme celles qui me plaisent tellement chez nous, mais ça ira. Je suis prête. Pour Seattle. Je suis prête à franchir cette étape pour mon avenir. D'aussi loin que je me souvienne, c'est ce que j'ai toujours voulu.

Je me balade dans les rayons du magasin en rêvant, et je me rends compte soudain que j'ai rempli mon panier d'un tas de trucs dont je n'ai pas besoin pour ce week-end. Des tablettes pour le lave-vaisselle, du dentifrice et un nouveau ramasse-poussière. Pourquoi j'achète ça ? En plus, je vais déménager. Je repose le ramasse-poussière et les chaussettes colorées que j'avais prises sans savoir pourquoi. Si Hardin ne vient pas avec moi, je vais devoir tout recommencer et racheter de la vaisselle, et tout et tout... Heureusement c'est un appartement meublé, ce qui m'épargnera un tas de corvées.

En sortant de chez Target, je ne sais pas très bien quoi faire. Je n'ai pas envie de rentrer à l'appart avec Hardin et mon père, mais je n'ai nulle part où aller. Je manque vraiment d'amis. Il me faudrait une copine, au moins. Je pourrais appeler Kimberly, mais elle est certainement occupée à organiser son propre déménagement. Elle a de la chance. C'est pour le boulot de Christian qu'elle part à Seattle, d'accord, mais je vois bien à la façon dont il la regarde qu'il la suivrait n'importe où, lui.

En déroulant l'historique de mes appels pour trouver le numéro de Sandra, je tombe sur celui de Steph. Je me demande ce qu'elle fait en ce moment. Hardin serait probablement fou de rage si je l'appelais pour traîner avec elle. En même temps, il n'est pas en position de me dire ce que je dois faire, alors que lui est tellement bourré qu'il se bat en plein milieu de l'après-midi.

Tant pis, je l'appelle. Elle décroche tout de suite.

– Tessa ! Qu'est-ce que tu deviens ?

Elle parle d'une voix forte pour couvrir le bruit derrière elle.

– Rien. Je suis sur le parking de Target.

– Oh, l'éclate, quoi !

Elle rigole.

– Pas vraiment, en effet. Qu'est-ce que tu fais ?

– Rien, je vais au resto avec quelqu'un.

– Ah ! d'accord. Eh bien, rappelle-moi un de ces quatre, ok ?

– Tu peux venir nous rejoindre, si tu veux, on va à l'Applebee, juste à côté du campus.

L'Applebee me fait penser à Zed, mais la bouffe est super et je n'ai rien mangé de la journée.

– D'accord, je viens, tu es sûre que ça ne te dérange pas ?

J'entends une porte se refermer derrière elle.

– Aucun problème. Ramène tes fesses. On sera là-bas dans un quart d'heure.

En route, j'appelle Sandra et je lui laisse un message. En réalité, je suis soulagée de tomber sur sa boîte vocale et pas sur elle directement, je ne sais pas très bien pourquoi.

Applebee est blindé de monde quand j'arrive et je ne vois la chevelure flamboyante de Steph nulle part, alors je donne mon nom à l'hôtesse d'accueil.

– Vous êtes combien ?

– Trois, je crois.

Steph a dit qu'elle était avec quelqu'un, donc je suppose qu'elle a voulu dire seulement une personne.

– Il y a un box de libre, installez-vous ici.

En souriant, elle prend quatre menus dans le présentoir derrière elle.

Je regarde mon téléphone pour voir si Hardin a essayé de me joindre. Rien. Il est sûrement dans les vapes en ce moment. Quand je relève les yeux, la vue d'une chevelure rose vif fait monter en flèche mon taux d'adrénaline.

∞

# 12
## *Hardin*

Richard me suit des yeux tandis que je cherche dans les placards quelque chose à manger pour éponger tout cet alcool dont mon organisme est imbibé.

– Elle est vraiment en rogne.

– Ça, tu peux le dire.

Je ne peux pas m'empêcher de sourire quand je la revois, rouge de colère et les poings serrés. Elle était furieuse. Ce n'est pas drôle. Enfin, si, mais ça ne devrait pas.

– Elle est rancunière, ma fille ?

Je le regarde un moment. Ça fait bizarre, un père qui doit se renseigner sur les habitudes de sa fille auprès de son petit ami.

– À ton avis ? Si c'était le cas, tu crois que tu serais dans notre cuisine en train de manger mes foutues céréales ?

Je secoue le paquet vide. Il sourit.

– Je suppose que tu as raison.

– En général, ouais.

Pourtant, c'est loin d'être vrai, putain !

– Ça craint pour toi. Juste quand tu te pointes, elle déménage moins d'une semaine après.

Je mets un Tupperware dans le micro-ondes sans savoir exactement ce qu'il y a dedans, mais je meurs de faim et je suis trop soûl pour faire la cuisine. Et Tessa n'est pas là pour me préparer un truc. *Putain ! Qu'est-ce que je vais faire quand elle sera partie ?*

Richard fait une grimace.

– Comme tu dis. Heureusement, Seattle, ce n'est pas si loin.

– L'Angleterre, si.

Il marque une longue pause.

– Elle n'ira pas en Angleterre.

– Qu'est-ce que t'en sais, putain ? Ça fait, quoi, deux jours que tu la connais ?

Au moment où je vais vraiment péter les plombs, je suis interrompu par le bip de ce putain de micro-ondes.

– Ouais, mais je connais Carol, et elle n'irait pas en Angleterre.

Il redevient le poivrot casse-pieds qu'il était hier.

– Tessa n'est pas sa mère, et moi, je ne suis pas toi.

– Ok.

Il hausse les épaules.

∞

## 13
### *Tessa*

Molly.

Je prie pour que sa présence ici soit une pure coïncidence, mais Steph apparaît derrière elle et je m'enfonce sur la banquette dans le box.

– Salut, Tessa !

Steph vient s'asseoir en face de moi, elle se serre contre le mur pour que son « quelqu'un » puisse s'asseoir à côté d'elle. *Qu'est-ce qui lui a pris de m'inviter à déjeuner avec Molly ?*

– Ça fait un bail.

Cette pute de Molly ! Je ne sais pas quoi leur dire. J'ai envie de me casser, au lieu de ça j'esquisse un demi-sourire.

– Ouais.

– T'as commandé ?

Steph n'a pas l'air de se rendre compte qu'elle est venue avec ma pire – *ma seule* – ennemie.

– Non.

Je fouille dans mon sac à la recherche de mon portable.

Molly me gratifie d'un sourire goguenard.

– C'est pas la peine d'appeler papa à la rescousse, je ne vais pas te mordre.

– Je n'allais pas appeler Hardin.

En réalité, j'allais lui envoyer un texto, ce qui n'est pas tout à fait la même chose.

– Tu parles !

Elle se marre. Steph intervient.

– Ça suffit, les filles ! Molly, tu avais dit que tu serais sympa.

– Et d'ailleurs, pourquoi es-tu venue ?

Je hais cette fille plus que tout au monde.

– J'avais faim.

Elle dit ça sur un ton détaché, comme pour me provoquer. J'attrape mon pull et je me lève pour partir.

– Je ferais mieux de m'en aller.

Steph fait la moue.

– Non, reste ! S'il te plaît. Tu vas déménager et je ne te verrai plus jamais.

– Quoi ?

– Tu pars dans quelques jours, non ?

– Qui t'a dit ça ?

Molly et Steph échangent un regard.

– Zed, je crois. Peu importe, mais j'aurais pensé que tu m'en parlerais.

– J'allais le faire, mais il s'est passé tant de choses. J'avais l'intention de t'en parler maintenant...

Je regarde Molly comme pour expliquer ma réticence à en dire plus devant elle.

– Je t'en veux quand même de ne m'avoir rien dit, c'était moi ta première pote ici.

Steph fait une moue qui me donne mauvaise conscience, mais qui me fait rire en même temps. Je suis soulagée quand une serveuse vient prendre notre commande.

Pendant que Steph et Molly commandent des sodas, j'envoie un texto à Hardin.

Je suppose que tu es dans les vapes, mais je déjeune avec Steph, et elle a amené Molly ☹

J'appuie sur « envoi » et je regarde les filles en face de moi.

– Alors, tu es contente de partir ? Qu'est-ce que vous allez faire, Hardin et toi ?

Je hausse les épaules et je regarde autour de moi. Je ne vais sûrement pas discuter de ma relation devant la fille de Satan.

– Tu peux parler devant moi. Crois-moi, ta vie est bien trop chiante pour que je m'y intéresse.

– Te croire, toi ?

Je rigole en même temps que mon portable se met à vibrer.

RENTRE À LA MAISON.

Je ne sais pas ce que j'attendais, mais son conseil – son absence de conseil, plutôt – me déçoit.

NON, J'AI FAIM.

– Écoute, vous êtes bien mignons tous les deux, mais je n'en ai plus rien à foutre de votre histoire. J'ai la mienne maintenant, et ça me suffit.

– Super. Tant mieux pour toi.

Je plains le pauvre mec.

– À ce propos, Molly, quand est-ce que tu nous le présentes, cet homme mystérieux ?

Molly lui fait un doigt d'honneur.

– Je ne sais pas. Pas tout de suite, en tout cas.

La serveuse vient apporter nos verres et prendre nos commandes. Dès qu'elle est partie, Molly se tourne vers moi comme un oiseau de proie.

– Au fait, qu'est-ce que tu as fait à Zed pour qu'il veuille envoyer Hardin en taule ?

Je manque de m'étrangler en buvant. L'idée qu'Hardin puisse aller en prison me glace le sang.

– C'est justement ce que j'essaie d'éviter.

– Bonne chance ! Je ne vois pas ce que tu peux faire, à part baiser avec Zed !

Ce sourire goguenard, encore, alors qu'elle pianote sur la table de ses ongles vert fluo.

– Ce n'est même pas envisageable.

Y A CE QU'IL FAUT POUR MANGER ICI. SÉRIEUX, RENTRE AVANT QU'IL NE SE PASSE QUELQUE CHOSE ET QUE JE NE PUISSE PAS VENIR À TON SECOURS.

Venir à *mon secours* ? Qu'est-ce que je risque ? Avec Molly et Steph ? Steph est ma copine et j'ai déjà prouvé une fois que je pouvais tenir tête à Molly. Je le referais sans la moindre hésitation. Elle est chiante et je ne la supporte pas, mais je n'ai plus peur d'elle maintenant. C'est n'importe quoi ce message ! Hardin n'a pas encore dessoûlé, c'est sûr.

JE SUIS SÉRIEUX. BARRE-TOI DE LÀ.

Je fourre mon portable dans mon sac et reporte mon attention sur les filles.

– Tu l'as déjà fait, alors où est le problème cette fois ?

– Pardon ?

– Je ne te juge pas. J'ai baisé avec Hardin et avec Zed, je te rappelle.

J'ai envie de hurler.

– Je n'ai jamais couché avec Zed !

– Hum-mm.

Steph me lance un regard furibard.

– Est-ce que quelqu'un fait courir le bruit que j'ai couché avec Zed ?

– Non, répond Steph avant que Molly puisse parler. Et puis, ça suffit avec Zed. Je veux tout savoir au sujet de Seattle. Est-ce qu'Hardin y va aussi ?

– Oui.

Je ne veux pas admettre, surtout devant Molly, qu'Hardin refuse de venir avec moi.

– Alors vous ne serez plus là, ni lui ni toi ? Ça va faire trop bizarre.

Steph fronce les sourcils.

Ça va faire bizarre de recommencer sur un nouveau campus après tout ce que j'ai traversé à WCU. Mais c'est exactement ce qu'il me faut, un nouveau départ. La ville tout entière est ternie par des souvenirs de trahison et de fausses amitiés.

– On devrait faire une petite fiesta ce week-end.

– Non, plus de fêtes.

– Non, non, pas une vraie fête, juste notre bande. (Elle me lance un regard suppliant.) Faut pas se voiler la face, on ne se reverra probablement jamais, raison de plus pour qu'Hardin voie ses anciens potes, au moins une dernière fois.

J'hésite et je détourne les yeux du côté du bar. Molly rompt le silence.

– T'inquiète, je ne viendrai pas.

Je les regarde, au moment où on nous apporte nos plats. Mais je n'ai plus faim. *Est-ce qu'on dit vraiment que j'ai couché avec Zed ? Est-ce qu'Hardin l'a entendu dire ? Est-ce que Zed a vraiment l'intention d'envoyer Hardin en prison ?*

J'ai mal à la tête. Steph mange quelques frites et, avant d'avoir fini de mâcher, elle dit :

– Parles-en à Hardin et dis-le moi. On pourrait faire ça chez quelqu'un, genre chez Tristan et Nate. Ça évitera les connards qui viennent taper l'incruste.

– Je peux toujours lui demander, mais je ne sais pas s'il dira oui.

Je baisse les yeux sur mon écran. Trois appels manqués. Un texto.

RÉPONDS À MES APPELS.

CALMOS. JE FINIS DE MANGER ET JE PARS. BOIS DE L'EAU.

À mon tour, je picore quelques frites. Mais Molly se réveille et se met à parler avec effervescence.

– Normalement, cette idée *devrait* lui faire plaisir. Nous étions potes bien avant que tu te pointes et que tu gâches tout.

– Qu'est-ce que j'ai gâché ?

– Il a trop changé. Il n'appelle plus personne.

– Ses potes, tu parles ! Personne ne l'appelle plus non plus. La seule personne qui continue à le contacter, c'est Nate.

– C'est parce qu'on sait...

Steph l'interrompt en levant les mains.

– Oh, ça suffit. Bon sang !

Elle se masse les tempes.

– Je vais demander un doggy bag et rentrer chez moi. Ce déjeuner n'était pas une bonne idée.

Je ne sais pas ce qui lui a pris d'amener Molly, elle aurait pu me prévenir, au moins. Elle me regarde avec compassion.

– Excuse-moi, Tessa. J'ai pensé que vous pouviez vous entendre toutes les deux maintenant qu'Hardin ne l'intéresse plus.

Elle lance un regard furax à Molly qui hausse les épaules.

– Mais on s'entend mieux qu'avant.

J'ai envie de la claquer pour effacer son regard méprisant. Mais la sonnerie du téléphone de Steph vient interrompre mes pensées violentes. Elle a l'air très étonnée en regardant l'écran.

– C'est Hardin qui m'appelle.

Elle me le tend pour que je regarde.

– Parce que je n'ai pas répondu à son texto. Je l'appellerai dans une minute.

Elle hoche la tête et ne répond pas.

– Bon sang ! Il te harcèle souvent comme ça ?

Molly mord dans une frite. Je ne relève pas et je demande à la serveuse une boîte pour emporter mon repas.

– Réfléchis pour samedi. On pourrait même faire un dîner au lieu d'une fête. S'il te plaît !

Steph me fait son plus beau sourire.

– Je vais voir ce que je peux faire, mais nous ne revenons que samedi matin.

Elle hoche la tête aimablement.

– À l'heure que tu voudras.

– Merci. Je te tiens au courant.

Cette idée ne me plaît pas trop mais, dans un sens, elle n'a pas tort. Nous ne les reverrons jamais. Hardin va partir aussi, peut-être pas à Seattle, mais il ne va pas rester ici maintenant qu'il est viré de la fac, et il pourrait aussi bien voir ses anciens potes une dernière fois.

– C'est lui qui rappelle.

Steph n'essaie même pas de cacher son amusement.

– Dis-lui que j'arrive.

Je me lève et je vais vers la sortie. Quand je me retourne, Steph et Molly sont en pleine discussion et le portable de Steph est posé sur la table.

∞

# 14
## *Hardin*

– Tessa, si tu ne me rappelles pas, je viens te chercher, bourré ou pas.

Je lance mon téléphone sur le canapé si violemment qu'il rebondit et retombe sur le sol en béton.

– Elle arrive.

Il m'énerve avec ce ton pseudo-rassurant.

– Je sais !

Je ramasse mon téléphone. Heureusement l'écran n'est pas cassé. Je file dans ma chambre en jetant un regard furieux au vieux poivrot.

*Qu'est-ce qu'il fait encore là, putain ! Et Tessa, elle est où ?*

Je n'aime pas la savoir dans la même pièce que Molly. Ça ne peut que tourner au vinaigre. Alors que je me creuse la cervelle pour savoir comment je pourrais aller la chercher sans clés, sans voiture et avec un taux d'alcoolémie bien supérieur à la limite autorisée, j'entends la porte s'ouvrir.

– Il est... euh... allé s'allonger.

Richard parle d'une voix forte sur un ton de gaieté forcée. Je suppose qu'il essaie de me prévenir à sa façon de l'arrivée de Tessa. J'ouvre la porte de la chambre avant elle et je lui fais une courbette pour l'inviter à entrer. Elle n'a pas du tout l'air impressionnée ou inquiète devant mon regard sévère.

– Pourquoi t'as pas répondu quand je t'ai appelée ?

– Parce que je venais de te dire que j'allais partir, et c'est ce que j'ai fait.

– Tu aurais dû répondre. J'étais inquiet.

– Inquiet ?

Visiblement, ça l'étonne.

– Oui, inquiet. Qu'est-ce que tu foutais avec Molly ?

Elle pose son sac à main sur le dos de la chaise.

– Va savoir ! Steph m'a invitée à déjeuner et elle s'est pointée avec elle.

*Putain de Steph !*

– Pourquoi elle a fait ça, bordel ? Elle a été désagréable ?

– Pas plus que d'habitude.

Elle hausse les sourcils en m'observant.

– Steph est une garce de l'avoir amenée. Qu'est-ce qu'elles t'ont raconté ?

– Je crois qu'il y a des gens qui font circuler des rumeurs sur moi.

Elle plisse le front et s'assied sur une chaise pour enlever ses chaussures.

– Des rumeurs ? Quelle sorte de rumeurs ?

*Ma vraie question c'est : à qui est-ce que je dois faire la peau ?*

Putain ! Je suis encore bourré. Comment c'est possible ? Ça fait au moins trois heures. Il me semble vaguement me rappeler qu'il faut une heure par verre pour éliminer, mais à ce rythme-là, j'en ai pour encore au moins dix heures.

– T'as entendu ?

La voix de Tessa est calme, inquiète même.

– Non, excuse-moi.

Elle rougit.

– Il paraît qu'il y a des gens qui disent que Zed et moi... tu vois ce que je veux dire.

– Que Zed et toi quoi ?

– Que nous avons couché ensemble.

Elle parle doucement, l'air exténuée.

– Qui dit ça ?

J'essaie de ne pas parler plus fort qu'elle malgré la rage qui monte en moi.

– D'après Steph et Molly, il y aurait une rumeur.

J'hésite entre la réconforter et laisser exploser ma colère. Je suis trop bourré pour ces conneries.

Elle pose les mains sur ses genoux et baisse les yeux.

– Ça ne me plaît pas qu'on parle de moi comme ça.

– Faut pas les écouter, c'est des connasses. S'il y a une rumeur, je vais faire ce qu'il faut pour la dissiper. Ne t'inquiète pas.

Je la tire par la main pour qu'elle vienne s'asseoir à côté de moi sur le lit.

– Tu n'es pas furax contre moi ?

Elle plonge ses yeux bleu gris dans les miens.

– Si. Je suis contrarié parce que tu ne répondais pas et que Steph ne répondait pas non plus. Mais pas à cause de cette rumeur. Elles ont probablement inventé toute cette histoire pour te faire chier.

L'idée que Steph et Molly aient raconté des conneries à Tessa exprès pour lui faire de la peine me fout vraiment en rogne.

– Je ne comprends pas pourquoi elle est venue avec Molly qui, bien sûr, ne s'est pas gênée pour me rappeler qu'elle avait couché avec toi.

– C'est une pute qui n'a rien d'autre à foutre que de ruminer en pensant à l'époque où on baisait comme des bêtes.

– Hardin !

Tess n'a pas l'air d'apprécier ma description un peu trop imagée.

– Excuse-moi. Tu vois ce que je veux dire.

Elle retire son bracelet et se lève pour le poser sur le bureau.

– Tu es encore soûl ?

– Un peu.

– Un peu ?

– Un peu plus qu'un peu.

– Tu es trop bizarre.

Elle lève les yeux au ciel et sort ce fichu organiseur du tiroir du bureau.

– Comment ça ?

– Tu es soûl, mais tu es sympa malgré tout. Genre, tu étais furax parce que je n'ai pas répondu mais maintenant tu es... *compréhensif*, on va dire, à propos de cette histoire avec Molly.

– Tu pensais que j'allais faire quoi ?

– Je ne sais pas, m'engueuler ? Tu n'as pas très bon caractère quand tu as bu, en général.

– Je ne vais pas t'engueuler. Simplement, je ne voulais pas que tu traînes avec elles. Tu sais comment elles sont, surtout Molly, et je ne veux pas qu'on te fasse du mal. *D'aucune façon.*

– Eh bien, elles ne m'ont rien fait. Je sais que c'est idiot mais, pour une fois, je voulais juste me faire un petit resto avec une copine.

J'ai envie de lui dire que Steph n'est pas l'idéal en matière de potes, mais je sais qu'elle n'en a pas d'autres, à part Landon, Noah et moi.

Et Zed.

Enfin, Zed, c'est fini. Et je suis pratiquement sûr que ce gars n'est pas près de se pointer de sitôt.

∞

## 15
### *Tessa*

Je suis étonnée qu'Hardin se montre si raisonnable et ça m'aide à me détendre un peu. Il croise les jambes et s'allonge, les mains derrière la tête. Je ne suis pas sûre que ce soit le bon moment d'aborder la question de Seattle, puisqu'il semble de si bonne humeur. Je ferais peut-être mieux d'attendre.

Mais si j'attends, qui sait quand il sera prêt à en parler ? Je l'observe du coin de l'œil. Il m'observe de ses grands yeux verts et je décide d'en profiter.

– Steph veut faire une petite fête d'adieu.

– Elle part où? À la Louisiana State University ?

– Non, pour moi.

Je passe sous silence le fait que je leur ai dit qu'il venait avec moi à Seattle. Il me lance un regard lourd de sens.

– Tu leur as dit que tu déménageais ?

– Oui. Pourquoi pas ?

– Parce que tu n'as encore rien décidé, si ?

– Hardin. Je vais à Seattle.

Il hausse les épaules d'un air dégagé.

– Tu as encore le temps d'y réfléchir.

– Laisse tomber. Qu'est-ce que tu en penses ? Elle a dit qu'on pourrait faire un apéro dînatoire chez Nate et Tristan pour changer de la fraternité.

Hardin est encore soûl et n'a pas l'air de m'écouter. Je jette un coup d'œil au planning de mon déménagement, la semaine prochaine. J'espère vraiment que Sandra va me rappeler pour l'appart, sinon je ne sais pas où je vais habiter quand j'arriverai là-bas et je vais me retrouver avec mes bagages dans une chambre d'hôtel. Pas réjouissant comme perspective.

– Non, on n'ira pas.

Surprise, je me tourne vers lui.

– Quoi ? Pourquoi pas ? Si c'est un dîner, ce ne sera pas si mal. Pas d'Action ou Vérité, ni de Suce et Siffle, tu vois ?

Il rigole et me regarde, l'air visiblement amusé.

– Suce et *Souffle,* Tess.

– Tu vois ce que je veux dire. Ce sera la dernière fois que nous – enfin que *je* les verrai et d'une certaine façon c'étaient mes potes, si on peut dire.

– On en reparlera plus tard. Ces conneries me donnent la migraine.

Je pousse un soupir, résignée. Au son de sa voix, je comprends que la discussion est close.

– Viens là.

Il s'assied au bord du lit et m'ouvre les bras. Je pose mon agenda et le rejoins. Tandis que je me tiens debout entre ses jambes, il met les mains sur mes hanches et lève les yeux vers moi avec un sourire pervers.

– Je croyais que tu étais furax, non ?

– Je suis un peu dépassée, Hardin, je l'admets.

– Dépassée par quoi ?

Je lève les bras.

– Tout ça, Seattle, le changement de campus, Landon qui s'en va, ton renvoi...

– Je t'ai menti.

Il dit ça comme ça, tout en enfouissant son visage contre mon ventre.

*Quoi encore ?*

– Quoi ?

Je passe les doigts dans ses cheveux et je l'oblige à relever la tête pour me regarder. Il hausse les épaules.

– Je t'ai menti à propos du renvoi.

Je recule d'un pas, il essaie de me retenir, mais je résiste.

– Pourquoi ?

–Je n'en sais rien, Tessa. (Il se lève.) J'étais contrarié que tu sois là dehors avec Zed et à cause de cette histoire de Seattle.

Je reste bouche bée.

–Alors, tu m'as dit que tu étais viré juste parce que tu étais furax contre moi ?

–Ouais. Enfin, aussi pour une autre raison.

–*Quelle* autre raison ?

Il soupire.

–Tu ne vas pas être contente.

Il a toujours les yeux rouges, mais j'ai l'impression qu'il dessoûle rapidement. Je croise les bras.

–Ouais, y a des chances. Vas-y, dis-moi.

–Je pensais que tu serais triste pour moi et que tu viendrais en Angleterre.

Je ne sais que penser de cet aveu. Je devrais lui en vouloir. Je lui en veux d'ailleurs. Je suis furieuse, putain ! Quel culot ! Essayer de me faire culpabiliser suffisamment pour que je parte vivre en Angleterre avec lui. Il aurait dû jouer franc-jeu depuis le début ! Pourtant, c'est plus fort que moi, je me sens un peu moins mal du fait qu'il me le dit lui-même plutôt que si je l'avais découvert comme les autres fois. Il me regarde d'un air interrogateur.

–Tessa ?

Je réprime un sourire.

–Franchement, je suis plutôt surprise que tu aies avoué avant que je ne l'apprenne de la bouche de quelqu'un d'autre.

–Moi aussi.

Il vient plus près de moi et pose sa main sur mon cou, ses doigts encadrent le bas de mon visage.

–Je t'en prie, ne sois pas fâchée. Je suis un con.

Je pousse un soupir excédé, mais j'adore sa caresse.

–C'est minable comme défense.

–Je ne me défends pas. Je suis un connard. Je le sais, mais je t'aime et j'en ai ras le bol de toutes ces conneries. Je savais que tu l'apprendrais tôt ou tard, de toute façon. Surtout avec ce redoutable voyage avec la famille de mon père.

–Ah bon ? Tu me l'as dit parce que tu savais que je l'allais le découvrir ?

– Ouais.

Je rejette la tête en arrière.

– Tu me l'aurais caché et tu aurais essayé de me forcer à partir en Angleterre avec toi par pitié ?

– En gros, oui...

*Qu'est-ce que je suis censée répondre à ça, sérieux ?*

J'ai envie de lui dire qu'il est malade, qu'il n'est pas mon père et qu'il faut qu'il arrête d'essayer de me manipuler, mais au lieu de ça je reste plantée là, la bouche ouverte, comme une imbécile.

– Tu n'as pas le droit de m'obliger à faire quelque chose en me mentant et en me manipulant.

Il me regarde, et je vois de l'inquiétude dans ses yeux verts.

– Je sais, j'ai merdé. Je ne sais pas pourquoi je suis comme ça. Mais je suis désespéré à l'idée de te perdre.

Je vois bien qu'il ne comprend réellement pas pourquoi il a fait ça.

– Non, tu ne sais pas. Sinon, tu n'aurais pas menti.

– Tessa. Je suis désolé, sincèrement. Mais admets que nous faisons des progrès, tous les deux.

Il a raison. Nous communiquons beaucoup mieux qu'avant, même si c'est d'une manière totalement tordue. Mais la normalité n'a jamais été notre truc.

– Alors le mariage, ce n'est pas suffisant pour que tu viennes avec moi ?

Mon cœur se met à battre de façon désordonnée et tellement forte que je suis sûre qu'il peut l'entendre.

– On en reparlera quand tu seras sobre.

– Je ne suis pas si soûl que ça.

Je souris en lui tapotant la joue.

– Trop pour que l'on ait ce genre de conversation.

En souriant, il m'attire contre lui.

– Quand est-ce que tu reviens de Sandpoint ?

– Tu ne viens pas ?

– Je ne sais pas.

– Tu as dit que tu viendrais. On n'est jamais allés nulle part ensemble, toi et moi.

– Et Seattle ?

Je rigole.

– Tu parles, tu t'es pointé sans avoir été invité et tu es reparti le lendemain matin.

Il se passe la main dans les cheveux.

– Ce sont des détails.

– J'ai vraiment envie que tu viennes. Tu sais que Landon déménage bientôt.

Je suis triste rien que d'y penser.

– Et alors ?

Il secoue la tête.

– Et je suis sûre que ça ferait vraiment plaisir à ton père.

– Oh, lui. Il s'en veut parce qu'ils m'ont donné une super amende et m'ont mis en sursis. Au moindre écart, je suis fichu.

– Alors, pourquoi ne pas demander ton transfert pour le campus de Seattle avec moi ?

– Je ne veux plus entendre parler de Seattle pour aujourd'hui ! J'ai eu une longue journée et j'ai une migraine de dingue...

Je m'écarte de lui brusquement.

– Tu as pris une cuite avec mon père et tu m'as menti en disant que tu étais viré – on parlera de Seattle si je veux.

Il sourit.

– Et toi tu es sortie avec ce pantalon après m'avoir allumé, et tu n'as pas répondu à mes appels.

Il passe le pouce sur ma lèvre inférieure.

– Tu n'es pas obligé de m'appeler si souvent, non plus. C'est étouffant à force. Molly a même dit que tu me harcelais.

– Ah ouais, elle a dit ça ?

Il continue à dessiner le contour de mes lèvres qui esquissent un sourire malgré moi.

– Ouais.

– Hmm...

– Je te vois venir.

Je vais chercher sa main sur ma hanche où ses doigts ont commencé à se glisser sous la ceinture de mon pantalon. Il sourit.

– Quoi ?

– Tu essaies de faire diversion pour que je ne sois plus fâchée contre toi.

– Et ça marche ?

– Pas vraiment. Et puis, il y a mon père, et pas question pour moi de faire l'amour alors qu'il est dans la pièce d'à côté.

Je passe la main derrière lui et lui donne une petite claque sur les fesses, ce qui a pour effet de le faire se presser encore plus contre moi.

– Tu veux dire comme la fois où je t'ai baisée là-dessus (il montre le lit du doigt) alors que ma mère dormait sur le canapé ?

Il pousse son bassin doucement contre moi.

– Ou la fois où je t'ai niquée dans la salle de bains chez mon père, ou toutes les fois où on l'a fait alors que Karen, Landon et mon père étaient juste au bout du couloir ?

Il baisse le bras et me caresse la cuisse doucement.

– Attends, tu veux sûrement parler de la fois où je t'ai prise sur ton bureau, au boulot...

– Ok, ok ! J'ai compris.

Je rougis et ça le fait rire.

– Allez Tessie, viens t'allonger.

– Tu es complètement obsédé !

Je ris en m'éloignant de lui.

– Où tu vas ?

– Voir où en est mon père.

– Pourquoi ? Pour pouvoir revenir ici et...

– Non ! Bon sang, dors !

Je suis contente qu'il soit encore de bonne humeur mais, même s'il me l'a avoué, ça m'ennuie qu'il ait menti et qu'il refuse toujours de parler de Seattle. Je me doutais bien, en rentrant de mon déjeuner tardif chez Applebee, qu'il allait me tomber dessus pour n'avoir pas répondu à ses textos. Mais je ne m'attendais pas à ce qu'on en discute et qu'il admette avoir menti. Peut-être que Steph l'a rassuré en lui disant que j'arrivais et que donc il a eu le temps de se calmer. En même temps, le portable de Steph était sur la table quand je me suis retournée...

– Tu as dit que Steph n'avait pas répondu quand tu l'as appelée ?

– Oui, pourquoi ?

Il a l'air perplexe. Je hausse les épaules, je ne sais pas quoi dire.

– Juste pour savoir.

– Pour savoir quoi ?

Son ton est neutre.

– Je lui ai demandé de te dire que j'arrivais et je me demande pourquoi elle ne l'a pas fait.

– Ah !

Il détourne les yeux en tendant la main pour prendre une tasse sur la commode. Cette conversation est trop bizarre – et Steph qui ne lui a pas dit que j'arrivais et lui qui évite mon regard.

– Je vais à côté. Tu peux venir avec nous si tu veux.

– J'arrive, juste le temps de me changer.

Je hoche la tête tout en tournant la poignée de la porte.

– Et ton père, tu y as pensé ? Alors qu'il vient de refaire surface dans ta vie, toi tu es sur le point de partir ?

Je m'arrête net. Ce n'est pas comme si je n'y avais pas encore pensé, mais Hardin qui m'envoie ça comme un missile alors que j'ai le dos tourné, ça, ça ne me plaît pas du tout.

J'inspire profondément avant de sortir de la pièce. Quand j'entre dans le séjour, mon père s'est rendormi. Prendre une cuite à midi, ça doit être épuisant. J'éteins la télé et je vais dans la cuisine me servir un verre d'eau. Ce qu'a dit Hardin me trotte dans la tête. Mais une chose est sûre, je ne vais pas mettre mon avenir en stand-by pour un homme que je n'ai pas vu depuis huit ans. Si les circonstances étaient différentes, j'envisagerais peut-être d'y réfléchir, mais c'est lui qui m'a quittée, pas moi.

Quand je reviens vers la porte de la chambre, j'entends Hardin qui parle à l'intérieur.

– C'était quoi encore ce merdier, tout à l'heure ?

Sa voix est étouffée. Je presse l'oreille contre la porte. Je ferais mieux d'entrer, mais j'ai l'impression que je ne suis pas censée entendre cette conversation. Ce qui veut dire que j'ai toutes les raisons de l'écouter.

– J'en ai rien à foutre ! Ça n'aurait pas dû arriver. Maintenant, elle est contrariée et tu es censée...

Je n'arrive pas à entendre le reste de la phrase.

– T'as pas intérêt à merder.

À qui est-ce qu'il parle ? Et qu'est-ce que cette personne est censée faire ? Est-ce que c'est Steph ? Ou pire, Molly ?

J'entends ses pas qui se rapprochent de la porte et je me faufile vite fait dans la salle de bains en refermant derrière moi.

Quelques minutes plus tard, on frappe.

– Tessa ?

J'ouvre. Mon cœur cogne dans ma poitrine et j'ai l'estomac noué.

– Oh, salut. J'avais fini.

Ma voix est mal assurée. Hardin hausse un sourcil.

– Ok...

Il regarde dans le couloir.

– Où est ton père. Il dort ?

– Euh... ouais.

Son sourire s'élargit.

– Super, alors tu peux revenir dans la chambre.

Il me prend la main dans la sienne et me tire gentiment derrière lui.

En le suivant dans la chambre, je retrouve ma vieille amie, la bien nommée paranoïa.

∞

## 16
### *Tessa*

La partie microscopique de mon cerveau où loge ce qui me reste de sens commun essaie d'envoyer des signaux d'avertissement à l'autre, bien plus grande, qui est envahie par Hardin. Le peu qui me reste de raison me dit que je dois lui poser des questions, exiger des réponses, ne pas laisser passer ça. Comme je fais trop souvent.

Ça, c'est la partie microscopique. Mais c'est toujours la plus grande qui gagne. Ai-je vraiment envie de me disputer avec lui ou de l'accuser de quelque chose que j'aurais peut-être simplement mal compris ? Peut-être qu'il était tout simplement énervé contre Steph parce qu'elle avait invité Molly avec moi ? Je n'ai pas bien entendu, peut-être qu'il ne songeait qu'à prendre ma défense ? Il était si disposé à reconnaître qu'il avait menti au sujet de son renvoi – pourquoi me cacherait-il quelque chose maintenant ?

Hardin va se rasseoir sur le lit, m'attrape les mains et me fait asseoir sur ses genoux.

– Bon, on a fait le tour de tous les sujets sérieux et ton père est endormi. Je pense que nous allons devoir trouver un autre moyen de nous occuper...

Son sourire est idiot mais communicatif.

– Tu ne penses vraiment qu'au sexe !

Je le repousse pour jouer. Il s'allonge sur le lit, une main sur mes reins et une derrière ma cuisse, et il m'attire vers lui. Je le chevauche, une cuisse de chaque côté, et nos visages se touchent presque.

– Non, je pense à d'autres choses aussi. Par exemple, je pense à ces lèvres qui s'ouvrent pour me recevoir...

Il effleure mes lèvres des siennes. Je sens le goût de menthe dans son souffle quand il m'embrasse. Un courant électrique me traverse tout le corps.

– Je pense à ma tête entre tes jambes pendant que tu...

Je l'interromps en posant la main sur sa bouche. Sa langue sort si brusquement pour venir lécher ma paume que je la retire vivement.

– Beurk.

Je fronce le nez et m'essuie la main sur son t-shirt.

– Je ne ferai pas de bruit, dit-il doucement en soulevant les hanches du matelas pour se presser contre moi. Tu ne peux pas en dire autant, bien sûr.

– Il y a mon père, je te rappelle...

Je n'ai pas l'air aussi convaincue que tout à l'heure.

– On s'en fout ! On est chez nous, si ça ne lui plaît pas, il n'a qu'à s'en aller.

Je le regarde, à demi sérieuse.

– Ne sois pas grossier.

– Grossier, moi ? J'ai envie de toi, je devrais pouvoir t'avoir chaque fois que j'en ai envie.

Je suis éberluée.

– J'ai mon mot à dire, moi aussi, non ? Tu parles de mon corps, là !

Je feins de ne pas sentir mon cœur qui bat à se rompre.

– Absolument ! Mais je sais bien qu'il suffit que je fasse ça...

Il passe la main entre nos corps et la glisse sous la ceinture de mon pantalon et de ma culotte.

– Tu vois, je savais que tu serais prête dès que je te parlerais de te manger...

J'appuie mes lèvres sur les siennes pour faire taire ses mots crus, et il aspire le souffle qui m'échappe quand ses doigts passent sur mon clitoris. Il me touche à peine, faisant exprès de me torturer.

– Sssss'il te plaît, je siffle, mais il appuie plus fort et me pénètre d'un doigt agile.

– Je me disais aussi.

Il va et vient en moi, mais soudain – trop vite à mon goût – il s'arrête et m'allonge à côté de lui. Sans me laisser le temps de protester, il s'assied, saisit le haut de ce legging qui lui plaît tant et le fait rouler sur mes cuisses. Je soulève les hanches pour l'aider, et il retire ma culotte en même temps. Sans parler, il me fait signe d'aller vers le haut du lit. Je me pousse en m'appuyant sur les coudes et je remonte jusqu'à la tête du lit. Il se met à plat ventre devant moi et écarte mes jambes de ses deux bras.

Il sourit d'un air moqueur.

– Au moins, essaie de ne pas faire de bruit.

Son souffle chaud arrive sur moi, doucement au début puis avec une intensité grandissante à mesure que sa bouche s'approche de moi. Sans prévenir, il passe sa langue sur moi et je saisis un coussin, le jaune qu'il trouve hideux. Je m'en couvre le visage, pour étouffer les bruits qui s'échappent de mes lèvres tandis que sa langue bouge de plus en plus vite.

Brusquement, le coussin est arraché de mon visage.

– Non, Bébé, regarde-moi.

J'acquiesce d'un lent hochement de tête. Sa langue glisse sur moi. De sa main, il touche mon endroit le plus sensible. Mes jambes se tendent, sa caresse est divine sur mon clitoris. Du doigt, il fait des petits mouvements circulaires avec juste ce qu'il faut de pression pour me torturer.

Je lui obéis et je le regarde entre mes cuisses. J'observe sa chevelure en bataille repoussée vers l'arrière, qui forme une vague au-dessus de son front. Une boucle retombe, il la repousse en baissant la tête. Je vois sa bouche sur moi, ça décuple la sensation, et je sais, je sais *tout simplement*, que je ne vais pas être capable de me taire quand l'intensité de mon plaisir commencera à monter. D'une main, je me couvre la bouche, l'autre est enfoncée dans ses boucles, et je commence à soulever les hanches pour me rapprocher de sa langue. C'est trop bon.

Je lui tire les cheveux et je le sens gémir contre moi, ce qui m'excite de plus en plus.

– Plus fort.

*Quoi ?*

Il attrape ma main dans ses cheveux. Il veut que je tire plus fort ?

– Vas-y !

Il me jette un regard plein de désir et fait des cercles de plus en plus rapides du bout des doigts en baissant la tête pour augmenter la pression de la langue. Je lui tire les cheveux, fort, et il me regarde, les yeux à demi fermés. Quand il les ouvre, ils sont d'un vert de jade étincelant, brûlant. Il soutient mon regard, mais ma vision se brouille et momentanément je ne vois plus rien.

– Vas-y, Bébé.

Je remarque que sa main se dirige entre ses jambes et je ne peux pas me retenir plus longtemps. Je le regarde caresser sa queue dressée, afin d'atteindre l'orgasme en même temps que moi. Je ne me lasserai jamais de l'effet que ses gestes produisent sur moi. Le regarder se caresser, sentir son souffle chaud sur moi tandis qu'il respire de plus en plus fort...

– Tu es trop bonne, Bébé, putain !

Le mouvement de sa main s'accélère entre ses jambes. Je sens à peine mes dents qui entrent dans ma paume quand j'atteins l'orgasme, toujours en lui tirant les cheveux. J'ai les yeux qui papillotent et se ferment. Quand je reprends conscience, je sens son poids se déplacer et il pose la tête sur mon ventre. J'ouvre les yeux, les siens sont fermés, sa poitrine monte et descend au rythme de son souffle court. Je le soulève par les épaules et j'essaie de bouger entre ses jambes. Il s'arrête et me regarde.

– Euh... j'ai fini.

Je le regarde sans comprendre.

– J'ai joui...

Il a l'air épuisé.

– Oh.

Il me gratifie d'un sourire nonchalant et se lève. Il va vers la commode et attrape un short de gym blanc dans le tiroir du bas.

– Je dois aller me doucher et me changer.

Il montre l'entrejambe de son jean en souriant.

– Comme au bon vieux temps ?

Il vient vers moi et pose un baiser sur mon front, puis sur mes lèvres.

– C'est bien de voir que tu n'as pas perdu la main.

Il se dirige vers la porte.

– Ce n'était pas *ma* main, cette fois.

Il sort de la chambre en secouant la tête. Je ramasse mes vêtements au pied du lit. Pourvu que mon père soit toujours endormi, et si par hasard il est réveillé, pourvu qu'il n'arrête pas Hardin en chemin. Quelques secondes plus tard, j'entends la porte de la salle de bains se refermer. Je me lève pour m'habiller. Quand j'ai fini, je regarde mon téléphone, toujours pas de message de Sandra ! En revanche, il y a une petite enveloppe dans le coin de l'écran, elle est peut-être trop occupée et a préféré m'envoyer un SMS. Je clique dessus.

IL FAUT QUE JE TE PARLE.

Je pousse un soupir en voyant le nom de l'expéditeur : Zed.

J'efface le message et repose mon portable sur le bureau. Mais, tout à coup, ma curiosité est plus forte que moi, je cherche le téléphone d'Hardin du regard. J'ai le cœur qui bat. La dernière fois que j'ai fouiné, ça ne s'est pas bien terminé.

Pourtant, cette fois, je suis sûre qu'il ne me cache rien. Il ne ferait pas ça. Nous n'en sommes plus à ce stade, c'est totalement différent à présent. Il s'est fait tatouer pour moi... mais il ne veut pas déménager pour moi. Je n'ai aucune raison de m'inquiéter. *Non ?*

Il n'est pas sur le bureau, peut-être sur la commode ? Il a dû l'emporter avec lui dans la salle de bains. Tout le monde fait ça, non ?

*Je n'ai aucune raison de m'inquiéter, je suis juste stressée et parano.*

J'essaie de me raisonner, me disant que moi, je serais furieuse s'il faisait la même chose.

Encore qu'il le fait probablement. C'est juste que je ne l'ai jamais surpris la main dans le sac.

La porte de la chambre s'ouvre et je bondis comme si j'étais prise en flagrant délit. Hardin entre à grands pas, torse nu, pieds nus, vêtu de son short de gym, la ceinture de son boxer qui dépasse.

– Tout va bien ?

Il se sèche les cheveux avec sa serviette de bain. J'adore ses cheveux quand ils sont mouillés, on dirait qu'ils sont noirs, le contraste avec ses yeux verts est merveilleux.

– Ouais. Tu n'es pas resté longtemps sous la douche. J'aurais dû te salir davantage.

J'essaie de plaisanter pour masquer le léger tremblement de ma voix.

– J'avais hâte d'être avec toi.

Ce n'est pas très convaincant. Pourtant, je souris.

– T'as faim, c'est ça ?

– Ouais. L'exercice m'a affamé.

– C'est bien ce que je pensais.

– Ton père dort toujours. Il va rester ici pendant qu'on sera partis ?

L'excitation balaie l'inquiétude que je pouvais avoir.

– Alors tu viens, finalement ?

– Ouais, faut croire. Si c'est aussi nul que je le pense, je ne resterai qu'une nuit.

– D'accord.

Je fais celle qui comprend mais au fond de moi je jubile, je sais qu'il restera jusqu'au bout. Il faut toujours qu'il fasse un peu de cinéma. Il se lèche les lèvres et je le revois entre mes cuisses.

– Je peux te poser une question ?

Nos regards se croisent et il hoche la tête.

– Ouais ?

Il s'assied sur le lit.

– Quand tu... tu sais, est-ce que c'est parce que je te tirais les cheveux ?

– Quoi ?

Il rit avec légèreté.

– Quand je t'ai tiré les cheveux, ça t'a plu ?

Je rougis.

– Ouais, beaucoup.

– Oh.

J'ai du mal à imaginer l'intensité du rouge de mes joues à ce moment-là.

– Tu trouves ça bizarre ? Que ça m'ait plu ?

– Non, je suis curieuse, c'est tout.

Et c'est vrai.

– On a tous des trucs qu'on aime pendant l'amour, c'est un des miens. Mais je ne le savais pas jusque-là, en fait.

Il sourit, absolument pas gêné que nous parlions de ça.

– C'est vrai ?

Je suis tout excitée à l'idée qu'il ait découvert quelque chose de nouveau avec moi.

– Ouais. Je veux dire, d'autres filles m'ont tiré les cheveux, mais c'est différent avec toi.

– Oh !

– Est-ce qu'il y a quelque chose que *toi,* tu aimes et que je n'ai pas fait ?

– Non, j'aime tout ce que tu fais.

– Ouais, je sais, mais est-ce qu'il y a quelque chose que tu aimerais faire et que nous n'avons pas fait ?

Je secoue la tête.

– Ne sois pas gênée, Bébé, on a tous nos fantasmes.

– Pas moi.

En tout cas, je ne crois pas. Je n'ai connu qu'Hardin et je ne vois pas ce qu'on pourrait faire de plus.

– Mais si. Seulement, tu ne les as pas encore identifiés.

Mon estomac frémit, je ne sais pas quoi dire. C'est alors que mon père interrompt notre conversation.

– Tessie ?

Je suis contente d'entendre que sa voix vient du salon et non du couloir. Hardin et moi nous levons d'un bond.

– Je vais dans la salle de bains.

Hardin hoche la tête avec un petit sourire pervers et va rejoindre mon père dans le séjour. Quand j'entre dans la salle de bains, la première chose que je vois, c'est le téléphone d'Hardin sur le bord du lavabo.

Je sais que je ne devrais pas, mais c'est plus fort que moi. Je vais tout de suite sur l'historique des appels, mais la page est vide. Tous les appels ont été effacés. Il n'en reste pas un seul. J'essaie encore, puis je vais sur la page des SMS.

Vide. Il a tout effacé.

∞

## 17
### *Tessa*

Hardin et mon père sont assis dans la cuisine quand j'émerge de la salle de bains, le téléphone d'Hardin à la main.

– Je meurs de faim, Bébé.

Mon père lève les yeux, l'air craintif.

– Je mangerais bien un morceau aussi...

Je pose les mains sur le dossier de la chaise d'Hardin et il incline la tête en arrière, ses cheveux humides me frôlent les doigts.

– Ah bon ? Vous pouvez vous faire à manger, non ?

Je pose son portable devant lui. Il lève les yeux, le visage impassible.

– Ok...

Il se lève et va vers le frigo.

– Tu veux quelque chose ?

– J'ai ce que j'ai rapporté de chez Applebee.

– T'es en colère parce que je l'ai emmené boire un coup ?

Je regarde mon père et j'adoucis le ton. Je savais à quoi m'attendre quand je lui ai dit de venir chez nous.

– Je ne suis pas en colère, mais il ne faudrait pas que ça devienne une habitude.

– Ne t'inquiète pas. En plus, tu déménages bientôt, je te rappelle.

Je regarde par-dessus la table cet homme que je ne connais que depuis deux jours. Sans répondre, je rejoins Hardin devant le frigo et j'ouvre le congélateur.

– Qu'est-ce que tu veux manger ?

Il me regarde d'un air inquiet, il doit essayer d'évaluer mon humeur.

– N'importe, on peut se faire livrer quelque chose, si tu veux ?

Je soupire.

– Ok. On n'a qu'à commander quelque chose.

Je n'ai pas envie d'être désagréable, mais je n'arrête pas de penser à ce qu'il pouvait bien y avoir dans son téléphone qu'il a jugé nécessaire d'effacer.

Hardin et mon père commencent à se chamailler pour choisir entre chinois et pizza. Hardin veut de la pizza et il finit par gagner en rappelant à mon père qui paie. En ce qui le concerne, mon père ne semble pas du tout offensé par les piques d'Hardin. Il rigole et lui fait un doigt d'honneur.

Ça fait drôle de les observer tous les deux. Après le départ de mon père, je pensais souvent à lui en voyant mes amies avec leur père. Je m'étais fait une image d'un homme qui ressemblait à celui avec qui j'avais grandi, en plus âgé, mais en tout cas pas celle d'un poivrot SDF. Je l'imaginais se dirigeant vers sa voiture le matin, un attaché-case bourré de documents importants dans une main, et un mug de café dans l'autre. Je n'ai jamais pensé qu'il pouvait avoir continué à boire, qu'il serait ravagé par l'alcool et n'aurait pas d'endroit où habiter. Je n'arrive pas à imaginer ma mère et cet homme ne serait-ce qu'en conversation.

– Comment vous êtes-vous rencontrés, ma mère et toi ?

– Au lycée.

Hardin prend son téléphone et quitte la pièce pour aller commander les pizzas. À moins que ce ne soit pour appeler quelqu'un et ensuite effacer promptement le journal d'appel.

Je m'assieds à la table de cuisine en face de mon père.

– Vous êtes sortis ensemble longtemps avant de vous marier ?

– Deux ans, à peu près. On s'est mariés jeunes.

C'est un peu embarrassant de poser ces questions, mais ce n'est certainement pas auprès de ma mère que j'obtiendrai des réponses.

– Pourquoi ?

– Vous n'avez jamais parlé de ça avec ta mère ?

– Non. Nous ne parlions jamais de toi. Si jamais j'essayais d'aborder le sujet, elle se fermait complètement.

L'intérêt qui était apparu sur son visage s'est transformé en gêne.

– Oh !

– Désolée.

Je ne sais pas très bien pourquoi je m'excuse.

– Non, je comprends. Je ne lui en veux pas.

Il garde les yeux fermés un moment. Hardin revient dans la cuisine et s'assied à côté de moi.

– Pour répondre à ta question, on s'est mariés jeunes parce que ta mère était enceinte. Tes grands-parents me détestaient et faisaient tout pour nous séparer. Alors, on s'est passé la bague au doigt.

Il sourit en y repensant.

– Vous vous êtes mariés pour contrarier mes grands-parents ?

Ça m'amuse. Mes grands-parents, paix à leur âme, étaient un peu... stricts. *Très* stricts, même. Les seuls souvenirs que j'ai d'eux, c'est quand ils me faisaient taire si je riais à table, et enlever mes chaussures pour ne pas abîmer leur moquette. Pour mon anniversaire, je recevais une carte impersonnelle accompagnée d'un bon d'épargne sur dix ans. Pas vraiment le cadeau dont on rêve quand on a huit ans.

Ma mère est pratiquement le clone de ma grand-mère, un poil moins sûre d'elle-même. Elle passe ses jours et ses nuits à essayer d'être aussi parfaite que l'était sa mère. *Ou du moins qu'elle l'imaginait.*

Mon père se met à rire.

– Dans un sens, oui. Pour les emmerder. Mais ta mère a toujours voulu se marier. Elle m'a pratiquement traîné jusqu'à l'autel.

Il rit de plus belle et Hardin l'imite après m'avoir jeté un regard plus qu'éloquent.

Je fronce les sourcils, je sais bien qu'il est en train de concocter une remarque bien sentie sur mes propres visées en matière de mariage. Je me tourne vers mon père.

– Tu étais contre le mariage ?

– Je ne m'en souviens pas très bien, en fait. Tout ce que je sais, c'est que ça me foutait les jetons d'être père à dix-neuf ans.

– Et avec raison, on voit bien comment ça s'est soldé pour toi.

Je fusille Hardin du regard, mais mon père ne dit rien.

– Personnellement, ce n'est pas quelque chose que je recommanderais, mais il y a plein de jeunes parents qui s'en sortent très bien. Ce n'était pas mon cas, c'est tout.

Il lève les mains dans un geste de résignation.

– Oh.

Moi non plus, je ne m'imagine pas devenir mère à mon âge.

Il me sourit, visiblement prêt à répondre toutes mes questions.

– T'as d'autres questions, Tessie ?

– Non, je crois que c'est tout.

Je ne suis pas totalement à l'aise avec lui, mais, curieusement, je le suis plus qu'avec ma mère dans ce genre de conversation.

– Si tu penses à autre chose, n'hésite pas à demander. En attendant, ça ne t'ennuie pas si je reprends une douche avant qu'on nous livre la pizza ?

– Bien sûr que non, vas-y.

J'ai du mal à croire qu'il n'est là que depuis deux jours. Il s'est passé tellement de choses depuis qu'il est arrivé – le faux renvoi d'Hardin, l'apparition de Zed sur le parking, mon déjeuner avec Steph et Molly, la disparition du journal d'appels – ça commence à faire beaucoup. Cette accumulation constante et hyper stressante de problèmes dans ma vie ne semble pas vouloir s'arrêter de sitôt.

– Qu'est-ce qui ne va pas ? demande Hardin alors que mon père disparaît au bout du couloir.

– Rien.

Je me lève et fais quelques pas avant qu'il ne m'arrête. En me prenant par la taille, il me fait pivoter vers lui.

– Je te connais trop bien. Dis-moi ce qui ne va pas.

Il pose les mains sur mes hanches. Je le regarde droit dans les yeux.

– Toi.

– Moi... *quoi* ?

– Tu te conduis bizarrement, et tu as effacé tous tes messages et tes appels.

L'ai agacé, il se pince l'arête du nez.

– Pourquoi as-tu regardé dans mon téléphone, d'abord ?

– Parce que tu es bizarre et...

– Alors tu fouines dans mes affaires ? Il me semble t'avoir déjà dit de ne pas faire ça, non ?

Son indignation est tellement forcée, tellement étudiée, que mon sang ne fait qu'un tour.

– Je sais que je ne devrais pas fouiller dans tes affaires, mais toi, tu devrais commencer par ne pas me donner de raison de le faire. Si tu n'as rien à cacher, qu'est-ce que ça peut te faire ? Tu peux regarder dans mon téléphone quand tu veux. Je n'ai rien à cacher.

Je le sors de ma poche et le lui tends. Et là, je me demande si j'ai *vraiment* effacé le texto de Zed et je commence à paniquer, mais Hardin le repousse d'un geste de la main.

– Tu te trouves des excuses pour justifier tes obsessions.

Interloquée par son ton cinglant, je ne trouve rien à répondre. En fait, il y a beaucoup de choses que je voudrais lui dire, mais les mots ne me viennent pas. Je repousse ses mains et je sors, furieuse.

Il dit qu'il me connaît assez pour savoir quand quelque chose ne va pas. Eh bien, moi, je le connais assez pour sentir quand il me cache quelque chose. Que ce soit pour un mensonge sans importance ou un pari pour prendre ma virginité, c'est toujours le même scénario : d'abord il se comporte de façon bizarre, ensuite, quand je le lui fais remarquer, il se met en colère et devient agressif, puis il finit par me lancer des insultes à la tête.

– Ne pars pas comme ça !

– Ne me suis pas !

Je me réfugie dans la chambre. Mais il apparaît à la porte quelques secondes plus tard.

– Je n'aime pas que tu fouilles dans mes affaires.

– Moi, je n'aime pas avoir l'impression que *je dois* le faire.

Il referme la porte avant de s'y adosser.

– Tu n'as pas de raison de le faire. J'ai tout effacé parce que... j'ai fait une mauvaise manip. Il n'y a aucune raison que tu te mettes dans un état pareil.

– Tu veux dire que je suis « obsessionnelle » ?

Il soupire.

– Ce n'est pas ce que j'ai voulu dire.

– Alors, arrête de dire des choses que tu ne veux pas dire. Je ne sais plus ce qui est vrai et ce qui ne l'est pas.

– Arrête de fouiller dans mes affaires. Sinon je ne sais plus si je peux te faire confiance ou pas.

– Très bien.

Je m'assieds au bureau.

– Très bien, répète-t-il en s'asseyant sur le lit.

Je n'arrive pas à savoir si je dois le croire ou non. En un sens, ça ne tient pas debout, mais en même temps ça peut sembler logique. Peut-être a-t-il *vraiment* effacé les messages et les appels sans le faire exprès et peut-être parlait-il *vraiment* à Steph au téléphone. Les bribes de conversation que j'ai interceptées m'ont fait imaginer des choses, mais je ne veux pas lui poser de questions à ce sujet parce que je ne veux pas qu'il sache que j'écoutais. De toute manière, il ne me dirait pas de quoi ils parlaient.

– Je ne veux pas de secrets entre nous. On devrait avoir dépassé ça.

– Je le sais, *putain*! Il n'y a aucun secret, tu es folle ou quoi?

– Arrête de dire que je suis folle. Surtout toi, tu es mal placé pour dire ça.

Je regrette aussitôt mes paroles. Mais elles ne semblent pas le gêner le moins du monde.

– Excuse-moi, d'accord? Tu n'es pas folle.

Puis, en souriant:

– Tu fouilles seulement dans mon téléphone.

Je lui renvoie un sourire forcé et j'essaie de me convaincre qu'il a raison, que je suis parano. Au pire, il me cache quelque chose. Je finirai bien par découvrir quoi. Alors, ce n'est pas la peine de me prendre la tête maintenant. J'ai découvert tout le reste.

Je me répète ce raisonnement encore et encore, jusqu'à en être convaincue.

Mon père crie quelque chose depuis la pièce d'à côté.

– Je crois que la pizza est arrivée. Tu ne vas pas me faire la gueule toute la soirée, si?

Et il quitte la pièce sans me laisser le temps de répondre.

Je pivote sur mon siège et je prends mon téléphone sur le bureau. En regardant l'écran, je vois que j'ai un nouveau message de Zed. Je l'efface sans le lire, cette fois.

Le lendemain, c'est mon dernier jour dans les anciens bureaux, et je roule plus lentement que d'habitude pour aller bosser. Je veux graver dans ma mémoire chaque rue, chaque immeuble sur le chemin. Ce stage rémunéré était la concrétisation de mon rêve. Je sais que je continuerai à travailler pour Vance à Seattle, mais ce quartier, c'est là que tout a commencé, là que ma carrière a commencé.

Kimberly est assise à son bureau quand je sors de l'ascenseur. Il y a des tonnes de cartons empilés à côté d'elle.

– Bonjour !

– Bonjour.

Ma voix n'est pas aussi enjouée que la sienne. Je suis plutôt anxieuse et embarrassée.

– En forme pour ta dernière semaine ici ?

Je me sers un petit café dans un gobelet de polystyrène.

– Ma dernière *journée*, à vrai dire. Je pars en voyage jusqu'à la fin de la semaine.

– Ah oui, j'ai failli oublier. Waouh ! Ton dernier jour ! J'aurais dû t'acheter une carte ou quelque chose. En même temps, je pourrai aussi bien te la donner la semaine prochaine dans ton nouveau bureau.

Elle sourit et je me mets à rire.

– Et toi, tu es prête ? Quand est-ce que tu pars, d'ailleurs ?

– Vendredi ! Notre nouvelle maison est prête à nous accueillir.

Je suis absolument certaine que la nouvelle maison de Kimberly et Christian est superbe, grande et moderne, semblable à celle qu'ils quittent. La bague de fiançailles de Kimberly étincelle dans la lumière et je ne peux m'empêcher d'admirer ce magnifique anneau chaque fois que je le vois.

– J'attends toujours le coup de fil de l'agence pour mon appartement.

Elle me regarde, étonnée.

– Quoi ? Tu n'as pas encore d'endroit où loger ?

– Normalement si, je lui ai envoyé tous les papiers. Il ne reste plus qu'à régler les détails.

– Tu n'as plus que six jours.

Kimberly semble paniquer pour moi.

– Je sais. Ne t'inquiète pas, je gère.

J'espère que c'est vrai. Il y a seulement quelques mois, tous les détails de mon déménagement auraient été planifiés, mais ces temps-ci j'ai été trop stressée pour me concentrer sur quoi que ce soit, même sur mon départ à Seattle.

– Ok. Si tu as besoin d'aide, n'hésite pas.

Elle se tourne pour répondre au téléphone derrière elle.

J'entre dans mon bureau, où quelques cartons vides traînent par terre. Je n'ai pas beaucoup d'objets personnels, ça devrait aller vite. Vingt minutes plus tard, alors que je scotche le dernier carton, on frappe doucement à la porte.

– Entrez.

Je pense à Hardin, mais c'est Trevor qui est debout dans l'embrasure de la porte, vêtu d'un jean léger et d'un t-shirt blanc uni. J'ai tellement l'habitude de le voir en costume que je suis toujours surprise de le voir en mode décontracté.

– Prête pour le grand départ ?

J'essaie de soulever un carton que j'ai trop chargé.

– Ouais, presque. Et toi ?

Il vient vers moi et me prend le carton des mains, qu'il pose sur le bureau.

– Merci.

Je souris en m'essuyant les mains sur ma robe verte.

– Oui. Je pars aujourd'hui, dès que j'aurai fini ici.

– C'est génial. Je sais que tu étais déjà prêt à partir pour Seattle quand nous y étions la dernière fois !

Je sens la gêne me monter aux joues en même temps que je vois la sienne sur son visage.

« La dernière fois que nous y étions », j'avais refusé ses avances lors d'un dîner, et plus tard dans la soirée Hardin l'avait menacé et bousculé. Je me demande ce qui m'a pris de remettre ça sur le tapis.

Il me regarde, le visage impassible.

– C'était un week-end instructif. En tout cas, je sais que tu dois être impatiente toi aussi. Tu as toujours voulu vivre à Seattle.

– Oh oui ! Je suis super excitée.

Trevor fait le tour de mon bureau des yeux.

– Je sais que cela ne me regarde pas, mais est-ce qu'Hardin part avec toi ?

– Non.

J'ai répondu spontanément, sans réfléchir.

– Enfin, je ne sais pas trop, encore. Il dit qu'il ne veut pas y aller, mais j'espère qu'il va changer d'avis...

Je continue à déblatérer. Les mots sortent de ma bouche à un rythme effréné et Trevor a l'air plutôt gêné en enfonçant les mains dans les poches de son jean, avant de finir par m'interrompre.

– Pourquoi ne veut-il pas venir avec toi ?

– Je n'en sais rien, en fait. Mais j'espère qu'il viendra.

Je m'assieds dans mon fauteuil en cuir. Le regard bleu de Trevor croise le mien.

– Il serait fou de ne pas le faire.

– Il est fou, de toute façon.

Je ris pour essayer de faire baisser la tension. Il se met à rire aussi en secouant la tête.

– Bon, je ferais mieux d'aller finir ce que j'ai à faire pour me mettre en route le plus tôt possible. Mais je te verrai, toi, à Seattle.

Il sort de mon bureau en souriant et, sans savoir pourquoi, je me sens confusément coupable. Je prends mon téléphone et j'envoie un texto à Hardin pour lui dire, l'air de rien, que Trevor est venu dans mon bureau. Pour une fois, sa jalousie me convient – peut-être qu'il va être tellement jaloux de Trevor que ça va le décider à venir avec moi à Seattle, après tout. C'est peu probable mais c'est mon dernier espoir qu'il change d'avis, et je m'y accroche. Le temps passe vite, six jours, c'est peu pour qu'il s'organise. Il faudrait qu'il dépose une demande de transfert, ce qui ne devrait pas poser de problèmes étant donné la position et les relations de Ken.

Six jours, ça me semble trop court pour moi aussi, même si je suis prête pour ce changement. Il faut que je le sois. Mon avenir en dépend et je ne peux pas tout centrer sur Hardin alors que lui n'accepte aucun compromis. J'ai proposé un projet équitable : dans un premier temps, nous allons à Seattle, si ça ne marche pas, alors nous pourrons partir pour l'Angleterre. Mais il l'a refusé sans même y réfléchir. J'espère que ce petit voyage en famille pour aller observer les baleines lui montrera qu'il peut essayer des choses nouvelles avec moi, Landon, Karen et Ken, et qu'il n'est pas si difficile de faire quelque chose d'amusant et de positif.

Mais, encore une fois, il s'agit d'Hardin, et avec lui rien n'est jamais simple.

La sonnerie du téléphone sur mon bureau retentit, me tirant de mes pensées stressantes.

– Tu as un visiteur.

Mon cœur bondit à l'idée de le voir arriver. Ça ne fait que quelques heures qu'on ne s'est pas vus, mais il me manque depuis la minute où nous nous sommes séparés.

– Tu peux dire à Hardin d'entrer. D'ailleurs, je suis étonnée qu'il ait attendu que tu m'appelles.

Kimberly claque la langue.

– Euh, ce n'est pas Hardin.

Il a amené mon père ici ?

– C'est un homme plus âgé, avec une barbe ?

– Non... un type jeune, dans le genre d'Hardin.

– Il le visage amoché ?

Mais je connais déjà la réponse.

– Ouais. Tu veux que je lui dise de partir ?

Je ne vais pas lui demander de virer Zed alors que le pauvre n'a rien fait de mal, à part aller contre les instructions d'Hardin de ne pas m'approcher.

– Non, ça va aller. C'est un copain. Tu peux le laisser entrer.

*Qu'est-ce qu'il vient faire ici ?* C'est sûrement parce que je ne réponds pas à ses messages, mais je ne vois pas ce qu'il a de si urgent à me dire qui justifie quarante minutes de trajet. En raccrochant, je me demande si je devrais envoyer un message à Hardin pour lui dire que Zed est là. Je balance mon portable dans le tiroir de mon bureau que je ferme. Je n'ai pas vraiment envie de voir débouler un Hardin incontrôlable ni de partir d'ici sur un scandale. Et je n'ai pas besoin qu'il se fasse arrêter à nouveau.

∞

## 18
### *Tessa*

Quand j'ouvre la porte de mon bureau, Zed est debout dans le couloir, tel l'ange de la mort. Il porte un sweat-shirt à carreaux rouge et noir, un jean noir et des baskets. Son visage est toujours enflé, mais les hématomes autour de ses yeux et de son nez sont passés du violet foncé à un bleu verdâtre.

– Salut... excuse-moi de me pointer sans prévenir, comme ça.

– Qu'est-ce qui se passe ?

Je retourne dans mon bureau. Il reste dans l'embrasure de la porte, l'air gêné, avant de se décider à entrer.

– Rien de spécial. Enfin, si. J'essaie de te joindre depuis hier, mais tu ne réponds pas à mes messages.

– Je sais. Mais Hardin et moi, c'est déjà assez compliqué comme ça, je n'ai pas vraiment envie d'en rajouter. Il m'a interdit de te parler.

– C'est lui qui te dit à qui tu peux parler, maintenant ? Tu te laisses faire ?

Zed s'assied dans le fauteuil en face de mon bureau et moi je m'installe derrière. Cela donne à notre conversation un aspect plus sérieux, plus officiel. Ce n'est pas inconfortable, juste un peu trop formel. Je regarde par la fenêtre avant de reprendre la conversation.

– Non, ce n'est pas ça. Je sais qu'il est un peu despotique et qu'il prend les choses du mauvais côté parfois, mais je dois admettre qu'il a raison de ne pas vouloir que je continue à être amie avec toi. Je n'aimerais pas qu'il passe du temps avec quelqu'un qui ne lui serait pas indifférent, moi non plus.

Zed ouvre de grands yeux.

– Qu'est-ce que tu viens de dire ?

*Bon sang !*

– Rien, je voulais dire...

L'atmosphère devient lourde et j'ai l'impression que les murs de la pièce se referment sur moi. Pourquoi est-ce que j'ai dit ça ? Ce n'est pas faux, bien sûr, mais ça ne va pas arranger les choses.

– Je ne te suis pas indifférent ?

Ses yeux s'éclairent.

– Non... enfin, c'était vrai, avant. Je ne sais plus.

J'ai envie de me flanquer des baffes pour m'apprendre à réfléchir avant de répondre.

– Il n'y a pas de problème, mais tu ne devrais pas être obligée de mentir à ce sujet.

– Je ne mens pas. C'est vrai que j'ai eu des sentiments pour toi. C'est même peut-être encore un peu le cas, franchement je n'en sais rien. Ce n'est pas clair dans ma tête. Tu dis toujours les choses qu'il faut au moment où il faut, et tu as toujours été là pour moi. On pourrait comprendre que j'éprouve ces sentiments. Je t'ai déjà dit que tu comptais pour moi, mais nous savons, toi et moi, que c'est une cause perdue.

– Pourquoi ça ?

Je me demande combien de fois encore je devrai le repousser avant qu'il comprenne.

– Parce que c'est inutile. Je ne serai jamais capable de sortir avec toi. Avec personne, d'ailleurs. Personne sauf lui.

– Tu dis ça parce qu'il t'a prise au piège.

J'essaie de repousser la colère qui monte petit à petit en moi quand j'écoute ce que Zed dit à propos d'Hardin. Je comprends qu'il lui en veuille, mais je n'aime pas sa façon d'insinuer que je n'ai aucun pouvoir ni aucun contrôle dans ma relation.

– Non, je dis ça parce que je l'aime. Et même si ça m'ennuie de te le dire aussi directement, je suis sûre que je dois le faire. Je ne veux pas laisser planer d'ambiguïté, plus que je ne l'ai déjà fait. Je sais que tu ne comprends pas pourquoi je reste avec lui malgré tout ce qui est arrivé, mais je l'aime trop, plus que tout, et il ne m'a pas prise au piège. C'est moi qui veux être avec lui.

C'est vrai. Tout ce que je viens de dire à Zed est vrai. Qu'Hardin vienne à Seattle ou pas, on peut faire en sorte que ça marche entre nous. On peut communiquer par Skype, se voir tous les week-ends jusqu'à ce qu'il parte en Angleterre. Et j'espère bien que d'ici là, il n'aura plus du tout envie d'être séparé de moi. La distance pourrait même adoucir le cœur et le ton d'Hardin. Ça pourrait être la clé pour le décider à venir vivre avec moi. On a prouvé par le passé qu'on avait vraiment du mal à rester loin l'un de l'autre. Qu'on le veuille ou non, on finit toujours par se retrouver. J'ai du mal à me souvenir de l'époque où mes nuits et mes jours ne tournaient pas autour de cet homme. J'ai essayé maintes fois d'imaginer ma vie sans lui, mais c'est pratiquement impossible.

– Je ne pense pas qu'il te laisse la possibilité de réfléchir à ce que tu veux vraiment ou à ce qui est bon pour toi. Il ne pense qu'à lui.

– C'est là que tu te trompes. Je sais que vous avez un contentieux tous les deux, mais...

– Non, tu ne sais rien du tout. Si c'était le cas...

– Il m'aime et je l'aime. Je suis désolé que tu te sois retrouvé au milieu de tout ça. Sincèrement désolée, je n'ai jamais voulu te faire de mal.

Il me regarde bizarrement.

– Tu dis tout le temps ça, mais tu n'arrêtes pas de m'en faire.

Je déteste les conflits plus que tout, surtout quand ça suppose que je fasse souffrir une personne à laquelle je tiens, mais certaines choses doivent être dites pour que Zed et moi puissions tourner la page sur... comment dire ? *cette situation ? ce malentendu ? ce mauvais timing ?*

Je le regarde en espérant qu'il voie la sincérité dans mon regard.

– Ce n'était pas mon intention. Je suis vraiment désolée.

– Tu n'as pas à t'excuser tout le temps. Je le savais déjà quand j'ai décidé de venir te voir. Tu as été tout à fait claire sur tes sentiments l'autre fois.

– Alors pourquoi es-tu venu ?

– Pour te parler.

Il regarde autour de la pièce puis reporte les yeux sur moi.

– Laisse tomber. Je ne sais pas ce que je suis venu faire ici, en réalité.

Il soupire.

– Tu es sûr ? Tu semblais plutôt décidé il y a un instant.

– Non. Tu l'as dit toi-même, c'est inutile. Je suis désolé de t'avoir dérangée.

– Tu n'as pas à t'excuser.

*Nous n'arrêtons pas de dire ça l'un et l'autre.*

Il désigne du doigt les cartons par terre.

– Tu pars toujours, alors ?

– Ouais. J'ai presque fini mes préparatifs.

L'atmosphère entre nous est particulièrement lourde et ni l'un ni l'autre n'avons l'air de savoir quoi dire. Zed regarde le ciel gris par la fenêtre et moi, je fixe la moquette derrière lui.

Il finit par se lever et par me dire quelque chose d'une voix si basse et si triste que j'ai du mal à l'entendre.

– Je ferais mieux d'y aller, alors. Excuse-moi encore d'être venu. Bonne chance à Seattle, Tessa.

Je me lève aussi.

– Je suis désolée pour tout. J'aurais préféré que ça se passe autrement.

– Moi aussi. Plus que tu ne crois.

J'ai de la peine pour lui. Il a toujours été si gentil avec moi et je n'ai fait que l'encourager, puis le repousser.

– Tu as pris une décision pour ta plainte, finalement ?

Ce n'est pas le bon moment pour demander ça, mais je crois bien que je le reverrai plus jamais.

– Ouais. Je laisse tomber. J'ai tourné la page. Ça ne sert à rien. Et puis, je t'avais dit que si tu me disais que tu ne voulais plus jamais me voir, je laisserais tomber, non ?

Subitement, j'ai l'impression que si Zed continue à me regarder comme ça, je vais m'effondrer en larmes.

– Si.

J'ai l'impression d'être Estella dans *Les grandes espérances*, qui joue avec les sentiments de Pip. Mon Pip à moi est là devant moi, ses yeux caramel rivés sur les miens. Et c'est un rôle que je ne veux vraiment pas endosser.

– Je suis sincèrement désolée. J'aimerais que nous puissions être amis.

– Moi aussi, mais tu n'es pas autorisée à avoir d'amis.

Il soupire et se passe les doigts sur sa lèvre inférieure.

Je préfère ne pas commenter cette dernière remarque : il ne s'agit pas de ce que je suis « autorisée » ou non à faire. Toutefois, je me dis qu'il faudra qu'on discute avec Hardin de cette perception que les autres ont de moi.

Juste à ce moment-là, la sonnerie de mon téléphone de bureau vient rompre le silence qui s'était installé entre Zed et moi. Je lève un doigt pour lui faire signe de ne pas partir et je décroche.

– Tessa.

C'est la voix rauque d'Hardin. *Merde.*

– Salut.

J'ai la voix qui tremble.

– Tout va bien ?

– Ouais, ça va.

– On ne dirait pas.

*Pourquoi faut-il qu'il me connaisse si bien ?*

– Je te dis que je vais bien. Je suis juste un peu distraite.

– Tu parles. Bon, j'ai besoin de savoir ce que je dois faire de ton père. J'ai essayé de t'envoyer un message, mais tu ne réponds pas. Je le laisse ici ou quoi ?

Je jette un coup d'œil à Zed. Il est debout près de la fenêtre et ne me regarde pas.

– Je n'en sais rien. Tu ne peux pas l'emmener avec toi ?

J'ai le cœur qui bat à se rompre.

– Non, putain ! Non.

– Alors, laisse-le.

Je veux juste que cette conversation s'arrête. Je vais parler à Hardin de la visite de Zed, mais je ne peux pas imaginer à quel point il serait furax s'il savait qu'il est là en ce moment même, et je ne veux surtout pas qu'il s'en aperçoive.

– Très bien, tu t'en occuperas quand tu rentreras.

– Ok. Bon, à tout à l'heure...

Tout à coup, on entend de la musique dans mon bureau et il me faut un moment pour comprendre que ça vient de Zed. Il met la main dans sa poche et éteint son portable, mais Hardin a eu le temps de l'entendre.

– Qu'est-ce que c'est que ça ? C'était le téléphone de qui ?

Mon sang se glace et il me faut un moment pour réfléchir. Je ne devrais pas avoir aussi peur à chaque fois. Je n'ai rien fait de mal. Il est venu et il s'en va. Mais il n'est déjà pas content que Trevor passe dans mon bureau, alors que c'est un collègue.

– C'est ce connard de Trevor ?

– Non, ce n'est pas Trevor, c'est Zed.

Je retiens mon souffle.

La ligne est silencieuse. Je regarde l'écran pour vérifier que l'appel n'a pas été coupé.

– Hardin ?

– Ouais.

Sa respiration est saccadée.

– Tu as entendu ?

– Oui, Tessa, j'ai entendu.

*Ok. Et pourquoi tu ne hurles pas dans le téléphone en menaçant de venir le tuer ?*

– On en reparlera plus tard. Dis-lui de partir, s'il te plaît.

Son ton est parfaitement calme.

– D'accord...

– Merci. À tout à l'heure à la maison.

Il raccroche. Légèrement perplexe, je repose le téléphone. Zed se tourne vers moi.

– Excuse-moi, je sais qu'il va péter un câble et que c'est toi qui vas trinquer.

– Non, ça va aller.

Je sais très bien que ce n'est pas vrai, mais je ne suis pas trop inquiète. La réaction d'Hardin m'a prise au dépourvu. Je m'attendais à le voir débarquer. J'espère que ce n'est pas le cas, d'ailleurs.

Zed se dirige vers la porte.

– Ok, bon, je pense que je ferais mieux de partir.

– Zed, merci d'être passé. Je ne te reverrai probablement pas avant de partir.

Il se tourne et j'aperçois un éclair d'émotion passer dans son regard, mais il disparaît avant que j'aie pu l'analyser davantage.

– Je ne dirai pas que le fait de te rencontrer n'a pas compliqué ma vie, mais pour rien au monde je ne l'effacerais. Je recommencerais exactement la même chose – les bagarres avec Hardin, les amis que j'ai perdus, tout. Je revivrais tout ça pour toi. Pas de chance, je ne peux pas rencontrer une fille qui n'est pas déjà amoureuse de quelqu'un d'autre.

Ses mots me touchent, comme toujours. Il est tellement sincère en toutes circonstances, c'est un truc que j'admire chez lui.

– Salut, Tessa.

Ses mots veulent dire beaucoup plus qu'un simple au revoir amical, mais je ne peux pas lui donner plus. Si je ne dis pas les bons mots, ou si je dis quoi que ce soit d'ailleurs, je ne vais faire que l'encourager, encore une fois.

– Salut, Zed.

Je fais un petit sourire et il avance vers moi. Pendant un instant je panique, pensant qu'il va vouloir m'embrasser, mais non. Il me prend dans ses bras avant de poser un petit baiser sur mon front. Il recule immédiatement et attrape la poignée de porte un peu comme si c'était une canne.

– Fais attention à toi, ok ?

– Ne t'inquiète pas. Seattle n'est pas si dangereuse que ça.

Je souris, mais je suis très résolue, maintenant, comme si je lui avais finalement donné la possibilité de tourner la page.

Il plisse le front et sort de la pièce. Au moment où il ferme la porte derrière lui, je l'entends dire doucement :

– Je ne parlais pas de Seattle.

∞

## 19
### *Tessa*

Une fois la porte refermée et Zed parti pour de bon, je ferme les yeux et appuie ma tête sur le dossier de mon siège. Je ne sais plus où j'en suis. Toutes mes émotions se mélangent et tourbillonnent autour de moi dans un nuage de confusion. Dans un sens, je suis soulagée d'avoir mis fin à ces ambiguïtés entre Zed et moi. Mais, tout au fond de moi, je sens une impression de vide impossible à ignorer. Zed est le seul des pseudo-amis d'Hardin qui m'ait soutenue avec constance, et ça me fait de la peine de penser que je ne le verrai plus jamais. Des larmes inopportunes me brûlent le visage et j'essaie de me reprendre. Je ne devrais pas pleurer pour ça. Je devrais être heureuse d'avoir finalement réussi à tourner la page, et que cette histoire soit définitivement derrière moi.

Je ne peux pas dire que je voudrais être avec lui ni que je ressente de l'amour. Je ne le préférerai jamais à Hardin. Mais je tiens à lui, et je regrette que les choses se soient passées ainsi. J'aurais aimé garder une relation strictement platonique avec lui et ne pas avoir à l'exclure totalement de ma vie.

Je ne sais pas pourquoi il est revenu me voir, mais je suis contente qu'il soit parti avant de dire quelque chose qui aurait pu m'embrouiller ou blesser Hardin encore plus.

Mon téléphone de bureau sonne, je m'éclaircis la voix avant de répondre.

– Allô ?

Ma voix est pathétique. En revanche, celle d'Hardin me parvient forte et claire.

– Il est parti ?

– Ouais.

– Tu pleures ?

– Je suis juste...

– *Quoi ?*

Sa voix se fait implorante.

– Je ne sais pas. Je suis juste contente que ce soit fini.

Je m'essuie les yeux. J'entends son soupir dans l'appareil.

– Moi aussi.

Je suis surprise de sa réponse. Mes larmes ont cessé de couler, mais ma voix est toujours éraillée.

– Merci. De te montrer si compréhensif.

Ça s'est beaucoup mieux passé que je le craignais, et je me demande si je dois être soulagée ou quelque peu inquiète. Je choisis de m'en tenir au soulagement et je passe mes derniers moments ici aussi sereinement que possible.

Vers trois heures, Kimberly passe dans mon bureau, accompagnée d'une fille que je suis sûre de n'avoir jamais vue ici.

– Tessa, je te présente Amy, ma remplaçante.

La jeune fille est discrète mais sublime, dans sa jolie veste KMJ que j'avais repérée en magasin. J'interromps ma lecture pour me lever et j'essaie de rassurer Amy avec un sourire amical.

– Salut Amy. Moi, c'est Tessa. Tu vas te plaire ici.

– Merci. Je m'y plais *déjà*.

Son enthousiasme fait rire Kimberly.

– Bon, je voulais juste te faire un petit coucou pendant que nous faisons semblant de faire la visite du bâtiment.

– Je vois. Tu lui apprends à te remplacer, tu parles !

– Être la fiancée du boss a ses avantages !

Amy rit à nos plaisanteries et Kimberly l'emmène dans un autre couloir. Mon dernier jour ici touche à sa fin, et je trouve maintenant qu'il a passé trop vite ! Je vais regretter cet endroit, et j'ai le trac de rentrer à la maison pour retrouver Hardin.

Je regarde une dernière fois mon premier bureau. D'abord, le bureau lui-même. J'ai un nœud à l'estomac quand je nous revois,

Hardin et moi. Ça semble si extrême, faire l'amour dans mon bureau quand n'importe qui pouvait entrer à tout moment. J'étais trop obnubilée par Hardin pour penser à autre chose... ce qui semble être une constante dans ma vie de tous les jours.

***

En rentrant, je m'arrête chez Conner pour acheter de quoi préparer le repas de ce soir. Ce sera suffisant puisque nous partons demain matin. Je suis tout excitée mais un peu nerveuse aussi. J'espère qu'Hardin réussira à contrôler son humeur pendant ces deux jours avec sa famille. Comme ça paraît totalement illusoire, j'espère au moins que le bateau sera assez grand pour que, à cinq, nous ayons la place de respirer.

Arrivée à l'appartement, je tourne la clé dans la serrure, pousse la porte du pied et j'entre les mains chargées de sacs. C'est le bazar dans le séjour : des bouteilles d'eau vides et des emballages encombrent la table basse. Mon père et Hardin sont assis, chacun à un bout du canapé. Mon père tend le cou pour me regarder.

– Ta journée s'est bien passée, Tessie ?

– Oui. C'était mon dernier jour.

Il le savait déjà. Je commence à ramasser les déchets sur la table et sur le sol.

– Je suis content pour toi.

Je regarde Hardin, qui ne me regarde pas. Ses yeux restent rivés sur l'écran de la télé.

– Je vais préparer le dîner, puis j'irai prendre une douche.

Mon père me suit dans la cuisine. Il me regarde avec intérêt tandis que je vide les sacs et que je pose la viande hachée et les boîtes de tacos sur le comptoir.

– Un copain a dit qu'il pouvait passer me chercher dans la soirée, si ça te va ? Je sais que vous partez demain pour quelques jours.

– Oui, c'est très bien. Mais on peut te déposer demain matin si tu préfères.

– Non. Tu as déjà été très généreuse. Mais promets-moi de me prévenir quand vous serez rentrés de voyage.

– D'accord. Comment je peux te contacter ?

Il se frotte la nuque.

– Tu passes par Lamar. En général, je suis dans le coin.

– Ok, je ferai ça.

– Je vais l'appeler et lui dire que je suis prêt.

Il sort de la cuisine et j'entends Hardin qui le charrie parce qu'il doit mémoriser les numéros de téléphone étant donné qu'il n'a pas de portable. Comme c'était à prévoir, mon père lui ressort le sempiternel « quand j'étais jeune, personne n'avait de portable ».

Pas besoin de beaucoup de concentration pour préparer des tacos. J'aimerais bien qu'Hardin vienne dans la cuisine me parler, mais je suppose que c'est mieux qu'il attende que mon père soit parti. Je mets la table et les appelle. Hardin entre le premier en me regardant à peine, mon père sur les talons.

– Chad va venir me chercher dans pas longtemps. Je vous remercie tous les deux de m'avoir accueilli. C'était très généreux de votre part.

Il nous regarde l'un après l'autre.

– Un grand merci, Tessie, la bombe H.

À la façon dont Hardin lui fait les gros yeux, je déduis que c'est une sorte de *private joke* entre eux.

– Ce n'est rien, je t'assure.

– Je suis tellement heureux que nous nous soyons retrouvés.

Il se jette sur son repas avec un appétit féroce.

– Moi aussi...

Je souris. Je ne suis pas encore en mesure d'intégrer totalement l'idée que cet homme est mon père. L'homme que je n'avais pas vu depuis neuf ans, l'homme contre qui je nourrissais tellement de rancœur. Cet homme est assis là, dans ma cuisine, en train de manger avec mon petit ami et moi.

Je jette un coup d'œil à Hardin, m'attendant à un commentaire grossier de sa part, mais il ne dit rien et mange tranquillement. Son silence me rend dingue. Je voudrais qu'il dise quelque chose. N'importe quoi, mais qu'il parle.

Parfois, je préfère encore ses hurlements à ses silences.

∞

## 20
### *Hardin*

Après le dîner, Tessa, un peu raide, dit un dernier au revoir à son père et se dirige vers la salle de bains pour prendre une douche. J'avais prévu de venir avec elle, mais le copain de Richard qui doit venir le chercher n'en finit pas d'arriver.

– Il a pas compris que c'était *aujourd'hui* ou quoi...

Richard hoche la tête plusieurs fois puis regarde vers la fenêtre, l'air un peu inquiet.

– Ouais, ouais, il a dit qu'il arrivait. Je ne sais pas... il a dû se perdre.

– C'est ça !

Il sourit.

– Je ne vais pas te manquer quand je ne serai plus là ?

– Je n'irai pas jusque-là.

– Eh bien, peut-être que je vais me trouver un boulot et que je viendrai vous voir tous les deux à Seattle.

– On ne *sera pas* à Seattle, ni l'un ni l'autre.

Il me regarde, l'air entendu.

– C'est ça !

Il reprend mon expression.

On frappe à la porte, ce qui met un terme à cette conversation irritante. Il se lève pour aller ouvrir. Je l'accompagne, au cas où il aurait besoin d'un petit encouragement pour partir.

– Merci d'être venu me chercher, mec.

Son pote reste dans l'embrasure de la porte mais avance la tête pour jeter un coup d'œil. Il est grand, ses longs cheveux noirs et gras sont attachés en une queue de cheval dégoûtante. Il a les joues creuses, des vêtements râpés et des ongles noirs au bout de ses mains maigres et crasseuses.

*Quelle merde !*

D'une voix rocailleuse qui va bien avec son look, il s'extasie :

– C'est chez ta fille ?

*Ce mec n'est pas un alcoolo.*

– Ouais. C'est chouette, hein ? Je suis très fier d'elle.

Richard sourit et le type lui flatte l'épaule en acquiesçant d'un hochement de tête.

– Et lui, c'est qui ?

Les deux me regardent. Richard sourit.

– Lui ? C'est Hardin, le petit ami de Tessie.

– Cool, moi c'est Chad.

À la façon dont il le dit, on pourrait croire qu'il est une sorte de célébrité locale que je devrais connaître.

*Ce n'est pas un alcoolo. C'est bien pire.*

– Ok.

J'observe ses yeux pendant qu'il contemple notre séjour. Heureusement que Tessa est dans la douche, comme ça elle n'aura pas à faire la connaissance de ce taré.

Mais juste à ce moment-là, j'entends la porte de la salle de bains qui s'ouvre et je me maudis intérieurement. J'ai parlé trop vite, putain ! Chad relève les manches longues de sa chemise pour se gratter les bras, et pendant un instant je me fais penser à Tessa tellement j'éprouve un besoin soudain de laver par terre.

– Hardin ?

– Vous devriez y aller, maintenant.

Je prends le ton le plus menaçant possible pour m'adresser à ce duo malsain.

– J'aimerais bien faire la connaissance de ta fille.

Chad a une lueur inquiétante dans le regard et je dois prendre sur moi pour me retenir de flanquer ces deux sacs d'os par la fenêtre.

– Non, ce n'est pas la peine.

Richard me regarde.

– D'accord, d'accord ! On s'en va.

Il pousse son copain vers la sortie.

– À un de ces jours, Hardin. Encore merci pour tout. Essaie de ne pas aller en taule.

Apparemment satisfait de sa plaisanterie, il sort de l'appartement.

– Hardin ?

Tessa réapparaît dans le séjour.

– Ils viennent de partir.

– Qu'est-ce que tu as ?

– *Qu'est-ce que j'ai* ? Hum, voyons. Zed est venu te voir à ton bureau, et ton alcoolo de père a amené une espèce de taré dans notre appartement.

Après une courte pause, j'ajoute :

– Tu es sûre que ton père ne fait que boire ?

– Quoi ?

La manche de son t-shirt – enfin de *mon* t-shirt – glisse en dénudant son épaule. Elle la remet en place et s'assied sur le canapé.

– Qu'est-ce que tu veux dire par là ?

Je la regarde. Je n'ai pas envie de lui mettre en tête l'idée que son père n'est peut-être pas seulement un alcoolo SDF mais aussi un drogué. Il n'a pas l'air aussi dépravé que le connard qui vient de passer le chercher, mais j'ai quand même une sensation bizarre. Néanmoins, je préfère me taire.

– Je ne sais pas. Laisse tomber. Je pensais tout haut.

– Ok...

Je la connais assez pour être certain que l'idée que son père pourrait prendre de la drogue ne lui a pas traversé l'esprit et qu'elle ne devinera jamais ce que je suggérais.

– Tu es en colère contre moi ?

Sa voix est douce et trop timide. Je sais qu'elle s'attend à ce que j'explose d'un moment à l'autre. C'est pour ça que j'ai volontairement évité toute discussion.

– Non.

– Tu es sûr ?

Elle pose sur moi ses yeux magnifiques qui me supplient de dire quelque chose.

Et ça marche.

– Non, je ne suis pas sûr. Je ne sais pas. Je suis vraiment en colère, ouais, mais je ne veux pas me disputer avec toi. J'essaie de changer, tu vois ? De me contrôler et d'arrêter de péter les plombs pour un rien. Même si, en l'occurrence, ce n'est pas rien. Je t'ai dit et répété je ne sais combien de fois de ne pas continuer à voir Zed, mais tu ne m'écoutes pas.

Je la regarde avec froideur, non pas par méchanceté mais parce que je veux voir sa réaction.

– Comment tu te sentirais si je te faisais la même chose ?

Elle s'effondre littéralement devant moi.

– Je me sentirais très mal. J'ai eu tort d'accepter de le voir.

Elle ne se défend pas. Je ne m'attendais pas à ça. Je pensais qu'elle allait m'engueuler et prendre le parti de ce connard de Zed, comme toujours.

– Oui, en effet. Mais tu lui as dit que tout était fini. J'ai fait tout ce que j'ai pu pour qu'il ne s'approche plus de toi, mais il persiste. Alors, c'est à toi de le tenir à distance.

– C'est fini, je te jure. Je ne le verrai plus.

Elle lève les yeux vers moi et je frémis en repensant à sa voix au téléphone tout à l'heure, elle pleurait après lui avoir dit adieu.

– On n'ira pas à cette fête samedi.

Elle a l'air déçue.

– Pourquoi ?

– Parce que je pense que ce n'est pas une bonne idée.

J'en suis même *sûr.*

– Mais j'ai envie d'y aller, moi.

Elle pince les lèvres.

– On n'ira pas.

Elle se redresse brutalement.

– Si je veux y aller, j'irai.

*Putain, ce qu'elle peut être butée quand elle s'y met !*

– S'il te plaît, est-ce qu'on pourrait en reparler plus tard ? On a des tonnes de merdiers à faire si tu veux que je vienne pour cette connerie de putain de voyage en bateau.

Elle sourit.

– Est-ce que tu ne pourrais pas essayer de mettre encore plus de jurons dans cette phrase ?

Je m'imagine lui donnant la fessée pour être si insolente. Elle aimerait probablement ça, d'ailleurs. Allongée sur mes genoux, ma main qui la frappe, pas trop fort, mais juste assez pour que sa peau rosisse...

– Hardin ?

Mes pensées perverses interrompues, je les repousse... du moins pour l'instant. Elle cacherait son visage dans ses mains si je lui disais à quoi je rêvassais.

∞

# 21
## *Tessa*

Je le secoue par le bras, plus fort cette fois.

– Hardin, lève-toi tout de suite. On va être en retard.

Je suis déjà habillée, prête à partir, nos sacs sont dans la voiture et je l'ai laissé dormir jusqu'au dernier moment. Bon sang, c'est même moi qui ai préparé tous les bagages hier soir. De toute manière, lui, il aurait fait n'importe quoi.

– Je viens... pas.

– Allez, lève-toi.

Je le tire par le bras. Sérieux, je regrette qu'il ne soit pas du matin, comme moi.

Il se met un oreiller sur le visage, mais je l'attrape et le jette par terre.

– Non, va-t'en.

Je décide de tenter une approche différente et je pose la main sur le devant de son boxer. Il s'est endormi avec son jean hier soir et j'ai eu toutes les peines du monde à le déshabiller. Mais, maintenant, il est vulnérable et manipulable.

Du bout des ongles, je gratouille son tatouage, juste au-dessus de sa ceinture... Il ne bouge pas d'un pouce. Je plonge carrément la main dans son boxer et il ouvre les yeux.

– Bonjour, dit-il avec un sourire lascif.

Je retire ma main et je me lève.

– Debout !

Il bâille en un geste théâtral et regarde son boxer.

– On dirait que c'est déjà fait.

Mais il ne bouge toujours pas, je vois qu'il fait semblant de s'être rendormi, et effectivement il se met à ronfler bruyamment comme dans un dessin animé. Le moment est mal choisi, mais c'est rigolo et irrésistible. J'espère qu'il va être d'aussi bonne humeur jusqu'à la fin de la semaine. Bon, espérons au moins jusqu'à la fin de la journée.

Je replonge la main dans son boxer, il rouvre brusquement les yeux et me regarde comme un petit chien insatiable.

– Hum...

Je retire ma main.

– T'es pas sympa.

Mais il finit par se lever et remet son jean de la veille. Il va vers la commode, sort un t-shirt noir, me regarde, le repose et en sort un blanc. Il se passe les doigts dans les cheveux pour se faire des épis puis les remet en place.

– J'ai le temps de me brosser les dents ?

Son ton est sarcastique et sa voix rauque.

– Oui, mais dépêche-toi. On s'en va dès que tu as fini.

Je fais un petit tour rapide de l'appart pour voir si rien ne traîne. Quelques minutes plus tard, Hardin me rejoint dans le séjour et nous partons enfin.

Quand nous arrivons, Ken, Karen et Landon nous attendent dans l'allée. Je baisse ma vitre.

– Désolée pour le retard.

Nous nous garons à côté d'eux.

– Ça ne fait rien. On a pensé prendre une seule voiture, il y en a quand même pour un moment, dit Karen avec un sourire.

– Non, putain ! murmure Hardin à côté de moi.

– Venez.

Elle désigne le 4x4 noir garé de l'autre côté de l'allée.

– Ken me l'a offert pour mon anniversaire et nous ne l'utilisons jamais.

– Non, putain, non, dit Hardin un peu plus fort.

– Ça va aller.

– Tessa...

– Hardin, je t'en prie, ne complique pas les choses, s'il te plaît.

Je lui fais les yeux doux en espérant que, peut-être, ça va marcher. Il me regarde un moment, finalement, son regard s'adoucit.

– Très bien. Putain ! Tu sais que tu as de la chance que je t'aime.

Je serre sa main.

– Merci.

Je me tourne vers Karen.

– Ok.

En souriant, je coupe le contact de ma voiture. Grognon, Hardin met nos sacs dans le 4x4 de Karen.

– On va s'éclater.

Landon rit tandis que je monte dans la voiture. Hardin s'assied à côté de moi, à l'arrière, non sans avoir glissé suffisamment fort qu'il ne veut pas se retrouver à côté de Landon. Tandis que Ken s'engage sur la chaussée, Karen allume la radio et se met à chanter doucement.

– On se croirait sortis tout droit d'un mauvais sitcom.

Hardin prend ma main dans la sienne, avant de les poser toutes les deux sur ses genoux.

∞

## 22
### *Tessa*

– Wisconsin !

Karen frappe dans ses mains en montrant du doigt un camion qui passe à côté de nous.

Je ne peux pas m'empêcher de rire en voyant l'expression horrifiée d'Hardin.

– Bon Dieu de merde !

Il repose sa tête sur le dossier du siège.

– Tu vas arrêter ?

Elle a l'air de s'éclater.

– Texas ! s'écrie Landon.

– Ouvre la portière, que je saute !

– N'en rajoute pas. Ça l'amuse de jouer au jeu des plaques d'immatriculation ! Tu devrais la comprendre. Avec tes potes, vous avez aussi l'air d'aimer les jeux stupides, genre Action ou Vérité.

Avant qu'Hardin ne me sorte une réplique bien sentie, Karen s'exclame :

– Nous sommes super excités à l'idée de vous montrer le bateau et la cabane !

Je la regarde, sans comprendre.

– La cabane ?

– Oui, nous avons une petite cabane au bord de l'eau. Je pense que ça va te plaire, Tessa.

Je suis vraiment soulagée d'apprendre que je n'aurai pas à dormir sur le bateau comme je le croyais.

– J'espère que le soleil va rester de la partie. On a de la chance pour un mois de février ! Mais c'est encore mieux en été. On pourra remettre ça ?

Ken nous regarde dans le rétroviseur.

– Ouais.

Landon et moi répondons à l'unisson. Hardin lève les yeux au ciel. Apparemment il a décidé qu'il resterait dans son rôle de boudeur pendant tout le trajet.

– Tes affaires sont prêtes pour Seattle, Tessa ? J'ai eu Christian au téléphone hier et il est vraiment très impatient de te voir, dit Ken.

Je sens qu'Hardin me regarde, mais je ne vais pas me laisser intimider.

– J'ai prévu de faire mes bagages en rentrant, mais j'ai déjà préparé mes inscriptions aux cours.

– C'est un campus très sympa, tu verras. Si tu as le moindre problème, n'hésite pas à me le dire.

Je souris, contente qu'il soit de mon côté.

– Merci, je n'y manquerai pas.

– En parlant de ça, il y a un nouveau qui arrive la semaine prochaine. Il remplace un de nos profs de religion.

– Ah bon, lequel ?

Landon me regarde en haussant les sourcils. Ken nous observe dans le rétroviseur.

– Soto, le jeune. Vous le connaissez, non ?

– Oui.

– Bonne nouvelle.

Landon a parlé à voix basse, mais je l'ai entendu et je lui souris. Nous n'aimons pas trop le style et le manque de rigueur du Professeur Soto, lui et moi. Même si j'ai été heureuse de rédiger un journal comme il nous l'avait demandé.

La douce voix de Karen vient interrompre le cours de mes pensées.

– Vous avez trouvé un logement, tous les deux ?

– Non. J'avais trouvé un appartement... Du moins c'est ce que je croyais, mais la femme de l'agence ne donne plus de signe de vie. Dommage, il était parfait, tout à fait dans mes moyens et très bien situé.

Hardin s'agite, et j'ai envie d'annoncer qu'il ne vient pas avec moi. Mais j'espère profiter du voyage pour le faire changer d'avis, alors je me tais.

– Tu sais, Tessa, j'ai des amis à Seattle. Je peux essayer de te trouver quelque chose avant lundi, si tu veux, propose Ken.

– Non ! répond Hardin vivement.

Je le regarde.

– *En fait, je* veux bien. Sinon, je vais dépenser une fortune en hôtel en attendant de trouver quelque chose.

Je croise le regard de Ken dans le rétroviseur. Hardin fait un signe à son père.

– Ce n'est pas la peine. Je suis sûr que Sandra va rappeler.

*C'est pas possible !*

Je me tourne vers lui.

– Comment tu connais son nom ?

– Quoi ? Tu as dû le dire une bonne centaine de fois !

– Oh.

Il pose la main sur ma cuisse fermement.

– En tout cas, si tu veux que je passe un coup de fil, n'hésite pas à m'en parler, me répète Ken.

Une vingtaine de minutes plus tard, Karen se tourne vers nous, tout excitée.

– Et si on jouait aux devinettes ?

Le visage de Landon s'illumine.

– Ouais, Hardin, on joue aux devinettes ?

Hardin s'appuie sur moi, la tête sur mon épaule et les bras autour de moi.

– Sans moi. Ça a l'air cool, mais c'est l'heure de la sieste pour moi. Je suis sûr que Tessa et Landon vont adorer.

Même s'il se moque du jeu, le fait qu'il affiche publiquement notre intimité me va droit au cœur et je souris. Je me rappelle l'époque où Hardin se bornait à me tenir la main sous la table chez son père, et maintenant ça n'a plus l'air de le gêner.

– D'accord, je commence. Je vois... quelque chose de... bleu, s'exclame Karen d'une voix suraiguë.

Hardin ricane contre moi et murmure dans mon cou :

– La chemise de Ken.

– L'écran du GPS ? dit Landon.

– Non.

– La chemise de Ken ?

– Oui ! Tessa c'est à toi.

Hardin me chatouille doucement, mais je suis trop concentrée sur l'immense sourire de Karen. Ces jeux nunuches l'éclatent carrément.

– Ok. Devine ce que je vois. Je vois... quelque chose de... (Je regarde Hardin) noir.

– L'âme d'Hardin !

Le cri de Landon me fait rire. Hardin ouvre un œil et lance un doigt d'honneur à son demi-frère.

– Tu as raison !

Je glousse.

– Eh bien, tant que vous y êtes, vous pourriez vous taire afin que la noirceur de mon âme puisse dormir un peu ?

Nous ne l'écoutons pas et continuons à jouer. Quelques minutes plus tard, sa respiration se fait plus régulière et il commence à ronfler légèrement dans mon cou. Il marmonne quelques mots inintelligibles avant de glisser pour poser sa tête sur mes genoux, et passe son autre bras autour de ma taille. Landon semble prendre ça comme un signal. Il s'allonge sur le siège du milieu et, imitant Hardin, il ferme les yeux. Même Karen arrête de jouer et ne tarde pas à s'endormir.

Je profite du silence pour regarder défiler le paysage magnifique par la vitre.

– On est presque arrivés, plus que quelques kilomètres, dit Ken à la cantonade.

Je hoche la tête en passant les doigts dans les cheveux d'Hardin. Ses paupières frémissent, mais il ne se réveille pas. Je suis la ligne de son dos, lentement, et j'en profite pour le contempler dormir si paisiblement, les bras serrés autour de mon corps.

Quelque temps après, nous tournons sur une petite route entièrement bordée de pins. En silence, je regarde par la portière quand la route débouche soudain sur la côte. La vue est superbe.

Une eau bleue étincelante offre un contraste splendide avec le reste du paysage. L'herbe est brune, détruite par un hiver plus rude que la normale dans l'État de Washington. Je n'ose imaginer la beauté de cet endroit en été.

– Et voilà, nous y sommes.

Ken engage la voiture dans une longue allée. Je regarde par le pare-brise et aperçois un grand bungalow en bois. Visiblement, les Scott n'ont pas la même conception de la « petite cabane » que moi. Celle-ci, entièrement faite de merisier sombre, est sur deux étages, une galerie festonnée de blanc fait tout le tour du rez-de-chaussée.

– Hardin, réveille-toi.

Je caresse son visage. Il cligne des yeux avant de les ouvrir complètement, l'air désorienté, puis il s'assied en se frottant les paupières.

– Chérie, nous sommes arrivés.

Karen lève la tête et son fils en fait autant.

Toujours un peu endormi, Hardin transporte nos bagages à l'intérieur où Ken lui indique la chambre qui nous est destinée. Je suis Karen dans la cuisine pendant que Landon va, lui aussi, poser son sac dans sa chambre.

Je ne réalise pas tout de suite que la cuisine est une réplique en plus petit, mais tout aussi élégante, de celle de leur maison.

– Quel bel endroit ! Merci de nous avoir invités.

– Je t'en prie. C'est un plaisir de vous recevoir. (Elle sourit en ouvrant le réfrigérateur.) Nous sommes si contents de vous avoir tous les deux ici. Je n'aurais jamais imaginé qu'Hardin accepterait de nous accompagner pour un voyage en famille. Je sais que c'est court, mais cela compte beaucoup pour Ken.

Elle parle bas pour que les autres n'entendent pas.

– Moi aussi, je suis contente qu'il soit venu et je suis sûre que ça va lui plaire.

J'espère que prononcer ces paroles à voix haute sera un bon présage. Karen se retourne et attrape mes mains tendrement.

– Tu vas vraiment me manquer quand tu seras à Seattle. Je n'ai pas passé beaucoup de temps avec Hardin, mais il va me manquer, lui aussi.

– Je continuerai à venir vous voir. Ce n'est qu'à deux heures de route.

Je tiens à la rassurer, et moi aussi par la même occasion.

Ken et elle vont me manquer. Et je préfère ne pas penser au départ imminent de Landon. Même si c'est moi qui pars en premier. Je ne suis pas prête à ce qu'il soit si loin. À Seattle, nous serons encore dans le même État, mais New York, c'est vraiment trop loin.

– J'espère bien. Une fois Landon parti aussi, je vais être complètement perdue. C'est la première fois en vingt ans que nous serons séparés.

Elle commence à craquer.

– Excuse-moi. Je suis tellement fière de lui.

Elle se tamponne les yeux pour sécher ses larmes et jette un coup d'œil circulaire dans la cuisine, comme pour chercher quelque chose qui pourrait l'occuper.

– Vous pourriez peut-être aller tous les trois au magasin au bout de la rue pendant que Ken sort le bateau.

– Bien sûr.

À ce moment-là, les trois hommes entrent dans la pièce. Hardin arrive derrière moi.

– J'ai laissé les sacs sur le lit pour que tu les vides. Je sais que moi, je vais tout faire de travers.

– Merci.

Je suis contente qu'il n'ait même pas essayé. En guise de rangement il a tendance à fourrer les choses n'importe comment dans les tiroirs, et ça me rend dingue.

– J'ai dit à Karen que nous irions faire les courses pendant que ton père sort le bateau.

– Ok.

Il hausse les épaules.

– Tu viens avec nous, Landon ?

Il hoche la tête.

– Landon connaît. C'est juste au bout de la rue. Vous pouvez y aller à pied, ou prendre la voiture, les clés sont accrochées à côté de la porte.

Le temps est clément aujourd'hui. Le ciel est bleu et le soleil chauffe. J'entends les vagues qui déferlent sur la plage et sens le sel dans l'air à chaque inspiration. Nous décidons de nous rendre à pied au petit magasin au bout de la rue. Je me sens parfaitement bien en jean et t-shirt à manches courtes.

– C'est si beau ici, on a l'impression d'être dans un petit paradis rien qu'à nous.

– C'est le cas. Qui d'autre que nous aurait l'idée de venir à la plage en février, putain ?

– Eh bien, moi, je trouve ça sympa.

Je ne vais pas me laisser influencer par son attitude négative.

Landon regarde Hardin qui donne des coups de pied dans les cailloux qui parsèment le chemin.

– Au fait, Dakota passe une audition pour une petite production cette semaine.

– C'est vrai ? C'est super !

– Ouais, elle est très excitée. J'espère qu'elle aura le rôle.

– Mais elle vient juste de commencer son école, non ? Pourquoi donneraient-ils le rôle à une non-professionnelle ?

– Hardin...

– Ce n'est pas ça qui compte. C'est une excellente danseuse et elle a beaucoup travaillé toute sa vie.

Hardin lève les mains de façon comique.

– Ne t'enflamme pas, je disais ça comme ça.

Mais Landon défend son amoureuse.

– Elle a du talent et elle aura le rôle.

Hardin lève les yeux au ciel.

– Ok, sérieux !

– C'est sympa de ta part de la soutenir.

Je souris à Landon dans l'espoir d'alléger la tension entre Hardin et lui.

– Je la soutiendrai toujours, quoi qu'elle fasse. D'ailleurs, je pars à New York pour être avec elle.

Landon regarde Hardin qui serre les mâchoires.

– Alors, ça va être comme ça pendant tout le séjour ? Vous allez vous liguer contre moi tous les deux ? Si c'est ça, je me barre. Déjà que je ne voulais pas venir.

On s'arrête sur place et Landon et moi nous tournons vers Hardin. Je me demande comment je vais le calmer, mais Landon sort brusquement :

– Eh bien, il ne fallait pas venir. On serait bien mieux sans toi qui tire la gueule, de toute façon.

Éberluée, je regarde Landon. Je suis tentée de défendre Hardin mais préfère me taire. Landon n'a pas tort. Hardin a l'air d'avoir décidé de nous pourrir le séjour.

– Pardon ? C'est toi qui fais la gueule parce que j'ai dit que ta copine n'est pas pro.

– Non, tu as commencé dans la voiture.

– Ouais, parce que ta mère n'arrêtait pas de chanter en même temps que cette putain de radio et de crier des noms d'États alors que j'essayais de *profiter du paysage.*

Je me mets entre eux en voyant qu'Hardin avance vers Landon. Celui-ci prend une profonde inspiration, fixant Hardin avec défi.

– Ma mère fait tout ce qu'elle peut pour que le séjour soit agréable !

– Alors, peut-être qu'elle devrait...

– Ça suffit les mecs. Vous n'allez pas vous prendre la tête comme ça pendant tout le séjour. C'est insupportable, alors arrêtez ça tout de suite.

Je n'ai pas envie de prendre parti entre mon petit ami et mon meilleur pote.

Ils se dévisagent un moment, la tension est à son comble. J'ai presque envie de rire à les voir se comporter comme des gamins.

Landon soupire.

– D'accord.

– Très bien, dit Hardin en soufflant.

Nous repartons dans un silence rythmé par le bruit des boots d'Hardin tapant dans les cailloux et les fredonnements de Landon. Le calme après la tempête... ou avant.

Ou entre les deux, peut-être.

– Comment tu t'habilles pour le bateau ?

Landon et moi remontons l'allée qui mène au bungalow.

– En short, je pense. Il fait chaud en ce moment, mais j'apporterai probablement un jogging.

– Oh.

C'est dommage qu'il ne fasse pas plus chaud, je me serais mise en maillot de bain. Je n'en ai pas, mais ça aurait pu être marrant d'aller en acheter un avec Hardin. J'imagine ses commentaires crus et pervers. Il finirait probablement dans la cabine d'essayage avec moi.

Je ne pense pas que je l'en empêcherais. Il faut que j'arrête de penser à ce genre de choses, surtout pendant que Landon me parle. Je devrais au moins faire semblant de l'écouter.

– Le bateau est complètement dingue, il est énorme !

– Ah bon !

J'ai un mouvement de recul. Plus le moment de la balade en bateau approche, plus je me sens nerveuse.

Landon et moi allons dans la cuisine pour déballer les courses et Hardin file dans la chambre sans dire un mot. Landon regarde par-dessus son épaule son demi-frère disparaître.

– J'ai l'impression que Seattle est un sujet sensible. Il ne veut toujours pas y aller ?

Je regarde autour de moi pour m'assurer que personne ne peut nous entendre.

– Non, pas vraiment.

Embarrassée, je me mordille la lèvre inférieure.

– Je ne comprends pas. Qu'est-ce qu'il a contre Seattle. Il a eu des histoires là-bas ?

– Non, enfin, pas que je sache...

Je repense à la lettre qu'il m'avait écrite. Je ne me souviens pas qu'il ait mentionné un quelconque problème à Seattle. Aurait-il pu le passer sous silence ? Je ne crois pas. J'espère que non. J'ai déjà eu mon compte de surprises.

– Il doit bien y avoir une raison, parce que d'ordinaire il est incapable d'aller quelque part sans toi, même dans la salle de bains. J'ai du mal à imaginer qu'il soit d'accord pour te laisser partir sans lui. Je croyais qu'il était prêt à tout pour te garder près de lui... *Littéralement,* à tout.

Je soupire. Je me demande pourquoi Hardin est si borné.

– Moi aussi. Mais tu exagères, ça lui arrive d'aller dans la salle de bains sans moi !

Landon rit à ma plaisanterie.

– Pas souvent. Je ne serais pas étonné qu'il ait caché une caméra sur ton t-shirt pour te suivre à la trace.

– Les caméras, ce n'est pas mon truc. Je serais plutôt du genre logiciel espion.

La voix d'Hardin me fait sursauter et je me retourne, il est appuyé contre l'embrasure de la porte de la cuisine.

– Merci de me donner raison.

Hardin ricane en secouant la tête. Il semble de meilleure humeur, Dieu merci.

– Où il est, ce bateau ? J'en ai ras le bol de vous entendre dire du mal de moi.

– On ne disait pas du mal, c'était pour rigoler.

Je m'approche de lui pour le prendre dans mes bras.

– Pas de problème. Je fais la même chose quand tu n'es pas là.

Il plaisante, mais je ne peux m'empêcher de percevoir une certaine gravité derrière ses propos.

∞

# 23
## *Tessa*

– Ce ponton est un peu brinquebalant, mais il est costaud. Il faudrait que je trouve quelqu'un du coin pour me le réparer...

Nous suivons Ken jusqu'au bateau.

Le jardin à l'arrière de la maison mène directement à la mer, et la vue est incroyable. Les vagues s'écrasent sur les rochers qui bordent la côte. Instinctivement, je marche dans les pas d'Hardin.

– Qu'est-ce que tu as ?

– Rien. Je suis juste un peu nerveuse.

Il se retourne et me fait face, puis il glisse les mains dans les poches arrière de mon jean.

– Ce n'est que de l'eau, Bébé. Ça va aller.

Il sourit, mais je ne sais pas s'il se moque de moi ou s'il est sincère. C'est seulement quand ses lèvres frôlent ma joue que mes angoisses disparaissent.

– J'oubliais que tu as peur de l'eau.

Il me serre plus fort.

– Je n'ai pas peur de l'eau... à la piscine.

– Et dans les rivières ?

Ses yeux pétillent. Je souris en y repensant.

– Dans *une* rivière en particulier.

J'étais nerveuse ce jour-là aussi. Hardin avait réussi à me convaincre d'entrer dans l'eau en passant un marché. Il avait promis de répondre à une de mes sempiternelles questions à son sujet si je relevais le défi. Cette époque me semble si lointaine et à la fois si actuelle.

Hardin m'attrape la main tandis que nous suivons sa famille sur le ponton jusqu'au navire incroyablement impressionnant qui nous attend au bout. Je n'y connais rien en bateau, mais je crois que celui-ci est particulièrement luxueux. Je n'ai jamais vu de yacht, mais il est bien plus gros que tous les bateaux de pêche que j'ai vus.

– C'est immense !

– Chut, arrête de parler de ma queue devant ma famille.

J'adore son état d'esprit, espiègle et grognon. Son sourire est contagieux. Mais soudain le ponton craque sous mes pas et je me colle contre Hardin, affolée.

– Attention à la marche, crie Ken en grimpant à l'échelle.

Hardin me caresse le dos en m'aidant à monter à l'échelle. Je me force à imaginer une échelle dans un terrain de jeu, pas attachée à un énorme bateau. Le réconfort que m'apporte le contact d'Hardin est la seule chose qui me retienne de partir en courant le long du ponton pour rentrer à la cabane et me cacher sous le lit.

Ken nous aide l'un après l'autre à monter sur le pont. Une fois sur place, je peux constater comme le bateau est bien aménagé, avec son bois blanc et son cuir caramel. L'espace pour s'asseoir est suffisamment grand pour que nous soyons tous installés confortablement.

Quand c'est au tour d'Hardin de monter, il repousse l'aide de son père. Une fois sur le pont, il regarde autour de lui.

– C'est chouette de voir que ton bateau est plus sympa que la maison de maman.

Le sourire empreint de fierté de Ken s'efface instantanément.

– Hardin.

Je le tire par la main.

– Excuse-moi.

Ken soupire mais semble accepter les excuses de son fils avant d'aller à l'autre bout du bateau.

– Ça va ?

Hardin se penche vers moi.

– Ouais, mais sois sympa, s'il te plaît. J'ai déjà mal au cœur.

– Je vais être sympa. Tu as vu, je me suis excusé.

Il s'installe dans une chaise longue et je fais comme lui. Landon attrape les sacs de courses et se penche pour en sortir des canettes de soda et quelques snacks. Je contemple l'étendue d'eau tout autour de nous. C'est magnifique, avec le soleil qui danse à la surface.

– Je t'aime, me dit doucement Hardin à l'oreille.

Le moteur du bateau se met en marche avec un léger ronronnement et je me serre contre Hardin.

– Je t'aime, je lui réponds sans quitter l'eau des yeux.

– Si on va assez loin, on verra peut-être des dauphins. Ou même une baleine, avec un peu de chance, dit Ken d'une voix forte.

– Une baleine retournerait ce bateau en un rien de temps, remarque Hardin.

Je déglutis en pensant à ça.

– Merde. Excuse-moi.

En nous éloignant de la côte, je me sens de plus en plus calme. C'est étrange, j'aurais plutôt cru le contraire, mais il y a une certaine sérénité qui s'installe à être si déconnecté de la terre.

– On voit souvent des dauphins par ici ?

Karen sourit en sirotant son soda.

– Non, on n'en a vu qu'une seule fois. Mais on espère toujours.

– Qu'est-ce qu'il fait beau aujourd'hui, je n'y crois pas, on se croirait en juin.

Landon enlève son t-shirt.

– Tu veux bronzer ?

Je remarque son torse pâle.

– On dirait un fantôme.

Landon lève les yeux au ciel mais ne relève pas la remarque d'Hardin.

– Ouais, mais je n'aurai pas besoin d'être bronzé à New York.

– Si l'eau n'était pas si froide, on aurait pu se rapprocher de la côte pour se baigner.

– On reviendra en été.

Karen hoche la tête joyeusement.

– On a toujours le jacuzzi dans le bungalow, dit Ken.

Je lève les yeux vers Hardin, mais il reste silencieux, se contentant de regarder au loin.

– Regardez ! Là-bas !

Ken montre un point derrière nous.

Hardin et moi nous retournons vivement et il me faut un moment pour voir ce qu'il a repéré. C'est un groupe de dauphins qui sautent dans l'eau. Ils sont assez loin du bateau mais suffisamment proches pour que nous puissions les voir nager dans les vagues.

– C'est notre jour de chance !

Karen éclate de rire.

Le vent fait voler mes cheveux devant mon visage, bloquant ma vue pendant un instant, Hardin les replace derrière mon oreille. Ce sont ces gestes simples, ces petites choses qu'il fait sans arrière-pensée, qui me remuent l'estomac.

– C'était super sympa, je dis, une fois que les dauphins ont disparu.

– Ouais, c'est vrai.

Il a l'air surpris lui-même.

Au bout de deux heures de discussion sur la navigation, les merveilleux étés sur cette partie de la côte, le sport et même après une allusion assez embarrassante à Seattle vite désamorcée par Hardin, Ken nous ramène à terre.

– Ce n'était pas si mal, hein ?

Hardin et moi avons posé la question en même temps.

– Non, c'est vrai.

Il rit en m'aidant à descendre l'échelle jusqu'au ponton. Il a pris un coup de soleil sur les joues et l'arête du nez, et ses cheveux malmenés par le vent sont tout ébouriffés. Il est si mignon que c'en est douloureux. Nous traversons le jardin tous ensemble, et je cherche à conserver en moi la sensation de sérénité que j'ai ressentie sur l'eau.

– Je vais préparer le repas, je suis sûre que tout le monde meurt de faim.

Sur ces mots, Karen disparaît dans la cuisine. Nous la regardons partir, silencieux et satisfaits.

C'est Hardin qui rompt finalement le silence.

– Qu'est-ce qu'il y a d'autre à faire dans le coin ?

– Eh bien, il y a un restaurant sympa en ville, nous avons d'ailleurs prévu de dîner là-bas demain soir. Il y a un vieux cinéma, une bibliothèque...

– Ok, je vois, que des trucs nuls, quoi ?

– C'est un endroit sympa que tu ne devrais pas juger avant de connaître.

Ken n'a pas l'air offensé le moins du monde par ces plaisanteries.

Nous filons dans la cuisine et attendons que Karen ait fini de disposer des sandwichs et des fruits sur un plateau. Hardin, qui se montre particulièrement affectueux aujourd'hui, pose une main sur ma hanche.

Peut-être que cet endroit lui réussit.

Après le déjeuner, je donne un coup de main à Karen pour débarrasser et préparer de la limonade pendant qu'Hardin et Landon discutent de la nullité de la littérature contemporaine. J'éclate de rire quand Landon mentionne Harry Potter. Hardin se lance dans un monologue de cinq minutes pour expliquer pourquoi il n'a jamais lu ces livres et pourquoi il ne les lira jamais, et Landon essaie désespérément de le faire changer d'avis.

Une fois la limonade finie et bue avec un plaisir manifeste, Ken fait une annonce.

– Karen et moi allons rendre visite à nos amis qui ont un bungalow un peu plus loin. On en a pour une heure ou deux. Ça vous dit de venir avec nous ?

Hardin me regarde à travers la pièce et j'attends qu'il réponde en premier.

– Sans moi, dit-il finalement sans me quitter des yeux.

Le regard de Landon va d'Hardin à moi.

– Moi, je viens.

Il dit ça sur un ton neutre, mais je jurerais que je l'ai vu lancer un petit sourire satisfait à Hardin avant d'aller rejoindre sa mère et Ken.

∞

# 24
## *Hardin*

J'ai l'impression qu'ils ne vont jamais se décider à partir. À peine ont-ils passé la porte, je l'entraîne sur le canapé avec moi.

– Tu n'avais pas envie d'y aller ?

– Putain, non ? Qu'est-ce que tu veux que j'aille foutre là-bas ? Je préfère de loin rester ici, seul avec toi.

Je repousse les cheveux dans son cou. Elle se tortille en frémissant sous ma caresse.

– Et toi, tu avais envie d'aller écouter une bande d'emmerdeurs raconter un tas de trucs trop chiants ?

– Non.

Le rythme de sa respiration a déjà changé.

– Tu es sûre ?

Je la taquine en posant mon nez dans son cou, l'obligeant à incliner la tête.

– Je ne sais pas, on se serait peut-être plus amusés qu'ici.

Je rigole dans son cou, en l'embrassant là où mon souffle lui donne la chair de poule.

– Ça m'étonnerait, sérieux ! Il y a un jacuzzi dans notre chambre, je te rappelle.

– Ouais, mais il ne sert à rien, je n'ai pas de maillot de bain...

J'embrasse doucement la peau de son cou en l'imaginant en maillot de bain.

*Bordel !*

– Tu n'en as pas besoin.

Elle écarte la tête et me regarde comme si j'étais taré.

– Bien sûr que si ! Il n'est pas question que j'aille toute nue dans un jacuzzi.

– Pourquoi ?

Ça me semble pourtant être une excellente idée.

– Parce qu'il y a ta famille.

– Je me demande pourquoi tu prends toujours ça comme excuse...

Je balade ma main entre ses cuisses et j'appuie sur la couture de son jean.

– Parfois je me dis que ça te plaît.

– Qu'est-ce qui me plaît ?

Sa respiration s'accélère.

– La possibilité de te faire surprendre.

– Pourquoi ça me plairait ?

– Beaucoup de gens aiment ça – l'excitation du risque, tu vois ?

J'augmente la pression entre ses jambes et elle tente de les refermer, en proie à une lutte entre son désir et sa pudeur.

– Non, c'est... je ne sais pas, mais ça ne me plaît pas.

Je suis pratiquement certain qu'elle ment.

– Hum...

– Non, je t'assure.

Elle crie pour se défendre, le rouge aux joues et les yeux écarquillés par la gêne.

– Tess, il n'y a pas de mal à ça, c'est même très sexy en réalité.

– Je te dis que non !

*Tu parles !*

– Ok, ok.

Je lève les mains pour m'avouer vaincu et elle gémit. Je savais qu'elle ne l'admettrait jamais, mais ça valait le coup d'essayer.

– Alors, tu m'accompagnes dans le jacuzzi ?

– Je vais monter avec toi, mais je n'irai pas dans le jacuzzi.

– Comme tu veux.

Je me lève ne souriant. Je sais qu'elle finira par y aller, il faut plus de temps pour la persuader que la plupart des filles, c'est tout. Quand j'y pense, je ne me suis jamais, jusqu'ici, retrouvé dans un jacuzzi avec une meuf, nue ou non.

Elle me prend par le poignet et me suit à l'étage vers notre chambre. Elle a un balcon, c'est pour ça que je l'ai choisie. Dès que j'ai aperçu le jacuzzi, je n'ai plus pensé qu'à une chose : voir Tessa dedans. Le lit n'est pas mal non plus, il est petit mais vu comment nous dormons, nous n'avons pas besoin d'un grand lit.

– J'adore vraiment cet endroit, c'est si paisible.

Elle s'assied sur le lit pour enlever ses chaussures. J'ouvre la porte-fenêtre qui donne sur le balcon.

– Ouais, c'est pas mal.

Si mon père, sa femme et Landon n'étaient pas là, ce serait encore mieux.

– Je n'ai rien à me mettre pour le restaurant demain soir.

Je hausse les épaules et me baisse pour ouvrir le robinet du jacuzzi.

– Eh ben, on n'ira pas.

– Mais j'ai envie d'y aller. Seulement, je ne savais pas qu'on allait sortir quand j'ai fait les bagages.

Je regarde les jauges pour m'assurer qu'elles fonctionnent.

– C'est de leur faute, ils auraient dû nous prévenir. On ira en jean. L'endroit me paraît plutôt décontracté.

– Je ne sais pas.

– Sinon, on trouvera peut-être une boutique dans ce trou. Tu t'achèteras quelque chose.

Elle sourit.

– Qu'est-ce qui te met de si bonne humeur ?

Tessa hausse un sourcil. Je plonge les doigts dans l'eau. On y est presque. Ce truc chauffe vite.

– Je n'en sais rien, c'est comme ça.

– Ok, est-ce que je devrais m'inquiéter ?

Elle me rejoint sur le balcon.

– Non.

*Si.* Je lui montre le fauteuil en rotin à côté du jacuzzi.

– Tu vas au moins t'asseoir là avec moi pendant que je me relaxerai, assis dans l'eau bouillante.

Elle hoche la tête et s'assied en riant. Elle me fixe de ses grands yeux innocents quand j'enlève mon t-shirt et mon pantalon. Je garde mon boxer, je veux qu'elle me l'enlève elle-même.

– Tu es sûre de ne pas vouloir venir avec moi.

J'enjambe le bord et je rentre dans l'eau. *Putain, c'est bouillant !* Mais, quelques secondes plus tard, je suis déjà habitué à la température et je repose la tête sur le bord en plastique.

– Certaine.

Elle tourne le regard vers les bois alentour.

– Personne ne peut nous voir. Tu crois vraiment que je te demanderais de venir là-dedans toute nue si ce n'était pas le cas ? Je veux dire, jaloux comme je suis et tout et tout.

– Et s'ils reviennent ?

Elle parle à voix basse comme si quelqu'un pouvait l'entendre.

– Ils ont dit une heure ou deux.

– Ouais, mais...

– Je croyais que tu essayais d'apprendre à vivre un peu.

Je la fais marcher, ma beauté.

– C'est ce que je fais.

– Assise dans un fauteuil, en train de bouder, alors que moi je profite de la vue ?

– Je ne boude pas.

Je lui lance un sourire moqueur, sachant que ça va l'irriter davantage.

– Ok. (Je ferme les yeux et elle retrousse les lèvres.) Je me sens bien seul là-dedans. Je vais devoir me débrouiller moi-même.

– Je n'ai rien à me mettre.

– Ça me rappelle quelque chose.

C'est la deuxième fois aujourd'hui que je pense à notre aventure à la rivière.

– Je...

– Viens donc dans ce fichu spa !

Je n'ouvre pas les yeux et je ne change pas de ton. Je lui dis ça comme si c'était inéluctable, parce que nous savons tous les deux que c'est le cas.

– Très bien.

Elle essaie de se convaincre qu'elle est exaspérée et qu'elle ne veut pas faire ça, alors qu'en réalité elle en meurt d'envie. Ça n'a pas été aussi difficile que j'aurais cru de la convaincre. Quand j'ouvre les yeux, je manque de m'étrangler. Elle passe son t-shirt par-dessus sa tête et, bien sûr, elle porte ce fichu soutien-gorge rouge.

– Enlève ton soutien-gorge.

De nouveau, elle regarde tout autour et je secoue la tête. De ce balcon, elle ne peut voir que la mer et les arbres.

– Allez, enlève-le, Bébé.

Elle hoche la tête à ma cajolerie et fait descendre les bretelles.

Je ne me lasserai jamais d'admirer son corps. Plus je la caresse, plus je la prends, plus je l'embrasse, plus je la tiens dans mes bras, et plus j'ai envie d'elle. Ça m'excite de penser que je suis le seul à l'avoir fait avec elle, et qu'elle me fait assez confiance pour se mettre nue sur un putain de balcon.

Alors, pourquoi est-ce que je suis aussi tordu ? Je ne veux pas tout faire foirer avec cette meuf.

Son jean va rejoindre son t-shirt et son soutien-gorge sur le fauteuil – bien pliés, bien entendu.

– Et la culotte ?

– Non, tu as gardé ton boxer.

Sur cette réponse cinglante, elle entre dans l'eau.

– C'est chaud !

Elle ressort vivement son pied en poussant un cri aigu, puis elle recommence plus lentement cette fois. Une fois qu'elle est complètement immergée, elle soupire, son corps s'étant habitué à la température.

– Viens là.

Je tends la main et je l'attire sur mes genoux. Je suppose que les sièges en plastique inconfortables peuvent avoir leur utilité, après tout. Sentir son corps contre le mien, entourés de jets bouillonnants, me donne une envie folle d'arracher cette petite culotte.

– Ça pourrait être comme ça à Seattle, tout le temps.

Elle croise les bras autour de mon cou.

– Comme quoi ?

Parler de ce foutu projet est bien la dernière chose que j'ai envie de faire en ce moment. Si je pouvais trouver un moyen de rayer cette putain de ville de la carte, je le ferais tout de suite.

– Comme ça. Rien que nous deux. Pas de problèmes avec tes potes, comme Molly. Pas de mauvais souvenirs. Juste toi et moi dans une nouvelle ville. On pourrait tout recommencer, Hardin.

– Ce n'est pas aussi simple.

– Mais si. Plus de Zed.

– Je pensais que tu étais venue me rejoindre pour baiser, pas pour parler de Zed.

Elle se tend.

– Excuse-moi. Je...

– Relax. Je rigole. Enfin, à propos de Zed, en tout cas.

Elle me chevauche, et sa poitrine nue rougit contre la mienne.

– Tu es tout pour moi, tu le sais, hein ?

Une fois de plus, je pose cette question, que j'ai dû lui poser maintes et maintes fois.

Elle ne répond pas cette fois. Au lieu de ça, elle pose les coudes sur mes épaules, emmêle ses doigts dans mes cheveux et m'embrasse.

Elle est ardente. Exactement comme je m'y attendais.

∞

## 25
### *Hardin*

Je tente d'attirer son corps pratiquement nu encore plus près de moi tandis que son baiser se fait plus intense. Elle m'agrippe les bras et je dirige ma main entre ses cuisses.

Ce n'est pas la peine de perdre du temps.

– T'aurais dû l'enlever.

Je tire sur les côtés de sa fine culotte trempée. Elle pousse un petit rire étouffé avant de reprendre une profonde inspiration quand mes doigts la pénètrent. J'interromps son gémissement de ma bouche sur la sienne. Elle aspire ma lèvre inférieure entre les siennes et j'ai du mal à me retenir. Elle est tellement sexy et séduisante, putain ! Et elle ne le fait même pas exprès.

Quand elle commence à balancer les hanches, je l'attrape par la taille et je l'assieds à côté de moi, les jambes écartées, tout en continuant à la pénétrer avec mes doigts.

Cette putain de culotte commence à m'énerver.

Elle sursaute et fait la moue quand je retire mes doigts et que je descends promptement sa culotte dont je me débarrasse d'un coup de pied dans l'eau. Je regarde un instant la culotte envoyée à l'autre bout du bassin par le jet d'eau. Il y a quelque chose de fascinant dans ce tableau.

Mais, très vite, Tessa accroche mon poignet pour m'obliger à continuer à la caresser.

– Qu'est-ce que tu veux ?

Je veux l'entendre de sa bouche.

–Toi.

Elle sourit doucement, puis écarte un peu plus les jambes en montrant la cochonne qu'elle est en réalité.

–Alors, tourne-toi.

Sans lui laisser le temps de réagir, je la retourne et elle pousse un petit cri. Je panique un instant, mais je comprends vite que sa petite chatte s'est retrouvée juste en face des jets. Bien sûr, elle gémit. Dans une minute, elle va crier!

Je m'agenouille derrière elle –j'adore la prendre comme ça. Je la sens tellement plus. Je peux caresser la peau laiteuse de son dos et observer tous ses muscles bouger. Je vois chaque souffle qu'elle prend tandis que je vais et viens en elle.

Je repousse ses longs cheveux sur le côté et je pousse lentement et plus profondément en elle. Son corps se redresse vers moi, j'attrape ses seins et procède à de lents va-et-vient. Putain, ce que c'est bon! Mieux que jamais. L'eau chaude bouillonnante doit y être pour quelque chose. Elle gémit et je plonge la main dans l'eau pour m'assurer qu'elle est toujours frappée par les jets d'eau puissants. Elle a les yeux fermés et la bouche grande ouverte. Les jointures de ses doigts sont blanches tellement elle s'accroche au bord du jacuzzi.

J'ai envie de bouger plus vite, de pousser avec force en elle, mais je me force à garder ce rythme lent et excitant.

–Hardinnn.

–J'ai l'impression que je peux sentir chaque centimètre de toi.

À ce moment-là, la panique me saisit et je me retire rapidement. Je n'ai même pas pensé à mettre une putain de capote! Qu'est-ce qu'elle m'a fait?

–Qu'est-ce qu'il y a?

Sa respiration est saccadée. Une fine couche de transpiration couvre son visage.

–Je n'ai pas mis de capote!

Je passe la main dans mes cheveux mouillés.

–Oh, dit-elle d'une voix calme.

–Oh? C'est tout ce que tu trouves à dire?

–Eh, bien, mets-en une.

Elle me regarde avec des yeux de biche.

– Il ne s'agit pas de ça !

Je me lève. Elle reste silencieuse.

– Si je n'y avais pas pensé, tu aurais pu tomber enceinte.

Elle hoche la tête d'un air compréhensif.

– Ouais, bien sûr. Mais tu y as pensé.

*Comment ça se fait qu'elle reste aussi calme ?* Elle a ce grand projet de partir habiter à Seattle, un bébé ferait tout foirer pour le coup. *Attends...*

– C'est ça que tu as dans la tête ? Si tu tombes enceinte, tu penses que je viendrai avec toi ?

On pourrait me prendre pour un parano, mais en même temps ça se tient.

Elle se retourne en riant.

– Tu n'es pas sérieux ?

Et quand elle essaie de me prendre dans ses bras, je m'écarte d'elle brutalement.

– Si.

– Arrête, c'est complètement idiot. Viens ici, Bébé.

Elle essaie de s'accrocher à moi, mais je la repousse et je m'installe de l'autre côté du jacuzzi. La tristesse se lit sur son visage comme une enseigne au néon, et elle se couvre les seins de ses mains.

– *C'est toi* qui as oublié de mettre une capote et tu me dis que j'essaie de te piéger en tombant enceinte ?

Elle secoue la tête, incrédule.

– Tu te rends compte de ce que *tu dis* ?

*Ce ne serait pas la première fois qu'une nana tordue ferait ça.*

Sans me quitter des yeux, elle sort du jacuzzi, au bord des larmes.

– Je vais prendre une douche.

Elle disparaît dans la chambre et va dans la salle de bains en claquant la porte.

– Fais chier !

Je frappe l'eau bouillonnante de la main, regrettant qu'elle ne me frappe pas en retour. C'est vrai que je devrais faire attention à ce que je dis. Ce n'est pas une meuf quelconque. C'est Tessa. Qu'est-ce qui ne va pas chez moi ? Je suis gravement parano, sérieux ! Je me sens tellement coupable avec cette histoire de Seattle que je perds la tête. Ou du moins ce qu'il en reste.

Il faut que je me rattrape. Je lui dois bien ça. Surtout après l'avoir accusée d'une des choses les plus stupides qui soit.

Le plus ironique, c'est que d'une certaine façon – assez tordue – je regrette presque d'avoir pensé au préservatif...

Non, ce n'est pas vrai. C'est juste que je ne pourrais pas supporter qu'elle me quitte, et je ne sais pas comment agir pour la faire rester. Un bébé ne serait sûrement pas la solution. J'ai fait tout ce que j'ai pu, à part l'enfermer à clé dans l'appartement. C'est une idée qui m'a traversé l'esprit une fois ou deux, mais je ne crois pas que ça lui plairait des masses. En plus, elle développerait une carence en vitamines D. Et elle n'irait plus au yoga... et ne mettrait plus ce legging.

Il faut que j'aille m'excuser de m'être conduit comme un con avec elle avant que les autres reviennent. Avec un peu de chance, il se seront perdus dans les bois quelques heures.

Je sors du spa et rentre dans la chambre, vêtu seulement de mon boxer trempé. Je suis gelé maintenant. Je regarde alternativement mon téléphone et la porte de la salle de bains attenante à notre chambre. On entend l'eau de la douche couler. J'attrape mon téléphone et une couverture posée sur le dos du fauteuil avant de ressortir sur le balcon.

Je déroule la liste de mes contacts et tombe sur le nom de Samuel, une stratégie assez maligne. Je ne sais pas pourquoi j'ai conservé le numéro de cette meuf. Je suppose que je pensais que ça pourrait servir, et j'ai changé son nom au cas où Tessa fouillerait dans mes affaires. Je croyais qu'elle l'avait découvert quand elle m'a entendu gueuler après Molly au téléphone.

C'est certain qu'elle préférerait voir le nom de Molly dans mon journal d'appels plutôt que celui de cette nana.

∞

## 26
### *Tessa*

Je n'arrive pas à croire qu'Hardin a eu le culot de m'accuser de lui faire un bébé dans le dos. Qu'il ait seulement pu *penser* que je sois capable de faire ça me rend triste. C'est ridicule, et ce serait complètement idiot de ma part.

Tout allait si bien – incroyablement bien, quand on y pense – jusqu'à ce qu'il évoque le préservatif. Il n'avait qu'à sortir de l'eau pour aller en chercher un. Je sais qu'il en a un stock sur le dessus de sa valise, je l'ai vu les ranger.

Il est probablement tellement frustré par cette histoire de Seattle qu'il a réagi de manière inconsidérée. Moi aussi d'ailleurs. Je suis tellement énervée qu'il ait gâché notre moment dans le jacuzzi, que j'ai besoin d'une bonne douche chaude. Quelques minutes plus tard, l'eau commence à faire de l'effet sur mes muscles contractés. Je me détends et mes idées sont plus claires. Cette dispute était vraiment idiote. J'essaie d'attraper le shampooing, mais je me rends compte que j'étais tellement furax que j'ai oublié de prendre ma trousse de toilette. Super !

– Hardin ?

Je ne pense pas qu'il puisse m'entendre, mais je tire le rideau de douche à fleurs et je le cherche du regard. Au bout de quelques minutes, ne le voyant pas apparaître à la porte, j'attrape ma serviette et je m'enroule dedans. En mettant de l'eau partout dans la chambre, je tends la main vers les valises posées sur le lit et c'est à ce moment que j'entends sa voix.

J'avance sans bruit sur le plancher et, comme il a mis le haut-parleur, je peux entendre la personne avec qui il parle.

– Parce que je suis agent immobilier et que mon boulot, c'est de remplir les appartements vides.

Hardin soupire.

– Dans ce cas, avez-vous d'autres appartements vides à remplir ?

Attends, Hardin veut me trouver un appart ? Cette idée me choque et m'excite en même temps. Il a fini par s'habituer à l'idée de Seattle et il essaie de m'aider, pour une fois.

La femme à l'autre bout du fil a une voix qui me semble étrangement familière.

– D'après ce que vous m'aviez dit, il m'a semblé que votre amie Tessa me faisait perdre mon temps.

*Attends, ce ne serait pas...*

Il n'aurait pas fait ça.

– Justement, ce que je vous ai dit n'était pas vrai. Elle n'a jamais démoli aucun appartement et n'est jamais partie sans payer.

Mon estomac se noue.

Il a fait ça.

Je défonce la porte du balcon.

– Espèce de connard égoïste et dégénéré !

Je hurle les premiers mots qui me viennent à l'esprit. Hardin se retourne, le visage décomposé et la bouche grande ouverte. Son portable dégringole par terre et il me regarde les yeux écarquillés comme si j'étais un monstre.

– Allô ?

C'est la voix de Sandra dans le haut-parleur. Il ramasse son portable pour la faire taire.

La colère me fait bondir.

– Comment as-tu osé ? Comment as-tu pu faire ça ?

– Je...

– Stop ! Ne me fais pas perdre mon temps à chercher une excuse bidon ! Qu'est-ce que tu t'imaginais ?

J'agite violemment le bras dans sa direction. Puis je rentre en trombe dans la chambre où il me suit, l'air contrit.

– Tessa, écoute-moi.

Je me retourne, blessée mais forte, vexée et furieuse.

– Non ! C'est toi qui vas m'écouter, Hardin.

J'essaie de ne pas élever la voix. Mais je n'y arrive pas.

– J'en ai plus que marre de ce cirque. J'en ai marre que tu essaies de faire capoter tout ce qui, dans ma vie, ne tourne pas exclusivement autour de toi.

Je hurle, les poings serrés le long de mon corps.

– Ce n'est pas ce que...

– Ferme-la ! Ferme-la, putain ! Tu es le plus égoïste, le plus arrogant, tu es...

Je n'arrive pas à penser de façon cohérente, des mots violents sortent de ma bouche, mes mains s'agitent devant moi.

– Je ne sais pas ce qui m'a pris. J'essayais d'arranger les choses au moment où tu es arrivée.

J'aurais dû me douter qu'Hardin était à l'origine de la disparition soudaine de Sandra. Il est toujours à se mêler de ma vie et de ma carrière. Et j'en ai par-dessus la tête.

– Exactement. C'est exactement ce que je veux dire. Tu as toujours quelque chose à cacher. Tu trouves tout le temps de nouvelles opportunités de contrôler mes moindres faits et gestes, et je n'en peux plus. C'est trop.

Je fais les cent pas dans la chambre devant lui, qui m'observe, l'air inquiet.

– Que tu sois un peu trop protecteur, passe encore, et même que tu te battes une fois de temps en temps. Mais je ne peux plus supporter que tu te conduises comme un vrai connard la plupart du temps. Là, c'est trop. Tu essaies de détruire mon avenir, *et je ne vais pas te laisser faire, merde !*

– Je regrette.

Je suis sûre qu'il le pense, mais...

– Putain ! Tu es toujours désolé ! À chaque fois, c'est pareil : tu fais quelque chose, caches quelque chose, dis quelque chose. Je pleure, tu dis que tu regrettes et *bam* ! Tout est pardonné.

Je pointe un doigt accusateur vers lui.

– Mais pas cette fois.

J'ai envie de lui flanquer une gifle et cherche autour de moi quelque chose sur quoi passer ma colère. J'attrape un coussin en dentelle sur le lit et je le jette par terre. Puis un deuxième.

Ce n'est pas extrêmement efficace, mais je me sentirais bien plus mal si j'abîmais quelque chose appartenant à Karen.

Tout ça est trop épuisant. Je ne sais pas combien de temps je vais tenir avant de craquer.

Bordel, non! Je ne vais pas craquer. J'en ai marre de craquer – je ne sais rien faire d'autre. Il faut que je ramasse les morceaux et que je les recolle soigneusement, puis que je les cache loin d'Hardin pour ne pas finir en miettes une fois de plus.

– J'en ai marre de ce cycle sans fin. Je t'en ai déjà parlé et tu n'écoutes pas. Tu trouves toujours d'autres moyens. Mais pour moi, c'est fini. Tu entends, c'est fini, merde!

Je ne crois pas avoir jamais été aussi furax contre lui. Pourtant il a fait des choses bien pires, et j'ai toujours réussi à rebondir et à aller de l'avant. Mais nous ne sommes jamais arrivés à ce point-là. Cette opportunité représente beaucoup pour moi. J'ai passé ma vie avec une femme qui n'a jamais rien eu à elle. Ma mère. Et moi, j'ai besoin d'autre chose. Je dois saisir cette opportunité de prouver que, malgré mon âge, je suis capable de gagner ma vie, ce que ma mère n'a jamais pu faire. Je ne laisserai personne me prendre ça, contrairement à ma mère qui l'a laissé glisser entre ses doigts.

– C'est fini... toi et moi?

Sa voix tremble.

– Tu as dit que c'était fini...

Je ne sais pas ce qui est fini. Lui et moi? Mais je me connais trop bien pour répondre tout de suite. D'habitude, en arrivant à ce stade, je me mets à pleurer et je lui pardonne avec un baiser. Mais pas ce soir.

– Je suis si épuisée! Je ne peux plus supporter ça. Tu allais me laisser partir à Seattle sans avoir de logement rien que pour m'obliger à rester avec toi?

Hardin se tient devant moi sans dire un mot et je prends une profonde inspiration dans l'espoir de faire retomber ma colère, mais ça ne fonctionne pas. Elle monte encore et encore jusqu'à ce que je voie rouge, littéralement.

Je jette le reste des coussins en imaginant que ce sont des vases qui s'écrasent sur le sol.

– Dégage !

– Non, excuse-moi, ok, je...

– Casse-toi, bordel ! *Tout de suite.*

Il me regarde comme une étrangère. Et c'est peut-être ce que je suis réellement.

Il rentre la tête dans les épaules et sort de la pièce. Je claque la porte violemment derrière lui et je retourne sur le balcon. Je m'assieds dans le fauteuil en rotin et contemple la mer pour me calmer.

Il ne me vient aucune larme, seulement des souvenirs. Des souvenirs et des regrets.

∞

## 27
### *Hardin*

Je sais bien qu'elle n'en peut plus – je le vois sur son visage chaque fois que je fais une connerie. La bagarre avec Zed, le mensonge à propos de mon renvoi... chaque manquement laisse des traces sur elle. Elle croit que je ne le remarque pas, mais si.

Pourquoi est-ce que j'ai mis Sandra sur haut-parleur ? Si je ne l'avais pas fait, j'aurais pu tout arranger et ne lui en parler qu'après coup.

Je n'ai pas réfléchi à ce qu'elle ferait une fois qu'elle découvrirait la vérité. Je n'ai pas non plus pensé à comment elle se débrouillerait sans logement, si jamais elle maintenait sa décision de partir à Seattle. Je suppose que je me disais qu'une maniaque du contrôle comme elle ajournerait son départ.

Bien joué, Hardin, putain !

Je pensais bien faire – enfin pas à ce moment-là, mais maintenant oui. Je sais que c'est tordu de ma part d'avoir interféré dans cette histoire, mais je me raccroche aux branches, là, pour l'empêcher de me quitter. Je sais d'avance ce qui va se passer à Seattle, et ça ne va pas bien finir.

Fidèle à moi-même, je flanque un coup de poing dans le mur à côté de l'escalier.

– Bordel !

Comme on pouvait s'y attendre avec ma chance habituelle, ce n'est pas du placo. C'est du bois massif, putain ! Et ça fait bien plus mal. Je serre mon poing douloureux dans mon autre main. J'ai de la chance de ne m'être rien cassé. Je vais avoir un hématome, évidemment, mais j'ai l'habitude.

Je descends les escaliers d'un pas lourd et je me jette sur le canapé comme un enfant caractériel. C'est exactement ce que je suis, en fait, un gamin. Elle le sait, je le sais, putain, tout le monde le sait. Je devrais l'imprimer sur un putain de t-shirt.

Je devrais remonter pour essayer de m'expliquer encore une fois, mais franchement j'ai un peu peur. Je ne l'avais jamais vue furieuse à ce point-là.

Il faut absolument que je me tire d'ici. Si Tessa ne m'avait pas forcé à venir dans la même voiture que la famille Neuneu au grand complet, je pourrais me tirer maintenant. Je savais bien qu'il ne fallait pas que je vienne.

Je reconnais que la sortie en bateau était sympa, mais ce voyage dans son ensemble, c'est de la merde. Maintenant qu'elle est furax contre moi, je ne vois vraiment pas ce que je fous ici. Je fixe le plafond en me demandant quoi faire. Je ne peux quand même pas rester assis là.

Je vais aller me balader. C'est ce que les gens normaux font quand ils sont en colère. Ils ne donnent pas de coups de poing dans les murs...

Avant toute chose, il faut que je m'habille.

Je me lève en soupirant.

La porte de la chambre de Landon n'est pas verrouillée. Ses vêtements sont soigneusement empilés sur le lit. Il devait se préparer à les ranger bien comme il faut quand mon père et sa mère l'ont entraîné avec eux. Je fouille dans ces trucs hiddeux en cherchant désespérément quelque chose sans col. Je finis par trouver un t-shirt bleu sans inscription et un pantalon de survêtement noir.

*Trop bien, putain !* J'en suis à partager des vêtements avec Landon. J'espère que la rage de Tessa sera de courte durée. Je ne m'attendais pas à ce qu'elle réagisse aussi mal. Ce ne sont pas tant les mots qu'elle a utilisés contre moi que la façon dont elle me regardait qui m'inquiète.

Ce regard en disait plus long qu'elle le fera jamais et m'a encore plus effrayé que ses paroles.

Je jette un coup d'œil vers la porte de ce qui était notre chambre il y a encore vingt minutes, je redescends et je sors.

Je suis à peine arrivé en bas de cette fichue allée que mon demi-frère préféré apparaît. Au moins, il est seul.

– Où est mon père ?

– C'est à moi ces vêtements ?

Il a l'air perplexe.

– Euh... ouais. Je n'ai pas eu le choix, ce n'est pas la peine d'en faire toute une histoire.

Je hausse les épaules et à son sourire, je vois que c'est ce qu'il allait faire.

– Ok. Qu'est-ce que tu as encore fait ?

*Bon sang !*

– Qu'est-ce qui te fait croire que j'ai fait quelque chose ?

Il hausse les sourcils.

– D'accord, j'ai fait quelque chose de vraiment stupide. Mais je n'ai pas envie d'écouter tes sermons, alors laisse tomber.

– Très bien.

Il hausse les épaules et commence à s'éloigner.

J'espérais qu'il me parlerait davantage, il n'est pas de mauvais conseil, parfois.

– Attends !

Il fait demi-tour.

– Tu ne veux pas me demander ce que j'ai fait ?

– Tu viens de dire que tu ne voulais pas en parler.

– Ouais, mais je... enfin...

Je ne sais pas quoi dire, surtout qu'il me dévisage.

– Tu *veux* que je te le demande, c'est ça ?

Il a l'air satisfait, mais heureusement, il n'en fait pas tout un plat.

– C'est à cause de moi...

Juste à ce moment-là, je vois Karen et mon père qui arrivent dans l'allée.

– À cause de toi que quoi ?

– Rien, laisse tomber.

Je soupire en me passant la main dans les cheveux, frustré.

– Hé, Hardin ! Où est Tessa ? demande Karen.

Pourquoi est-ce que tout le monde me demande ça comme si je connaissais chacun de ses faits et gestes.

– À l'intérieur. Elle dort.

Je me tourne vers Landon.

– Je vais me balader, tu peux t'assurer qu'elle va bien ?

Il hoche la tête.

– Où vas-tu ? me demande mon père quand je passe devant eux.

– Faire un tour.

Je presse le pas.

Quand j'arrive à un stop après avoir traversé plusieurs routes, je me rends compte que je n'ai pas la moindre idée d'où je suis. Je sais seulement que ça fait un moment que je marche et que toutes ces routes sont tortueuses et trompeuses.

Je décrète que je déteste cet endroit.

Il ne me semblait pas si mal quand je regardais les cheveux de Tessa soulevés par un vent léger, ses yeux scrutant l'eau scintillante, ses lèvres retroussées en un petit sourire satisfait. Elle avait l'air si détendue, comme les vagues calmes au large, régulières et ininterrompues jusqu'à ce que notre bateau vienne déranger leur tranquillité. Maintenant, les vagues rugissent et fouettent les parois de notre bateau avec violence. Bientôt, elles reviendront à leur état de repos jusqu'à ce qu'un autre bateau vienne perturber leur quiétude.

Une voix de fille fait disparaître l'image de la peau de Tessa sous les baisers du soleil.

– Vous êtes perdu ?

Surpris, je me retourne et me retrouve face à une fille de mon âge. Ses cheveux bruns sont aussi longs que ceux de Tessa. Elle se balade toute seule la nuit ? Je regarde autour de nous. Il n'y a rien d'autre qu'un chemin gravillonné vide et la forêt.

– Et vous ?

Je remarque sa jupe longue.

Elle me sourit et s'approche de moi. Elle doit avoir une case en moins pour traîner seule au milieu de nulle part et demander à un parfait inconnu, avec le look que j'ai, s'il est perdu.

– Non, je m'évade.

Elle repousse ses cheveux.

– Vous fuguez ? Vous avez quel âge, vingt ans ?

Elle ferait mieux de continuer son chemin. Il ne manquerait plus que je doive affronter un paternel furieux.

– Non. (Elle rit) Je suis étudiante et je suis venue rendre visite à mes parents qui m'ennuient à mourir.

– Oh, tant mieux pour vous. J'espère que votre chemin de la liberté vous mènera à Shangri-la.

Je commence à m'éloigner.

– Vous partez dans le mauvais sens.

– Rien à cirer !

Je grogne en entendant ses pas sur les gravillons derrière moi.

∞

# 28

## *Tessa*

Je n'en peux tout simplement plus de ces interminables disputes avec Hardin. Je ne sais plus quoi faire ni penser. Depuis plusieurs mois, je le suis sur un chemin dont je ne vois pas le bout. Nous sommes tous les deux aussi perdus qu'au départ.

– Tessa ?

C'est la voix de Landon qui me parvient depuis la chambre.

– Je suis sur le balcon.

J'ai bien fait de mettre un short et un sweatshirt. Hardin se moque toujours de moi, mais c'est plutôt confortable par ce temps.

– Salut.

Il vient me rejoindre sur le balcon et s'assied sur le fauteuil à côté de moi.

– Salut.

Je lui jette un coup d'œil avant de retourner à ma contemplation.

– Ça va ?

Je prends le temps de réfléchir à sa question. Est-ce que ça va ? *Non.* Est-ce que ça va aller ? *Oui.*

– Oui, cette fois, je crois que ça va.

Je croise les bras autour de mes genoux remontés sur ma poitrine.

– Tu veux en parler ?

– Non, je ne veux pas gâcher le séjour avec mes histoires. Je vais bien, je t'assure.

– Comme tu veux. Mais si tu as envie d'en parler, tu sais que je suis là.

– Je sais.

Je tourne les yeux vers lui et il m'adresse un sourire réconfortant.

Tout à coup, ses yeux s'agrandissent et il pointe quelque chose du doigt.

– Est-ce que c'est...

Je regarde ce qu'il fixe des yeux.

– Oh, mon Dieu !

Je bondis de mon siège pour attraper ma culotte rouge qui flotte dans le jacuzzi et je la fourre promptement dans la poche ventrale de mon sweatshirt.

Landon se mord la lèvre inférieure pour réprimer un sourire, mais je ne réussis pas à retenir le mien. Nous éclatons de rire tous les deux. Il est franchement amusé, moi plutôt honteuse. Mais ce fou rire avec Landon est bien plus réconfortant que mon habituelle crise de larmes après une engueulade avec Hardin.

∞

# 29
## *Hardin*

Je commence à sérieusement me lasser des gravillons et des arbres. L'inconnue est toujours derrière moi, et ma dispute avec Tessa me prend la tête.

– Tu vas faire tout le tour du patelin en me suivant ?

– Non, je rentre chez mes parents.

– T'as pas besoin de moi pour y aller.

– Tu n'es pas très poli.

– Tu trouves ? On m'a pourtant dit que la courtoisie était un de mes principaux atouts.

Elle glousse dans mon dos.

– On t'a menti.

Je balance un coup de pied dans une pierre. Pour une fois, je remercie Tessa d'être si maniaque. Si elle ne m'avait pas obligé à retirer mes chaussures avant d'entrer dans le bungalow, j'aurais dû emprunter les baskets de Landon. Pas terrible comme look. En plus, je suis presque sûr qu'il a les pieds bien plus petits que les miens.

– Alors, tu viens d'où?

Je ne réponds pas et continue mon exploration. Il faudrait que je tourne à gauche au prochain carrefour. Enfin, c'est ce que j'espère.

– D'Angleterre ?

– Ouais.

Je me dis que je pourrais aussi bien lui demander mon chemin.

– De quel côté ?

Quand je me retourne, elle bifurque à droite. Évidemment, j'avais tort.

Ses yeux sont d'un bleu métallique et le bas de sa jupe traîne sur le gravier. Elle me rappelle Tessa... enfin la Tessa que l'on m'a présentée la première fois. Ma Tessa ne porte plus des fringues aussi affreuses. Elle a aussi appris un nouveau vocabulaire. Tout le crédit m'en revient si elle est capable, à la moindre occasion, de me maudire dans un langage fleuri.

– Tu es ici avec tes parents, toi aussi ?

Elle a une voix grave et douce.

– Non... enfin si, on peut dire ça.

– On peut dire que ce sont tes parents ?

Elle sourit. Sa façon de dire « ce sont » au lieu de « c'est » me rappelle également Tessa.

Je la regarde plus attentivement pour m'assurer qu'elle est bien réelle et pas une sorte d'apparition chelou, sortie d'un conte de Noël, qui viendrait me faire la morale.

– C'est ma famille et ma copine. J'ai une copine, au fait.

Cette meuf n'a pas l'air du genre à s'intéresser à un mec comme moi, mais là encore, c'est ce que je pensais de Tessa au début.

– Ok...

– Ok.

J'accélère le pas pour créer une distance entre nous. Je tourne à droite et elle fait la même chose. On se pousse en même temps sur l'herbe du bas-côté quand un camion passe sur la route, et elle me rattrape.

– Où est-elle, alors ? Ta copine ?

– Elle dort.

Ça semble logique de reprendre le mensonge qui m'a servi pour mon père et Karen.

– Hum...

– Quoi hum ?

– Rien.

Elle regarde fixement devant elle.

– Tu me suis depuis tout à l'heure. Si tu as quelque chose à dire, fais-le.

Elle commence à m'énerver. Elle triture quelque chose dans ses mains, les yeux baissés.

– Je me disais juste que tu as l'air de vouloir échapper à quelque chose ou te cacher... Je ne sais pas, laisse tomber.

– Je ne me cache pas. Elle m'a demandé de me barrer, c'est ce que j'ai fait.

Qu'est-ce qu'elle en sait, d'ailleurs, cette imitation de Tessa ?

Elle lève les yeux vers moi.

– Pourquoi elle t'a fichu dehors ?

– Tu es toujours aussi curieuse ?

Elle sourit.

– Ouais.

Elle hoche la tête.

– J'ai horreur des gens indiscrets.

Sauf Tessa, bien sûr. J'ai beau l'aimer, il y a des moments où j'ai envie de lui coller du scotch sur la bouche quand elle me pose trop de questions. C'est la personne la plus indiscrète que j'aie jamais rencontrée.

Ce n'est pas vrai, en fait. J'adore sa façon de me harceler. Avant, je détestais ça, mais je la comprends à présent. Moi aussi, j'ai envie de tout savoir sur elle. Ce qu'elle pense, ce qu'elle fait, ce qu'elle veut. Je me rends compte, avec horreur, que je pose plus de questions qu'elle, maintenant.

– Alors, tu me racontes ou pas ?

– Comment tu t'appelles ?

– Lillian.

Elle jette ce qu'elle avait dans la main.

– Moi, c'est Hardin.

Elle passe une mèche derrière son oreille.

– Parle-moi de ta petite amie.

– Pourquoi ?

– Tu as l'air contrarié, et quoi de mieux qu'une oreille inconnue pour vider son sac ?

Je n'ai pas envie de lui parler, c'est relou cette ressemblance avec Tessa. Ça me met mal à l'aise.

– Je ne crois pas que ce soit une bonne idée.

Le soleil se couche tôt dans cette région, il fait pratiquement nuit.

– Parce que c'est mieux de tout garder à l'intérieur ?

Elle a raison. C'est agaçant.

– Écoute, tu as l'air sympa et tout, mais je ne te connais pas et tu ne me connais pas, donc je préfère éviter ce genre de conversation.

Elle se renfrogne. Puis elle soupire.

– Très bien.

Finalement, j'aperçois la pente familière du toit du bungalow de mon père.

– Eh bien, j'y suis.

C'est une façon comme une autre de prendre congé.

– Ah bon ? Attends, tu es le fils de Ken ?

Elle écarquille les yeux.

– Ouais ?

Je suis étonné. Nous nous arrêtons au bout de l'allée.

– Suis-je bête ! Avec cet accent, j'aurais dû m'en douter.

Elle se met à rire.

– Je ne comprends rien.

– Ton père et le mien sont amis, ils étaient ensemble à la fac. Pendant des heures, j'ai dû les écouter se remémorer leurs heures de gloire.

– Ah, c'est marrant.

Je souris à moitié. Je me sens plus à l'aise avec elle maintenant. Un sourire illumine son visage.

– Alors, nous ne sommes pas tout à fait des étrangers, après tout.

∞

## 30
### *Tessa*

– Des cookies !

– Alors, ce sera des cookies.

Karen sourit en ouvrant le placard.

Elle n'arrête jamais. Toujours aux fourneaux : pâtisseries, rôtis, toasts... Je ne m'en plains pas d'ailleurs, c'est une excellente cuisinière.

– Il fait nuit. J'espère qu'il ne va pas se perdre, dit Ken.

Landon se contente de hausser les épaules, l'air de dire « C'est Hardin tout craché ».

Hardin est parti depuis bientôt trois heures et je fais tout ce que je peux pour ne pas paniquer. Je sais bien qu'il va bien, car s'il lui arrivait quelque chose, je le sentirais. Je ne sais pas comment l'expliquer, mais au fond de moi je le sais.

Donc ce n'est pas ça qui m'inquiète. J'espère juste que ce ne sera pas un bon prétexte pour trouver un bar. C'est sûr que je ne voulais plus le voir, mais je ne supporterais pas de le voir rentrer en titubant et puant l'alcool. J'ai seulement besoin d'un peu d'air, le temps de réfléchir et de me calmer. Et je ne suis pas encore arrivée à la phase de réflexion. Je l'ai évitée à tout prix.

– Je me disais qu'on pourrait se faire une session jacuzzi ce soir ou peut-être demain matin ?

Landon recrache son soda dans son verre et je regarde ailleurs en me mordant l'intérieur de la joue. Le souvenir de Landon repérant ma culotte flottant à la surface est encore trop frais et je sens le rouge me monter aux joues.

– Karen, ma chérie, je ne pense pas qu'ils aient envie d'aller dans le jacuzzi avec nous.

Karen sourit en réalisant que ce serait sans doute un peu embarrassant.

– Je suppose que tu as raison.

En riant, elle commence à répartir la pate à cookie en petites boules. Elle fronce le nez.

– Je déteste cette pâte toute prête.

Je comprends que ce ne soit pas le rêve pour elle, mais pour moi, c'est top. Surtout en ce moment où j'ai l'impression que je vais exploser d'une seconde à l'autre.

Landon et moi étions en pleine discussion à propos de Dakota et de leur futur appartement quand sa mère et Ken sont rentrés. Ils m'ont dit être tombés sur Hardin. Apparemment, il leur a dit que je dormais et j'ai fait ce que j'ai pu pour ne pas le démentir, disant que je m'étais réveillée juste quand Landon est rentré.

Je me demande où il est allé et quand il va rentrer. D'un côté, je n'ai pas du tout envie de le voir, mais en même temps j'aimerais être sûre qu'il n'est pas en train de faire une bêtise. Quant à Seattle, je n'ai pas la moindre idée de ce que je vais faire.

∞

# 31
## *Hardin*

– Tu t'es arrangé pour qu'elle n'ait pas cet appartement ?

Lillian me regarde bouche bée.

– Je t'avais prévenue que c'était tordu.

Une nouvelle paire de phares nous croise alors que nous marchons sur la route qui va chez ses parents. J'avais l'intention de rentrer chez mon père, mais Lillian a su me prêter une oreille très attentive. Et quand elle m'a demandé de la raccompagner à son bungalow pour terminer notre conversation, j'ai accepté. En mon absence, Tessa aura le temps de se calmer et, avec un peu de chance, elle sera en mesure de parler quand je rentrerai.

– Tu ne m'avais pas dit à quel point. Je comprends qu'elle soit furax.

Évidemment, elle prend le parti de Tessa.

Je préfère ne pas imaginer ce qu'elle penserait de moi si elle savait tout ce que j'ai fait subir à Tessa au cours des six derniers mois.

– Eh alors, qu'est-ce que tu comptes faire maintenant ?

Tout en parlant, elle ouvre la porte du bungalow et me fait signe d'entrer, comme si ça allait de soi. Une fois à l'intérieur, je constate que c'est encore plus tape-à-l'œil que chez mon père. Ces putains de richards !

– Ils doivent être à l'étage.

– Qui ça ?

Lillian grimace et se tourne vers une femme que je suppose être sa mère. Elle lui ressemble trait pout trait, les années en plus.

– Qui est-ce ?

Juste à ce moment-là, un homme d'un certain âge, vêtu d'un polo et d'un pantalon kaki, entre dans le séjour.

*Super, putain !* J'aurais dû me contenter de raccompagner Lillian. Je me demande ce que Tessa penserait si elle me voyait ici. Est-ce que ça l'embêterait ? Elle est déjà en rogne contre moi, de toute façon, et elle s'est montrée très jalouse de Molly par le passé. Mais cette meuf n'est pas Molly et n'a rien de commun avec elle.

– Maman, Papa, je vous présente Hardin, le fils de Ken.

Un immense sourire apparaît sur le visage de l'homme.

– Je me demandais si je te rencontrerais un jour !

Il parle avec un accent britannique guindé.

Il vient vers moi et me tape sur l'épaule. Je recule, ce qui lui fait froncer les sourcils, en même temps, il ne semble pas être surpris par ma réaction. Mon père a dû lui parler de moi. Ça me fait presque rire.

– Chérie, c'est le fils de Trish.

– Vous connaissez ma mère ?

Je me tourne vers sa femme.

– Oui, je la connais depuis bien longtemps. Nous étions amis, tous les cinq.

Elle sourit.

– *Les cinq ?*

Le père de Lillian la regarde.

– Enfin, chérie.

– C'est fou ce que tu lui ressembles ! Sauf que tu as les yeux de ton père. Je n'ai pas revu ta mère depuis que je suis rentrée en Amérique. Comment va-t-elle ?

– Bien. Elle va se marier.

– C'est vrai ? Tu la féliciteras pour moi, je suis très heureuse de l'apprendre.

– D'accord.

Ces gens sourient beaucoup trop. C'est comme être dans une pièce avec trois Karen, en beaucoup plus agaçant et beaucoup moins charmant.

– Bon, ben je vais y aller.

– Non, non. Tu peux rester. Nous allons monter.

Il prend sa femme par la taille et l'entraîne avec lui. Lillian les regarde partir puis se tourne vers moi.

– Désolée, ils sont...

– Faux ?

Je sens bien que derrière le sourire aux dents blanchies de ce mec, ce n'est que du pipeau.

– Oui, totalement.

Elle rigole et va s'asseoir sur le canapé.

Je reste près de la porte, mal à l'aise.

– Est-ce que ta petite amie serait fâchée d'apprendre que tu es là ?

– Je ne sais pas. Sans doute que oui.

Exaspéré, je me passe la main dans les cheveux.

– Toi, ça t'embêterait si elle faisait la même chose ? Comment tu réagirais si elle traînait avec un mec qu'elle vient juste de rencontrer ?

À cette simple idée, la colère gronde en moi.

– Je verrais rouge.

– C'est bien ce que je pensais.

Elle me fait un petit sourire narquois et tapote le canapé à côté d'elle.

Je prends une profonde inspiration et je vais à grands pas m'asseoir à l'autre bout du canapé. Je ne sais pas trop quoi penser d'elle. Elle est un peu agaçante.

– Tu es du genre jaloux, c'est ça ?

Elle écarquille les yeux.

– On peut dire ça.

Je hausse les épaules.

– Je parie que ta copine n'apprécierait pas que tu m'embrasses ?

Elle se rapproche de moi et je bondis du canapé. Je suis presque à la porte quand elle éclate de rire.

– Qu'est-ce qui te prend, putain !

Je m'efforce de ne pas élever la voix.

– Je te faisais marcher. Je ne suis pas intéressée, tu peux me croire.

Elle sourit.

– Ça me rassure de savoir que tu ne l'es pas non plus. Maintenant, viens t'asseoir.

Elle a pas mal de points communs avec Tessa, mais elle n'est pas aussi douce ni aussi innocente. Je m'assieds dans le fauteuil en face du canapé. Je ne connais pas assez cette nana pour lui faire confiance. Je ne suis là que pour retarder le moment de retourner chez mon père. Et Lillian est neutre, contrairement à Landon, qui se trouve être le meilleur pote de Tessa. C'est plutôt sympa de parler à quelqu'un qui n'a aucune raison de me juger. Et puis, elle est un peu givrée, alors il y a plus de chances qu'elle comprenne ce que je trimbale.

– Alors, dis-moi ce qui fait que tu refuses d'aller à Seattle, même pour lui faire plaisir ?

– Ce n'est pas quelque chose en particulier. C'est vrai que j'ai des mauvais souvenirs là-bas, mais il n'y a pas que ça. C'est le fait qu'elle va s'éclater.

Je sais que ça a l'air complètement taré de dire ça. Mais je m'en fous, cette meuf ne me lâche pas les baskets depuis une plombe, alors si quelqu'un est taré, c'est plutôt elle.

– Et ce n'est pas bien ?

– Si, bien sûr que je veux qu'elle s'éclate. Mais je veux y être pour quelque chose.

Je soupire. Elle me manque déjà affreusement alors que ça ne fait que quelques heures que je ne l'ai pas vue. Le fait qu'elle soit tellement en colère contre moi n'arrange rien.

– Alors, tu refuses d'aller à Seattle avec elle parce que tu veux faire partie de sa vie ? Ça n'a pas de sens.

C'est l'évidence même.

– Je sais que tu ne comprends pas, elle non plus d'ailleurs, mais je n'ai qu'elle. Littéralement, elle est la seule personne qui ait de l'importance dans ma vie et je ne veux pas la perdre. Si c'était le cas, je n'aurais plus rien du tout.

*Pourquoi je lui raconte tout ça ?*

– Je sais que je suis complètement pathétique.

– Non, je ne trouve pas.

Elle me fait un sourire compatissant et je détourne les yeux. Je ne veux pas de ses bons sentiments.

La lumière s'éteint dans l'escalier et je regarde Lillian.

– Il faut que je m'en aille ?

– Non, je suis sûre que mon père est ravi que je t'aie ramené à la maison.

Il n'y a pas le moindre sarcasme dans sa voix.

– Pourquoi ça ?

– Eh bien, depuis que je leur ai présenté Riley, il espère que je vais rompre.

– Il ne lui plaît pas, c'est ça ?

– Elle.

– Quoi ?

– *Elle* ne lui plaît pas.

Je souris presque. Je suis triste pour elle que son père n'accepte pas cette relation, mais je dois admettre que je suis extrêmement soulagé.

∞

# 32

*Tessa*

Landon nous explique que comme leur appartement est tout près du campus, ils peuvent y aller à pied tous les jours. La voiture sera inutile, et il n'aura même pas besoin de prendre le métro.

– Je suis bien contente de savoir que tu ne conduiras pas dans cette ville énorme, Dieu merci.

Karen pose la main sur l'épaule de son fils. Il secoue la tête.

– Je conduis bien. Mieux que Tessa.

– Je ne me débrouille pas si mal. Mieux qu'Hardin en tout cas.

– Tu n'as pas beaucoup de mérite.

– Ce n'est pas *ta* façon de conduire qui m'inquiète, mais celle de tous ces dingues de chauffeurs de taxi.

Karen est une vraie mère poule. J'attrape un cookie dans le plat sur le comptoir et je regarde la porte d'entrée une énième fois. Je n'arrête pas depuis tout à l'heure, espérant voir rentrer Hardin. À mesure que le temps passe, Ma colère s'est peu à peu muée en inquiétude.

Ken est au téléphone quand il nous rejoint dans la cuisine.

– Ok, merci de m'avoir prévenu. À demain.

– C'était qui ?

– Max. Hardin est chez eux avec Lillian.

Mon estomac se noue.

– Lillian ?

– La fille de Max, elle doit avoir ton âge, à peu près.

Qu'est-ce qu'Hardin fait chez les voisins avec leur fille ? Est-ce qu'il la connaît ? Est-ce qu'il est sorti avec elle ?

– Je suis sûr qu'il ne va pas tarder à rentrer.

Ken fronce les sourcils, j'ai l'impression qu'il n'a pas pensé à ma réaction avant de nous transmettre l'information. Sa gêne me met mal à l'aise.

– Ouais.

Je m'étrangle et je me lève du tabouret devant le comptoir.

– Bon, je vais me coucher.

J'essaie de ne rien laisser transparaître. Je sens que ma colère refait surface, et je préfère m'en aller avant qu'elle n'explose.

– Tu veux que je vienne avec toi ?

– Non merci, Landon, c'est gentil, mais je me suis levée tôt, comme nous tous, et il commence se faire tard. Ça va, je t'assure.

Il hoche la tête, mais je vois bien qu'il n'est pas dupe. Quand j'arrive au pied de l'escalier, je l'entends dire :

– Quel abruti !

Oui, Landon, tu as raison.

Je referme les portes du balcon avant d'aller chercher un pyjama dans la commode. Ma tête est tellement pleine que j'ai du mal à me concentrer sur les vêtements. Je me refuse à mettre le t-shirt blanc posé sur le bras du fauteuil. Il faut que je m'habitue à dormir avec mes propres affaires. J'abandonne après avoir retourné tout le tiroir, je finis par me rabattre sur le short et le sweatshirt que j'ai déjà sur moi et m'allonge sur le lit.

Qui est cette mystérieuse fille avec Hardin ? L'ironie du sort, c'est que je suis plus en colère à cause de mon appart de Seattle qu'à cause d'elle. S'il veut gâcher notre relation en me trompant, c'est son affaire. Bien sûr, ça me réduirait en miettes et je ne pense pas que je m'en remettrais, mais je ne vais pas faire une fixation sur ça. Je ne peux tout simplement pas l'imaginer. Je ne le vois vraiment pas me tromper. Malgré tout ce qu'il a fait par le passé, je n'y crois pas. Pas après sa lettre, pas après qu'il a imploré mon pardon. D'accord, il veut tout contrôler et il dépasse souvent les bornes en interférant dans ma vie. Mais c'est parce qu'il veut me garder près de lui. Après une heure passée à compter les poutres du plafond, l'intensité de ma rancœur envers Hardin n'a pas faibli. Je ne suis pas sûre d'être prête à lui parler tout de suite. En revanche, je suis sûre que je n'arriverai pas à dormir tant qu'il ne sera pas rentré. Plus il tarde et plus la jalousie me ronge. Si j'étais dehors avec un mec, Hardin péterait les plombs et essaierait probablement de mettre le feu aux bois qui entourent la maison. J'ai envie de rire à cette pensée idiote, mais je n'ai pas le cœur à ça. À la place, je ferme les yeux en implorant le sommeil.

∞

## 33
### *Hardin*

– Tu veux boire quelque chose ?

– Ouais.

Je hausse les épaules en regardant la pendule. La fille se lève et se dirige vers un bar en métal argenté. Elle choisit une bouteille de cognac qui doit coûter encore plus cher que l'énorme télé fixée au mur, et se retourne vers moi en me regardant, feignant la compassion.

– Tu ne pourras pas indéfiniment te comporter comme un lâche, j'imagine que tu le sais.

– Ferme-la.

– Tu es exactement comme elle.

Elle rigole.

– Comme Tessa ? Non pas du tout. Et d'abord, comment tu pourrais le savoir ?

– Non, pas Tessa. Riley.

– Comment ça ?

Lillian verse le liquide brun dans un verre et me le tend avant de retourner s'asseoir sur le canapé.

– Où est ton verre ?

Elle secoue la tête avec hauteur.

– Je ne bois jamais.

Évidemment. Je ne devrais pas boire, moi non plus, mais l'arôme légèrement sucré et intense du cognac me tente trop.

– Alors, tu me dis pourquoi je suis comme elle ?

Je la regarde avec curiosité.

– Tu es comme elle, c'est tout. Elle a ce même côté râleur, en colère contre le monde entier.

Elle fait une grimace exagérément triste et replie ses jambes sous elle.

– Elle a peut-être des raisons d'être en colère.

Je prends la défense de sa copine sans même la connaître en descendant la moitié de mon verre de cognac. Il est fort, il a juste le bon âge et je sens sa brûlure jusqu'à la plante des pieds.

Lillian ne répond pas et plonge dans ses pensées en regardant fixement le mur derrière moi.

– Je ne suis pas tellement porté sur les talk-shows vaseux du genre « je vide mon cœur » ou « je soulage ma conscience ».

Elle hoche la tête.

– Ce n'est pas ce que je te demande, mais je pense que tu devrais au moins trouver une façon de t'excuser auprès de Tamara.

– Elle s'appelle Tessa.

Cette petite erreur m'agace. Elle sourit et rassemble ses cheveux sur une seule épaule.

– Tessa, excuse-moi. J'ai une cousine qui s'appelle Tamara et je pensais à elle, j'imagine.

– Et d'abord, qu'est-ce qui te fait croire que j'ai l'intention de m'excuser ?

Je claque la langue contre mon palais en attendant sa réponse.

– Tu plaisantes, j'espère ? Tu lui dois des excuses. Ou au moins lui dire que tu vas aller à Seattle avec elle.

Je grogne.

– Mais je *n'irai pas* à Seattle, bordel !

Mais qu'est-ce qu'elles ont, Tessa et elle, à me prendre la tête avec Seattle ?

– Eh bien, j'espère qu'elle ira sans toi.

Je dévisage cette meuf que je croyais capable de me comprendre.

– Qu'est-ce que tu dis ?

Je repose brusquement mon verre de cognac sur la table, faisant gicler du liquide brun sur la surface blanche. Lillian hausse un sourcil.

– J'ai dit, j'espère qu'elle partira quand même parce que tu l'as bien mérité.

– Je n'en ai rien à foutre de ce que tu penses, ça tombe bien.

Je me lève pour partir. Je sais qu'elle a raison, mais elle me gave avec ces conneries.

– Si, justement, mais tu refuses de l'admettre.

Je reprends mon verre et le vide, puis je me dirige vers la porte.

– Tu ne connais rien de moi.

Je serre les dents. Lillian se lève et s'approche de moi d'un pas nonchalant.

– Plus que tu crois. Comme je te l'ai dit, tu es exactement comme Riley.

– Eh bien, je la plains d'avoir à supporter...

Je m'interromps. Je ne sais pas pourquoi je m'en prends à cette fille qui ne m'a rien fait. Elle essaie de m'aider tout simplement et ne mérite pas mes sarcasmes. Je soupire.

– Excuse-moi, ok ?

Je reviens dans le séjour et me laisse tomber sur le canapé.

– Tu vois, ce n'est pas si difficile de s'excuser, si ?

En souriant, Lillian retourne vers le bar et rapporte la bouteille de cognac à côté de moi.

– Il est clair que tu as besoin d'un autre remontant.

Elle saisit mon verre sans cesser de sourire.

Après un troisième verre, je marmonne :

– Tessa déteste quand je bois.

– Tu as l'alcool mauvais ?

– Non.

J'ai répondu automatiquement, mais quand je vois que ça l'intéresse réellement, je réfléchis et modère ma réponse.

– Ça m'arrive.

– Hum...

– Pourquoi tu ne bois pas ?

– Je ne sais pas, c'est comme ça.

– Est-ce que ton... ta petite amie boit ?

Elle hoche la tête.

– Oui, de temps en temps. Moins qu'avant.

– Oh.

Cette Riley et moi avons peut-être plus de points communs que ce que je pensais, finalement.

– Lillian ?

C'est la voix de son père. J'entends craquer l'escalier. Instinctivement, je me redresse et je m'écarte d'elle. Elle se tourne vers lui.

– Oui, papa ?

– Il est presque une heure du matin. Je pense qu'il est temps pour ton visiteur de prendre congé.

Une heure du matin, déjà ! *Merde.*

– Ok.

Elle se retourne vers moi, l'air agacé.

– Il semble oublier que je ne suis plus une enfant.

– Il faut que j'y aille de toute façon. Tessa va me tuer.

Quand je me redresse, je ne suis pas aussi stable sur mes jambes qu'il serait souhaitable.

– Tu peux revenir demain si tu veux, Hardin, dit l'ami de mon père quand j'arrive à la porte.

– Excuse-toi et réfléchis à propos de Seattle.

Mais je suis fermement décidé à ne pas écouter les conseils de Lillian. Je sors, descends les escaliers et m'avance dans l'allée. J'aimerais bien savoir ce que fait son père, il a l'air super riche.

Dehors, il fait noir comme dans un four. J'arrive à peine à voir ma main quand je la bouge devant mes yeux comme un idiot. En arrivant au bout de l'allée, j'aperçois les lampes à l'extérieur du bungalow de mon père, et celles-ci me guident jusqu'au porche.

Je jure en ouvrant la porte moustiquaire qui grince. Je n'ai pas la moindre envie de voir débarquer mon père pour me dire que je sens le cognac. En même temps, ça lui donnerait peut-être envie de boire un petit coup lui-même.

La voix de Tessa dans ma tête me reproche immédiatement cette pensée cynique, et je me pince l'arête du nez en secouant la tête pour la faire taire.

Je manque de renverser une lampe en enlevant mes boots. Je m'agrippe à l'angle du mur pour garder l'équilibre et je finis par réussir à ranger mes chaussures à côté de celles de Tessa. Mes mains sont moites quand je monte l'escalier aussi doucement que possible. Je ne suis pas soûl, mais bien éméché quand même, et je sais qu'elle va être encore plus en colère que tout à l'heure. Elle était vraiment furieuse, et je ne fais qu'en rajouter en rentrant tard et bourré. En fait, j'ai un peu... peur d'elle en ce moment.

La porte de la chambre que nous partageons s'ouvre avec un petit grincement, j'essaie de faire le moins de bruit possible et de me diriger dans le noir sans la réveiller.

Raté ! La lampe de chevet s'allume et Tessa me toise d'un regard impassible.

– Excuse-moi... je ne voulais pas te réveiller.

Elle pince les lèvres.

– Je ne dormais pas.

Ma poitrine se serre.

– Il est tard, je sais. Je suis désolé.

Mes mots s'emmêlent un peu. Elle plisse les yeux.

– Tu as bu ?

Malgré son expression renfrognée, elle a les yeux brillants. La douce lumière qui éclaire son visage me donne envie de le caresser.

– Oui.

Je m'apprête à affronter ses foudres. Mais elle soupire et porte les mains à son visage pour repousser les petites mèches folles qui se sont échappées de sa queue de cheval. Elle n'a l'air ni inquiète ni surprise de me voir dans cet état.

Trente secondes plus tard, toujours rien. Elle se contente de rester assise là sur le lit, appuyée sur ses bras, à me regarder d'un air triste tandis que je reste planté au milieu de la pièce.

– Dis quelque chose.

Je cherche à briser ce silence accablant.

– Non.

– Euh ?

– Je suis crevée et tu es soûl. Que veux-tu que je dise ?

Elle ne montre aucune émotion.

Je redoute toujours le moment où elle va finir par craquer, où elle en sera au point où elle en aura vraiment marre de supporter mes conneries et, franchement, j'ai une trouille bleue que ce moment soit arrivé.

– Je ne suis pas soûl, j'ai seulement bu trois verres. Tu sais bien que c'est que dalle pour moi.

Je m'assieds sur le bord du lit. Un frisson court dans mon dos quand elle s'éloigne de moi.

– Où étais-tu ?

Sa voix est douce.

– À côté.

Elle ne me lâche pas des yeux, attendant plus d'explications.

– J'étais avec cette meuf, Lillian. Son père était à la fac avec le mien et nous avons bavardé. Une chose en entraînant une autre, nous...

– Oh, mon Dieu.

Tessa ferme les yeux brusquement et elle se bouche les oreilles en remontant les genoux sur sa poitrine. J'attrape ses deux poignets dans une main et je les ramène sur ses genoux.

– Mais non, ce n'est pas ce que tu crois. *Putain.* Nous avons parlé de *toi.*

Je m'attends à ce qu'elle lève les yeux au ciel avec incrédulité, comme d'habitude. Elle ouvre les yeux et me regarde.

– Comment ça, de moi ?

– De cette histoire de Seattle.

– Tu as parlé de Seattle avec elle alors que tu refuses d'en parler avec moi ?

Elle a l'air plus étonnée qu'en colère, et je n'y comprends plus rien. Ce n'est pas comme si j'avais décidé de parler avec cette meuf, c'est elle qui m'a pratiquement forcé à le faire. Mais dans un sens je ne suis pas mécontent qu'elle l'ait fait, je crois.

– Non, ce n'est pas ça, c'est toi qui m'as dit de dégager.

La fille en face de moi a bien les traits de Tessa, mais son attitude n'a rien à voir avec elle.

– Et tu as passé tout ce temps avec elle ?

Ses lèvres tremblent.

– Non, je marchais et je suis tombé sur elle.

Je tends la main pour repousser ses mèches indisciplinées et elle ne recule pas. Sa peau est chaude sous ma caresse. Elle appuie sa joue sur ma paume, elle ferme les paupières tandis que je caresse du pouce le contour de sa pommette.

– Elle te ressemble beaucoup.

Je ne m'attendais pas à ce que les choses prennent cette tournure. Je pensais subir une déclaration de guerre.

– Tu l'aimes bien, alors ?

Elle soulève les paupières et ses yeux gris croisent les miens.

– Ouais, elle est sympa.

Je hausse les épaules et elle referme les yeux.

– Je suis crevée.

Elle retire ma main de sa joue.

– Tu n'es pas fâchée ?

Quelque chose me taraude, mais je n'arrive pas à mettre le doigt dessus. Saloperie d'alcool.

– Je suis seulement fatiguée.

Elle se laisse retomber sur l'oreiller.

Une sirène se met à hurler dans ma tête quand je perçois cette absence d'émotion dans sa voix. Elle me cache quelque chose. Et je veux qu'elle me dise quoi.

Mais elle se rendort, à moins qu'elle ne fasse semblant. Je dois me rendre à l'évidence, je vais être obligé d'ignorer ces signaux pour ce soir. Il est tard. Si j'insiste trop, elle va me virer encore, et ce serait insupportable. Je ne peux pas dormir sans elle, et je suis content qu'elle me laisse venir dans le lit après cette histoire avec Sandra. De plus, l'alcool me donne envie de dormir, comme ça je ne resterai pas éveillé toute la nuit à me demander ce qui peut bien se tramer dans la tête de Tessa.

∞

## 34
### *Tessa*

La lumière du matin se répand dans la chambre quand le soleil se lève à l'horizon. Mon regard va des portes du balcon à mon ventre sur lequel repose le bras d'Hardin. De ses lèvres entrouvertes s'échappe un doux ronronnement. Je ne sais pas si je devrais le virer du lit ou repousser ses boucles brunes de son front pour poser mes lèvres sur sa peau rougie par le soleil.

Je suis tellement en colère contre lui pour hier soir. Il a eu le culot de rentrer à une heure et demie du matin, et exactement comme je le craignais, il puait l'alcool. Un nouveau fil dans cette toile déjà bien emmêlée. Et puis il y a cette fille qui me ressemble, paraît-il, et avec qui il a passé plusieurs heures. D'après lui, ils n'ont fait que parler, et je le crois. Mais Hardin, qui refuse de discuter de tout ce qui, de près ou de loin, se rapporte à Seattle, n'a apparemment pas de soucis à en discuter avec elle.

Je ne sais plus quoi penser, d'ailleurs j'en ai assez de me prendre la tête à longueur de journée. Notre relation n'est que problèmes, prises de tête et embrouilles. Je suis lasse. J'aime Hardin plus que tout ce qu'on peut imaginer, mais je ne sais pas combien de temps je vais tenir à ce rythme. Je ne vais pas supporter de m'inquiéter de le voir rentrer ivre chaque fois que nous avons un désaccord. J'aurais voulu lui hurler dessus, lui jeter un oreiller à la tête et lui dire qu'il n'est qu'un imbécile, mais tout à coup j'ai compris qu'on finit par s'épuiser à force de toujours reprendre le même scénario.

Je ne sais pas ce que je vais faire s'il ne vient pas à Seattle. En tout cas, ça ne m'avance à rien de rester dans ce lit. Je soulève le bras d'Hardin, je me tortille pour m'extirper de sous son poids et repose doucement son bras sur l'oreiller. Il gémit dans son sommeil, mais heureusement il ne se réveille pas. Je prends mon téléphone sur la table de nuit et je me dirige vers les portes du balcon sur la pointe des pieds. Je pousse un soupir de soulagement avant de les refermer derrière moi. Il fait bien plus frais qu'hier.

Téléphone en main, je commence à réfléchir à ma vie à Seattle. Pour l'instant, je n'ai rien de tangible. Mon installation est devenue plus compliquée que je ne l'avais imaginé et franchement, par moments, je me demande si ça vaut vraiment la peine. Instantanément, je me reproche cette pensée négative. C'est exactement ce qu'Hardin essaie de faire, il espère que je vais laisser tomber mon projet pour rester avec lui.

Eh bien, il se passera exactement le contraire !

Je vais sur Internet sur mon Smartphone et attends impatiemment que la page se charge. Je regarde fixement mon écran tandis que le petit cercle super énervant tourne encore et encore. Ce téléphone est une vraie antiquité. Frustrée par sa lenteur, je retourne dans la chambre et prends celui d'Hardin sur le fauteuil puis je ressors sur le balcon.

Il sera furax s'il se réveille et me voit sur son portable. Mais je ne vais pas regarder ses appels ni ses SMS. Je vais juste utiliser sa connexion.

*Ouais, elle est sympa.* C'est ce qu'il a dit de cette Lillian qui me retourne le cerveau. Je secoue la tête pour me débarrasser de ces pensées, et j'admire un luxueux appartement que j'aimerais pouvoir m'offrir. Je descends sur le suivant, plus petit. Il s'agit d'un studio dans un duplex. L'idée ne me plaît pas trop. Je finis par trouver un studio dans un immeuble de taille moyenne, un tout petit au-dessus de mes moyens. S'il le faut, je mangerai des pâtes jusqu'à ce que je sois installée.

J'enregistre le numéro dans mon téléphone et je continue mes recherches. Contre toute raison, je nous imagine en train de chercher un appart ensemble, Hardin et moi. On serait tous les deux sur le lit, moi assise en tailleur, Hardin, appuyé contre la tête de lit, avec ses longues jambes étalées devant lui. Je lui montrerais les photos, les unes après les autres, et lui lèverait les yeux au ciel et se plaindrait que l'exercice l'ennuie. Il me dirait à quel point je suis mignonne quand je m'agite et il me prendrait l'ordi des mains en m'assurant qu'il va nous trouver une maison.

Ce serait trop facile, bien sûr. Tout dans ma vie était simple et facile il y six mois. Ma mère m'aidait à payer ma chambre d'étudiante et tout était organisé bien avant que j'arrive à Washington Central.

Malgré tout, ma mère me manque. Elle ne sait pas que j'ai renoué avec mon père. Elle serait furieuse, j'en suis sûre.

Sans réfléchir, je compose son numéro.

– Allô ?

– Maman ?

– Qui veux-tu que ce soit ?

Je regrette déjà cet appel.

– Comment vas-tu ?

Elle soupire.

– Bien. J'ai été pas mal occupée avec tout ce qui se passe.

On entend des bruits de casseroles en arrière-plan.

– Qu'est-ce qui se passe ?

Est-ce qu'elle est au courant pour mon père ? Je me dis immédiatement que si elle ne l'est pas, le moment n'est pas bien choisi pour lui en parler.

– Rien de particulier, à vrai dire. J'ai fait beaucoup d'heures supplémentaires et nous avons un nouveau pasteur. Oh, et Ruth nous a quittés.

– Ruth Porter ?

– Oui, j'allais t'appeler.

Le ton de sa voix se réchauffe un peu.

Ruth, la grand-mère de Noah, était l'une des femmes les plus délicieuses que j'aie eu le plaisir de rencontrer. Elle était tellement gentille et faisait les meilleurs cookies du monde. Enfin, juste après Karen.

– Comment va Noah ?

Il était très proche de sa grand-mère et je sais que ça doit être dur pour lui. Je n'ai pas eu la chance d'être proche d'aucun de mes grands-parents. Les parents de mon père sont morts quand j'étais petite et les parents de ma mère n'étaient pas du genre à laisser quiconque être proches d'eux.

– Il ne le vit pas très bien. Tu devrais l'appeler, Tessa.

– Je…

Je m'apprête à lui dire que je ne peux pas l'appeler, mais je me ravise. Qu'est-ce qui m'empêche de le faire ? Je peux et vais le faire.

– Oui… je l'appelle tout de suite.

– Ah bon ? (La surprise est perceptible dans sa voix.) Attends au moins qu'il soit neuf heures.

À ce que je perçois dans sa voix, je sais qu'elle sourit à l'autre bout du fil.

– Comment ça va à la fac ?

– Je pars lundi pour Seattle.

J'entends un bruit de casserole qui tombe sur le sol.

– Quoi ?

– Je t'en avais parlé, tu te souviens ?

*Je l'ai bien fait, quand même ?*

– Non, tu ne m'as rien dit. Tu as dit que ta boîte déménageait là-bas, mais tu ne m'as jamais dit que tu partais pour de bon.

– Excuse-moi. J'étais débordée, avec Seattle et Hardin.

D'une voix incroyablement maîtrisée, elle me demande :

– Il part avec toi ?

– Je… je ne sais pas.

Je soupire.

– Tu vas bien ? Tu as l'air contrariée.

– Ça va.

– Tessa, je sais que nous avons eu quelques difficultés de communication dernièrement, mais je suis quand même ta mère. Tu peux me parler s'il se passe quelque chose dans ta vie.

– Ça va, je t'assure. C'est juste ce déménagement qui me stresse, et puis aussi le fait de changer de campus.

– Ah, c'est ça ? Tu vas très bien t'en tirer. Tu seras excellente, quelle que soit la faculté. Tu réussiras n'importe où.

– Je sais, mais je me suis habituée à ce campus et je vais devoir rencontrer de nouveaux professeurs, et puis j'ai quelques amis. Ils ne vont pas me manquer tant que ça, à part Landon. Et peut-être Steph... mais surtout Landon.

– Tessa, c'est ce pourquoi nous avons travaillé depuis des années, et regarde où tu en es aujourd'hui. Tu as atteint ton but en très peu de temps, tu devrais être fière.

Je suis étonnée qu'elle me dise ça, et mon cerveau s'empresse d'enregistrer ses paroles.

– Merci.

– Préviens-moi dès que tu auras emménagé à Seattle, je viendrai te voir. Parce que je suppose que tu n'es pas près de rentrer à la maison, maintenant.

– D'accord.

Je ne relève pas son ton acerbe.

– Je te rappellerai. Je dois me préparer pour le travail. N'oublie surtout pas d'appeler Noah.

– Ne t'en fais pas. Je l'appelle d'ici une heure ou deux.

Quand je raccroche, mes yeux sont attirés par un mouvement sur le balcon. Je lève les yeux, Hardin est là, vêtu de son t-shirt et de son jean noirs habituels. Il est pieds nus et me dévisage avec attention.

– C'était qui ?

– Ma mère.

Je remonte mes genoux sous mon menton dans mon fauteuil.

– Qu'est-ce qu'elle voulait ?

Il saisit le dossier du fauteuil inoccupé qui grince parce qu'il le tire pour venir s'asseoir à côté de moi.

– C'est moi qui l'ai appelée.

J'ai répondu sans le regarder.

– Qu'est-ce que mon téléphone fait dehors ?

Il me le prend sur les genoux et regarde l'écran.

– J'ai cherché un truc sur Internet.

– Oh.

Apparemment il ne me croit pas. *S'il n'a rien à cacher, qu'est-ce que ça peut bien lui faire ?*

– Tu parlais de qui en disant que tu allais l'appeler ?

Il s'assied sur le bord du jacuzzi. Je le regarde.

– De Noah.

Il plisse les yeux.

– T'as pas intérêt à l'appeler !

– Je l'appellerai si je veux.

Il pose les mains sur ses genoux et se penche en avant.

– Qu'est-ce que tu as à lui dire ? Rien, tu m'entends ?

– Alors, toi, tu peux passer des heures avec quelqu'un d'autre et rentrer bourré, mais moi...

– C'est ton ex, putain !

– Et qu'est-ce qui me dit que cette meuf n'est pas une de *tes* ex-petites amies ?

– Je n'ai jamais eu de petites amies, je te rappelle.

Je souffle, exaspérée. Mes bonnes résolutions ont fondu comme neige au soleil et ma colère monte de nouveau.

– Ok, alors disons une parmi toutes les meufs avec qui *tu as baisé*, si tu préfères. De toute façon, ce n'est pas à toi de décider qui je peux appeler, ex ou pas.

– Je croyais que tu n'étais pas fâchée contre moi.

Je soupire en regardant au loin.

– Je ne le suis pas. Pas du tout. Tu t'es comporté exactement comme je m'y attendais.

– C'est-à-dire ?

– Tu as disparu pendant des heures et tu es rentré en puant l'alcool à plein nez.

– C'est toi qui m'as dit de partir.

– Ce n'est pas une raison pour rentrer bourré.

– Et voilà, ça recommence !

– Tu vois, c'est ça ton problème, tu ne veux pas m'écouter. C'est terminé.

– Qu'est-ce qui est terminé ?

Il se penche vers moi, son visage est trop près du mien.

– Tout ça...

Je fais un geste théâtral de la main et je me lève.

– Tout ça c'est terminé. Vas-y, fais ce que tu veux, mais je te conseille de trouver quelqu'un d'autre pour s'asseoir à côté de toi en passant sur tes coups de tête sans rien dire, parce que moi, c'est fini.

Je lui tourne le dos.

Il se lève d'un bond, m'attrape par le bras et me tire doucement en arrière.

– Arrête !

Il pose une de ses mains sur ma taille tandis que l'autre reste sur mon bras. Avant que j'aie eu le temps de me libérer, il m'attire contre sa poitrine.

– Arrête de me résister... tu n'iras nulle part.

Il pince les lèvres et je tire mon bras en arrière.

– Si tu me lâches, je m'assieds.

Je n'ai pas envie de céder, mais je ne veux pas gâcher le séjour des autres. Si je descends, Hardin va me suivre et ça va finir en une énorme scène devant sa famille.

Il me lâche et je me laisse tomber dans le fauteuil. Il se rassied en face de moi et me regarde fixement, les coudes sur les genoux, comme s'il attendait quelque chose.

– Quoi ?

– Alors tu me quittes, c'est ça ?

Son air triste me radoucit un peu.

– Si tu veux dire que je pars à Seattle lundi, c'est oui.

– Lundi ?

– Oui, lundi. On en a parlé et reparlé. Je sais que tu pensais que ta petite blague me découragerait, mais c'est raté. Et tu ne pourras rien y faire.

– Rien ?

Il me regarde à travers ses cils épais.

*Je t'épouserai,* m'a-t-il dit une fois quand il était ivre. Est-ce à ça qu'il fait allusion ? Je meurs d'envie de lui demander, mais je n'y arrive pas. Je ne suis pas prête à affronter sa réponse, maintenant qu'il est sobre.

– Hardin, qu'est-ce qu'il y a à Seattle que tu veux absolument éviter ?

Son regard fuit le mien.

– Rien d'important.

– Je te jure que s'il y a encore quelque chose que tu m'as caché, je ne te parlerai plus jamais de ma vie. Franchement, tu me soûles vraiment avec tes conneries.

– Ce n'est rien, Tessa. J'ai quelques vieux amis là-bas que je ne porte pas particulièrement dans mon cœur parce qu'ils font partie de mon ancienne vie.

– Ton ancienne vie ?

– Ma vie avant toi, les beuveries, les fêtes, la baise avec toutes les filles qui passaient par là... pardon. Pas de grand secret, rien que des mauvais souvenirs. Mais ce n'est pas pour ça que je ne veux pas y aller, de toute manière.

J'attends de connaître enfin la vérité, mais il reste silencieux.

– Ok, alors explique-moi pourquoi, parce que là, je suis larguée.

Il me regarde dans les yeux, le visage dénué de toute émotion.

– Pourquoi est-ce qu'il te faut une explication ? Je ne veux pas y aller et je ne veux pas que tu y ailles sans moi, c'est tout.

– Non, cette explication ne me satisfait pas. Moi j'y vais. Et tu sais quoi ? Je ne veux plus que tu viennes avec moi.

– *Quoi* ?

Ses yeux s'assombrissent.

– Je ne veux pas que tu viennes.

Je me lève en restant aussi calme que possible. Je suis fière de réussir à me contenir.

– Tu as essayé de tout gâcher. C'est mon rêve depuis des années, et toi, tu essaies de le détruire. Je devrais être excitée et prête à aller vivre mon rêve. Mais tu as tout fait pour que je n'aie aucun point de chute. Alors non, je ne veux pas que tu viennes.

Il ouvre la bouche et la referme, puis il se lève et se met à arpenter la terrasse en bois.

– Tu...

Il s'arrête comme s'il revenait sur ce qu'il allait dire. Mais, comme d'habitude, il choisit la manière la plus dure et évidemment la plus moche.

– Tu sais quoi, Tessa ? Personne n'en a rien à *foutre* de Seattle à part quelqu'un comme toi. Il n'y a que toi pour grandir en rêvant d'aller s'installer là-bas, sérieux ! Tu parles d'une *ambition* !

Il prend une grande inspiration avant de reprendre.

– Et au cas où tu l'aurais oublié, c'est seulement grâce à moi que tu as cette opportunité. Tu crois qu'il y en a d'autres qui obtiennent un putain de stage rémunéré en première année de fac ? Non, putain ! La plupart des gens galèrent, même une fois leur diplôme en poche, pour trouver un stage rémunéré.

– Ça n'a rien à voir, putain ! Ce n'est pas le sujet !

Je suis outrée par son culot et sa mauvaise foi.

– Alors de quoi on parle, espèce d'ingrate...

J'avance d'un pas et ma main part avant que j'aie le temps de comprendre ce que je fais. Mais Hardin est plus rapide et il attrape mon poignet à quelques centimètres de sa joue.

– Pas de ça !

Sa voix est rauque, vibrante de colère, et je regrette qu'il m'ait empêchée de le gifler. Je sens son souffle parfumé à la menthe sur mes joues tandis qu'il essaie de se maîtriser.

Je le défie intérieurement, *lâche-toi, Hardin.* Je ne suis pas intimidée par ses grossièretés. J'en ai autant à son service.

– Tu ne peux pas parler aux gens comme ça sans t'attendre à en subir les conséquences.

Mon ton est sourd, presque menaçant.

– Les conséquences ? Je n'ai connu que ça toute ma vie.

Je déteste la façon qu'il a de s'octroyer tout le mérite pour mon stage, je déteste la façon dont il va toujours à l'encontre de ce que je dis ou je fais. Je déteste la capacité qu'il a de me pousser tellement à bout que j'ai envie de le gifler, et je déteste perdre le contrôle. Je lève les yeux vers lui. Mon poignet est toujours dans sa main qui me serre juste assez fort pour m'empêcher d'essayer à nouveau de le gifler. Il a l'air vraiment vexé. Son regard défiant me noue l'estomac.

Il pose ma main sur sa poitrine sans me quitter des yeux.

– Tu ne sais rien des conséquences.

Puis il s'éloigne de moi, et ma main retombe le long de mon corps.

∞

## 35
### *Hardin*

– *Pour qui elle se prend, putain ?* Elle croit que sous prétexte que je ne veux pas aller à Seattle avec elle, elle peut me parler comme ça ? Elle ne veut même pas que je vienne, bordel !

Elle change d'avis et c'est elle qui essaie de me gifler ! Qu'est-ce qu'elle croit ? J'ai vu rouge et le fait qu'elle essaie de me frapper m'a pris par surprise. Quand je l'ai laissée, elle avait les yeux écarquillés, les pupilles élargies par la fureur, et j'ai été obligé de me tirer le plus loin possible à toute vitesse.

Je me retrouve dans ce petit bistrot en ville. Le café a un goût de goudron et l'espèce de muffin qu'on m'a servi est encore pire. Je déteste ce bled de merde où on ne trouve rien.

J'ouvre trois sachets de sucre d'un seul coup et les vide dans l'immonde café que je mélange avec une cuillère en plastique.

– Bonjour.

La voix familière derrière moi n'est malheureusement pas celle que j'aurais voulu entendre. Lillian s'approche.

– Qu'est-ce que tu viens faire ici ?

– À l'évidence, tu n'es pas du matin, *toi* !

Elle s'installe en face de moi.

– Barre-toi.

Je jette un coup d'œil autour de nous. Toutes les tables sont occupées. Je devrais probablement leur conseiller de chercher un putain de Starbucks, ce serait un service à leur rendre parce qu'ici ça craint vraiment.

Elle me dévisage.

– Je parie que tu ne t'es pas excusé, je me trompe ?

– Mais putain, de quoi je me mêle ?

Je me pince l'arête du nez et elle sourit.

– Tu le finis pas ?

De la main, elle me montre le muffin dur comme du bois qui se trouve devant moi. Je le pousse vers elle et elle en prend un morceau.

– Il n'est pas si mauvais que ça.

Je vois bien qu'elle n'en pense pas un mot, mais elle se force à l'avaler.

– Alors, tu me dis pourquoi tu ne t'es pas excusé auprès de Tamara ?

– Elle s'appelle Tessa, putain ! Si tu l'appelles...

– Waouh, du calme. Je rigole ! Je te faisais marcher, c'est tout.

Elle se marre, toute fière d'avoir réussi son coup.

– Ha ! ha !

J'avale le reste de mon café.

– Ça ne me dit pas pourquoi tu ne l'as pas fait ?

– Je n'en sais rien.

– Mais si, tu le sais.

– Qu'est-ce que ça peut te faire, de toute manière ?

Je me penche vers elle et elle se renfonce dans son siège.

– Je ne sais pas... tu as l'air de l'aimer beaucoup, et puis tu es mon ami.

– Ton *ami* ? Je ne te connais même pas ! Et tu ne me connais pas, ça c'est sûr.

Son impassibilité semble se fissurer un instant et elle cligne des yeux. Si elle se met à pleurer, je vais mettre mon poing dans la gueule de quelqu'un. Ce genre de mélodrame est insupportable, surtout aussi tôt le matin, putain !

– Écoute, tu es sympa et tout. Mais ça – je dessine une ligne de la main entre elle et moi – ce n'est pas de l'amitié. Je n'ai pas d'amis.

Elle incline la tête.

– Tu n'as pas d'amis du tout ? Pas même un ?

– Non j'ai des potes avec qui je fais la fête et j'ai Tessa.

– Tu devrais avoir des amis. Au moins un ou une.

– À quoi ça servirait qu'on soit amis, toi et moi ? Je pars demain après-midi.

Elle hausse les épaules.

– On pourrait être amis jusqu'à demain.

– On dirait que tu n'as pas d'amis non plus.

– Pas beaucoup. Riley ne les apprécie pas beaucoup.

– Et alors ? Qu'est-ce que ça peut faire ?

– Je n'ai pas envie de m'embrouiller avec elle, alors je ne les vois pas beaucoup.

– Excuse-moi, mais ta Riley a l'air d'être une emmerdeuse.

– Ne dis pas ça.

Lillian rougit, et pour la première fois depuis que je la connais, elle semble perdre son calme. Je joue avec mon gobelet, pas mécontent de l'avoir fait réagir.

– C'était une façon de parler. Perso, je ne laisserais personne me dire avec qui je peux être ami ou non.

– Tu veux dire que Tessa a des amis qu'elle voit en dehors de toi ?

Elle hausse les sourcils et je détourne mon regard pour réfléchir à la question. Oui, Tessa a des amis... Landon, par exemple.

– Oui.

– Toi, ça ne compte pas.

– Non, pas moi. Landon.

– C'est ton demi-frère, il ne compte pas non plus.

Steph est plus ou moins amie avec Tessa, et Zed... qui n'est plus un problème.

– Elle m'a, moi.

– C'est bien ce que je pensais.

– Qu'est-ce que ça peut faire ? Une fois que nous serons partis d'ici et qu'on commencera une nouvelle vie, elle se fera de nouveaux amis. On s'en fera ensemble.

– C'est sûr. Le problème, c'est que tu ne vas pas au même endroit qu'elle, je te rappelle.

– Elle viendra avec moi. Je sais que ce n'est pas évident pour l'instant, mais tu ne la connais pas. Moi si, et je sais qu'elle ne peut pas se passer de moi.

Lillian me regarde d'un air pensif.

– Tu sais qu'il y a une grosse différence entre ne pas pouvoir se passer d'une personne et aimer cette personne ?

Cette nana dit vraiment n'importe quoi.

– Je n'ai plus envie de parler d'elle. Si nous devons être amis, j'ai besoin d'en savoir plus à propos de toi et Regan.

– Riley.

Je rigole.

– C'est énervant, hein ?

Lillian me fait les gros yeux en rigolant, avant de me raconter sa rencontre avec sa petite amie. Elles ont discuté lors de la réunion d'orientation de Lillian en première année de fac. Riley s'était montrée grossière au début, mais un peu plus tard elle l'avait draguée, ce qui les avait étonnées l'une comme l'autre. Apparemment, cette Riley est du genre jalouse et elle a un sale caractère. Ça me rappelle quelqu'un.

– La plupart de nos disputes sont dues à sa jalousie excessive. Elle a toujours peur que j'aille voir ailleurs. Je ne sais pas pourquoi, puisque c'est toujours elle qui attire l'attention, des hommes comme des femmes. En plus, elle a essayé les deux. (Elle soupire.) Alors c'est un peu, genre, tout le monde y passe.

– Et ce n'est pas pareil pour toi ?

– Non, je ne suis jamais sortie avec un mec. Enfin, si, une fois en cinquième, parce que j'avais l'impression d'y être obligée. Mes potes me harcelaient parce que je n'avais pas de petit ami.

– Pourquoi tu ne leur as pas dit, tout simplement ?

– Ce n'est pas si simple.

– Ça devrait.

Elle sourit.

– Oui, ça devrait, mais ce n'est pas le cas. En tout cas, je ne suis sortie qu'avec deux filles dont Riley.

Son sourire s'évanouit.

– Riley a eu un tas de gens, elle.

Je passe le reste de la journée à écouter cette fille me raconter ses histoires. En même temps, ça ne m'embête pas autant que je l'aurais pensé. C'est réconfortant de savoir que je ne suis pas le seul à avoir ce genre de problèmes. Lillian me rappelle beaucoup

Tessa et Landon. S'ils se fondaient en une seule personne, ce serait certainement Lillian. Ça m'ennuie de le reconnaître, mais je ne me trouve pas en si mauvaise compagnie. C'est une marginale, comme moi, mais elle ne me juge pas parce qu'elle me connaît à peine.

Des étrangers entrent et sortent du café. Soudain, une petite musique marrante retentit.

– C'est sûrement mon père...

Lillian regarde son téléphone. Elle a l'air paniquée.

– Merde, il est presque cinq heures. Il faut qu'on y aille. Enfin, il faut que j'y aille. Je n'ai toujours rien à me mettre pour ce soir.

– Pour quoi ?

– Pour dîner. Tu n'es pas au courant que nous dînons avec tes parents ?

– Karen n'est pas ma...

Pas la peine, elle est au courant.

Je me lève et lui emboîte le pas jusqu'à une petite boutique de fringues remplie de tenues colorées et de bijoux fantaisie. Il y règne une odeur d'antimites et d'eau de mer.

– Il n'y a rien de passable.

Elle grogne en tenant nonchalamment à bout de bras une robe rose vif à franges.

– C'est affreux.

Elle hoche la tête et la remet sur le portant.

Je ne peux pas m'empêcher de me demander ce que Tessa fait en ce moment. Est-ce qu'elle se demande où je suis ? Je suis sûr qu'elle pense que je suis avec Lillian. Ce qui est vrai, mais elle sait qu'elle n'a rien à craindre.

Attends... non, elle ne peut pas le savoir. Je ne lui ai rien dit au sujet de la petite amie de Lillian.

– Tessa ne sait pas que tu es lesbienne.

Je sors ça brusquement tandis qu'elle me montre une robe ornée de perles noires.

Elle me regarde calmement en se contentant de passer la main sur la robe, un peu comme elle le faisait avec la bouteille de cognac hier soir.

– Je ne vais pas te donner de conseils vestimentaires, alors arrête ça.

Elle lève les yeux au ciel.

– Alors, pourquoi tu ne lui as pas dit ?

Je tripote une espèce de collier en plumes.

– Je ne sais pas. Je n'y ai pas pensé.

– Je suis trop flattée que mon orientation sexuelle ait si peu d'importance pour toi. Mais tu devrais lui dire. Pas étonnant qu'elle ait failli te gifler.

Je savais que je n'aurais pas dû lui raconter cette histoire.

– Ça va. Je vais lui dire...

En même temps, ça pourrait peut-être me servir de ne pas le faire.

– Peut-être.

Lillian lève les yeux au ciel encore une fois. Autre détail qui me rappelle Tessa.

– Elle n'est pas facile et je sais ce que je fais, ok ?

Du moins, je pense que je le sais. Je sais exactement quoi faire pour obtenir ce que je veux.

– Il faut bien s'habiller ce soir. L'endroit où nous allons est super chicos.

Elle regarde attentivement la robe en faisant tourner le cintre.

– En ce qui me concerne, ça ne risque pas. Qu'est-ce qui te fait croire que j'y vais, d'ailleurs ?

– Pourquoi tu n'irais pas ? Tu veux que ta petite femme se calme, oui ou non ?

Le choix de ses mots me désarçonne un instant.

– Ma petite femme ? Ne l'appelle pas comme ça.

Elle me flanque une chemise blanche dans les bras.

– Mets au moins une chemise, sinon mon père va te soûler toute la soirée.

Sur ce, elle entre dans la cabine d'essayage et en ressort quelques minutes plus tard vêtue de la robe noire. Elle lui va bien – elle est sexy et tout –, mais je ne peux m'empêcher d'imaginer instantanément Tessa dans cette robe. Elle la moulerait davantage. Les seins de Tessa sont bien plus gros que ceux de Lillian, et ses hanches sont un peu plus larges : elle la remplirait bien mieux.

– C'est un peu moins moche que tout le reste de la boutique.

Face à ce demi-compliment, Lillian referme le rideau de la cabine en me faisant un doigt d'honneur.

∞

## 36

*Tessa*

Je m'observe dans le grand miroir.

– Tu es sûr que ça va ?

– Oui, c'est très bien. Mais n'oublie pas que je suis un mec, quand même.

Je soupire, puis je rigole.

– Tu as raison, excuse-moi. Ce n'est pas de ma faute si tu es mon seul ami.

La robe noire et brillante n'est pas très confortable, le tissu est raide et les petites perles me grattent un peu quand je bouge. Il n'y avait pas beaucoup de choix dans la seule petite boutique de fringues du village, et je n'allais certainement pas prendre la robe en tulle rose vif. Si seulement j'avais pu trouver un Karl Marc John, ma boutique préférée ! Il me faut absolument quelque chose à me mettre pour ce foutu dîner de ce soir. Hardin m'avait suggéré d'enfiler un jean, mais je sens que ça ne va pas le faire.

– Tu crois qu'il va rentrer à temps ?

Comme d'habitude, Hardin a disparu après notre prise de tête, et il n'est toujours pas revenu. Et il n'a donné aucune nouvelle. Il est probablement en compagnie de la mystérieuse fille avec qui il adore parler de nos problèmes. Celle avec qui il peut parler plus facilement qu'à sa propre copine. Il est tellement en colère que je ne serais pas surprise qu'il fasse une connerie avec elle juste pour me faire chier.

Non... il ne ferait jamais ça.

– Franchement je n'en sais rien, mais j'espère que oui. Sinon, ma mère sera déçue.

– Ouais.

Je rajoute une épingle à mon chignon et attrape mon mascara sur la tablette, dans la salle de bains.

– Il s'en remettra. Il est juste trop buté.

– Je ne sais pas si *nous* nous en remettrons, en tout cas.

Je passe la petite brosse sur mes cils.

– Je ne vais pas supporter ça encore très longtemps. Je le sens. Tu sais ce que ça m'a fait hier soir quand il m'a annoncé qu'il était avec une autre fille ?

Landon me lance un regard sans expression.

– Quoi ?

– Je pense que c'est juste la fin d'une histoire d'amour un peu mouvementée.

Je voulais être drôle, mais ça tombe à plat.

– Ça fait bizarre d'entendre ça, surtout venant de toi. Comment tu te sens ?

– Un peu en colère, mais sans plus. C'est comme si j'étais anesthésiée pour le moment. C'est au-dessus de mes forces de continuer cette bataille perpétuelle. Je commence à croire que c'est perdu d'avance et ça me brise le cœur.

Mais je m'interdis de pleurer.

– Rien n'est jamais perdu d'avance. Mais parfois, on baisse les bras trop vite.

– Vous êtes prêts, les jeunes ?

C'est Karen qui nous appelle du séjour. Landon lui assure que nous descendons dans une minute. J'enfile ma nouvelle paire de talons noirs avec une bride sur la cheville. Malheureusement, elles sont aussi inconfortables qu'elles en ont l'air. C'est dans des moments comme ça que je regrette mes Toms.

Hardin n'a toujours pas réapparu quand nous nous entassons dans la voiture.

– On ne peut pas l'attendre plus longtemps, dit Ken en fonçant les sourcils d'un air réprobateur.

– Ce n'est pas grave, on lui rapportera quelque chose.

Karen, gentille comme toujours, sait bien que ce n'est pas là le problème, mais elle fait de son mieux pour calmer la contrariété de son mari.

Landon me jette un coup d'œil et je lui souris pour le rassurer. Pendant tout le trajet, il essaie de me distraire en me parlant de certains étudiants que nous connaissons tous les deux, et en plaisantant à propos de leur attitude en cours. Surtout certains de ceux qui sont en cours de religion.

Quand nous arrivons à destination, je constate que le restaurant est super chic. Le bâtiment est une énorme cabane de rondins, aussi grande qu'un pavillon de chasse, et la décoration intérieure détonne avec l'aspect rustique de l'extérieur. C'est moderne et élégant, tout en noir et blanc, avec des touches de gris sur les murs et le sol. L'éclairage est presque trop sombre, mais ça rajoute un certain cachet au décor. Contre toute attente, ma robe est l'élément le plus brillant de la pièce. Quand les lumières se reflètent dans les perles scintillantes, elles étincellent comme des diamants dans le noir – ce que tout le monde a l'air de remarquer.

– Scott, annonce Ken à la belle femme à l'accueil.

– Vos amis sont déjà arrivés.

Ses dents que dévoile son sourire sont parfaites et d'un blanc aveuglant.

– Des amis ?

Je me tourne vers Landon qui hausse les épaules.

La femme nous précède vers une table dans le coin de la pièce. J'ai la désagréable impression que tout le monde me regarde avec insistance à cause de cette satanée robe. J'aurais dû prendre l'autre, elle aurait sans doute moins attiré l'attention. Un homme d'âge mur renverse son verre quand nous passons à côté de lui, et Landon me tire par le bras. Cette robe n'est pas vulgaire, elle m'arrive juste au-dessus du genou. Le problème, c'est qu'elle n'est pas faite pour quelqu'un avec autant de poitrine que moi. Le soutien-gorge incorporé fait push-up, dévoilant un décolleté d'enfer.

– C'est pas trop tôt.

Je ne reconnais pas cette voix, et me penche pour voir à qui elle appartient.

Un homme, que je suppose être l'ami de Ken, se lève pour lui serrer la main. J'observe sa femme sur sa droite qui dit bonjour à Karen en souriant. À côté d'elle il y a une jeune fille, *la fille* en question, je le sens et mon estomac se serre. Elle est belle, extrêmement belle.

Et elle porte exactement la même robe que moi !

Évidemment.

D'où je suis, je peux voir le bleu électrique de ses yeux, et quand elle me lance un sourire, son visage s'illumine encore plus. Je suis tellement décontenancée par ma jalousie grandissante que c'est tout juste si je remarque Hardin, vêtu d'une chemise blanche boutonnée, assis à côté d'elle.

∞

# 37
## *Hardin*

– Oh, mon Dieu…

Absorbé par mes pensées, je suis rappelé à la réalité par les exclamations de Lillian. Je lève les yeux pour voir ce qui ce passe.

Tessa.

Dans une robe… cette putain de robe dans laquelle je l'imaginais. Et qui fait ressortir une poitrine opulente qui n'a pas vraiment besoin de ça… Je cligne des yeux en essayant de me reprendre avant qu'elle n'arrive à la table. L'espace d'un instant, j'ai l'impression d'halluciner. Elle est encore plus sexy avec cette robe que dans mon imagination. Tous les mecs se retournent sur son passage, et il y en a même un qui renverse son verre. J'agrippe le bord de la table en attendant que ce connard s'adresse à elle. S'il le fait, je jure que…

– C'est *elle,* Tessa ? Sérieux !

Lillian tire presque la langue.

– Arrête de la dévisager comme ça.

Elle se marre.

Le mec qui a renversé son verre s'écarte de sa femme en suivant ma nana des yeux.

– Détends-toi.

Lillian pose gentiment sa main sur la mienne. Mes jointures couvertes de cicatrices sont devenues blanches à force d'être serrées sur le bord de la table. Landon tire Tessa par le bras pour l'éloigner du connard lubrique. Elle lui sourit et il la serre encore plus près. *C'est quoi, ce bordel ?*

Tessa se tient derrière Landon tandis que les parents de Lillian et Karen et Ken se conforment aux habituelles conneries du genre t'as-vu-la-classe-je-te-serre-la-main-alors-qu'on-s'est-vus-hier-soir. Tout à coup, Tessa aperçoit Lillian et ses yeux s'agrandissent d'horreur. Elle est jalouse.

Très bien. C'est exactement ce que j'espérais.

∞

## 38
### *Tessa*

Je sens la panique m'envahir en voyant Hardin assis à côté de cette fille. Il n'a même pas l'air de remarquer ma présence quand je m'assieds à côté de Landon, pile en face de lui.

– Bonsoir, et vous êtes ?

Au ton qu'il emploie, je vois bien que l'ami de Ken fait partie de ces hommes qui se croient supérieurs à tous les autres.

– Bonsoir, je suis Tessa, l'amie de Landon.

Je hoche la tête avec un petit sourire.

Je jette un coup d'œil en direction d'Hardin qui a les lèvres pincées. Apparemment, il est là pour distraire la fille de cet homme, pourquoi gâcher leur plaisir ?

– Enchanté de faire votre connaissance, Tessa. Je m'appelle Max et je vous présente Denise.

Il désigne la femme à ses côtés.

– Ravie de vous rencontrer. Vous formez un très joli couple.

Hardin se met à tousser. Ou à s'étrangler. Je préférerais l'ignorer, mais c'est plus fort que moi... Il me fusille du regard.

Landon éclate de rire.

– Oh ! Nous ne sommes pas ensemble.

Il regarde Hardin comme s'il attendait à ce qu'il dise quelque chose. Ce que, bien sûr, il ne fait pas. La fille a l'air un peu perdue et mal à l'aise. Très bien. Hardin se penche vers elle et lui dit quelque chose à l'oreille. Elle lui sourit et secoue la tête. *Qu'est-ce qui se passe, bon sang ?*

– Moi, c'est Lillian. Ravie de te connaître.

Elle me fait un sourire amical.

*Garce.*

– Pareillement.

Mon cœur bat à se rompre et j'ai la vue qui se brouille. Si je n'étais pas à table avec sa famille et les amis de Ken, je lancerais le contenu d'un verre à la figure d'Hardin.

On place un menu en face de chacun de nous et j'attends que l'on remplisse d'eau un des verres posés devant moi. Ken et Max se lancent dans une discussion sur la nécessité de prendre de l'eau en bouteille plutôt qu'au robinet.

– Tu as choisi ?

Je sais que Landon essaie de me distraire d'Hardin et de sa nouvelle amie.

– Non, pas encore.

Je jette un coup d'œil au menu écrit à la main. Je n'ai pas envie de manger pour l'instant, mon estomac ne cesse de se contracter et, en plus, je n'arrive pas à contrôler ma respiration.

– Tu veux rentrer ?

Je regarde Hardin de l'autre côté de la table et nos regards se croisent avant qu'il ne se retourne vers Lillian.

*Oui, je veux foutre le camp d'ici en disant à Hardin de ne plus jamais m'adresser la parole.*

– Non, je reste ici.

Je me redresse en m'appuyant contre le dossier de ma chaise.

– Parfait.

Comme Landon me félicite, un beau serveur arrive à notre table.

– Nous prendrons une bouteille de votre meilleur vin blanc, dit l'ami de Ken.

Le serveur hoche la tête et, au moment où il tourne les talons, Max le rappelle.

– Ce n'est pas tout.

Max commande une liste d'amuse-bouche. Je n'ai jamais entendu parler d'aucun des plats qu'il a choisis, mais je ne pense pas beaucoup y goûter de toute façon.

J'essaie désespérément de ne pas regarde Hardin de l'autre côté de la table, mais c'est difficile, putain, trop difficile. Pourquoi est-il venu avec elle ? Il est bien habillé en plus. S'il n'est pas en jean, ce qui reste de mon cœur va voler en éclats. Moi, je dois le supplier pendant des heures pour qu'il accepte de mettre autre chose que ses t-shirts, et le voilà en chemise blanche à côté de cette fille.

– Je vous laisse quelques minutes pour consulter le menu. Si vous avez des questions au sujet des plats, mon nom est Robert.

Les yeux du serveur croisent les miens et sa bouche s'ouvre légèrement avant qu'il ne détourne les yeux. C'est cette robe et son foutu décolleté. Je le gratifie d'un petit sourire gêné qu'il me retourne, le rouge lui monte aux joues.

Je m'attends à ce qu'il jette un œil du côté d'Hardin, mais il me revient à l'esprit que vu la configuration de la table, j'ai plutôt l'air d'être avec Landon et Hardin avec Lillian. Mon estomac se serre de nouveau.

– Hé, mec. Soit tu prends la commande, soit tu dégages, dit Hardin en interrompant le cours de mes pensées.

– Ex... Excusez-moi.

En bredouillant, Robert s'éloigne rapidement.

Tous les regards se tournent vers Hardin, chargés pour la plupart de réprobation. Karen a l'air gênée, tout comme Ken.

– Ne vous en faites pas, il va revenir. C'est son taff.

Je fais les gros yeux à Hardin qui ne semble pas s'en soucier le moins du monde. Il est bien trop sous le charme de ces foutus yeux bleus. En les observant tous les deux, j'ai l'impression d'être face à un étranger. C'est comme si je faisais intrusion dans un moment d'intimité d'un couple d'amoureux. Cette pensée me noue l'estomac. Je suis contente de voir le serveur réapparaître avec le vin et des seaux de glace, accompagné cette fois d'un deuxième serveur, sans doute venu en renfort pour le soutenir moralement.

Hardin ne le quitte pas des yeux, et son culot me fait lever les yeux au ciel. Il se permet de fusiller ce pauvre type du regard alors que *lui* fait comme s'il ne me connaissait même pas.

Robert remplit nerveusement mon verre à ras bord et je le remercie calmement. Il sourit, moins timidement cette fois, puis il remplit le verre de Landon. Je n'ai jamais vu Landon boire d'alcool, sauf au mariage de Ken et Karen – et encore, ce n'était qu'une coupe de champagne. Si je n'étais pas si perturbée par le comportement d'Hardin, je refuserais de boire du vin en présence de Ken et Karen. Mais la journée a été longue, et je ne suis pas sûre de tenir le coup jusqu'à la fin du dîner sans boire un verre.

– Non merci, dit Ken en posant la main sur son verre quand Robert arrive à côté de lui.

Je jette un coup d'œil à Hardin, craignant qu'il ne lance une remarque désobligeante à son père, mais il est toujours en pleine conversation avec Lillian.

Je n'y comprends rien. Pourquoi fait-il ça ? D'accord, on s'est disputés, mais là ça va un peu loin.

Je prends une longue gorgée de vin que je trouve frais et délicieusement doux sur ma langue. Je suis tentée de l'avaler d'un trait, mais je dois rester raisonnable. La dernière chose dont j'ai besoin, c'est de m'enivrer et de me mettre à pleurer devant tout le monde. Hardin ne refuse pas le vin, contrairement à Lillian. Il lève les yeux au ciel pour la taquiner, et je m'oblige à détourner les yeux pour éviter de me répandre en larmes.

– Max escaladait le mur. Il était tellement soûl que la sécurité du campus a dû venir pour le faire descendre !

Tout le monde rit. Sauf Hardin, évidemment.

J'enroule mes pâtes autour de ma fourchette et prends une nouvelle bouchée. Je me concentre sur la façon dont elles s'enroulent autour des dents de la fourchette, pour éviter de me focaliser sur Hardin.

– Je pense que vous avez un admirateur, me dit Denise.

Je lève les yeux. Robert débarrasse la table à côté sans me quitter des yeux.

– Ne lui accordez pas trop d'attention, ce n'est qu'un serveur qui veut ce qu'il ne peut pas avoir, dit Max avec un sourire hautain.

Je suis choquée par son mépris.

– *Papa !*

Lillian le fusille du regard. Mais il se contente de sourire avant d'attaquer son steak.

– Excuse-moi, ma chérie. Je ne fais que dire ce qui est... Une fille aussi belle que Tessa ne devrait pas s'abaisser à regarder le personnel.

Si seulement il s'arrêtait là... Mais sans s'apercevoir ou sans vouloir tenir compte de notre malaise, Max continue ses remarques désobligeantes jusqu'à ce que je finisse par laisser tomber bruyamment ma fourchette dans mon assiette.

– Arrête !

C'est la première fois de la soirée qu'Hardin s'adresse à moi. Troublée, je le regarde puis je tourne les yeux vers Max en considérant les possibilités qui s'offrent à moi. Il se conduit comme un imbécile, mais j'ai bu presque un verre entier de vin, je ferais probablement mieux d'écouter Hardin.

– Tu ne peux pas parler des gens comme ça.

Lillian regarde son père qui hausse les épaules.

– D'accord, d'accord ma chérie. Loin de moi l'idée de froisser qui que ce soit.

À côté de lui, sa femme s'essuie les coins de la bouche avec sa serviette, l'air gêné.

– Il va me falloir plus de vin.

En souriant, Landon glisse son verre à moitié plein vers moi. Je souris.

– Je vais attendre que *Robert* revienne par ici. Mais merci quand même.

Je sens le regard d'Hardin sur moi tandis que je cherche Robert des yeux. Je n'aperçois pas sa chevelure blonde, alors j'attrape la bouteille et me sers moi-même. Je m'attends à ce que Max fasse un commentaire sur mes mauvaises manières, mais il s'abstient. Hardin est tourné vers l'autre côté de la pièce et Lillian parle avec sa mère. Je me réfugie dans mon petit monde, dans lequel Hardin serait assis à côté de moi, la main posée sur ma cuisse, et se pencherait pour me sortir une remarque effrontée qui me ferait rire et rougir à la fois.

Les idées un peu floues, je finis mon assiette et vide mon deuxième verre de vin. Landon est en pleine conversation avec Max et Ken, à propos de sport bien sûr. Je fixe la nappe imprimée en essayant de deviner des visages ou des formes dans les volutes noires et blanches. Je trouve un ensemble qui ressemble à un H et j'en suis le contour du bout des doigts. Tout à coup, je m'arrête et je lève les yeux, inquiète qu'il puisse m'avoir vue tracer la lettre.

Mais Hardin ne fait pas attention à moi, il n'a d'yeux que pour elle.

– J'ai besoin de prendre l'air, dis-je à Landon.

Quand je me lève, ma chaise grince sur le parquet et Hardin lève les yeux une seconde. Mais il se reprend immédiatement et fait mine de chercher son verre avant de reprendre sa conversation avec sa nouvelle copine.

∞

# 39
## *Tessa*

Mes talons claquent bruyamment sur le parquet tandis que je me concentre pour arriver sans encombre à la porte, au fond du restaurant. Si nous étions plus près de la maison, je rentrerais immédiatement. Je ferais mes bagages pour Seattle où je prendrais une chambre d'hôtel en attendant de trouver un appart.

J'en ai tellement marre d'Hardin et de ce qu'il me fait subir ! C'est douloureux, gênant, et ça me démolit. Et il le sait très bien. C'est exactement pour ça qu'il agit ainsi. Il l'a dit plus d'une fois par le passé, il se conduit de la sorte parce qu'il sait qu'il m'atteindra.

Quand j'ouvre la porte, l'air frais du soir m'enveloppe. C'est apaisant, ça change de l'air vicié et de la tension embarrassante qui règnent à l'intérieur.

J'appuie mes coudes sur la rambarde de la terrasse et je contemple les bois. Il fait pratiquement nuit noire. Le restaurant est niché au milieu des arbres, ce qui crée une atmosphère troublante. Ça pourrait être délicieux, mais ce n'est pas l'idéal pour moi qui me sens déjà tellement prisonnière en ce moment.

– Tout va bien ?

Je sursaute en entendant une voix derrière moi. Quand je me retourne, Robert est debout dans l'embrasure de la porte, une pile d'assiettes à la main.

– Euh, oui. J'avais juste besoin de respirer un peu.

– Mais il fait froid dehors.

Il sourit poliment d'un air engageant. Je souris aussi.

– Ouais, un peu.

Nous restons silencieux un moment. C'est un peu embarrassant, mais je m'en moque. Rien ne peut être plus gênant que de rester assise à cette table, là-bas.

– C'est la première fois que je vous vois ici.

Il dépose les assiettes avec précaution sur une table vide et s'avance vers moi. Il s'appuie sur la rambarde, à quelques centimètres de moi.

– Je suis de passage. C'est la première fois que je viens ici.

– Vous devriez venir en été. Février n'est pas le mois idéal pour visiter le coin. Enfin, on peut oublier novembre et décembre... et peut-être même janvier. Enfin, vous voyez ce que je veux dire.

Il bredouille en rougissant et laisse échapper un petit rire. J'essaie de ne pas me moquer de lui et de ses joues rougies.

– Je suis sûre que la région est très belle en été.

– Très belle. *La région*, je veux dire. *Elle* est très belle.

Il tente de se rattraper et se passe la main sur la figure.

Je me mords les lèvres, mais je ne peux pas m'empêcher de rire. Il a l'air encore plus gêné.

– Vous vivez ici ?

J'essaie de changer de sujet. Sa compagnie est rafraîchissante, c'est agréable d'être avec quelqu'un qui ne cherche pas à vous intimider. Hardin occupe tout l'espace quand il est quelque part, et sa présence est le plus souvent étouffante.

Ma question semble le calmer un peu.

– Oui, depuis ma naissance. Et vous ?

– Je suis à la WCU. Je commence à la fac de Seattle la semaine prochaine.

Je mourais d'envie de l'annoncer officiellement à quelqu'un.

– Waouh, Seattle ! C'est impressionnant.

Il sourit et j'éclate de rire.

– Excusez-moi. C'est le vin.

Il me jette un coup d'œil en souriant.

– Je suis content de constater que vous ne vous moquez pas de moi.

Il me dévore des yeux, je me détourne. Il regarde la porte du restaurant.

– Vous devriez rentrer avant que votre petit ami ne vienne vous chercher.

J'observe, à travers la fenêtre, l'élégante salle de restaurant. Hardin est toujours tourné vers Lillian.

– Vous pouvez me croire, personne ne va venir me chercher.

Je soupire et ma lèvre inférieure se met à trembler. Robert essaie de me rassurer.

– Il a pourtant l'air plutôt perdu sans vous.

J'aperçois Landon qui regarde partout, à la recherche d'un interlocuteur.

– Oh lui ! Ce n'est pas mon petit ami. C'est celui qui est assis en face, le tatoué.

Perplexe, Robert regarde Hardin et Lillian. Des volutes d'encre noire dépassent du col de la chemise d'Hardin. J'adore le blanc sur lui. J'adore pouvoir deviner ses tatouages à travers le tissu léger.

– Euh... est-ce qu'il est *au courant* qu'il est votre petit ami ?

Robert a pris un air gentiment moqueur. Avec difficulté, je détache les yeux d'Hardin qui affiche son sourire satisfait. Le genre de sourire qui creuse ses fossettes et qui m'est habituellement réservé.

– Je commence à me le demander moi aussi.

Je porte les mains à mon visage et secoue la tête.

– C'est compliqué.

*Contrôle-toi, ne tombe pas dans le piège. Pas cette fois.*

Robert hausse les épaules.

– Eh bien, qui de mieux qu'un parfait étranger pour écouter vos problèmes ?

Nous regardons tous les deux la table où je brille par mon absence. À part Landon, personne ne semble même l'avoir remarqué.

– Vous ne devez pas aller travailler ?

J'espère que non. Robert est jeune, plus vieux que moi, mais il ne doit pas avoir plus de vingt-trois ans.

– Si, mais le patron m'a à la bonne !

Il semble faire allusion à une plaisanterie qui m'échappe.

– Ah !

– Donc, si c'est votre petit ami, qui est la fille avec lui ?

– Elle s'appelle Lillian. (Même moi, j'entends le venin dans ma propre voix.) Je ne la connais pas, et lui non plus... enfin il ne la connaissait pas mais il semble que si, maintenant. Robert croise mon regard.

– Donc, il l'a amenée ici pour vous rendre jalouse ?

– Je ne sais pas, mais ça ne fonctionne pas. Enfin, si, *bien sûr que je suis jalouse* – je veux dire, regardez-la. On a la même robe, et elle lui va beaucoup mieux.

– Non, non, je ne suis pas d'accord.

Je souris pour le remercier.

– Tout allait bien jusqu'à hier. Enfin, selon nos critères. Puis nous nous sommes embrouillés ce matin. En même temps, nous passons notre temps à nous disputer, alors je ne vois pas en quoi c'est différent cette fois. Pourtant, quelque chose a changé. Ce n'est pas comme avant et, maintenant, il fait comme si je n'étais pas là, exactement comme quand on s'est rencontrés.

Je me rends compte que j'ai parlé plus pour moi-même que pour cet inconnu aux yeux bleus remplis de curiosité.

– Tu dois me prendre pour une folle. C'est le vin...

Ses lèvres esquissent un sourire et il secoue la tête.

– Non, pas du tout.

Ça me fait rire.

Robert fait un signe de tête en direction de la table.

– Il regarde par ici.

Je tourne la tête brusquement. C'est vrai, Hardin nous regarde, moi et mon nouveau psy. Ses yeux me brûlent et leur intensité me trouble.

– Tu ferais sans doute mieux de rentrer.

Il vaut mieux le prévenir. Hardin est capable de se lever de table à tout moment pour se précipiter dehors et balancer Robert dans le bois, par-dessus la terrasse. Pourtant, il reste immobile, les doigts posés sur le pied de son verre, à me regarder. Puis sa main se lève et va se poser sur le dossier de la chaise de Lillian. *Mon Dieu !* Ma poitrine se serre un peu plus devant tant de cruauté.

– Je suis désolé.

J'avais presque oublié Robert, debout à côté de moi.

– Tout va bien, je t'assure. Je devrais y être habituée, maintenant. Ça fait des mois que nous jouons à ces petits jeux.

J'ai quand-même envie de rentrer sous terre. Je me traite de tous les noms pour n'avoir pas vu ça plus tôt... Au lieu de quoi, je me retrouve dehors en compagnie d'un inconnu, en train d'observer Hardin qui flirte sans vergogne avec une autre fille.

– Je ne sais pas pourquoi je te raconte tout ça. Excuse-moi.

– Hé, c'est moi qui te l'ai proposé, je te rappelle. Et les bouteilles sont encore pleines, si tu veux.

Il m'adresse un sourire gentil et enjoué.

– Je vais certainement en avoir besoin.

Je hoche la tête et détourne mon regard de la fenêtre.

– Tu vois ça souvent ? Des filles à moitié soûles qui pleurnichent sur leur petit ami ?

Il rigole.

– Pas souvent, non. En général, ce sont des vieux richards qui se plaignent que leur steak n'est pas cuit à point.

– Comme le mec à ma table, avec la cravate rouge ? Quel con !

Je montre Max de la main. Robert acquiesce d'un signe de tête.

– On peut le dire. Excuse-moi, mais un mec qui renvoie une salade parce qu'il y a « trop d'olives » est un con, par définition.

Nous rions tous les deux et je me mets la main sur la bouche, craignant que mon rire ne soit suivi de larmes.

– C'est vrai ! Il se prend trop au sérieux. Genre, il nous a fait un speech interminable sur sa théorie tout à fait argumentée au sujet des olives dans la salade. « Trop d'olives tuent la saveur poivrée mais délicate de la roquette. »

J'ai pris une voix grave pour essayer d'imiter le père insupportable de ma rivale. Robert éclate de rire. Il lève les yeux et me demande, d'une voix bien plus proche de celle de Max que ma pâle imitation :

– Pourrais-je en avoir quatre ? Parce que trois ne suffiront pas, et cinq c'est beaucoup trop... c'est une *simple* question *d'équilibre des saveurs* sur le palais.

Je ris tellement que j'en ai mal au ventre. Je ne sais pas combien de temps ça dure, mais j'entends soudain la porte s'ouvrir.

Robert et moi nous arrêtons instinctivement et levons les yeux... Hardin est debout dans l'embrasure.

Je me redresse en lissant ma robe. Je ne peux m'empêcher de me sentir coupable alors que je n'ai rien fait de mal.

– Est-ce que j'interromps quelque chose ?

Hardin a pris un ton autoritaire, mettant tout le monde au garde-à-vous.

– Oui.

Pour une fois, ma voix est aussi claire que je l'espérais. J'ai encore le souffle court d'avoir ri, la tête qui tourne légèrement à cause du vin et le cœur douloureux.

Il regarde Robert.

– Je vois ça.

Robert ne s'est pas départi de son sourire, et ses yeux pétillent tandis qu'Hardin fait tout son possible pour l'intimider. Mais il ne se laisse pas impressionner et ne bouge pas d'un cil. Même *lui* en a assez des histoires d'Hardin, pourtant, ça fait partie de *son boulot* d'être toujours aimable. Mais ici, où il ne risque pas d'être entendu par les autres clients du restaurant, il ne semble avoir aucun problème à montrer son amusement devant une attitude aussi absurde.

– Qu'est-ce que tu veux ?

Hardin se tourne vers moi, les lèvres pincées.

– Rentre !

Je secoue la tête.

– Tessa, arrête de jouer à ça. Allons-y.

Il tend le bras vers moi, mais je le repousse et je ne bouge pas d'un pouce.

– J'ai dit non. *Toi,* rentre, je suis sûre que ta copine s'ennuie de toi.

– Tu...

Hardin regarde Robert.

– Toi, tu devrais être à l'intérieur. Nos verres sont vides.

Il claque des doigts dans un geste des plus insultants. Robert hausse les épaules.

– Pas de chance, c'est ma pause. Mais vous êtes si charmant que je ne doute pas que vous trouverez quelqu'un pour vous resservir.

Hardin accuse le coup. Il n'a pas l'habitude qu'on lui réponde, surtout un étranger. Il avance d'un pas vers Robert.

– Je vais te le dire autrement. Ne t'approche pas d'elle, ok ? Retourne à l'intérieur et trouve-toi quelque chose d'autre à faire, putain, avant que je t'attrape par ce col ridicule et que je t'éclate la tête sur cette rambarde.

– Hardin !

J'essaie de m'interposer entre eux. Mais Robert n'a pas l'air impressionné du tout.

– Vas-y. Mais tu devrais savoir qu'ici c'est une très petite ville. Le shérif, c'est mon père, le juge, mon grand-père, et mon oncle est celui que les deux autres ont fait enfermer pour agression. Alors, si tu veux tenter ta chance en m'éclatant la tête, surtout ne te gêne pas.

Je reste bouche bée, incapable de dire un mot. Le regard d'Hardin a des lueurs assassines et il semble évaluer ses choix en regardant alternativement, Robert, moi et l'intérieur du restaurant.

– Allons-y.

– Vas-y sans moi.

Je m'écarte de lui et me tourne vers Robert.

– Tu veux bien nous laisser une minute, s'il te plaît ?

Il hoche la tête lentement et lance à Hardin un dernier regard avant de rentrer dans le restaurant.

– Alors c'est ça, tu vas te taper le serveur, maintenant ?

Hardin grimace et je recule encore plus, en m'obligeant à ne pas craquer sous son regard.

– Pourrais-tu arrêter ça tout de suite ? Nous savons tous les deux comment ça va finir. Tu vas continuer à m'insulter. Je m'en irai, tu reviendras me chercher en me disant que tu ne le feras plus. Nous retournerons au bungalow et nous coucherons ensemble.

Il a l'air complètement perdu. Mais, comme d'habitude, il se ressaisit très vite. Il éclate de rire en rejetant la tête en arrière et retourne vers la porte.

– Faux. Je ne vais pas faire ça. On dirait que tu as oublié comment ça se passe en réalité. Tu fais une scène à propos de quelque chose que j'ai dit, tu t'en vas et, si je viens te rechercher, c'est seulement pour te baiser. Et toi... tu es toujours d'accord.

Il me lance un regard sinistre.

J'ouvre la bouche, horrifiée, et je porte les mains à mon ventre pour m'empêcher de défaillir d'entendre des mots aussi méchants.

– Pourquoi ?

Je manque d'air et j'essaie désespérément de reprendre ma respiration.

– Je n'en sais rien. Parce que tu ne peux pas te passer de moi. Sans doute parce que je te baise mieux que n'importe qui.

Sa voix est hachée et cruelle.

– Pourquoi... maintenant ? Ce que je voulais dire, c'est pourquoi fais-tu ça maintenant ? C'est parce que je ne veux pas partir en Angleterre avec toi ?

– Oui et non.

– Je ne veux pas renoncer à Seattle pour toi, alors tu te retournes contre moi ? Tu t'affiches avec *elle* (je désigne la table et Lillian d'un geste de la main) et tu me balances toutes ces horreurs ? Je pensais que nous avions dépassé ce stade. As-tu oublié que tu disais que tu ne pouvais pas vivre sans moi ? Et ta résolution d'essayer de me traiter le mieux possible ?

Il détourne le regard et, pendant un instant à peine perceptible, je perçois une émotion plus profonde derrière son regard haineux.

– Il y a une grande différence entre ne pas pouvoir se passer de quelqu'un et aimer cette personne.

Sur ces mots, il s'en va en emportant dans son sillage ce qui restait de mon respect pour lui.

∞

## 40
### *Hardin*

Je *voulais* la blesser, je voulais qu'elle se sente aussi mal que moi quand je l'ai vue rire, là dehors. Elle riait, putain, alors qu'elle aurait dû être assise à table, en face de moi, à se bagarrer pour attirer mon attention. C'était comme si elle n'en avait rien à battre de me voir me rapprocher de Lillian. Elle était trop occupée à écouter les boniments de ce bâtard de serveur.

Alors, mon esprit s'est mis à faire le tri dans mes pensées les plus horribles, en essayant d'en choisir une qui la démolisse à coup sûr. La citation de Lillian m'est venue à l'esprit, et je l'ai sortie avant de pouvoir m'arrêter. *Il y a une grande différence entre ne pas pouvoir se passer d'une personne et aimer cette personne.*

Je regrette presque de l'avoir dit... Presque. Elle l'a mérité, vraiment. Elle n'aurait jamais dû dire qu'elle ne voulait plus que j'aille à Seattle avec elle. Elle a dit que je me retournais contre elle. Ce n'est pas vrai. Je suis ici pour elle, je suis de son côté. C'est elle qui essaie de me quitter dès qu'elle en a l'occasion.

– Je rentre.

Tous les regards se lèvent vers moi quand j'annonce ça en revenant à la table. Landon lève les yeux au ciel avant de jeter un coup d'œil vers la porte.

– Elle est dehors.

J'ai pris un ton sarcastique. Il peut bien aller la retrouver, si ça l'amuse.

– Qu'est-ce que tu lui as encore fait ?

Il est gonflé de me demander ça devant tout le monde. Je le fusille du regard.

– Occupe-toi de tes affaires, merde.

– Hardin !

Mon père et son ton réprobateur ! Il ne va pas s'y mettre *lui aussi*. Apparemment, tout le monde est contre moi, bordel. Si mon père veut qu'on s'embrouille, je suis prêt.

– Je vais y aller, moi aussi.

Lillian se lève.

– Non.

Sans m'écouter, elle m'emboîte le pas à travers le restaurant et sort avec moi par la porte de devant.

– Qu'est-ce qui s'est passé, bon sang ?

Sans ralentir le pas, je lance par-dessus mon épaule :

– Elle était dehors avec ce connard ! Voilà ce qui s'est passé.

– Et alors ? Comment elle a réagi quand tu lui as dit que je n'étais pas une menace pour elle ?

Elle trébuche sur ses hauts talons, mais je ne m'arrête pas pour l'aider. J'essaie de décider où je vais aller. Je savais bien que j'aurais dû venir avec ma voiture. Mais non, il a fallu faire ce que Tessa voulait. *Rien de nouveau sous le soleil.*

– Je ne lui ai pas dit.

– Pourquoi ? Tu sais ce qu'elle doit penser en ce moment ?

– Je n'en ai rien à foutre de ce qu'elle pense. *J'espère* qu'elle pense que je vais te baiser.

Elle s'arrête net.

– Pourquoi ? Si tu l'aimes, pourquoi tu veux qu'elle pense ça ?

Ah, super ! Maintenant, c'est au tour de Lillian de s'en prendre à moi. Je pivote pour lui faire face.

– Parce qu'il faut qu'elle apprenne que...

Elle lève la main.

– Je t'arrête tout de suite. Elle n'a pas besoin d'« apprendre » quoi que ce soit. J'ai plutôt l'impression que c'est toi qui ferais bien d'apprendre quelque chose. Qu'est-ce que tu as dit à cette pauvre fille ?

– Ce que tu m'as dit ce matin au sujet de la différence qu'il y a entre ne pas pouvoir se passer d'une personne et aimer cette personne.

Elle secoue la tête, l'air perplexe.

– Tu lui as dit ça, comme pour dire que tu ne peux pas vivre sans elle mais que tu ne l'aimes pas ?

– Oui, c'est ce que je viens de te dire.

La Tessa Numéro Deux va devoir dégager, putain, parce qu'elle commence à me taper sur le système autant que la Tessa d'origine !

– Waouh !

Elle se met à rire.

*Elle se fout de moi, en plus !*

– Quoi ? Qu'est-ce qu'il y a de si drôle ?

– Tu ne comprends vraiment *rien.* Quand j'ai dit ça ce matin, je ne parlais pas de toi, je parlais d'elle. Je voulais dire que ce n'est pas parce que tu penses qu'elle ne peut pas se passer de toi qu'elle est amoureuse de toi.

– Quoi ?

– Tu es persuadé qu'elle ne te quittera pas, parce qu'elle ne peut pas vivre sans toi. Alors qu'en réalité, il semblerait plutôt que tu l'as piégée et que c'est pour ça qu'elle ne peut pas te quitter. Pas parce qu'elle t'aime, mais parce que tu lui as fait croire qu'elle ne peut pas se passer de toi.

– Non, elle m'aime.

J'en suis sûr, et c'est pour ça qu'elle ne va pas tarder à venir me rejoindre.

– Tu crois ça ? Pourquoi elle t'aimerait alors que tu fais volontairement des choses qui la blessent.

Elle me soûle avec ses conneries.

– Tu es mal placée pour faire la morale. Ta petite amie est probablement en train de baiser avec quelqu'un d'autre en ce moment, pendant que tu essaies de jouer les thérapeutes avec Tessa et moi.

Lillian ouvre de grands yeux et recule d'un pas... tout comme Tessa l'a fait il y a quelques minutes. Les larmes montent dans ses yeux bleus qui se mettent à briller dans l'obscurité. Elle secoue la tête et repart en direction du parking du restaurant.

– Où tu vas ?

– Je retourne à l'intérieur. Tessa est peut-être assez bête pour supporter tes conneries, pas moi !

Pendant un moment j'hésite à suivre cette fille que je prenais pour mon... *amie*. J'avais l'impression que je pouvais lui faire confiance, même si je ne la connaissais que depuis deux jours.

Putain, je ne vais suivre personne. Ni Tessa ni Tessa Numéro Deux. Elles peuvent aller se faire voir toutes les deux, je n'ai besoin ni de l'une ni de l'autre.

∞

# 41
## *Tessa*

J'ai une douleur dans la poitrine, ma gorge est sèche et j'ai la tête qui tourne. Hardin vient de me dire qu'il ne m'aime pas et qu'il me court après uniquement pour coucher avec moi. Le pire dans tout ça, c'est que je sais qu'il ne le pense pas. Je sais qu'il m'aime. J'en suis sûre. À sa façon, il m'aime plus que tout. Il me l'a montré à maintes et maintes reprises au cours des six derniers mois. Mais il m'a aussi montré que rien ne l'arrête quand il a décidé de me faire souffrir, de me montrer ma faiblesse simplement parce que son ego en a pris un coup. S'il m'aimait normalement, il ne chercherait pas à me blesser sciemment.

Je ne peux pas croire qu'il n'est avec moi que pour le sexe. Il ne me prend pas pour un objet sexuel, quand même ? Avec lui, la frontière entre vérité et mensonge bouge aussi facilement que ses humeurs. Ce n'est pas possible. Mais il y avait tellement de conviction dans sa voix, il a dit ça sans ciller. Franchement, je ne sais plus. J'ai supporté toutes les crises, les embrouilles, les larmes, les trous dans les murs parce que j'avais cette certitude, qu'il m'aime.

Sans ça, nous n'avons rien. Et sans lui, je n'ai rien. Les accès de colère irrationnels et impulsifs que nous avons tous les deux, ajoutés à notre jeune âge, deviennent trop difficiles à gérer.

*Il y a une différence entre ne pas pouvoir se passer d'une personne et aimer cette personne.*

Ces mots me transpercent de nouveau comme autant de flèches.

L'air ici est vicié, lourd et irrespirable, et le rire des clients de plus en plus sinistre. Je cherche une issue. Les portes vitrées du balcon sont fermées, je les ouvre et j'apprécie l'air frais. Je m'assieds, les yeux perdus dans l'obscurité, savourant le silence de la nuit, et mon esprit se calme peu à peu.

Je ne remarque pas que la porte s'ouvre jusqu'à ce que Robert apparaisse à côté de moi.

– Je t'ai apporté quelque chose.

Il tient la bouteille de vin à la main et la secoue avec légèreté. Un grand sourire s'affiche sur son beau visage. Je m'étonne moi-même de lui rendre un vrai sourire, mais au fond de moi je hurle, repliée sur moi-même en pleurant.

– Le vin de la pitié ?

Je tends la main vers la bouteille. Je reconnais à son étiquette blanche le vin que Max a commandé tout à l'heure, il doit coûter une fortune.

Robert sourit en plaçant la bouteille dans ma main. La bouteille est froide, mais mes mains sont déjà engourdies par l'air de février.

– Verres.

Il sourit en plongeant les mains dans la profonde poche de son tablier.

– Les vrais verres à vin ne rentraient pas, alors j'ai chopé ceux-là.

Il me tend un petit gobelet en polystyrène que je tiens pendant qu'il débouche la bouteille.

– Merci.

Il remplit mon gobelet de vin, et je le porte à mes lèvres au moment où il retire la bouteille.

– On peut rentrer, tu sais ? Certains endroits du restaurant sont déjà fermés, nous pourrons nous y asseoir.

Robert boit une gorgée de vin.

– Je ne sais pas.

Je soupire en regardant notre table.

– Il est parti. Elle aussi. Tu veux en parler ?

Il éprouve de la compassion pour moi, ça s'entend.

– Non, pas vraiment. Parle-moi plutôt de ce vin.

Je saute sur le premier sujet neutre qui se présente.

– Celui-ci ? Ok, eh bien, il est… euh… vieux et… parfaitement vieilli ?

Il rit et je fais comme lui.

– Je suis bon pour le boire, même si je ne sais pas en parler.

– Ok, on ne parle pas du vin, alors.

Je lève mon gobelet et le vide aussi vite que possible.

– Euh…

Il regarde derrière moi. Mon estomac se noue en voyant son expression inquiète. J'espère qu'Hardin n'est pas revenu pour recommencer à m'injurier. Je me retourne, Lillian est debout dans l'embrasure de la porte, se demandant apparemment si elle va sortir ou pas.

– Qu'est-ce que tu veux ?

J'essaye de brider ma jalousie, mais le vin, chez moi, ne favorise pas les bonnes manières. Robert rattrape mon gobelet vide juste au moment où le vent allait le faire tomber.

– Est-ce que je peux te parler ?

– Qu'est-ce qu'on pourrait avoir à se dire ?

Contre toute attente, elle ne réagit pas à mon refus. Elle se contente de venir vers nous, le visage impassible.

– Je suis lesbienne.

*Quoi ?* Si les yeux bleu clair de Robert n'étaient pas rivés sur moi, j'aurais recraché le vin dans mon gobelet. Je la regarde et j'avale lentement.

– C'est vrai. J'ai une copine. Hardin et moi, nous sommes seulement amis. Enfin, si on peut dire ça.

Elle plisse le front. Je connais ce regard. À mon avis, ils viennent de s'engueuler.

– Mais alors, pourquoi…

Je m'interromps. *Est-ce qu'elle dit la vérité ?*

– Mais vous ne vous quittiez pas du regard, tous les deux.

– Non, il se montrait un peu… *empressé,* on va dire, quand il a mis son bras sur le dossier de ma chaise. Mais c'était seulement pour te rendre jalouse.

– Mais pourquoi il ferait ça ? Exprès ?

Je sais très bien pourquoi. Pour me faire de la peine, bien sûr.

– Je lui avais dit de te le dire. Je suis désolée si tu as cru qu'il se passait quelque chose entre nous. Il n'y a rien. Je sors avec quelqu'un, *une fille*.

Je lève les yeux au ciel et je tends mon gobelet à Robert pour qu'il le remplisse.

– Ça n'avait pourtant pas l'air de te déranger.

– Je ne le faisais pas intentionnellement. En fait, je ne faisais pas vraiment attention à ce qu'il faisait. Je suis sincèrement désolée si ça t'a fait de la peine.

Et elle a l'air sincère, en effet. Je cherche des raisons d'engueuler cette fille, mais je n'en trouve aucune. C'est un grand soulagement d'apprendre que Lillian est homo, et je regrette de ne pas l'avoir su plutôt. Mais ça ne change pas vraiment les choses avec Hardin. Ça rend même son attitude encore pire. Il a fait exprès d'essayer de me rendre jalouse et il a fait monter les enchères en me disant les choses les plus abominables qu'il a pu imaginer. Le voir flirter avec elle ne m'a pas fait autant de mal que de l'entendre me dire qu'il ne m'aimait pas.

Robert remplit mon verre et je bois une petite gorgée en observant Lillian.

– Alors, qu'est-ce qui t'a fait changer d'avis pour venir me dire la vérité ? Il a piqué une crise contre toi, c'est ça ?

Elle a un petit sourire et s'assied à la table avec nous.

– Ouais, c'est ça.

– C'est un spécialiste.

Elle hoche la tête. Je vois bien qu'elle est un peu inquiète, et je me répète que ce n'est pas elle le problème, mais Hardin.

– Robert, tu as encore des gobelets ?

Il hoche la tête avec un sourire plein de fierté. J'ai un petit flottement au creux de l'estomac, c'est le vin, c'est sûr.

– Pas dans ma poche, mais je peux aller en chercher à l'intérieur. Nous ferions mieux de rentrer de toute manière, tes lèvres sont en train de virer au bleu.

Je lève les yeux vers lui, et mon regard se pose sur ses lèvres. Elles sont pleines et roses, et elles ont l'air vraiment douces. Pourquoi est-ce que je fixe ses lèvres ? C'est l'effet du vin. Je voudrais contempler les lèvres d'Hardin, mais ces derniers temps il semble les utiliser surtout pour me hurler dessus.

–Il est à l'intérieur ?

Lillian secoue la tête.

–Non ? Dans ce cas, on peut rentrer. Il faut que j'aille au secours de Landon, de toute façon. Le sauver de ce Max, surtout.

Je n'ai pas réfléchi et je jette un coup d'œil gêné à Lillian.

–Oups, excuse-moi.

Elle se met à rire, ce qui me surprend.

–Tout va bien, ne t'en fais pas. Je suis la première à savoir que mon père est un sale con.

Je ne réponds pas. Elle ne représente peut-être pas une menace pour ma relation avec Hardin, mais ça ne veut pas dire que je l'aime bien, même s'il faut reconnaître qu'elle est plutôt gentille.

–On rentre ou quoi ?

Robert se balance sur les talons de ses chaussures noires.

–Ouais.

J'avale d'un trait le reste de mon vin et je rentre dans le resto.

–Je vais chercher Landon. Tu es sûr que tu peux boire ici ? Avec ta tenue ?

Je ne voudrais pas que mon nouvel ami ait des ennuis. J'ai la tête un peu dans le brouillard et l'idée qu'il puisse se faire arrêter par son propre père me fait pouffer de rire.

–Quoi ?

Il scrute mon visage.

–Rien.

Lillian et moi nous dirigeons vers notre table. Je pose les mains sur le dossier de la chaise de Landon et il se retourne pour me regarder.

–Ça va ?

Je hausse les épaules.

–Ouais, plus ou moins.

Ça va parce que je suis limite soûle, après avoir avalé plusieurs verres de vin.

–Tu veux venir avec nous ? On va traîner un peu là en buvant des coups... encore un peu de vin.

Je souris.

Landon lance un coup d'œil à Lillian par-dessus la table.

–Qui on ? Elle aussi ?

– Ouais, elle est… enfin elle est ok.

Je ne veux pas déballer les détails de la vie privée de cette fille devant tout le monde.

– J'ai dit à Ken que je regarderais le match avec eux chez Max, mais si tu veux que je reste avec toi, je reste.

Je préférerais qu'il reste, mais je ne veux pas qu'il modifie ses plans pour moi.

– Non… tout va bien. Je pensais juste que tu aurais peut-être envie de prendre un peu le large.

Il sourit.

– Tu as raison, mais Ken est tout content que je vienne parce que Max soutient l'équipe adverse. Je suppose qu'il espère se marrer en nous regardant nous engueuler.

Puis il se penche plus près pour que personne d'autre ne puisse l'entendre.

– Tu crois que c'est une bonne idée de traîner avec ce type ? Il a l'air sympa, mais Hardin va sûrement vouloir le tuer.

– Je crois qu'il est de taille à se défendre. Amuse-toi bien pendant le match.

Je me penche et je l'embrasse sur la joue. Je recule brusquement et pose ma main sur ma bouche.

– Excuse-moi. Je ne sais vraiment pas…

Landon éclate de rire.

– Ce n'est pas grave.

Je regarde les gens autour de la table, soulagée de voir qu'ils semblent tous absorbés par leurs conversations. Heureusement pour moi, ma démonstration d'affection impromptue est passée inaperçue.

– Sois prudente, Tessa. D'accord ? Et appelle-moi si tu as besoin.

– Oui, oui. Ne t'inquiète pas. Et si tu t'ennuies, rejoins-nous.

– Pas de problème.

Il sourit. Je sais que ça n'arrivera pas. Il adore passer du temps avec la seule figure paternelle de sa vie, une chose qu'Hardin ne partage pas avec lui.

– Je ne suis plus une enfant, papa.

J'entends Lillian qui souffle de l'autre côté de la table. Max secoue la tête une fois, d'un air autoritaire.

– Je ne vois absolument pas quel intérêt il peut y avoir pour toi à traîner dans les rues le soir. Tu rentres avec nous, un point c'est tout.

Il est évident que c'est le genre d'homme qui adore avoir une maîtrise totale sur son entourage. Le sourire mauvais qui s'affiche sur son visage dur le montre bien.

– Très bien.

Sa fille, frustrée, se tourne vers sa mère, qui garde le silence. Avec un verre de plus, j'aurais sûrement interpellé ce connard, mais je ne veux pas embarrasser Ken et Karen.

– Tessa, tu rentres avec nous ? me demande Karen.

– Non, je vais rester encore un peu ici, si ça ne vous dérange pas.

J'espère que ça ne l'ennuie pas. Je l'observe qui regarde Lillian et, derrière moi, Robert qui se tient à l'écart. J'ai l'impression qu'elle n'est pas au courant de l'orientation sexuelle de Lillian et qu'elle est embêtée par la façon dont Hardin s'est conduit avec elle. J'adore Karen.

– Il n'y a pas de problème en ce qui nous concerne. Amuse-toi.

Elle me fait un sourire approbateur.

– D'accord.

Je lui retourne son sourire et je m'éloigne de la table sans dire au revoir à Max et à sa femme.

– On peut y aller, Robert. Elle n'a pas l'autorisation de rester.

– Pas l'autorisation ?

– Son père est un con. En même temps, je ne suis pas mécontente. Je ne sais pas trop ce que je pense d'elle. Elle me rappelle quelqu'un. Mais je n'arrive pas à trouver qui...

Je laisse cette pensée s'éloigner tout en suivant Robert vers une partie vide du restaurant. Il y a quelques tables dans cette partie fermée au public. Il n'y a rien dessus à part des bougies éteintes, des salières et poivrières.

Quand nous nous installons, l'image du visage tuméfié de Zed me traverse l'esprit comme un flash.

– Tu es certain de vouloir traîner avec moi ? Hardin pourrait revenir et il a tendance à agresser les gens...

En riant, Robert m'avance une chaise.

– Je suis sûr.

Il attrape le siège en face de moi et remplit nos gobelets de vin blanc. Quand nous trinquons, le bord de nos gobelets s'enfonce et il manque le tintement du verre. Mais nous sommes dans un coin sympa et douillet, qui tranche avec le reste du restaurant à l'atmosphère particulièrement froide.

∞

## 42
*Hardin*

J'ai appelé toutes les foutues compagnies de taxis entre ici et la fac pour essayer de rentrer à la maison. Aucune n'a accepté, évidemment, à cause de la distance. Je pourrais prendre le car, mais les transports en commun, c'est pas vraiment pas mon truc. Je me souviens de ma réaction quand Steph parlait de Tessa qui prenait le bus pour aller au centre commercial. Même quand je n'aimais pas Tessa – enfin quand je croyais que je ne l'aimais pas – je paniquais à l'idée de la savoir seule dans le bus avec un tas de types louches.

Tout a changé depuis cette époque où je la faisais marcher rien que pour la mettre en rogne. Son expression quand je l'ai laissée sur la terrasse du restaurant... Peut-être que rien n'a changé, après tout. Moi, je n'ai pas changé.

Je continue à torturer la fille que j'aime. Apparemment, je ne peux pas m'en empêcher. Ce n'est pas uniquement de ma faute, quand même. Elle y est pour quelque chose, elle aussi. Elle n'arrête pas de me harceler pour que j'aille à Seattle, pourtant j'ai été très clair. Je ne céderai pas là-dessus. Au lieu de résister, elle ferait mieux de faire ses bagages et de venir en Angleterre avec moi. Je n'ai pas l'intention de rester ici, exclu ou pas. L'Amérique m'ennuie, je n'y ai trouvé que des emmerdes. Et ça me soûle de voir mon père tout le temps. En vérité, tout me soûle ici.

– Fais gaffe où tu vas, connard !

Une voix de femme dans l'obscurité me fait sursauter. Je fais un pas de côté pour ne pas percuter la silhouette qui surgit devant moi.

– Fais gaffe *toi-même* !

Je ne m'arrête pas. *Qu'est-ce que cette meuf fout devant le bungalow de Max, d'abord ?*

– *Pardon ?*

Je me retourne pour la regarder, juste au moment où l'éclairage automatique s'allume sous le porche du bungalow. Je la détaille : bronzée, les cheveux frisés, un jean troué, des bottes de motard.

– Laisse-moi deviner : Riley, c'est ça ?

Je jette un regard exaspéré à cette fille plantée devant moi.

Elle pose les mains sur ses hanches.

– Et tu es qui, toi, putain ?

– Ouais, Riley. Si c'est Lillian que tu cherches, elle n'est pas là.

– Elle est où ? Et qu'est-ce qui te fait croire que je la cherche ?

– Parce que je viens juste de la baiser.

Elle se tend et baisse la tête de telle façon que l'obscurité cache presque entièrement ses traits.

– Répète un peu ce que tu viens de dire.

Elle fait un pas en avant. J'incline la tête sur le côté et je la regarde fixement.

– Seigneur, je te fais marcher. Elle est au restaurant au bout de la rue, avec ses parents.

Riley lève la tête et s'arrête.

– D'accord. Et d'où tu la connais ?

– Je l'ai rencontrée hier. Son père allait à la fac avec le mien, je crois. Elle sait que tu es là ?

– Non. J'ai essayé de la joindre (elle désigne de la main les bois qui nous entourent), mais comme elle est perdue au milieu de nulle part, elle ne répond jamais, sérieux. C'est probablement son connard de père qui l'empêche de me parler.

Je soupire.

– Ouais. On peut dire ça de lui. Est-ce qu'il va au moins te laisser la voir ?

Elle fronce les sourcils.

– Tu es bien curieux. Mais oui, il le fera. C'est un connard, mais c'est surtout un trouillard, et il a peur de moi.

Des phares percent l'obscurité et je monte sur le talus.

– Les voilà.

Quelques minutes plus tard, la voiture se gare dans l'allée. Lillian en sort précipitamment et saute dans les bras de Riley avec un cri perçant.

– Comment t'es arrivée jusqu'ici ?

– En voiture, tiens !

– Mais comment tu m'as trouvée ? Ça fait une semaine que je n'ai pas de réseau.

Elle enfouit son visage dans le cou de sa petite amie et j'observe la carapace rude de Riley qui commence à se fissurer. Ses mains montent et descendent amoureusement le long du dos de Lillian.

– Dans un trou comme ça, ce n'était pas trop difficile.

Elle recule pour regarder Lillian.

– Tu crois que ton père va me prendre la tête parce que je suis venue te voir ?

– Non. Enfin si, peut-être. Mais tu sais bien qu'il ne t'obligera pas à repartir.

Je toussote. Je me sens en trop dans ces retrouvailles.

– Bon, ben, je vais y aller.

Je commence à m'éloigner.

– Salut, dit Riley.

Lillian, elle, ne dit rien.

Quelques minutes plus tard, j'arrive à la barrière du bungalow de mon père. Je remonte l'allée. Tessa sera là d'un moment à l'autre et je veux être à l'intérieur avant l'arrivée du 4x4. Elle va pleurer, c'est sûr. Je vais être obligé de m'excuser pour qu'elle arrête et qu'elle m'écoute.

J'ai tout juste le temps d'arriver au porche quand Karen et la mère de Lillian descendent de la voiture.

– Où sont les autres ?

Je cherche Tess des yeux.

– Ton père et Landon sont rentrés avec Max pour regarder un match à la télé.

– Et Tessa ?

Je sens la panique me gagner.

– Elle est toujours au restaurant.

– Quoi ?

*C'est quoi ce bordel* ? Ce n'est pas du tout ce que j'avais prévu.

– Elle est avec lui, c'est ça ?

Je connais déjà la réponse. Elle est avec cette espèce de connard blond de fils du shérif.

– Oui, c'est ça.

Si je n'étais pas coincé au milieu de nulle part avec elle, je dirais à Karen, en termes choisis, tout le mal que je pense d'elle et du petit sourire qu'elle essaie de dissimuler.

∞

# 43

## *Tessa*

– Voilà, tu sais tout.

Robert ponctue sa conclusion par un petit sourire, chaud et sincère – un peu comme celui d'un enfant.

– C'était… intéressant.

Je saisis la bouteille de vin sur la table pour remplir mon verre. Elle est vide.

– Menteuse !

J'éclate d'un rire trop fort pour que le vin y soit étranger. L'histoire de sa vie était courte et calme. Ni ennuyeuse ni excitante, non, normale, tout simplement. Il a grandi avec ses deux parents, sa mère était institutrice, et son père shérif. Après avoir obtenu son diplôme à la petite fac du coin, il a décidé de faire médecine. Il travaille ici en ce moment parce qu'il est sur la liste d'attente pour l'université de l'État de Washington. Et aussi parce qu'il se fait pas mal d'argent en travaillant dans le restaurant le plus cher du coin.

– Tu aurais dû aller à WCU à la place.

Il secoue la tête et lève le doigt pour faire une pause dans notre conversation. Je me renfonce sur ma chaise en attendant qu'il revienne et, la tête appuyée sur le dossier, je regarde en l'air. Le plafond dans cette partie du restaurant est orné d'une fresque qui représente des nuages, des châteaux et des chérubins. Le personnage féminin, juste au-dessus de moi, est endormi, elle a des joues roses et des boucles blondes sur le sommet de la tête. Ses petites ailes blanches sont posées à plat pendant qu'elle dort. Juste à côté, un garçon – enfin, je suppose que c'est un garçon – la regarde fixement, il a des ailes noires qui s'étalent derrière lui.

*Hardin.*

– Pas question.

Robert a interrompu brusquement le cours de mes pensées.

– Même si j'avais voulu, ils ne proposent pas le cursus qui m'intéresse. En plus, la filière médicale est sur le campus principal à Seattle. À WCU, la fac de Seattle est beaucoup plus petite.

Quand je baisse la tête, je vois qu'il a rapporté une autre bouteille de vin.

– Tu y es allé ? À la fac ?

Je suis curieuse d'en savoir plus sur ma nouvelle destination. D'autant que ça me détourne des images chelous au plafond.

– Ouais, une seule fois. C'est petit mais très sympa.

– Je suis censée commencer là-bas lundi et je ne sais toujours pas où je vais loger.

Je rigole. Je sais que ce n'est pas drôle, mais sur le moment ça me fait rire.

– Ce lundi ? On est jeudi. Lundi c'est dans pas longtemps, non ?

– C'est vrai.

– T'as essayé la cité U ?

Il débouche la bouteille. Ça ne m'est même pas venu à l'esprit d'habiter à la cité U. Je pensais que... enfin, j'espérais qu'Hardin m'accompagnerait, alors ce n'était même pas une option envisageable.

– Je n'ai pas envie d'habiter sur le campus, surtout maintenant que je sais ce que c'est que d'être indépendante.

Il hoche la tête en remplissant nos verres.

– C'est sûr, une fois qu'on a goûté à la liberté, on ne peut plus revenir en arrière.

– Comme tu dis. Si Hardin venait à Seattle... non, laisse tomber.

– Alors tous les deux, vous envisagiez d'essayer une relation à distance ?

– Non, ça ne marcherait jamais. Déjà que ça ne marche pas vraiment à proximité.

Je sens une douleur monter dans ma poitrine. Il faut absolument que je change de conversation avant que tout ça tourne à la catastrophe pleurnicharde.

Je me pince les lèvres entre le pouce et l'index.

– Tu passes une bonne soirée ?

Robert sourit et pose un gobelet plein de vin devant moi. Je hoche la tête en continuant de rire.

– Il y a longtemps que je ne m'étais pas autant amusé.

Je lève mon gobelet devant mon visage.

– Moi, pareil. Enfin, si je travaillais ici. (Je dis n'importe quoi.) Je n'ai pas l'habitude de boire – enfin je n'ai jamais bu autant que maintenant, mais ce n'est pas suffisant pour créer une accoutumance, alors je suis rapidement s-s-soûle.

– Pareil pour moi. Je ne bois pas souvent, mais quand une belle fille passe une mauvaise soirée, je fais une exception.

Il a à peine dit ça qu'il rougit horriblement.

– Ce que je voulais dire... euh...

Il se cache le visage dans les mains.

– On dirait que je n'ai plus de filtre quand je suis avec toi.

Je tends le bras au-dessus de la table et j'écarte ses mains de son visage. Il tressaille et me fixe des ses yeux d'un bleu trop clair.

– C'est comme si je pouvais lire dans tes pensées.

J'ai parlé à haute voix, sans réfléchir.

– C'est peut-être vrai.

Il murmure en passant la langue rapidement sur ses lèvres pour les humecter. Je sais qu'il a envie de m'embrasser. Je le vois sur son visage. Je le vois dans son regard franc et honnête. Le regard d'Hardin est toujours sur la défensive. Il faut que je me bagarre pour savoir ce qu'il pense et même, je n'ai jamais réussi à le savoir autant que je le voudrais ou que j'en aurais besoin. Je me penche plus près de Robert, par-dessus la petite table qui nous sépare, et il s'avance vers moi, lui aussi.

– Si je ne l'aimais pas tant, je t'embrasserais.

Je ne recule pas, mais je n'avance pas plus près. J'ai beau être soûle, j'ai beau être fâchée contre Hardin, je ne peux pas faire ça. Je ne peux pas embrasser cet autre mec. J'en ai envie, mais je ne peux pas.

Il soulève un coin de sa bouche dans un sourire tordu.

– Et si je ne savais pas que tu l'aimes tant, je te laisserais faire.

– D'accord...

Je ne sais pas quoi dire d'autre, je suis ivre et mal à l'aise, et je ne sais pas comment me comporter avec quelqu'un d'autre que Hardin ou Zed, parce que ces deux-là se ressemblent. Robert ne ressemble à personne que je connais. Sauf Landon. Landon est doux et gentil. Mon esprit s'éloigne de cette ébauche de baiser.

– Je suis désolée.

Je me renfonce sur ma chaise et il fait la même chose.

– Il n'y a pas de quoi. Je préfère de loin que tu ne m'embrasses pas plutôt que de m'embrasser et de le regretter ensuite.

– Tu es bizarre.

Le choix de ce terme ne me paraît pas très heureux, mais il est trop tard pour le reprendre.

– Dans le bon sens, je veux dire.

Il rigole.

– Toi aussi. Quand je t'ai vue arriver avec cette robe, je t'ai prise pour une de ces filles riches et snob sans personnalité.

– Eh bien, désolée mais je ne suis pas riche, ça c'est sûr.

Je ris aussi.

– Ni snob.

– Et j'ai quand même une certaine personnalité.

Je hausse les épaules.

– Ouais, ça peut aller.

Il me chambre en souriant.

– Tu es vraiment sympa avec moi.

– Pourquoi je ne le serais pas ?

– Je ne sais pas. Excuse-moi, mais je dois te paraître complètement idiote.

Il a l'air perplexe, un moment.

– Tu ne me parais pas idiote du tout. Et ce n'est pas la peine de t'excuser tout le temps.

– Pourquoi tu dis ça ?

Je me rends vaguement compte que je suis en train de déchiqueter le bord de mon gobelet, des petits morceaux blancs de polystyrène jonchent la table devant moi.

– Tu t'excuses chaque fois que tu dis quelque chose. Tu as dit « excuse-moi » ou « désolée » au moins dix fois en une heure. Tu n'as rien fait de mal, alors tu n'as aucune raison de t'excuser.

Ça m'ennuie qu'il me dise ça, mais ses yeux sont pleins de gentillesse et il ne semble pas y avoir le moindre jugement ni aucun reproche dans sa voix.

– Excuse-moi...

J'ai répondu automatiquement.

– Tu vois ! Je ne sais pas pourquoi je fais ça.

J'aplatis une mèche de cheveux derrière mon oreille.

– J'ai bien une petite idée, mais je ne te la dirai pas. Contente-toi de savoir que tu n'as aucune raison de le faire.

J'inspire profondément, puis je souffle. C'est relaxant de discuter avec quelqu'un sans s'inquiéter en permanence de ses réactions.

– Bon, alors, dis-moi tout. C'est quoi, ce boulot à Seattle ?

Je lui sais reconnaissante de changer de conversation.

∞

## 44
### *Hardin*

– Et où je vais, d'après toi ?

Furieux, je passe devant Karen en hurlant et en agitant les mains. Elle redescend quelques marches.

– Je ne veux pas me mêler de ce qui ne me regarde pas, Hardin, mais tu ne crois pas que tu devrais la laisser tranquille pour une fois ? Vraiment, je ne veux pas t'embêter, mais je ne pense pas que cela fera avancer les choses d'aller là-bas pour lui faire une scène. Je comprends que tu veuilles la voir, mais...

– Tu ne comprends rien, oui.

La femme de mon père rejette la tête en arrière.

– Excuse-moi d'insister, Hardin, mais je pense vraiment que tu devrais la laisser tranquille ce soir.

Ma parole, elle se prend pour ma mère.

– Et pourquoi ? Pour qu'elle soit libre de me tromper, putain !

Frustré, je me passe la main dans les cheveux en tirant sur les racines. Tessa avait déjà bu un verre de vin – un et demi, pour être exact – pendant le repas, et Dieu sait qu'elle ne tient pas l'alcool.

– Si c'est ça, l'opinion que tu as d'elle...

Elle hésite à terminer sa phrase.

– ... eh bien, vas-y, alors – comme toujours.

Elle regarde la femme de Max, une fois, puis ajuste sa robe qui lui arrive aux genoux.

– En tout cas, sois prudent, mon chéri.

Elle se force à sourire et remonte les marches avec son amie.

Une fois ce problème réglé, je reprends mon plan initial et je marche à grands pas vers le restaurant. Je vais sortir Tessa de là-dedans. Pas littéralement bien sûr, mais elle *va venir* avec moi. Tout ce cirque, c'est des conneries, tout ça parce que j'ai oublié de mettre une capote, putain ! C'est le point de départ de cette histoire. J'aurais pu appeler Sandra plus tôt pour corriger le tir dans cette histoire d'appart, ou j'aurais pu lui trouver un autre appart... mais ça ne marcherait pas non plus. Seattle, ce n'est pas possible. Ça prend plus de temps que j'avais imaginé pour la convaincre, et maintenant les choses sont encore plus compliquées.

Je suis encore sous le choc de ne pas l'avoir vue descendre de voiture avec Karen et machine, la mère de Lillian. J'étais persuadé qu'elle serait contrariée et prête à me parler. C'est ce serveur – quelles idées lui a-t-il mis dans la tête pour qu'elle accepte de rester au restaurant au lieu de venir me retrouver ? Qu'est-ce qu'elle lui trouve ?

Il faut que je rassemble mes idées. Je m'arrête et je m'assieds sur une des grosses pierres qui bordent le jardin. Peut-être que ce n'est pas la meilleure idée de faire irruption là-bas. Je devrais peut-être aller chercher Landon pour qu'il essaie de la convaincre de rentrer. Elle l'écoute plus que moi. Mais je me rends compte que c'est une idée idiote. Il ne sera jamais d'accord. Comme sa mère, il va me mettre minable et me dire de la laisser tranquille.

Mais c'est impossible. Rester assis à me geler le cul sur ce rocher pendant vingt minutes n'a fait qu'empirer les choses. Je n'arrive pas à penser à autre chose qu'à son insouciance quand elle riait avec lui.

Qu'est-ce que je vais lui dire ? Il a l'air d'être ce genre de con qui va essayer de m'empêcher de l'obliger à partir. Je n'aurai pas besoin de le cogner, si je crie assez fort, elle me suivra pour éviter une bagarre. Du moins, je l'espère. Car elle n'a pas toujours agi comme je l'attendais jusque-là.

Tout ça est tellement puéril : mon comportement, la façon dont je manipule ses sentiments. Je le sais bien. Mais je ne sais pas m'y prendre autrement. Je l'aime – putain, c'est fou ce que j'aime cette fille. Mais je ne sais plus quoi faire pour la garder près de moi.

*Il semblerait plutôt que tu l'as piégée, et que c'est pour ça qu'elle ne peut pas te quitter. Pas parce qu'elle t'aime, mais parce que tu lui as fait croire qu'elle ne peut pas se passer de toi.*

Les paroles de Lillian tournent dans ma tête comme un disque rayé quand je me relève et que je descends l'allée. Il fait un froid de loup dehors, et cette stupide chemise est trop légère. Tessa n'avait pas de veste quand elle est arrivée au restaurant, et cette robe – *cette robe* – est bien trop courte, elle va avoir froid, c'est sûr. Je devrais lui apporter une veste...

Et s'il lui passe sa veste ? La jalousie m'envahit, et je serre les poings en y pensant.

*... tu l'as piégée, et que c'est pour ça qu'elle ne peut pas te quitter. Pas parce qu'elle t'aime...* Cette foutue Tessa Numéro Deux et sa psychologie de merde. Elle ne sait même pas de quoi elle parle. Si, Tessa m'aime. Je le vois dans ses yeux gris bleu chaque fois qu'elle me regarde. Je le sens dans le bout de ses doigts quand elle suit le contour des tatouages gravés dans ma peau. Je le sens quand ses lèvres touchent les miennes. Je connais la différence entre amour et addiction.

Je ravale le début de panique qui menace de s'emparer de moi. Elle m'aime. Il n'y a pas de doute. Tessa m'aime. Si elle ne m'aimait pas, je ne sais pas comment je m'en sortirais. Je ne pourrais pas. J'ai besoin qu'elle m'aime et qu'elle soit là pour moi. Je n'ai jamais laissé personne être si proche de moi qu'elle. C'est la seule personne dont je sais qu'elle m'aimera toujours d'un amour inconditionnel. Même ma mère finit par en avoir marre de moi et de mes histoires. Tandis que Tessa me pardonne toujours, et quoi que je fasse, elle est toujours là pour moi quand j'ai besoin d'elle. Cette fille butée, insupportable, intransigeante, cette fille est tout pour moi.

Soudain, une voix résonne dans l'obscurité.

– Qu'est-ce que tu fous là, ducon ?

– Non mais, tu te fous de moi ou quoi ?

Je me retourne pour tomber sur Riley qui descend l'allée devant chez Max. Il faut que je fasse plus attention. Je ne l'avais même pas vue venir.

– C'est toi qui traînes dans cette foutue allée.

– Qu'est-ce que tu as fait de Lillian ?

– C'est pas tes oignons. Et Tessa, où elle est ?

Elle me regarde avec un sourire méprisant. Lillian a dû lui parler de notre dispute. *Super !*

– C'est pas tes oignons. Qu'est-ce que tu fais là ?

– Et toi ?

Riley a vraiment un problème.

– T'es obligée d'être aussi garce ?

Elle hoche la tête exagérément, plusieurs fois.

– Ouais, justement.

Je pensais qu'elle allait me voler dans les plumes pour l'avoir traitée de garce, mais elle a l'air de s'en foutre. Elle doit être d'accord.

– Je suis dehors parce que Lillian s'est endormie. Et que *son* père, *ton* père et ton abruti de frère me donnent envie de dégueuler.

– Alors tu t'es dit que tu allais faire une petite balade dans le noir en plein mois de février ?

– J'ai mis un manteau. Je vais chercher ce bar que j'ai vu en passant tout à l'heure.

– Pourquoi tu n'y vas pas en voiture ?

– Parce que j'ai envie de *boire*. Est-ce que j'ai l'air de quelqu'un qui veut passer son week-end en taule ?

Elle passe devant moi, l'air méprisant, puis elle tourne la tête sans s'arrêter.

– Tu vas où ?

– Chercher Tessa. Elle traîne avec... laisse tomber.

J'en ai marre de raconter mon histoire à tout le monde. Mais là, Riley s'arrête.

– Tu es vraiment con de ne pas lui avoir dit que Lil est gay.

– Il a fallu qu'elle te le dise.

– Elle me dit tout. C'était vraiment une connerie monumentale.

– C'est une longue histoire.

– Tu refuses d'aller à Seattle avec elle et maintenant... (elle rejette ses cheveux derrière son épaule)... elle est probablement en train de tailler une pipe à ce blond dans les toilettes du...

Je marche vers elle, la colère bout dans mes veines.

– Ferme ta gueule, putain. Ne t'avise pas de dire des choses comme ça, bordel !

Il ne faut pas que j'oublie que même si elle est aussi grossière que moi, c'est une femme et que je ne peux pas lui rentrer dedans.

Mon explosion de colère ne semble pas l'impressionner.

– Ça ne te plaît pas, hein ? Tu ferais bien de t'en souvenir la prochaine fois que tu t'aviseras de faire un commentaire à la con du genre que tu as baisé ma copine.

J'ai du mal à respirer normalement. Je n'arrête pas d'imaginer les lèvres de Tessa sur lui. Je tourne en rond en me tirant les cheveux.

– Ça te rend dingue, hein ? De la savoir avec lui ?

– Tu vas arrêter de te foutre de moi, oui ?

Elle hausse les épaules.

– Je sais que c'est ça. Écoute, je reconnais que je n'aurais pas dû dire ça, mais c'est toi qui as commencé à jouer au con, je te rappelle. Bon, on fait une trêve ? Je te paie un verre, et tu pourras pleurer sur ta Tessa pendant que je te raconterai tout ce que Lillian sait faire avec sa langue.

Elle vient vers moi et me tire par la manche pour me faire traverser la rue. D'où je suis, je vois les lanternes multicolores ringardes qui ornent le toit en tôle du petit bar. Je dégage mon bras d'un mouvement brusque.

– Il faut que j'aille chercher Tessa.

– Allez, *rien qu'un* verre, et après j'irai avec toi en renfort.

– Pourquoi ? Pourquoi tu veux traîner avec moi ?

Je la regarde dans les yeux et elle hausse les épaules.

– Je m'en fous, en réalité. Mais je m'emmerde, et tu es là. En plus, Lillian a l'air de t'apprécier pour une raison qui m'échappe.

Elle me détaille de la tête aux pieds.

– Je ne sais vraiment pas pourquoi, mais elle t'aime bien, comme *pote.*

Riley insiste autant qu'elle peut sur le mot « pote ».

– Alors c'est vrai, j'aimerais l'impressionner en faisant semblant de m'intéresser à ta relation amoureuse vouée à l'échec.

– Vouée à l'échec ?

Je commence à descendre la rue derrière elle.

– De toutes les conneries que je viens de dire, c'est la seule qui a retenu ton attention ? Tu es encore pire que moi.

Elle secoue la tête en riant. Je ne dis rien. Cette fille insupportable m'attrape par la manche de nouveau et m'entraîne derrière elle. Je suis trop absorbé par mes pensées pour résister.

Comment est-ce qu'elle peut croire que notre relation est vouée à l'échec alors qu'elle ne me connaît même pas ?

Moi, je sais qu'elle ne l'est pas. Moi, je suis voué à l'échec, pas elle. Elle va me sauver. Comme toujours.

∞

# 45
*Tessa*

– Oh là là, la température a drôlement baissé depuis tout à l'heure, me dit Robert au moment où nous sortons.

Le froid me saisit et je serre mes bras autour de moi pour essayer de conserver un peu de chaleur. Il me regarde, l'air soucieux.

– Si j'avais une veste, je te la prêterais. Je regrette aussi de ne pas te proposer de te ramener en voiture, mais j'ai bu. On peut dire que je manque de la plus élémentaire courtoisie ce soir.

– Tout va bien, ne t'inquiète pas. Avec tout ce que j'ai bu, j'ai plutôt chaud... je dis n'importe quoi !

Je rigole en le suivant sur le trottoir devant le restaurant.

– En tout cas, je n'ai pas les bonnes chaussures.

– Tu veux qu'on échange ?

Je le pousse gentiment par l'épaule et il sourit pour la centième fois de la soirée.

– Tes chaussures ont l'air d'être plus confortables que celles d'Hardin. Ses boots sont lourds et il les laisse toujours traîner à côté de la porte, alors je... laisse tomber.

Gênée par ce que j'allais dire, je secoue la tête et je m'interromps.

– Je suis plutôt du genre baskets comme mec, dit Robert pour me rassurer.

– Moi aussi, enfin pas comme *mec*.

Je ris de nouveau. Le vin me fait tourner la tête, et j'ai l'impression que je ne peux pas m'empêcher de dire tout ce qui me passe par la tête, que ça ait du sens ou non.

– Tu sais de quel côté sont les bungalows ?

Je manque de rentrer dans un plot sur le parking et il tend le bras pour me rattraper.

– Quels bungalows ? Il y en a plein ici.

– Euh, eh bien, il y a une rue avec un petit panneau, et puis encore trois ou quatre bungalows, puis une autre rue.

J'essaie de me rappeler le trajet entre chez Ken et Karen et le restaurant, mais ça ne donne pas grand-chose. Il ricane.

– Avec ça, je suis bien renseigné ! Écoute, on n'a qu'à marcher jusqu'à ce qu'on trouve.

– Ok. Mais si on n'a pas trouvé d'ici vingt minutes, je vais à l'hôtel.

Je redoute la marche et la discussion que je ne vais pas manquer d'avoir avec Hardin en rentrant. Et par « discussion », je veux dire une interminable engueulade sans merci. Surtout quand il saura que j'ai bu avec Robert.

Soudain, je me tourne vers lui tandis que nous marchons dans le noir.

– Ça t'arrive d'en avoir marre des gens qui te disent tout le temps ce que tu dois faire ?

– Personne ne le fait vraiment, mais si c'était le cas, oui ça me soûlerait.

– Tu as de la chance. J'ai l'impression qu'il y a toujours quelqu'un pour me dire ce que je dois faire, où je dois aller, à qui je peux parler, où je dois habiter. Ça me tape sur les nerfs.

– Je veux bien te croire !

Je lève les yeux pour regarder les étoiles un instant.

– Je voudrais faire quelque chose pour que ça change, mais je ne sais pas quoi.

– Peut-être que ça t'aidera d'aller à Seattle.

– Peut-être... mais j'aimerais faire quelque chose tout de suite, comme me barrer ou engueuler quelqu'un.

– Engueuler quelqu'un ?

Il rigole et s'arrête pour rattacher son lacet. Je l'attends un peu plus loin et je regarde tout autour de moi. Maintenant que mon esprit a commencé à passer en revue toutes les conduites imprudentes possibles, je ne peux pas l'arrêter.

– Ouais, engueuler quelqu'un en particulier.

– Tu devrais peut-être y aller doucement. Peut-être que tu pourrais commencer par quelque chose de plus léger.

Il me faut un moment pour comprendre qu'il me fait marcher, mais une fois que j'ai compris, je ris de bon cœur.

– N'empêche que je le pense. Là, tout de suite, j'ai envie de faire quelque chose de… dingue.

J'aspire ma lèvre supérieure entre mes dents en réfléchissant à la question.

– C'est le vin – il était assez fort, et tu en as bu un max en peu de temps.

Nous éclatons de rire une nouvelle fois et je ne réussis pas à m'arrêter. Les seules choses qui me ramènent à la réalité, ce sont les lanternes accrochées au toit d'un petit bâtiment pas loin.

– C'est notre bar.

Robert le désigne d'un signe de tête.

– C'est tout petit.

– En fait, il n'a pas besoin d'être immense, vu que c'est le seul de la ville. On s'éclate. Les serveuses dansent sur le bar et tout et tout.

– Comme dans *Coyote Girls* ?

Son sourire s'élargit.

– Oui, sauf que ces femmes ont toutes plus de quarante ans et qu'elles sont un peu plus habillées.

Son sourire est contagieux. J'ai trouvé ce que nous allons faire.

∞

# 46
## *Hardin*

– Non, on avait dit un verre. Un verre, c'est un verre.

Je pousse du doigt le cube de glace dans mon verre vide.

– Comme tu voudras.

Elle fait signe à la serveuse et commande deux verres.

– J'ai dit que je ne...

Elle me jette un regard condescendant.

– Personne n'a dit que c'était pour toi. Parfois, une nana a besoin de soutien.

– Eh bien, amuse-toi bien. Moi, je vais chercher Tessa.

Je descends de mon tabouret de bar, mais elle m'agrippe par la chemise. Encore.

– Me touche pas !

– Mec, arrête de te conduire comme un con. Je t'ai dit que je viendrais avec toi. Laisse-moi juste finir mes verres. Est-ce que tu sais au moins ce que tu vas lui dire, ou bien tu penses te la jouer genre homme des cavernes ?

– Non.

Je me rassieds. Je n'ai pas de tout pensé à ce que j'allais lui dire, en effet. Je n'ai pas besoin de dire autre chose que *On y va, putain.*

– Qu'est-ce que tu dirais, toi ?

– Eh bien, premièrement (elle marque une pause, le temps de donner deux billets de cinq à la serveuse et de tirer les verres vers elle), Lillian ne serait jamais dans un resto avec une autre meuf... ou un mec, sans moi. J'y aurais foutu le feu avant.

Elle boit une longue gorgée et me regarde. Je n'aime pas du tout le ton qu'elle emploie.

– Pourtant, c'est toi qui m'as dit de venir prendre un verre avant d'y aller !

Elle hausse les épaules.

– Je n'ai pas dit que j'aurais raison de faire ça.

– C'est des conneries. Tu ne dis que de la merde. J'y vais.

Je fais quelques pas vers la sortie, et la musique country qui menaçait déjà de me donner mal à la tête devient de plus en plus forte. Je devine ce qui va se passer. Je n'aurais jamais dû venir ici dès le début. J'aurais dû aller directement chercher Tessa. Les clients dans le petit bar se mettent à pousser des cris enthousiastes et je me retourne pour voir deux serveuses d'âge mûr qui montent sur le bar. C'est très gênant. Amusant, mais quand même vraiment folklo, putain.

– Tu vas rater le show !

Riley ricane. Je m'apprête à lui répondre, mais j'entends un bruit derrière moi et une fois de plus je pressens ce qui va se passer. Quand je me retourne, ma bouche se dessèche et mon sang ne fait qu'un tour. Parce que, juste à ce moment-là, Tessa franchit en titubant la porte du petit relais routier. Avec *lui*.

Au lieu de me ruer sur lui comme je suis tenté de le faire, je recule jusqu'au bar et je dis au dos de Riley :

– Elle est là, avec lui. C'est elle.

Riley détache son regard des femmes sur le bar et se tourne. Elle reste bouche bée.

– Putain de merde ! Elle est super sexy !

Je la fusille du regard.

– Ça suffit. Arrête de la regarder comme ça.

– Lillian m'avait dit qu'elle était jolie, mais, putain, regarde ses gros...

– N'en dis pas plus !

Je regarde Tessa fixement. C'est vrai qu'elle est vachement sexy, je le sais, mais surtout elle est complètement soûle et elle circule, hilare, entre les hautes tables. Elle en trouve une libre à côté des toilettes et elle s'assied.

– Je vais la voir.

Je ne sais pas du tout pourquoi je dis ça à Riley, mais quelque part j'ai envie de savoir ce qu'elle ferait à ma place. Je sais que Tessa m'en veut pour tout un tas de raisons et je préférerais ne pas lui en donner d'autres. De toute façon, elle n'a aucun droit de m'en vouloir, c'est elle qui passe la soirée avec un mec pioché au hasard au resto et qui débarque ici, soûle et titubante, en rigolant. Avec lui.

– Pourquoi tu n'attends pas un peu ? Tu sais, juste pour l'observer un petit moment.

– C'est complètement idiot. Pourquoi est-ce que je l'observerais alors qu'elle se pavane avec ce crétin ? Elle m'appartient et...

Riley lève sur moi des yeux interrogateurs.

– Est-ce qu'elle pique une crise quand tu dis qu'elle t'appartient ?

– Non. Elle aime bien, je crois.

En tout cas, elle me l'a dit une fois.

« Je t'appartiens, Hardin. Je suis à toi » a-t-elle dit en gémissant dans mon cou alors que je changeais de position pour la pénétrer plus profondément.

– Lil est trop furax quand je dis ça. Elle dit que je la traite comme un objet ou quelque chose du genre.

Je ne fais pas attention à ce que dit Riley, je suis trop absorbé par Tessa. Par la façon dont elle rassemble ses longs cheveux dans une main pour les déplacer sur son épaule. Ma colère monte et ma vision se trouble. Comment fait-elle pour ne pas sentir ma présence ? Moi, je sais toujours quand elle entre dans une pièce. Il y a comme un changement dans l'atmosphère et mes sens la perçoivent littéralement quand elle s'approche de moi. Mais elle est trop occupée à l'écouter, il est probablement en train de lui expliquer comment on doit verser de l'eau dans un verre.

Sans quitter ma copine des yeux, je réponds à Riley.

– Eh bien, Tessa est à moi, alors je n'en ai rien à faire qu'elle pense que je la traite comme un objet ou pas.

– Paroles de connard ! Tu vas devoir mettre de l'eau dans ton vin, en tout cas. Si, comme je le crois, elle est comme Lillian, elle va vite en avoir marre et tu vas te retrouver devant un ultimatum.

– Quoi ?

Je détache les yeux de Tessa un instant et c'est une torture.

– Lillian en a eu marre de mes conneries et elle m'a quittée. Elle, elle fera la même chose si tu ne l'écoutes pas de temps en temps.

C'est incroyable ce que Lillian peut être plus sympa que sa petite amie.

– Écoute, tu ne connais rien de notre relation, tu ne sais pas de quoi tu parles.

Je reviens sur Tessa qui est maintenant assise seule à la table. Elle joue avec une mèche folle et remue les épaules au rythme de la musique. Au bout d'une seconde, je localise son pote le serveur au bout du bar et je me calme un peu en les sachant moins près l'un de l'autre.

– Écoute, mec. Je n'ai pas besoin de connaître les détails. Je viens de passer presque une heure avec toi. C'est suffisant pour comprendre que tu es un crétin et qu'elle, elle est en manque d'affection... (J'ouvre la bouche pour riposter mais elle continue.) Lillian est comme ça, elle aussi, alors ne te monte pas le chou. Mais est-ce que tu sais ce qu'il y a de bien à avoir une petite amie en demande d'affection ? À part le sexe, bien sûr...

Elle sourit d'un air coquin.

– Fais-la courte, s'il te plaît.

Je lève les yeux au ciel et je regarde Tessa. Elle a le feu aux joues et elle s'amuse beaucoup en regardant, les yeux ronds, les femmes qui finissent leur danse sur le comptoir. Elle va bien finir par me voir.

– Ce qu'il y a de bien, c'est qu'elles ont besoin de nous. Mais pas de la façon que tu imagines. Elles ont besoin qu'on soit là pour elles aussi, de temps en temps. Lillian était toujours tellement occupée à essayer de me... sauver... ou je ne sais quelle cause elle avait entreprise... qu'on en oubliait ses propres désirs. J'oubliais son anniversaire, je ne faisais jamais rien pour elle. Pourtant, je ne m'en rendais pas compte, parce que j'étais toujours avec elle et que je lui disais de temps en temps que je l'aimais. Mais ce n'était pas suffisant.

Un frisson désagréable me parcourt le dos. Je regarde Riley finir son premier verre.

– Mais elle est avec toi, maintenant, non ?

– Ouais, mais seulement parce que je lui ai prouvé qu'elle pouvait compter sur moi et que je ne suis plus l'enfoirée que j'étais quand elle m'a rencontrée.

Elle lance un regard vers Tessa puis revient vers moi.

– Tu connais le dicton ? Sois gentil avec ta copine, sinon quelqu'un d'autre le sera à ta place.

– Je ne suis pas méchant avec elle.

*Du moins pas tout le temps.*

Elle pousse une espèce de rire incrédule qui ressemble plutôt à un aboiement.

– Mec, reconnais-le. Écoute, je ne suis pas une sainte. Je ne traite pas toujours Lillian aussi gentiment que je devrais, mais au moins je le reconnais. Toi, tu es gravement dans le déni si tu penses que tu ne la traites pas comme un chien. Si ce n'était pas le cas, elle ne serait pas là à traîner avec cet abruti qui, soit dit en passant, est exactement le contraire de toi, et vachement sexy, en plus.

Je ne trouve rien à répondre à ça. Elle a raison, dans les grandes lignes. Je ne traite pas Tessa comme un chien tout le temps, seulement quand elle fait quelque chose qui me fait péter un câble. Comme en ce moment. Et comme tout à l'heure.

– Elle regarde par ici.

Mon sang se glace dans mes veines. Je tourne la tête lentement.

Ses yeux, rivés sur moi, lancent des éclairs. Elle fusille Riley du regard puis revient vers moi. Elle ne fait pas un geste, pas même un battement de cils. Sa surprise se mue instantanément en une colère viscérale et je suis stupéfait de la violence contenue dans son regard.

– Elle est grave furax.

Riley éclate de rire et je dois me retenir pour ne pas lui renverser son deuxième verre sur la tête.

– Ta gueule !

J'attrape mon verre et me dirige vers Tessa. Son crétin de serveur est toujours au bout du bar au moment où j'arrive à côté d'elle.

– Tiens donc, je n'aurais jamais pensé te trouver ici, dans un bar, en compagnie d'une autre fille. Surprise, surprise.

– Qu'est-ce que tu fais là ?

Je me rapproche d'elle. Elle a un mouvement de recul.

– Et *toi?*

– Tessa.

Mon ton est menaçant. Elle lève les yeux au ciel.

– Pas ce soir, Hardin. C'est même pas la peine d'essayer.

Elle descend de la chaise en tirant sur sa robe.

– Ne te barre pas en me laissant là.

Mes paroles ressemblent à un ordre mais sont en fait une supplique. J'essaie de lui prendre le bras, mais elle se dégage brusquement.

– Pourquoi pas ? Tu le fais bien toi, tout le temps. Nous sommes tous les deux ici avec quelqu'un d'autre.

Elle jette un regard assassin à Riley. Je secoue la tête.

– Mais non, putain ! C'est la petite amie de Lillian.

La tension quitte ses épaules immédiatement.

– Oh !

Elle me regarde dans les yeux en tirant sa lèvre inférieure entre ses dents.

– Il faut y aller maintenant.

– Eh bien, vas-y.

– Toi et moi.

– Je n'irai nulle part, sauf si c'est pour faire la fête. Dans un endroit plus marrant que celui-ci, parce que toi tu es là et que tu m'empêches tout le temps de m'éclater. Tu es la police de l'éclate.

Elle sourit à sa blague idiote.

– Voilà, c'est exactement ça ! Tu es la police de l'éclate. Je devrais te faire faire un badge que tu pourras exhiber partout, tu sais, pour interdire à tout le monde de s'éclater.

Elle explose de rire. *Bon Dieu, elle est complètement pétée.*

– Combien de verres tu as bus ?

Je hurle pour couvrir la musique. Elle met sa main en cornet autour de son oreille.

– Qu'est-ce que j'entends ? Est-ce la sirène de la police de l'éclate ? *Pin-pon, Pin-pon, Pin-pon.*

Elle fait une moue enfantine puis se met à rire.

– Si c'est pour jouer les rabat-joie, tu ferais mieux de dégager.

Elle porte son verre à ses lèvres et boit trois longues gorgées. En deux secondes, elle en a vidé la moitié.

– Tu vas être malade.

– Bla-bla-bla...

Elle se fiche de moi en basculant la tête d'arrière en avant à chaque mot. Elle regarde derrière moi et un petit sourire flotte sur ses lèvres.

– Tu connais Robert, je crois ?

Je regarde sur le côté et je vois cet abruti à côté de moi, un verre dans chaque main.

– Ravi de te revoir.

Il sourit à demi, Il a les yeux injectés de sang. Il est bourré, lui aussi.

*Est-ce qu'il a profité de la situation ? Est ce qu'il l'a embrassée ?*

Je prends une profonde inspiration.

*C'est son père le shérif. C'est son père le shérif. C'est son père le shérif.*

*C'est son père le putain de shérif de ce putain de trou de merde.*

Je me tourne vers Tessa et je dis à Robert, en fixant Tessa dans les yeux :

– Barre-toi !

Tessa lève les yeux au ciel. J'avais oublié qu'elle n'a peur de rien quand elle est imbibée.

– Ne pars pas !

Elle me regarde d'un air de défi en se rasseyant à sa table.

– Tu n'as pas quelqu'un d'autre à distraire ?

– Non. On rentre à la maison.

J'ai du mal à me contrôler. En temps normal, la figure de Robert serait déjà éclatée sur la table.

– Nous sommes à des heures de distance de la maison.

Elle finit le verre qu'elle m'a piqué et me lance un regard qui réussit à conjuguer le mépris, la désinvolture et l'indifférence.

– En réalité, à partir de lundi, je n'ai plus du tout de maison, grâce à toi.

∞

## 47

### *Tessa*

Les narines d'Hardin s'écartent tandis qu'il essaie de maîtriser sa colère. Je lance un coup d'œil à Robert, qui semble plutôt mal à l'aise mais pas du tout intimidé par Hardin.

– Si tu fais exprès d'essayer de me mettre en colère, c'est réussi.

– Ce n'est pas ça, je n'ai pas envie de partir, c'est tout.

Et je hurle au moment même où la musique s'arrête.

– J'ai envie de boire, d'être jeune et de m'éclater.

Tout le monde se tourne vers moi. Je ne sais pas quoi faire de toute cette attention, alors j'agite maladroitement une main en l'air. Quelqu'un rugit pour montrer son approbation, et la moitié des clients du bar lèvent leur verre pour me saluer, puis reprennent leurs conversations. La musique reprend et Robert se met à rire. Hardin fulmine.

– Il est clair que tu as assez bu.

Il regarde d'un air mauvais le verre que Robert m'a apporté et qui est maintenant à moitié vide.

– Tu veux un scoop, Hardin ? Je suis majeure.

J'ai dit ça d'une petite voix enfantine.

– Bon sang, Tessa.

– Je ferais peut-être mieux de partir...

– C'est évident.

– Non.

Hardin et moi avons répondu en même temps. Je regarde autour de moi en soupirant. J'étais contente de ma soirée avec Robert, mais maintenant je sais qu'Hardin va rester planté là à faire des commentaires grossiers, des menaces ou tout ce qui va lui passer par la tête pour le faire partir. Il vaut mieux, en effet, qu'il s'en aille.

– Je suis désolée. C'est moi qui vais partir, comme ça toi tu pourras rester.

Il secoue la tête, compréhensif.

– Non, non, ne t'inquiète pas. La journée a été longue, de toute façon.

Il est si calme et accommodant pour tout. C'est vraiment rafraîchissant.

– Je t'accompagne dehors.

Je ne sais pas si je le reverrai un jour et il a été si gentil avec moi ce soir.

– Non !

Je ne tiens pas compte de l'intervention d'Hardin et je suis Robert vers la sortie du petit bar. Quand je me retourne, Hardin est appuyé contre la table, les yeux fermés. J'espère qu'il est en train de contrôler sa respiration parce que je ne suis pas d'humeur à supporter une nouvelle scène ce soir.

Une fois dehors, je me tourne vers Robert.

– Je suis vraiment désolée. Je ne savais pas qu'il était là. Je voulais juste essayer de m'amuser ce soir.

Robert sourit et se baisse un peu pour me regarder dans les yeux.

– Tu te souviens quand je t'ai dit d'arrêter de t'excuser à tout bout de champ ?

Il met la main à sa poche et en sort un petit carnet et un stylo.

– Je ne me fais pas d'illusions, mais si un jour tu es seule et que tu t'ennuies à Seattle, appelle-moi. Ou pas. À toi de voir si tu en as envie ou non.

Il note quelque chose et me tend le papier.

– D'accord.

Je ne veux pas faire de promesses que je ne pourrai pas tenir, alors je me contente de sourire et je fourre le petit papier dans le décolleté de ma robe.

– Désolée !

Je pousse un petit cri quand je me rends compte que je viens plus ou moins de me caresser devant lui.

– Arrête de dire désolée ! Et surtout pas pour *ça*.

Il rit puis regarde l'entrée du bar, et ensuite l'obscurité de la nuit.

– Je ferais mieux d'y aller. J'ai été ravi de te rencontrer. Nous nous reverrons peut-être un jour, qui sait ?

Je hoche la tête en souriant, en le regardant s'éloigner sur le trottoir.

– Il fait froid dehors.

Je fais un bond en entendant la voix d'Hardin dans mon dos. Je passe devant lui pour rentrer dans le bar. La table où j'étais assise est maintenant occupée par un type chauve et sa maxi chope de bière. J'attrape mon sac que j'avais laissé sur le tabouret à côté et il me jette un regard vide. Enfin, plutôt à mes seins.

Hardin est derrière moi. Encore.

– On y va, s'il te plaît.

Je fais un pas vers le bar.

– Est-ce que tu pourrais me lâcher un peu ? Je n'ai pas envie d'être avec toi, là. Tu m'as dit un tas de vacheries, je te rappelle.

– Tu sais que je ne les pensais pas.

Il se défend en essayant de me regarder dans les yeux, mais je ne rentre pas dans son jeu.

– Ça ne te donnait pas le droit de me les dire. Je n'ai pas envie d'en parler maintenant. Je passais une chouette soirée et je ne te laisserai pas la gâcher.

Je regarde la fille au bar – la petite amie de Lillian – qui nous observe. Hardin vient se planter entre nous.

– Alors tu ne veux pas que je sois là ?

Il a l'air blessé, et quelque chose au fond de ses yeux verts me fait hésiter.

– Si tu dois me sortir encore que tu ne m'aimes pas ou que tu t'es servi de moi uniquement pour le sexe, alors tu peux te barrer. Sinon, c'est moi qui le ferai.

Je fais tout ce que je peux pour garder mon humeur pétillante plutôt que de m'effondrer et de laisser la tristesse et la colère reprendre le dessus.

– C'est toi qui as commencé en arrivant ici avec lui. Bourrée, en plus...

Je soupire.

– Et c'est reparti.

Hardin est le roi du « deux poids deux mesures ».

– Seigneur, vous allez la fermer tous les deux. Vous vous donnez en spectacle.

– Pas maintenant.

La belle fille avec qui il était assis s'adresse à moi.

– Hé toi, l'obsession d'Hardin, viens t'asseoir au bar.

M'asseoir à une table et me faire apporter un verre est une chose, m'asseoir au bar et passer moi-même la commande en est une autre.

– Je n'ai pas l'âge.

– Oh, arrête ! Avec cette robe, tu auras ton verre.

Elle fixe ma poitrine et je tire un peu sur le décolleté pour le remonter.

– Si je me fais gauler, ce sera de ta faute.

Elle éclate de rire en rejetant la tête en arrière.

– Je paierai la caution pour te faire sortir de taule.

Elle me fait un clin d'œil, et Hardin se raidit à côté de moi. Il lui lance un regard menaçant et c'est plus fort que moi, je me mets à rire. Toute la soirée, il a essayé de me rendre jalouse avec Lillian et, maintenant, c'est lui qui est jaloux parce que la petite amie de Lillian me fait les yeux doux. Tout ce va-et-vient puéril – il est jaloux, je suis jalouse, la bonne femme au bar est jalouse, tout le monde est jaloux –, c'est agaçant. Assez amusant, surtout maintenant, mais agaçant quand même.

– Je m'appelle Riley, au fait. Je te le dis parce que je suis sûre que ton petit ami est trop malpoli pour nous présenter.

Elle s'assied au bout du bar. Je tourne la tête vers Hardin, pensant qu'il va l'engueuler, mais il se contente de rouler des yeux, faisant preuve de beaucoup de retenue. Il essaie de s'asseoir sur le tabouret entre nous, mais je saisis le dossier et je pose la main sur son bras pour m'aider à m'asseoir dessus. Je sais que je ne devrais pas le toucher, mais j'ai envie de m'asseoir là et de profiter de ma dernière soirée de ces courtes vacances qui ont tourné au désastre. Hardin a fait fuir mon nouveau pote et Landon dort probablement déjà. Je n'ai pas d'autre option que rester assise toute seule dans la chambre au bungalow. Celle-ci semble préférable.

– Qu'est-ce que je vous sers ? me demande une serveuse à la chevelure cuivrée, vêtue d'un blouson en jean.

– Trois shots de Jack Daniels. Dans des verres réfrigérés.

Riley a répondu à ma place. La femme scrute mon visage pendant quelques secondes et mon cœur se met à battre plus vite.

– Ça marche !

Elle attrape trois verres à shots sous le bar et les pose devant nous. Hardin se penche pour me parler à l'oreille.

– Je n'avais pas l'intention de boire. Je n'ai pris qu'un verre avant que tu arrives.

– Tu peux boire ce que tu veux. Moi, en tout cas, c'est ce que je fais.

Je ne le regarde pas. En fait, je prie silencieusement pour qu'il ne boive pas trop. Je ne sais jamais ce qu'il va faire quand il est soûl.

– C'est ce que je vois.

Il pense pouvoir se permettre de me faire la morale. Je le regarde dédaigneusement. Mais je finis par fixer sa bouche. Il m'arrive parfois de rester là, assise, à contempler le lent mouvement de ses lèvres quand il parle, c'est une de mes activités préférées.

Il semble remarquer que je me suis un peu radoucie.

– Tu m'en veux toujours ?

– Qu'est-ce que tu crois ?

– Alors, pourquoi tu fais comme si ce n'était pas le cas ?

Ses lèvres bougent de plus en plus lentement. Il faut absolument que je retrouve le nom de ce vin. Il était divinement bon.

– Je te l'ai déjà dit, j'ai envie de m'amuser. Et *toi*, tu m'en veux ?

– Je t'en veux tout le temps.

Je rigole.

– Ça, c'est bien vrai.

– Qu'est-ce que tu as dit ?

– Rien.

Je souris d'un air innocent et je l'observe se masser la nuque, il se pince le haut des épaules entre le pouce et l'index.

Quelques secondes plus tard, un shot d'un liquide brun est posé devant moi et Riley lève son verre en direction d'Hardin et moi.

– À la santé des relations psychotiques et dysfonctionnelles.

Elle sourit et penche la tête en arrière pour boire cul sec. Hardin fait comme elle. Je prends une profonde inspiration avant d'accueillir avec plaisir la sensation à la fois fraîche et brûlante qui se répand dans ma gorge.

– Un autre !

Riley applaudit en faisant glisser un autre shot devant moi.

– J'suis pas sûre de pouvoir. J'n'ai jamais été p-pétée c-comme ça, jamais de chez jamais.

J'ai la voix pâteuse. Je décrète que le whisky a officiellement pris possession de mon cerveau et ne semble pas prêt à lever le camp de sitôt. Hardin en est à cinq shots, j'ai arrêté de compter les miens au bout de trois et je ne serais pas étonnée que Riley tombe dans un coma éthylique dans pas longtemps.

– J'ai comme l'impression que ce whisky est bon.

Je plonge la langue dans le verre réfrigéré. Hardin, à côté de moi, se met à rire et je pose ma main sur sa cuisse pour m'appuyer. Je la retire précipitamment. Je ne devrais pas me conduire comme si rien ne s'était passé plus tôt. Je sais que je ne devrais pas, mais c'est plus facile à dire qu'à faire. Surtout que je n'ai pas les idées très claires et qu'Hardin est si attirant avec sa chemise blanche. Je m'occuperai de nos problèmes demain.

– Tu vois, tout ce dont tu avais besoin pour te détendre, c'était d'un peu de whisky.

Riley frappe son verre à shot vide sur le comptoir, et je me mets à glousser.

– Quoi ?

– Hardin et toi, vous êtes pareils.

Je me mets la main sur la bouche pour dissimuler mes gloussements désobligeants.

– Non, c'est pas vrai.

Hardin parle plus lentement, comme chaque fois qu'il est ivre. Riley fait ça aussi.

– Si, c'est vrai ! Exactement pareils. Lillian sait que tu es là ?

En riant, je balance la tête.

– Nan ! Elle dort pour l'instant. Mais j'ai bien l'intention de la réveiller en rentrant.

Elle se lèche les lèvres.

Le volume de la musique monte de nouveau et je regarde la femme aux cheveux cuivrés grimper sur le bar pour au moins la quatrième fois de la soirée.

– Encore ?

Hardin se gratte le nez et je ris.

– Je trouve ça marrant.

Ce soir, je trouve tout marrant.

– Moi, je trouve ça nul et lourd.

Quel râleur ! Riley me donne un coup de coude.

– Tu devrais monter là-haut.

– Où, là-haut ?

– Sur le bar, tu devrais danser sur le bar.

Je secoue la tête en riant. Et je rougis.

– Ça va pas, non ?

– Allez ! Tu n'arrêtes pas de pleurnicher, comme quoi tu es jeune et que tu veux t'amuser ou je ne sais quel baratin. Voilà ta chance. Danse sur le bar.

– Je ne sais pas danser.

C'est vrai. Je n'ai dansé qu'une fois, et c'était dans ce night-club à Seattle.

– Personne ne le verra, ils sont tous encore plus pétés que toi.

Elle hausse un sourcil, me défiant.

– Il n'en est pas question, putain ! grogne Hardin.

Au milieu de mon brouillard alcoolique, je me rappelle une chose : c'est terminé, je ne le laisserai jamais plus me dire ce que je peux ou ne peux pas faire.

Sans un mot, je tends la main, je détache les lanières horriblement inconfortables qui entourent mes chevilles et je laisse mes hauts talons tomber sur le sol.

Hardin écarquille les yeux tandis que j'escalade mon tabouret pour grimper sur le comptoir.

– Qu'est-ce que tu fous ?

– Tu le vois bien !

Il se lève et regarde derrière nous, quand les quelques clients qui sont encore dans le bar se mettent à pousser des cris d'encouragement.

– Tess...

Le volume de la chanson monte encore, et la femme qui nous a servis me sourit d'un air coquin en me prenant la main.

– Tu connais des danses en ligne, chérie ?

Je secoue la tête, moins sûre de moi tout à coup.

– Je vais te montrer.

Qu'est-ce qui m'est passé par la tête, putain ? Je voulais simplement prouver quelque chose à Hardin, et voilà où ça m'a menée. Debout sur un comptoir, prête à essayer une danse... inconnue ! Je ne sais même pas exactement ce que c'est qu'une danse en ligne. Si j'avais prévu que j'allais me retrouver là-dessus, je me serais mieux préparée et j'aurais fait plus attention aux femmes qui dansaient tout à l'heure.

∞

# 48
## *Hardin*

Riley regarde Tessa debout devant elle, sur le bar.

– Putain ! Je ne pensais pas qu'elle le ferait vraiment.

– Moi non plus, mais je dois dire qu'elle a l'air décidée à me pousser à bout ce soir.

Riley me regarde, rayonnante.

– C'est une sacrée délurée, cette petite.

– Non... justement.

Tessa a l'air mortifiée, il est évident qu'elle se pose des questions sur son geste irréfléchi.

– Je vais l'aider à descendre.

Je lève la main, mais Riley la fait retomber d'une claque.

– Laisse-la faire, mec.

Je regarde Tessa de nouveau. La femme qui nous a servis est en train de lui parler, mais je n'entends pas ce qu'elle lui dit. C'est vraiment n'importe quoi, Tessa dansant sur un bar avec une robe ras-les-fesses.

Si je m'appuyais contre le bar, je pourrais voir sous sa robe, comme n'importe qui. Il me vient à l'esprit que Riley est probablement en train de le faire. Je regarde des deux côtés du bar et je constate qu'aucun des mecs de l'autre côté ne la mate. Pour l'instant.

Tessa observe la femme à côté d'elle, le front plissé par la concentration – totalement aux antipodes de son brusque besoin de se « délurer ». Elle suit les mouvements de la nana et lance une jambe, puis l'autre, pour finir par un mouvement rapide des hanches.

– Assieds-toi et profite du spectacle.

Riley fait glisser vers moi un des ses verres de secours.

Je suis pété – trop pété –, mais j'ai encore les idées claires quand je vois Tessa qui commence à bouger, pour de vrai, putain !

Les mains sur les hanches, elle finit par sourire, se fichant maintenant complètement du fait que pratiquement tout le monde dans le bar a les yeux posés sur elle. Quand son regard croise le mien, elle s'emmêle un peu les pinceaux avant de se reprendre et de regarder vers le fond de la pièce.

– Sexy, non ?

Riley sourit à côté de moi en portant son verre à ses lèvres.

Oui, il ne fait pas de doute que voir Tessa sur le bar, c'est incroyablement sexy, mais c'est aussi exaspérant et inattendu. La première idée qui vient à l'esprit c'est : *Putain, c'est vachement sexy.* Mais, dans un deuxième temps, je me dis que je ne devrais pas être si fasciné. Que je devrais être irrité par son besoin constant de me défier. Pourtant, la première idée pollue la seconde, et de toute façon je perds ma capacité de penser quand elle danse juste devant moi.

La façon dont sa robe remonte sur ses cuisses, celle dont elle tient d'une main ses cheveux en arrière et qu'elle rit en essayant de suivre la femme à côté d'elle... J'adore la voir si insouciante. Ce n'est pas souvent qu'elle rit comme ça. Une fine couche de sueur recouvre son corps, ce qui la fait scintiller sous les spots. Mal à l'aise, je change de position et j'entrouvre le col de cette chemise ridicule que je porte.

– Hé ! Oh !

– Quoi ?

Je sors brusquement de ma transe et je suis les yeux de Riley vers le bout du bar. Deux hommes regardent Tessa avec des yeux de merlans frits.

Je regarde Tessa. Sa robe remonte dangereusement sur ses cuisses. Chaque fois qu'elle lance la jambe devant elle, elle remonte un peu plus.

Ça suffit, ces conneries.

– Du calme. La chanson est presque finie...

Riley lève la main et l'agite devant moi tandis que la musique baisse progressivement.

∞

# 49
## *Tessa*

À ma grande surprise, Hardin me tend la main pour m'aider. À voir sa tête pendant que je dansais, je m'attendais plutôt à ce qu'il me hurle dessus. J'ai même eu peur qu'il monte sur le bar pour m'obliger à descendre et qu'il provoque ainsi une bagarre avec les clients.

– Tu vois, personne n'a remarqué que tu danses comme un pied !

Riley se marre et je m'assieds sur le comptoir.

– En fait, c'était super fun.

Cette fois encore, la musique s'arrête juste au moment où je hurle. Je rigole et je saute du bar, Hardin m'entoure d'un bras protecteur jusqu'à ce que je sois stabilisée.

– La prochaine fois, tu devrais essayer.

Hardin secoue la tête.

– Certainement pas !

– Ne fais pas cette tête, ça ne te va pas.

Je tends la main pour toucher sa bouche. La façon dont il avance sa lèvre inférieure est vraiment trop sexy. Ses yeux se mettent à briller sous ma caresse et mon pouls s'accélère. Déjà que je plane après la poussée d'adrénaline qu'a provoquée la danse sur le comptoir ! Je n'aurais jamais, jamais imaginé faire ça un jour. Et même si ça a été très amusant, je sais que je ne le referai jamais. Hardin s'assied et je reste debout entre lui et Riley, à côté de mon tabouret vide.

– Tu adores ça.

Il sourit, mes doigts sont toujours sur ses lèvres.

– Toucher tes lèvres ?

Je souris. Il secoue la tête. Il est joyeux mais grave à la fois, et c'est enivrant. Et je suis déjà terriblement ivre ! Ça devrait être intéressant.

– Non, me foutre en rogne. Tu adores me foutre en rogne.

– Non, c'est toi qui te fous en rogne trop facilement.

– Tu dansais sur le bar devant tous ces gens. Tu savais très bien que ça allait me foutre les boules, Tessa. Tu as de la chance que je ne sois pas venu te chercher pour te jeter sur mon épaule et t'emporter dehors de force.

Son visage n'est qu'à quelques centimètres du mien et je sens dans son souffle un mélange entêtant de menthe et de whisky.

– Sur ton épaule, pas sur ton genou ?

Je le regarde droit dans les yeux d'un air moqueur, ce qui le désarme complètement.

– Quoi ?

Il bredouille et ça me fait rire. Je me tourne vers Riley.

– Ne le laisse pas t'embrouiller, en fait il a kiffé.

Je hoche la tête. J'ai des papillons dans le ventre quand j'imagine Hardin en train de me regarder, mais je m'efforce de repousser toute pensée cochonne. Je devrais le prendre de haut ou l'engueuler pour avoir saboté mes projets pour Seattle, encore une fois, ainsi que pour tous les mots blessants qu'il m'a balancés à la figure, mais il m'est pratiquement impossible de me mettre en colère quand je suis aussi soûle.

Je m'autorise à faire comme s'il ne s'était rien passé, du moins pour le moment, je m'imagine qu'Hardin et moi formons un couple normal, sorti boire un verre avec une amie. Pas de mensonges, pas de bagarres homériques... On est là juste pour s'amuser et danser sur les tables.

– Je n'en reviens pas d'avoir fait ça !

– Moi non plus, grommelle Hardin.

– Je ne suis pas près de le refaire, ça c'est sûr.

Je me passe la main sur le front. Je suis en sueur, il fait très chaud dans ce petit bar. On manque d'air et j'ai du mal à respirer.

– Qu'est-ce qui ne va pas ?

– Rien. J'ai chaud.

Je m'évente de la main et il fait un signe de tête.

– Allons-y avant que tu tombes dans les pommes.

– Non, j'ai envie de rester encore un peu. Je m'écarte... je veux dire, je *m'éclate*.

– Tu n'es même plus capable de parler de façon cohérente.

– Et alors. Si je n'en ai pas envie ? Écoute, si tu ne veux pas te détendre, tu peux t'en aller.

– Tu...

Mais je pose ma main sur sa bouche pour le faire taire.

– Chut... pour une fois, chut. Amusons-nous.

Je pose une main ferme sur sa cuisse.

– D'accord.

J'écarte ma main de sa bouche de seulement quelques centimètres, pour pouvoir la remettre s'il le faut.

– Alors, plus de danse sur le bar.

– D'accord. Et plus de boudin ou de froncement de sourcils.

Il sourit.

– D'accord.

– Arrête de dire d'accord.

Je réprime un sourire. Il hoche la tête.

– D'accord.

– Tu es agaçantesque.

– Agaçantesque ? Que dirait ton professeur de littérature de ce néologisme ?

Les yeux d'Hardin ont pris une nuance d'un vert de jade profond. Ils pétillent et sont injectés de sang à cause de la boisson.

– Tu es marrant parfois.

Je me penche vers lui. Il me prend par la taille et m'attire entre ses jambes.

– Parfois ?

Il m'embrasse les cheveux et je me détends dans son étreinte.

– Ouais, parfois seulement.

Il ricane mais ne me lâche pas. Il est ivre et malicieux, et l'alcool que j'ai ingurgité me fait perdre tout sens commun... comme toujours.

– Regardez-moi ça, comme ils sont mignons ces deux-là !

Riley lève les mains vers nous comme si on était dans une vitrine. Hardin rage.

– Elle est trop agaçante, celle-là.

– Ta sœur jumelle, je te dis.

***

– Dernières commandes !

C'est ma nouvelle copine qui appelle de derrière le bar. En une heure, j'ai appris qu'elle s'appelle Cami, qu'elle a presque cinquante ans et que son premier petit-fils est né en décembre dernier. Elle m'a même fourré des photos sous le nez, et je l'ai félicitée en lui disant que l'enfant était magnifique. Hardin a à peine jeté un coup d'œil et s'est mis à marmonner quelque chose à propos de trolls, donc je lui ai vite repris les photos avant que Cami l'entende.

Je tangue sur mes jambes.

– Encore un et je m'écroule.

– Je me demande comment ça se fait que tu n'es pas déjà dans les vapes.

Riley semble vraiment admirative.

Moi, je sais. Hardin m'enlève mes verres quand j'en ai bu la moitié pour les terminer lui-même.

– *Toi,* tu as bu plus que tout le monde, *probaaaablement* encore plus que *luuuiii.*

En traînant sur les mots, je montre du doigt l'homme qui, au bout du bar, est littéralement dans les choux, la tête posée sur le comptoir.

– Dommage que Lillian n'ai pas pu venir avec nous.

Hardin fronce le nez.

– Je croyais que tu la détestais.

Riley tourne brusquement la tête vers moi.

– Je ne la déteste pas. Je ne l'aimais pas quand tu essayais de me rendre jalouse en t'affichant avec elle, c'est différent.

Riley se tend et regarde Hardin à côté de moi.

– Quoi ?

*Merde.*

– Tu ne peux pas faire marche arrière, chérie.

Je suis piégée et soûle et je n'ai pas la moindre idée de ce que je dois dire. Je n'ai pas envie de l'énerver, ça c'est sûr.

Hardin lève la main.

– Rien. Je me suis conduit comme un con en cachant à Tessa qu'elle était gay. Tu sais déjà tout ça.

Ses épaules se détendent.

– Ah ! D'accord.

*Bon sang, elle est exactement comme lui.*

– Tu vois, il ne s'est rien passé, détends-toi.

– Fais-moi confiance, je suis détendue. Tu n'as rien contre un peu de jalousie, alors ?

En roucoulant, elle approche légèrement son tabouret du mien et pose sur moi un regard alcoolisé dans lequel brille une étincelle lubrique.

– Tu as déjà embrassé une meuf, Tessa ?

Grand Dieu ! Mes cheveux se dressent sur ma tête et je la regarde, bouche bée.

– Quoi ?

– Riley, qu'est-ce que...

Elle ne le laisse pas finir.

– C'est une simple question. As-tu déjà embrassé une meuf ?

– Non.

– Tu y as déjà pensé ?

Soûle ou pas, je sens le rouge de la gêne me monter aux joues.

– Euh...

– Sortir avec une meuf, c'est beaucoup mieux, je te jure. Elles sont plus douces... (Elle pose la main sur mon bras.) Elles savent exactement ce que tu veux, et où tu veux.

Hardin repousse brusquement la main de Riley.

– C'est bon, maintenant !

Je retire mon bras. Riley part d'un rire incontrôlable.

– Pardon, pardon ! Je n'ai pas pu résister ! C'est de sa faute, aussi, c'est *lui* qui a commencé.

Elle fait un signe de tête en direction d'Hardin en s'esclaffant de plus belle.

– Je t'avais prévenu, t'as pas intérêt à me chier dans les bottes.

Je pousse un soupir de soulagement et me mets à glousser. Hardin a l'air mortifié, furax et... un peu excité, peut-être ?

– Puisque tu veux jouer à la connasse, c'est toi qui paies les consos.

Il fait glisser l'interminable ticket de caisse devant elle. Riley lève les yeux au ciel et sort sa carte bleue de sa poche arrière pour la poser sur le reçu. Cami passe rapidement la carte puis va s'occuper du mec dans les vapes au bout du bar.

En arrivant à la porte, Riley annonce :

– Eh bien, nous avons fait la fermeture. Lill va être grave furax.

Hardin me tient la porte pour me laisser passer. Il la lui referme presque dans la figure, mais j'ai le temps de tendre le bras et je le fusille du regard. Il explose de rire et hausse les épaules pour dire qu'il n'a rien fait de mal, et je souris malgré moi. C'est un sale con, mais c'est *mon* sale con.

*C'est vrai, non ?*

– Elle ne sera pas réveillée ?

– Bien sûr que non.

J'espère que chez nous, tout le monde sera en train de dormir. La dernière chose dont j'aie envie, c'est de tomber sur Ken ou Karen au moment de passer la porte en titubant.

– Quoi ? Tu as peur de te faire gronder ?

Hardin la fait marcher.

– Non... Enfin si. Je n'ai pas envie de la contrarier. Je marche sur des œufs en ce moment.

– Pourquoi ?

J'aimerais bien savoir.

– Peu importe.

Hardin coupe là la discussion et abandonne Riley à ses pensées. Le reste du trajet se fait dans un quasi-silence. Je compte mes pas et glousse de temps en temps quand je me revois en train de danser sur le bar.

Quand nous arrivons au bungalow de Max, Riley hésite avant de nous quitter.

– C'était sympa de faire ta connaissance.

Je ne peux m'empêcher de rire à la façon dont elle tord son visage, comme si les mots lui arrachaient la bouche. Je souris.

– Pareil pour moi. On s'est bien marrés.

J'hésite à la serrer dans mes bras, mais ce serait plutôt gênant, et j'ai l'impression qu'Hardin n'apprécierait pas du tout.

– Salut.

Il ne s'arrête même pas.

Quand nous sommes presque arrivés, je réalise tout à coup à quel point je suis fatiguée et trop contente de me coucher. J'ai mal aux pieds, et le tissu de cette robe inconfortable qui me gratte m'a sûrement laissé des marques sur la peau.

– J'ai mal aux pieds.

– Viens là, je vais te porter.

*Quoi* ? Je rigole bêtement et il affiche un sourire hésitant.

– Pourquoi tu me regardes comme ça ?

– Tu viens de me proposer de me porter.

– Et...

– Ça ne te ressemble pas, c'est tout.

Je hausse les épaules et il s'approche de moi, passe un bras sous mes genoux et me soulève dans ses bras.

– Je ferais n'importe quoi pour toi, Tessa. Ça ne devrait pas t'étonner que je puisse te porter dans une fichue allée.

Je ne réponds pas. Mais je ris. Fort, d'un rire irrépressible qui secoue tout mon corps. Je me mets la main sur la bouche pour l'arrêter, mais ça ne marche pas du tout.

– Pourquoi tu ris ?

Son visage est impassible, grave et intimidant.

– Je ne sais pas, je trouvais ça drôle.

Nous atteignons le porche, il me pousse un peu pour ouvrir la porte.

– Que je te dise que je ferais n'importe quoi pour toi, tu trouves ça drôle ?

– Tu ferais n'importe quoi pour moi, sauf venir à Seattle, m'épouser ou avoir des enfants avec moi ?

Même dans mon état d'ébriété avancée, l'ironie de ce que je viens de dire ne m'échappe pas.

– Ne commence pas avec ça. Nous sommes trop pétés pour avoir cette conversation.

– Aaaaah !

Malgré tout, je dois reconnaître qu'il a raison.

Nous montons les escaliers et je m'accroche à son cou.

– Ne me lâche pas.

Il me lâche juste assez pour me faire glisser contre son torse. Je me retourne et croise les jambes autour de sa taille, je pousse un petit cri tout en m'accrochant à lui.

– Chut, si je te lâchais, ce serait du haut de l'escalier.

Je fais mon possible pour avoir l'air terrifiée. Un sourire pervers s'affiche sur son visage. Je me penche et je lui tire la langue en touchant le bout de son nez.

C'est de la faute du whisky.

Au bout du couloir, on entend une lampe s'allumer, Hardin se précipite dans la chambre.

– Tu les as réveillés.

Il me dépose sur le lit. Je me penche pour retirer mes chaussures et masser mes chevilles douloureuses, tout en jetant ces instruments de torture sur le sol.

– C'est de ta faute.

Je passe devant lui pour ouvrir le tiroir de la commode et y prendre une tenue plus confortable pour la nuit.

– Cette robe me tue.

En grognant, je passe la main dans mon dos pour descendre la fermeture. C'était plus facile de la zipper quand j'étais sobre.

– Attends.

Hardin vient derrière moi et écarte ma main.

– Qu'est-ce que c'est que ça ?

– Quoi ?

Il me passe la main dans le dos, ce qui me donne la chair de poule.

– Tu es toute rouge, comme si la robe t'avait fait une allergie.

Il touche un point sous mon omoplate et fait glisser le tissu dans mon dos jusqu'à ce que la robe touche le sol.

– Elle est vraiment inconfortable.

– C'est ce que je vois.

Il revient devant moi, les yeux brillants de désir.

– Rien n'est censé te marquer, à part moi.

Je déglutis. Il est soûl, amusant, et ses yeux sombres font passer un message sans ambiguïté.

– Viens ici.

Il avance vers moi. Il est tout habillé et moi, je n'ai que mon soutien-gorge et ma culotte. Je secoue la tête.

– Non...

Je sais que je voulais lui dire quelque chose, mais je ne me rappelle plus quoi. Je me souviens à peine de mon nom quand il me regarde comme ça.

– Si.

Je recule.

– Je ne coucherai pas avec toi.

Il m'attrape par le bras et plonge son autre main dans mes cheveux, en tirant doucement pour m'obliger à le regarder. Son souffle me passe sur la figure, ses lèvres sont à quelques centimètres des miennes.

– Et pourquoi ça ?

– Parce que...

Je fais un effort pour rassembler mes idées, mais mon subconscient le supplie de m'arracher le reste de mes vêtements.

– Parce que je suis en colère contre toi.

– Et alors ? Moi aussi, je suis en colère contre toi.

Ses lèvres frôlent ma peau et descendent le long de mon cou. Mes genoux faiblissent et mon esprit est lourd et embrumé. Je plisse le front.

– Et pourquoi ? Je ne t'ai rien fait.

Mon ventre se contracte quand ses mains descendent sur mes fesses, les serrent et les caressent lentement.

– Ton petit show sur le bar était suffisant pour m'envoyer tout droit à l'asile, sans oublier que tu t'es affichée dans toute la ville avec ce putain de serveur. Tu m'as manqué de respect devant tout le monde en restant avec lui.

Son ton est menaçant, mais ses lèvres sont douces dans mon cou.

– J'ai trop envie de toi. J'avais envie de toi dans ce bar de merde. Après t'avoir vue danser comme ça, j'avais envie de t'emmener dans les toilettes pour te baiser contre le mur.

Il se presse contre moi et je sens à quel point il est excité.

Mais j'ai beau avoir follement envie de lui, il n'est pas question de me laisser me mettre tout sur le dos.

– Tu...

Je ferme les yeux, enivrée par le contact de ses mains et de ses lèvres sur moi.

– C'est toi qui...

Je n'arrive pas à penser de façon sensée, et encore moins à faire une phrase complète.

– Arrête.

J'immobilise ses mains pour l'empêcher de continuer à me peloter.

Un éclair passe dans ses yeux et il laisse retomber ses bras le long de son corps.

– Tu n'as pas envie de moi ?

– Si bien sûr, j'ai toujours envie de toi. C'est juste que j'ai toutes les raisons d'être furieuse.

– Tu auras tout le temps d'être furieuse demain.

Et il me décoche ce sourire diabolique dont il a le secret.

– C'est toujours la même chose. Il faut que je...

– Chut...

Il pose ses lèvres sur les miennes et m'embrasse. J'ouvre les lèvres et il en profite sans retenue, plongeant sa langue dans ma bouche et se collant le plus possible contre moi.

– ... caresse-moi.

Son ton est suppliant. Il s'empare de mes mains. Je ne me le fais pas dire deux fois. J'ai envie de le caresser et j'ai besoin d'être rassurée. C'est comme ça que nous fonctionnons, aussi malsain que ça puisse paraître.

Je m'affaire maladroitement sur les boutons de sa chemise alors, en grognant avec impatience, il tire dessus des deux mains et l'ouvre en faisant sauter les boutons.

– J'aimais bien cette chemise.

Il sourit, ses lèvres sur les miennes.

– Moi, je la détestais.

Je fais glisser le tissu sur ses épaules et la laisse tomber sur le sol. Sa langue tourne lentement dans ma bouche. Je me liquéfie sous son baiser violent et incroyablement doux à la fois. Je perçois la colère et la frustration sous ses lèvres, bien qu'il fasse de son mieux pour les dissimuler.

– Je sais que tu vas me quitter bientôt.

Ses lèvres reviennent à mon cou.

– Quoi ?

Je recule un peu, perplexe et surprise par ses paroles. Mon cœur souffre pour lui, et l'alcool me rend encore plus sensible à sa tristesse. Je l'aime. Je l'aime tant. Mais avec lui je me sens si faible, si vulnérable. Au moment où je me laisse aller à penser qu'il est inquiet, triste ou contrarié d'une façon ou d'une autre, toutes mes émotions se concentrent sur lui et non sur ce que je ressens, moi.

– Je t'aime tant.

Lentement, il passe son pouce sur mes lèvres. La blancheur de son torse nu tranche divinement sur son jean noir, et je sais que je suis totalement à sa merci.

– Hardin, que...

– On en parlera plus tard. J'ai envie de sentir ta peau.

Il me guide vers le lit et je refuse de tenir compte des signaux d'alerte qui me hurlent de l'arrêter, de ne pas lui céder. J'en suis incapable, je ne suis pas assez forte pour m'arrêter moi-même quand ses mains montent le long de mes cuisses en les écartant légèrement, quand il m'excite de son index qui court sur ma culotte.

– Capote.

Je halète, et ses yeux injectés de sang croisent les miens.

– Et si je n'en mettais pas ? Si je jouissais à l'intérieur de toi, tu ne serais pas...

Mais il s'interrompt et je préfère ça. Je ne suis pas prête pour ce qu'il allait dire. Il se relève et sautille vers la valise posée sur le sol. Je me rallonge et contemple le plafond en essayant de faire le tri dans mes pensées alcoolisées. *Ai-je vraiment besoin d'aller à Seattle ? Est-ce si important pour moi ? Est-ce que ça vaut la peine de sacrifier Hardin ?*

La douleur qui me transperce à cette simple idée est insupportable.

– Non, mais tu te fous vraiment de ma gueule !

Je me redresse brusquement, il est à l'autre bout de la pièce, les yeux rivés sur un petit bout de papier qu'il tient à la main.

– C'est quoi, ce bordel ?

Nos regards se croisent.

– Quoi ?

Je regarde la pile de mes vêtements et de mes chaussures sur le parquet. Au début je ne comprends pas, puis je vois mon soutien-gorge par terre. *Merde.* Je me lève d'un bond et tente de lui arracher le papier des mains.

– Arrête de faire l'innocente ! Tu as pris son *numéro,* putain ?

Il reste bouche bée, tenant le papier au-dessus de sa tête pour que je ne puisse pas l'attraper.

– Ce n'est pas ça, j'étais furax et il a...

– C'est des conneries !

*Et c'est reparti !* Je connais ce regard. Je me souviens encore de la première fois où j'ai vu cet air sur son visage. Il était en train de renverser la vitrine chez son père.

– Hardin !

– Vas-y, appelle-le. Demande-lui de venir te baiser, parce que moi, autant te dire que je n'en ai plus envie !

– Arrête de dramatiser.

Je suis trop pétée pour jouer à hurler plus fort que lui.

– *Je dramatise ?* Je viens juste de trouver le numéro d'un autre mec dans le décolleté de ta robe.

Il siffle entre ses dents, les mâchoires serrées par l'exaspération.

– Tu peux parler ! Tu n'es pas tout blanc non plus. Si tu t'apprêtes à me hurler dessus, épargne-toi cette peine. Je refuse de continuer à me battre avec toi tous les jours.

Je pousse un soupir. Il pointe vers moi un index accusateur.

– C'est à cause de toi ! C'est toi qui me mets en rage constamment, c'est de ta faute si je suis comme ça, et tu le sais parfaitement.

– Non, non et non ! (Je m'efforce de ne pas hausser le ton.) Tu ne peux pas tout me mettre sur le dos. Nous faisons des erreurs tous les deux.

– Non, c'est *toi* qui fais des erreurs. Des tonnes d'erreurs, et ça me soûle. Tu crois que ça m'amuse d'être comme ça ? Putain, non. C'est toi qui me mets dans cet état.

Je ne réponds pas.

– Vas-y, pleure.

Il se moque de moi.

– Je ne vais pas pleurer.

Il écarquille les yeux.

– Non ? Ça alors, quelle surprise !

Il applaudit de la façon la plus humiliante possible. Je me mets à rire, ce qui l'arrête net.

– Pourquoi tu ris ?

Il m'observe un instant.

– Réponds-moi.

Je secoue la tête.

– Tu es ravagé. Je veux dire, ravagé de chez ravagé.

– Et toi, tu n'es qu'une salope égoïste. Tu parles d'un scoop !

Mon rire s'interrompt instantanément. Je me lève du lit sans un mot, sans une larme, j'attrape un t-shirt et un short dans le tiroir. Je les enfile à toute vitesse tandis qu'il m'observe.

– Et tu comptes aller où comme ça ?

– Fous-moi la paix !

– Allez, viens là.

Il tend le bras et je meurs d'envie de le gifler, mais je sais qu'il m'en empêchera.

– Non, lâche-moi !

Je dégage mon bras d'un geste brusque.

– Ça suffit comme ça. Je ne supporte plus ces va-et-vient. Je suis fatiguée, épuisée. En ce qui me concerne, c'est terminé. Tu ne m'aimes pas. Tu veux juste me posséder, et je ne te laisserai pas faire.

Je plonge tout droit dans ses yeux, d'un vert si brillant. J'ai l'impression de voir à travers.

– Tu es fracassé, Hardin, et je ne peux rien y faire.

Son visage s'allonge quand il se rend compte de ce qu'il m'a fait. De ce qu'il s'est fait à lui-même. Il se dresse devant moi, toutes émotions dehors. Ses épaules tombent, ses yeux ont perdu leur éclat quand il plonge dans les miens et qu'il y voit le vide qui s'y reflète. Je n'ai plus rien à dire, il n'a plus rien à briser en moi, ni en lui, et à la façon dont le sang s'est retiré de son visage, je vois qu'il a fini par le comprendre.

∞

## 50
### *Tessa*

Landon, à moitié nu, ouvre la porte en se frottant les yeux. Il n'est vêtu que d'un pantalon écossais, sans chemise ni chaussettes.

– Est-ce que je peux venir dormir avec toi ?

Tout endormi, il hoche la tête sans poser de questions.

– Excuse-moi de t'avoir réveillé.

– C'est pas grave.

Il retourne se coucher en titubant.

– Tiens, prends celui-ci, l'autre est raplapla.

Il pousse un oreiller blanc, épais et moelleux, contre ma poitrine. Je souris et serre l'oreiller dans mes bras, en m'asseyant au bord du lit.

– C'est pour ça que je t'aime. Enfin, ce n'est pas la seule raison, mais c'en est une.

– Parce que je t'ai donné le meilleur oreiller ?

Son sourire est encore plus adorable quand il est à moitié endormi.

– Non, parce que tu es toujours là pour moi... *et accessoirement* parce que tu as des oreillers moelleux.

Je parle lentement quand j'ai bu... c'est étrange.

Landon se recouche en me laissant une place conséquente dans le lit.

– Est-ce qu'il va venir te chercher ici ?

– Je ne crois pas.

À la légèreté de l'épisode Landon-et-ses-oreillers-moelleux, succède la douleur qui accompagne Hardin et les paroles que nous avons échangées un peu plus tôt. Je me couche sur le côté et jette un coup d'œil à Landon, allongé à côté de moi.

– Tu te rappelles ce que tu m'as dit, que ce n'est pas une cause perdue ?

– Ouais.

– Tu le penses vraiment ?

– Ouais, vraiment… à moins qu'il n'ait fait autre chose…

– Non, enfin rien de plus que d'habitude, en fait. C'est juste que je ne sais pas si je vais pouvoir supporter ça plus longtemps. On en revient toujours au point de départ alors qu'il n'y a aucune raison. Chaque fois que je pense que nous progressons, il redevient le Hardin qu'il était il y a six mois. Il me traite de salope égoïste, ou me fait comprendre qu'il ne m'aime pas. Et même si je sais qu'il ne le pense pas, chaque mot me bousille un peu plus que le précédent. Je crois que je commence à comprendre qu'il ne changera pas. Ce n'est pas de sa faute, mais il ne peut rien y faire.

Landon me regarde d'un air pensif avant de faire une grimace réprobatrice.

– Il t'a traitée de salope ? Ce soir ?

Je hoche la tête et il pousse un soupir accablé en se passant la main sur le visage.

– Je lui ai dit des choses blessantes, moi aussi.

Je hoquette. Le mélange explosif vin-whisky va se rappeler à mon bon souvenir demain, ça c'est sûr.

– Ce n'est pas une raison pour t'insulter. Tu es une femme, Tessa. Un homme n'a pas le droit, c'est inadmissible. Je t'en prie, ne lui cherche pas d'excuses.

– Je ne… c'est juste que…

Mais c'est exactement ce que je fais. Je soupire.

– Je pense que tout est parti de Seattle. Il se fait tatouer en mon honneur, il me dit qu'il ne peut pas vivre sans moi, et après il me balance qu'il est avec moi juste pour baiser. Oh, mon Dieu ! Pardonne-moi, Landon !

Je couvre mon visage de mes mains. Je n'arrive pas à croire que j'ai dit ça devant lui.

– Ça ne fait rien… tu es bien allée repêcher ta petite culotte dans le jacuzzi, je te rappelle.

Il sourit, ce qui allège l'atmosphère, et j'espère que, dans l'obscurité de la pièce, ma honte passera inaperçue.

– Ce voyage est un désastre.

Je secoue la tête, enfouie dans l'oreiller.

– Ce n'est pas sûr. Peut-être qu'il vous fallait ça, à tous les deux.

– Quoi, rompre ?

– Non… c'est ça qui s'est passé ?

Il pose un oreiller supplémentaire à côté de moi.

– Je ne sais pas.

J'enfonce ma tête plus profondément dans l'oreiller.

– C'est ce que tu veux ?

– Non, mais c'est ce que je *devrais* vouloir. On se fait du mal pour rien, encore et encore. J'ai ma part de responsabilité dans cette histoire. J'en attends trop de lui. J'ai hérité ce trait de caractère de ma mère.

Landon bouge un peu.

– Il n'y a pas de mal à avoir certaines attentes, surtout si elles sont raisonnables. Il ne se rend pas compte de ce qu'il a. Tu es ce qui pouvait lui arriver de mieux, il ne doit pas l'oublier.

– Il dit que c'est de ma faute s'il est comme ça. Tout ce que je lui demande, c'est d'être gentil avec moi au moins la moitié du temps, et que notre relation soit établie sur la confiance, c'est tout. C'est pathétique, je reconnais.

Je grogne, ma voix se brise et j'ai toujours sur la langue le goût du whisky mêlé à la menthe d'Hardin.

Je m'interroge à haute voix :

– Tu partirais à Seattle si tu étais moi ? Je ne peux pas m'empêcher de penser que je devrais annuler et rester ici, ou partir avec lui en Angleterre. Si c'est parce que je pars qu'il se conduit comme ça, peut-être que je ferais mieux de…

– Tu ne peux pas faire ça. Depuis que je te connais, je t'entends t'extasier sur Seattle. Si Hardin ne veut pas partir avec toi, c'est son problème. De plus, je ne lui donne pas huit jours après ton départ pour venir frapper à ta porte. Il faut que tu lui laisses le temps de te regretter.

Je souris en imaginant Hardin frapper à ma porte une semaine après mon départ, un bouquet de lys à la main, me suppliant désespérément de lui pardonner.

– Pour l'instant, je n'ai même pas de porte à laquelle il pourrait venir frapper.

– C'est à cause de lui, c'est ça, si cette femme ne t'a pas rappelée ?

– Ouais.

– J'en étais sûr. Les agents immobiliers ne font jamais ça. Tu dois partir. Ken t'aidera à trouver un endroit où aller en attendant que tu te trouves un appart.

– Et s'il ne vient pas me rejoindre ? Ou pire, s'il vient et qu'il est encore plus odieux parce qu'il ne se plaît pas là-bas ?

– Tessa, je vais te dire quelque chose parce que je tiens à toi, d'accord ?

Il attend ma réponse, alors je hoche la tête.

– Il faudrait que tu sois folle pour laisser tomber Seattle pour quelqu'un qui t'aime plus que tout au monde, mais qui n'accepte de te le montrer que la moitié du temps.

Je repense à Hardin qui dit que tout est de *ma* faute, et que c'est à cause de *moi* qu'il se conduit comme ça.

– Tu crois qu'il s'en sortirait mieux sans moi ?

Il se redresse un peu.

– Non, bien sûr que non ! Mais vu que je sais très bien que tu ne me dis pas la moitié des vacheries qu'il te balance, peut-être que ça ne marchera pas entre vous, en effet.

Il tend la main vers moi et me caresse le bras doucement.

Prenant pour prétexte l'alcool qui coule dans mes veines, je m'autorise à ignorer le fait que Landon, l'un des rares individus qui croyaient encore en ma relation avec Hardin, vient de jeter définitivement l'éponge.

– Je vais me sentir affreusement mal demain.

Je change de sujet avant de trahir la promesse que je me suis faite de ne pas pleurer.

– Il y a des chances ! Tu pues l'alcool à plein nez.

– J'ai fait la connaissance de la petite amie de Lillian. Elle n'a pas arrêté de remplir mon verre. Oh ! Et j'ai dansé sur le bar !

Il sursaute.

– C'est pas vrai, t'as pas fait ça ?

– Si, je te jure. C'était trop embarrassant. C'était une idée de Riley.

– Elle est marrante.

Landon sourit et semble s'apercevoir tout à coup que ses doigts se baladent toujours sur ma peau. Il les retire vivement et coince son bras derrière sa tête.

– C'est Hardin en fille.

Je rigole.

– C'est vrai ? Pas étonnant que tu la trouves si énervante, alors.

Il me fait marcher, et dans un moment de délire éthylique, je jette un coup d'œil vers la porte, m'attendant à voir surgir un Hardin vexé.

– Tu me fais toujours oublier tout.

J'ai dit ça sans réfléchir.

– Ça me fait plaisir.

Mon meilleur ami sourit et saisit la couverture au pied du lit. Il la tire pour recouvrir nos deux corps et je ferme les yeux.

Les minutes s'égrainent dans le silence et mon esprit résiste, alors que le sommeil essaie de me faire sombrer. La respiration de Landon ralentit et je dois, les yeux fermés, imaginer que c'est Hardin qui respire à côté de moi, sinon mon esprit ne va jamais rendre les armes. Les paroles blessantes d'Hardin flottent dans mon esprit embrumé quand je finis par m'endormir : *Tu n'es qu'une salope égoïste.*

*Non !*

Je suis réveillée en sursaut par le cri d'Hardin. Il me faut un moment pour me rappeler que je suis dans la chambre de Landon et qu'Hardin est au bout du couloir, tout seul. Quelques secondes plus tard, sa voix résonne encore :

– Lâchez-la !

Je suis debout devant la porte avant qu'il n'ait fini sa phrase.

*Il faut que tu lui laisses le temps de te regretter.*

Si je me précipite dans cette chambre, je vais me faire avoir. Je vais le voir vulnérable et terrorisé, et je dirai tout ce qu'il a besoin d'entendre pour le rassurer.

Je ramasse mon cœur sur le sol et je retourne me coucher. Je me mets l'oreiller sur ma tête juste quand un autre cri déchire l'obscurité du bungalow.

– Tessa...

– Non.

Ma voix tremble. Je mords mon oreiller. Trahissant la promesse que je me suis faite à moi-même, je fonds en larmes. Je ne pleure pas sur moi. Je pleure sur Hardin, sur le garçon qui ne sait pas comment se comporter avec les gens qu'il aime, le garçon qui fait des cauchemars quand je ne dors pas dans son lit, mais qui me dit qu'il ne m'aime pas. Le garçon qui a vraiment besoin qu'on lui rappelle ce que ça fait d'être seul.

∞

## 51
### *Hardin*

*Ils ne veulent pas arrêter, ils ne veulent pas arrêter de la toucher. Les mains de l'homme, sales et ridées, remontent le long de ses cuisses, et elle gémit tandis que l'autre homme l'empoigne par sa queue de cheval et lui tire la tête en arrière, brutalement.*

*« Lâchez-la ! » J'essaie de crier, mais ils ne m'entendent pas. J'essaie de bouger, mais je reste figé sur les marches de l'escalier de mon enfance. Ses yeux gris sont écarquillés, terrorisés et totalement sans vie quand elle me regarde, un hématome violet commence à apparaître sur sa joue.*

*« Tu ne m'aimes pas », murmure-t-elle. Elle plonge son regard brûlant dans le mien tandis que la main de l'homme monte furtivement et se referme sur son cou.*

Quoi ?

*« Si, si je t'aime ! Je t'aime, Tess ! »*

*Je crie, mais elle ne m'écoute pas. Elle fait non de la tête tandis qu'il resserre sa prise sur elle et que son pote avance la main entre ses jambes.*

*« Non ! »*

*Je crie une dernière fois alors qu'elle commence à disparaître sous mes yeux.*

*« Tu ne m'aimes pas... »*

*Ses yeux sont rouges, et je ne peux rien faire pour l'aider.*

*« Tess ! » Je bats l'air de mon bras au travers du lit pour aller la toucher. Au moment où je la sentirai, cette panique disparaîtra,*

*en emportant avec elle les images horribles de ces mains autour de son cou.*

*Elle n'est pas là.*

Elle n'est pas revenue. Je m'assieds dans le lit, j'allume la lampe de chevet et je parcours la chambre du regard. Mon cœur bat à se rompre dans ma poitrine et mon corps est couvert de sueur.

*Elle n'est pas là.*

On frappe un coup léger à la porte, et je retiens ma respiration tandis qu'elle s'entrouvre. Faites que ce soit...

– Hardin ?

C'est la voix douce de Karen qui emplit la pièce. *Putain.*

– Tout va bien.

Elle entrebâille un peu plus la porte.

– Si tu as besoin de quelque chose, je peux...

– J'ai dit que tout allait bien, putain !

Je fais un grand geste de la main, heurtant au passage la lampe qui va s'écraser sur le sol dans un bruit affreux.

Sans un mot, Karen sort de la chambre en refermant la porte derrière elle, et je me retrouve tout seul dans le noir.

Tessa est assise devant le plan de travail, la tête posée sur ses bras croisés. Elle est encore en pyjama et ses cheveux sont noués sur le dessus de sa tête.

– Ça ira mieux quand j'aurai pris du Tylenol et que j'aurai bu de l'eau.

Landon, assis à côté d'elle, enfourne des cuillerées de céréales.

– Je vais t'en donner. On file dès que la voiture est chargée. Ken est toujours au lit. Il a mal dormi.

Tessa lève les yeux vers Karen sans un mot. Je sais ce qu'elle pense à cet instant précis.

*Est-ce qu'ils m'ont entendu hurler comme une petite garce pathétique ?*

Karen ouvre un tiroir et en sort deux sachets en alu. Je les fixe, attendant que quelqu'un remarque ma présence. Personne.

– Je vais faire mes bagages. Merci pour le Tylenol.

Tessa parle d'une voix douce en se levant. Elle prend son médicament rapidement et, quand elle repose son verre sur le plan de travail, son regard croise le mien mais elle le détourne vivement.

Je n'ai passé qu'une nuit sans elle, mais elle me manque déjà trop. Je ne peux effacer de mon esprit les horribles images de mon cauchemar, surtout quand elle passe à côté de moi, le visage impassible. Sans le moindre geste pour me rassurer.

Le rêve était si réel, et elle se montre si froide.

Je reste immobile un moment, à me demander si je vais la suivre ou pas, mais ce sont mes pieds qui décident pour moi et montent les marches. Quand j'entre dans la chambre, elle est à genoux en train d'ouvrir la valise.

– Je vais tout emballer et nous pourrons partir.

Elle ne se retourne pas. Je hoche la tête puis je me rends compte qu'elle ne peut pas me voir.

– Ouais, d'accord.

Je ne sais pas ce qu'elle pense, ce qu'elle ressent ni ce que je devrais dire. Je suis paumé, comme d'habitude.

– Je suis désolé.

J'ai parlé beaucoup trop fort.

– Je sais.

Elle me tourne toujours le dos en commençant à replier mes vêtements qu'elle prend dans la commode ou qu'elle ramasse par terre.

– Je le suis vraiment. Je ne pensais pas ce que j'ai dit.

J'ai besoin qu'elle me regarde pour être assuré que ce n'était bien qu'un rêve.

– Je sais ça aussi. Ne t'inquiète pas.

Elle pousse un soupir et je remarque que ses épaules s'affaissent encore plus.

– Tu en es sûre... J'ai dit des trucs dégueulasses.

*Tu es fracassé, Hardin, et je ne peux rien y faire.* Elle ne pouvait rien me dire de pire. Elle a enfin compris à quel point je suis bousillé et surtout qu'il n'y a aucun traitement contre ça. Si elle ne peut rien faire pour moi, personne ne pourra.

– Moi aussi. Tout va bien. J'ai vraiment une migraine atroce, on peut parler d'autre chose ?

– Bien sûr.

Je donne un coup de pied dans un morceau de la lampe que j'ai cassé hier soir. Ça doit bien être la cinquantième, depuis le temps.

Je me sens un peu coupable d'avoir parlé aussi sèchement à Karen cette nuit, mais je ne veux pas en parler le premier et elle est probablement trop *bien élevée* et trop *compréhensive* pour aborder le sujet elle-même.

– Tu peux aller chercher tes affaires dans la salle de bains, s'il te plaît ?

Je reste prostré à contempler Tessa faire les valises et ramasser les morceaux de la lampe brisée, sans me dire un mot ni m'offrir le moindre regard.

∞

## 52
*Tessa*

– Je suis tellement contente d'avoir revu Max et Denise. Ça faisait si longtemps !

Karen est tout excitée tandis que Ken démarre le 4x4. Les bagages sont bien accrochés à l'arrière. J'ai emprunté le casque de Landon pour me distraire pendant le voyage.

– Oui, c'était sympa. Lillian a drôlement changé !

Ken sourit pour calmer les ardeurs de Karen.

– Comme tu dis ! C'est vraiment une belle fille.

Malgré moi, je lève les yeux au ciel. Lillian est peut-être sympa, c'est vrai, mais après avoir passé des heures à croire qu'elle draguait Hardin, je ne suis pas sûre que je la porterai dans mon cœur un jour. Je suis ravie que mes chances de la revoir soient quasi nulles.

– Max, lui, ne change pas.

La voix de Ken exprime de la réprobation. Ça fait plaisir de voir que je ne suis pas la seule à ne pas apprécier son arrogance et son attitude méprisante.

Landon se tourne vers moi.

– Ça va mieux ?

– Pas vraiment.

Je soupire et il hoche la tête.

– Tu devrais dormir pendant le trajet, ça ira mieux après. Tu veux une bouteille d'eau ?

– Je peux l'attraper.

Sans tenir compte de l'intervention d'Hardin, Landon prend une bouteille dans la glacière devant son siège et me la passe. Je le remercie doucement et enfonce les écouteurs dans mes oreilles. Mon Smartphone se bloque régulièrement, alors je passe mon temps à l'allumer et l'éteindre en espérant qu'il tienne tout le trajet. Sinon, ça va être l'enfer. Je me demande comment je faisais avant que Landon me montre comment télécharger de la musique au moment de ma « grande dépression ».

Je souris toute seule en pensant à ce surnom ridicule que j'ai donné à ces journées interminables sans Hardin. Je ne sais pas pourquoi je souris, vu que ces jours ont probablement été les pires de toute ma vie. Je retrouve cette même sensation aujourd'hui, et je sais que ça va recommencer.

– Qu'est-ce que tu as ?

Hardin se penche pour me parler à l'oreille et, instinctivement, je recule. Il fronce les sourcils et n'essaie pas de me toucher de nouveau.

– Rien, c'est mon téléphone... il déconne.

Je lui montre l'appareil.

– Qu'est-ce que tu essaies de faire exactement ?

– J'essaie d'écouter de la musique et peut-être de dormir, avec un peu de chance.

Il me prend l'appareil des mains et essaie de le régler.

– Si tu te rachetais un téléphone comme je n'arrête pas de te le dire, ça n'arriverait pas.

Je me mords la langue pour ne pas répondre et je regarde par la vitre pendant qu'il essaie de le faire marcher. Je n'ai pas envie d'en changer et, de toute façon, je n'ai pas les moyens pour l'instant. Il faut que je trouve un appart, que j'achète des meubles, que je paie des factures. J'ai d'autres priorités.

– Là, ça marche, je crois. Essaie. Sinon, tu n'auras qu'à prendre le mien.

*Prendre le sien ?* Hardin est prêt à me laisser utiliser son téléphone ? C'est nouveau.

– Merci.

Je fais dérouler ma playlist. Rapidement, la musique emplit mes oreilles et mes pensées, submergeant mon tumulte intérieur.

Hardin appuie la tête sur la vitre et ferme les yeux, sous lesquels des cernes profonds trahissent son manque de sommeil. Une vague de culpabilité m'envahit, mais je la repousse. Je m'endors en quelques minutes, bercée par la musique apaisante.

– Tessa ?

La voix d'Hardin me tire du sommeil.

– Tu as faim ?

– Non.

Je n'ai pas envie d'ouvrir les yeux.

– Tu as la gueule de bois, tu devrais manger quelque chose.

Soudain, je réalise qu'il faudrait que j'avale quelque chose pour absorber toute cette acidité dans mon estomac.

– Très bien.

Je n'ai pas l'énergie suffisante pour déclencher une engueulade aujourd'hui. Quelques minutes plus tard, on pose sur mes genoux un sandwich accompagné de frites et j'ouvre les yeux. Je picore, et après en avoir mangé la moitié, je repose la tête contre le dossier du siège. Mais mon téléphone est bloqué de nouveau. Quand il voit que je perds mon temps à essayer de le faire marcher, Hardin débranche mes écouteurs et les branche sur le sien.

– Tiens.

– Merci.

Il a déjà ouvert l'appli pour moi. Une longue liste apparaît sur l'écran et je la fais dérouler pour trouver un titre que je connais. Au moment de laisser tomber, je vois un dossier nommé *T*. Je jette un regard à Hardin. Mais ses yeux sont fermés, ce qui me surprend. Quand j'ouvre le dossier, les titres de tous mes morceaux préférés apparaissent, même des chansons que je ne lui ai jamais signalées. Il a dû les voir dans mon téléphone.

Ce genre de chose me pousse à m'interroger sur moi-même. Ces petites attentions qu'il a en cachette sont plus précieuses pour moi que n'importe quoi. J'aimerais tellement qu'il arrête de s'en cacher.

Cette fois c'est Karen qui me réveille en me secouant doucement.

– On est arrivées, ma chérie.

Je regarde autour de moi. Hardin dort, la main posée sur le siège qui nous sépare, ses doigts touchent pratiquement ma cuisse. Même dans son sommeil, il ne peut s'empêcher de graviter vers moi.

– Hardin, réveille-toi.

Il ouvre grand les yeux, les frotte, se gratte la tête et me regarde fixement pour essayer de déchiffrer mon expression.

– Ça va ?

Je fais oui de la tête. Je vais essayer d'éviter toute confrontation avec lui aujourd'hui, mais son calme me rend nerveuse. Chez lui, c'est généralement annonciateur d'une explosion.

Nous descendons de voiture l'un après l'autre et Hardin va récupérer nos bagages à l'arrière.

Karen me prend dans ses bras et me serre fort contre elle.

– Tessa, ma chérie, encore merci d'être venue. On a passé un super moment. On espère vous voir bientôt. Mais d'ici là, à l'assaut de Seattle !

Quand elle s'écarte, je vois qu'elle a les larmes aux yeux.

– Je viendrai vous voir bientôt, c'est promis.

À mon tour, je la serre dans mes bras. Elle a toujours été d'un grand soutien pour moi, un peu comme la mère que je n'ai jamais eue.

Ken sourit et me prend maladroitement par l'épaule.

– Bonne chance, Tessa, n'hésite pas à me contacter si tu as besoin de quelque chose, j'ai pas mal de relations à Seattle.

Landon s'approche.

– Je te reverrai avant de partir pour New York, alors c'est trop tôt pour les embrassades !

Nous rions tous les deux.

– Je t'attends dans la voiture.

Hardin s'éloigne sans même dire au revoir à sa famille. Ken le regarde partir.

– Ça lui passera, s'il comprend ce qui est bon pour lui.

– Je l'espère vraiment.

– Ce n'est pas une bonne idée qu'il retourne en Angleterre. Il y a trop de mauvais souvenirs, trop d'ennemis, il y a fait trop d'erreurs. Ce qu'il lui faut, c'est toi, et Seattle.

Je hoche la tête. Si seulement Hardin pouvait voir les choses comme ça.

– Encore merci.

Je leur fais un dernier sourire avant d'aller rejoindre Hardin dans la voiture. Il reste silencieux et se contente d'allumer la radio, mettant le volume à fond pour me faire comprendre qu'il n'a pas envie de parler. J'aimerais savoir ce qui se passe dans sa tête dans ces moments. Quand il est si impénétrable.

Je joue avec le bracelet qu'il m'a offert pour Noël en regardant par la vitre. Quand nous nous garons en bas de l'appart, la tension a atteint un niveau insupportable. Ça me rend folle, mais lui ne semble pas affecté le moins du monde. Au moment où je m'apprête à descendre, il tend le bras pour m'en empêcher. Il me soulève le menton de l'autre main pour m'obliger à le regarder.

– Je te demande pardon. Je t'en prie, ne sois pas fâchée.

Il parle à voix basse, sa bouche à quelques centimètres de la mienne.

– Ok.

– Je ne suis pas sûr que ce soit ok. Il y a quelque chose que tu ne me dis pas, et j'ai horreur de ça.

Il a raison, il sait toujours exactement ce que je pense, mais cela ne l'empêche pas de ne rien comprendre. C'est une contradiction surprenante.

– Je n'ai plus envie de me battre avec toi.

– Eh bien, arrête.

Comme si c'était si simple !

– Je fais tout ce que je peux. Mais il s'est passé tellement de choses pendant ce voyage. Je n'ai pas encore tout digéré.

Ça a commencé quand j'ai découvert qu'Hardin était intervenu pour m'empêcher d'avoir cet appart et ça s'est terminé sur lui me traitant de salope égoïste.

– Je sais que j'ai tout gâché.

– Tu n'es pas le seul. Je n'aurais jamais dû passer du temps avec...

Il lâche mon menton.

– Arrête, je ne veux pas en parler.

– D'accord.

Je détache mon regard de ses yeux intenses et pose sa main sur la mienne avec une légère pression.

– Parfois je... je deviens... *putain!*

Il soupire et recommence depuis le début.

– Parfois, quand je pense à nous deux, je deviens parano, tu vois ? Genre je ne sais pas ce que tu fais avec moi, et je me prends la tête, et mon esprit commence à me faire croire que je suis en train de te perdre. Et c'est là que je commence à dire des conneries. Si tu pouvais seulement oublier Seattle, on pourrait être heureux finalement. Plus rien pour faire diversion.

– Seattle n'est pas une diversion, Hardin.

– Mais si. Tu fais ça seulement pour prouver quelque chose.

C'est stupéfiant comme il peut passer d'un ton apaisant à glacial en quelques secondes. Je regarde par la portière.

– Est-ce qu'on pourrait arrêter de parler de Seattle, s'il te plaît ? Rien n'a changé : tu ne veux pas y aller, moi si. J'en ai marre de tourner ça dans tous les sens.

Il retire sa main et je reviens vers lui. La dureté de son regard me fait frissonner.

– Très bien, alors qu'est-ce que tu proposes ? Tu pars à Seattle sans moi ? Combien de temps tu crois que ça va durer ? Une semaine ? Un mois ?

– Ça pourrait marcher si on le voulait vraiment. Au moins le temps que j'essaie et que je voie si Seattle me convient. Si je ne m'y plais pas, nous pourrons partir en Angleterre.

Il hausse les épaules.

– Non, non et non ! Si tu vas à Seattle, nous ne serons plus ensemble du tout. Ça sera terminé.

– Quoi ? Mais pourquoi ?

Je bafouille et cherche ce que je pourrais dire.

– Parce que je ne fais pas dans la relation à distance.

– Tu ne « faisais » pas non plus dans les relations suivies, je te rappelle.

– Ça me fait enrager de voir que c'est moi qui le supplie de ne pas mettre fin à notre relation, alors qu'au contraire je devrais envisager de le quitter étant donné la façon dont il me traite !

– Tu vois bien comment ça évolue.

Quel cynisme !

– Il n'y a pas cinq minutes, tu me demandais pardon pour m'avoir dit des vacheries et, maintenant, tu menaces de mettre fin à notre relation si je pars pour Seattle sans toi ?

Je reste bouche bée quand il fait oui de la tête.

– Attends, voyons si j'ai bien compris : tu m'as proposé de m'épouser si je ne partais pas mais si je pars, tu romps, c'est bien ça ? C'est bien ce que tu penses ?

Je n'avais pas prévu de mentionner sa proposition, mais je n'ai pas pu me retenir.

– T'épouser ?

Stupéfait, il ouvre la bouche et plisse les yeux. Je savais que je n'aurais pas dû aborder ce sujet.

– Qu'est-ce que...

– Tu as dit que si je te choisissais, tu m'épouserais. Je sais que tu étais ivre, mais je croyais que peut-être...

– Tu croyais *quoi* ? *Que je t'épouserais* ?

Quand il prononce ces mots, tout l'air contenu dans la voiture s'échappe et il devient de plus en plus difficile de respirer à mesure que les secondes s'égrainent dans le silence. Je ne pleurerai pas.

– Non, je savais que tu ne le ferais pas. C'est juste que...

– Alors pourquoi mettre ça sur le tapis ? Tu sais bien que j'étais complètement pété et que je voulais désespérément que tu restes, j'étais prêt à dire n'importe quoi.

Mon cœur défaille en entendant ces mots et le mépris dans sa voix. Comme s'il me reprochait d'avoir cru aux conneries que *lui* m'a sorties. Je me doutais de sa réaction, mais quelque part, dans ce petit coin de mon cœur qui continue à croire qu'il m'aime vraiment, j'ai cru que peut-être il pensait ce qu'il disait.

J'ai l'impression de revivre la sempiternelle même scène. Je me revois assise là, dans sa voiture, alors que lui se moque de moi et qu'il rit parce que j'ai eu la naïveté de croire que nous allions entamer une relation. Ça me donne envie de hurler.

Mais je reste assise, silencieuse et gênée, comme chaque fois qu'Hardin me fait ce plan.

– Je t'aime. Je t'aime plus que tout, Tessa, et je ne veux pas te faire de mal, d'accord ?

– Eh bien, on peut dire que tu y arrives pourtant. Je rentre.

Il soupire en ouvrant sa portière, et se dirige vers le coffre. Je lui proposerais bien de l'aider à porter les bagages, mais je n'ai aucune envie d'échanger avec lui. De toute façon, il insisterait pour le faire tout seul. Parce que, plus qu'à tout autre chose, Hardin tient à être une île pour moi.

Nous traversons le complexe en silence. Quand nous arrivons chez nous, Hardin met la clé dans la serrure et me demande :

– Tu as oublié de fermer la porte à clé ?

Je ne comprends pas tout de suite ce qu'il me demande. Puis je me reprends.

– Non, c'est toi qui as fermé, je m'en souviens.

Je le revois fermer la porte quand nous sommes partis, il levait les yeux au ciel en plaisantant, disant que je mettais trop de temps à me préparer.

– C'est bizarre.

Il entre dans l'appartement et regarde tout autour de lui comme s'il cherchait quelque chose.

– Tu crois que...

– Quelqu'un est venu ici pendant notre absence.

Il passe immédiatement sur le qui-vive, les lèvres pincées. Je commence à paniquer.

– Tu es sûr. Je n'ai pourtant pas l'impression qu'il manque quoi que ce soit.

Je me dirige vers le bout du couloir, mais il me tire en arrière brusquement.

– Laisse-moi regarder avant d'entrer.

J'ai envie de lui dire de ne pas bouger, que je vais aller vérifier, mais c'est idiot car, en réalité, c'est à lui de me protéger. Je hoche la tête et un frisson me parcourt le dos. *Et s'il y avait quelqu'un à l'intérieur ? Qui viendrait chez nous en notre absence pour ne pas voler la télé géante à écran plat qui est toujours au mur du séjour ?*

Hardin disparaît dans notre chambre et je retiens ma respiration jusqu'à ce que j'entende sa voix.

– Il n'y a personne.

Il réapparaît et je pousse un profond soupir.

– Tu es sûr que quelqu'un est venu ?

– Oui, mais je ne comprends pas pourquoi ils n'ont rien pris...

– Moi non plus.

Je détaille la pièce et remarque une différence. La pile de livres sur la table de chevet, du côté d'Hardin, a été déplacée. Je me rappelle particulièrement que le livre surligné que je lui ai offert était sur le dessus parce que ça m'a fait sourire de voir qu'il le relisait.

– C'est ton putain de père !

– Quoi ?

Pour être franche, l'idée m'avait traversé l'esprit, mais je ne voulais pas être la première à l'exprimer.

– Ça ne peut être que lui ! Qui d'autre pouvait savoir que nous étions absents et en profiter pour venir chez nous sans rien voler ? À part cet imbécile de fils de pute d'alcoolo ?

– Hardin !

– Appelle-le, tout de suite.

Je tire mon téléphone de ma poche arrière puis je m'immobilise.

– Il n'a pas de téléphone.

Hardin lève les bras au ciel comme si c'était la pire chose qu'il ait jamais entendue.

– Ah ouais, j'oubliais. Il est fauché et SDF, putain !

– Arrête.

Je le fusille du regard.

– Ce n'est pas parce que tu le soupçonnes que tu as le droit de dire ce genre de choses devant moi.

– D'accord. On va le chercher, alors.

Il baisse les bras et m'escorte vers la sortie. Je me dirige vers le téléphone fixe.

– Non, il faut appeler la police, on ne va pas faire une chasse à l'homme pour retrouver mon père, quand même !

– Appeler la police pour leur dire quoi ? Que ton toxico de père est entré par effraction dans notre appart mais n'a rien volé ?

Je m'arrête net et me retourne vers lui. Je suis sûre qu'il peut voir la colère flamber dans mes yeux.

– Toxico ?

Il cligne des yeux et fait un pas vers moi.

– Je voulais dire alcoolo...

Il ne me regarde pas en face, je suis sûre qu'il ment.

– Mais tu as dit toxico. Dis-moi pourquoi.

Il secoue la tête en se passant la main dans les cheveux. Puis il regarde ses doigts, puis le sol.

– C'est juste une impression, ok ?

– Et qu'est-ce qui t'a donné cette impression ?

J'ai les yeux qui me brûlent et ma gorge se serre en y pensant. *Hardin et ses fameuses impressions.*

– Je ne sais pas, peut-être ce mec qui est venu le chercher et qui avait la dégaine typique du défoncé à la meth.

Il me regarde avec douceur.

– Tu as remarqué ses bras ?

Je me rappelle que le bonhomme se grattait les avant-bras, mais il avait des manches longues.

– Mon père n'est pas toxico...

Je ne suis pas tout à fait persuadée de ce que je dis, mais je ne sais pas non plus si je suis prête à affronter cette éventualité.

– Tu ne le connais pas. Je n'allais rien te dire, en plus.

Il vient vers moi, mais je recule. J'ai la lèvre inférieure qui tremble et je ne peux plus le regarder.

– Tu ne le connais pas non plus. Et si tu ne voulais rien dire, pourquoi tu as lâché ça ?

Il hausse les épaules.

– Je ne sais pas.

Ma migraine s'est intensifiée et je suis si épuisée que j'ai l'impression que je vais m'évanouir d'un moment à l'autre.

– À quoi ça te servait de balancer ça ?

– J'ai sorti ça comme ça. Je suis furax qu'il soit venu chez nous en notre absence.

– Tu n'en sais rien.

Il ne ferait pas ça. *À moins que ?*

– D'accord, Tessa, vas-y, fais comme si ton père – qui, je te le rappelle est alcoolo – était totalement innocent dans cette histoire.

Il ne manque pas de culot, comme toujours ! Il accuse mon père de picoler ? Hardin qui accuse quelqu'un de picoler alors qu'il lui arrive d'être tellement bourré qu'il ne se souvient plus de rien le lendemain !

– Toi aussi, t'es alcoolo.

Immédiatement, je me couvre la bouche de la main.

– Qu'est-ce que tu as dit ?

Son visage se fige. Il me regarde tel un prédateur et commence à me tourner autour.

Je me sens mal, mais je vois bien qu'il essaie de me faire peur en restant silencieux.

– Si on y pense, tu l'es. Tu ne bois que quand tu es en colère ou malheureux. Tu ne sais pas t'arrêter et tu as l'alcool mauvais. Tu casses tout et tu te bagarres...

– Je ne suis pas alcoolo, putain ! J'avais complètement arrêté de boire jusqu'à ce tu te pointes.

– Tu ne peux pas tout me mettre sur le dos, Hardin.

Je n'écoute pas la petite voix qui me dit que moi aussi, je me suis mise à boire quand je suis en colère ou malheureuse.

– Je ne te reproche pas de boire, Tessa.

Il a haussé la voix.

– Plus que deux jours et nous n'aurons plus à nous inquiéter de tout ça !

Je vais dans le séjour à grands pas, Hardin sur mes talons.

– Pourrais-tu arrêter une minute et m'écouter ? Tu sais que je ne veux pas que tu me quittes.

Son ton est explosif mais, au moins, il ne hurle pas.

– Ouais, eh bien, on peut dire que tu fais tout ce que tu peux pour me prouver le contraire.

– Ça veut dire quoi, ça ? Je passe mon temps à de te dire que je t'aime !

Je vois le doute naître sur son visage en même temps qu'il me crie ça. Il sait bien qu'il ne montre pas suffisamment son amour pour moi.

– Tu ne le crois pas toi-même. Ça se voit.

– Alors dis-moi, tu crois vraiment que quelqu'un d'autre que moi serait prêt à te supporter ? Tu es tout le temps en train de te plaindre, tu fais des histoires pour rien. Et ton besoin si agaçant de ranger tout le temps, et tes grands airs ?

Il agite la main devant lui.

Je ris. Je lui éclate de rire à la figure. Même la main devant la bouche, je ne peux pas m'arrêter.

– Mes grands airs ? *Mes* grands airs ? Tu me manques de respect constamment, tu es limite tyrannique sur le plan émotionnel, tu es obsessionnel, étouffant et grossier. Tu as surgi dans ma vie, tu l'as chamboulée et tu t'attends à ce que je m'incline devant toi parce que tu as une image de toi complètement fausse. Tu te conduis comme si tu étais un dur qui n'en a rien à foutre de personne d'autre que de lui-même, mais tu ne peux même pas dormir sans moi ! Je passe par-dessus tous tes défauts, mais je ne vais sûrement pas rester plantée là, à me faire insulter.

Je fais les cent pas sur le sol en béton, et lui observe mes moindres gestes. Je me sens un peu coupable de lui hurler dessus comme ça, mais il suffit que je me rappelle les mots qu'il vient de prononcer pour ranimer ma colère contre lui.

– Et d'ailleurs, c'est possible que je ne sois pas facile parfois, mais c'est parce que je suis trop occupée à m'inquiéter pour toi et tous les autres autour de moi, en essayant tellement de ne pas te contrarier que je m'oublie moi-même. Alors, *excuse-moi* si je t'agace ou si je fais des histoires quand toi tu es sans cesse en train de me tomber dessus *sans aucune raison*, putain !

Le visage d'Hardin est grave. Il serre les poings et ses joues sont écarlates.

– Je ne sais pas quoi faire d'autre, ok ? Tu sais que c'est une expérience que je n'ai pas connue avant toi, tu savais que ce serait un défi de nous lancer là-dedans. Tu n'as pas le droit de faire des histoires maintenant.

– Pas le droit de faire des histoires ? C'est ma vie, aussi, et je peux en faire des histoires si ça me plaît, putain !

Je n'y crois pas ! Pendant un bref instant, j'ai cru qu'il allait s'excuser pour la façon dont il me traite, mais j'aurais dû m'en douter. Le problème avec Hardin, c'est que quand tout va bien, il est si gentil et si franc que je l'aime trop. Mais quand il est mauvais, c'est la personne la plus détestable que j'aie jamais rencontrée.

Je retourne dans la chambre et ouvre une valise dans laquelle je jette mes vêtements en tas.

– Où tu vas ?

– Je n'en sais rien.

Et c'est la vérité. *Loin de toi, ça c'est sûr.*

– Tu sais quel est ton problème, Theresa ? C'est que tu as lu trop de foutus romans et que tu oublies qu'ils ne racontent que des conneries. Il n'y a pas de Darcy, il n'y a que des Wickhams et des Alec d'Ubervilles, alors réveille-toi et arrête de vouloir que je sois un de ces fichus héros, parce que ça n'arrivera jamais, putain !

Ses paroles s'insinuent en moi par tous les pores de ma peau. C'est terminé.

– C'est exactement pour ça que nous deux, ça ne marchera jamais. J'ai essayé et essayé avec toi jusqu'à n'en plus pouvoir. Je t'ai pardonné toutes les choses horribles que tu m'as faites – à moi et aux autres – et tu continues. En fait, c'est moi qui me fais du mal. Je ne suis pas une victime, je suis juste une idiote qui t'aime beaucoup trop et, après tout ça, je ne compte toujours pas pour toi. Une fois que je serai partie, lundi, ta vie retournera à la normale. Tu seras toujours le même Hardin qui n'en a rien à foutre de personne, et moi je serai celle qui souffre au point qu'elle peut à peine fonctionner. Mais je l'ai bien cherché. Je me suis laissé embobiner, en sachant que ça finirait comme ça. Quand nous nous sommes séparés une première fois, je pensais que tu aurais vu que tu allais mieux quand tu étais avec moi que tout seul. Mais en fait, tu ne t'en sors pas mieux avec moi. Tu t'en sors mieux tout seul. Tu seras toujours seul. Même si tu trouves une autre fille naïve, qui accepte de faire une croix sur tout pour toi, y compris sur elle-même, elle finira aussi par se lasser et elle te quittera, exactement comme je...

Hardin me regarde, sidéré. Ses yeux sont injectés de sang, ses mains tremblent et je sais qu'il va péter les plombs.

– Vas-y, Tessa ! Dis-le que tu me quittes. Ou mieux, fais tes bagages et tire-toi.

– Arrête d'essayer de contrôler tes émotions. Tu essaies de ne pas craquer, mais au fond, c'est ce que tu veux. Si tu acceptais de me montrer ce que tu éprouves réellement...

– Tu ne sais rien de ce que j'éprouve réellement. *Barre-toi !*

Sa voix se brise et je meurs d'envie de le prendre dans mes bras et de lui dire que je ne le quitterai jamais.

Mais je ne peux pas.

– Il suffirait que tu me le dises. Je t'en prie, Hardin, dis-moi simplement que tu veux bien essayer, essayer vraiment cette fois.

Je le supplie. Que faire d'autre ? Je n'ai pas envie de le quitter, même si je sais que je dois le faire.

Il reste là, à quelques mètres de moi et je le vois se refermer. Toutes les étincelles que contient mon Hardin disparaissent peu à peu et s'éteignent dans l'obscurité en emportant l'homme que j'aime de plus en plus loin de moi. Quand il finit par détacher son regard de moi et croise les bras sur sa poitrine, je vois qu'il est vraiment parti. Je l'ai perdu.

– Je ne veux plus essayer. Je suis comme je suis, et si ce n'est pas assez bien pour toi, la porte est là.

– Alors, c'est ce que tu veux ? Tu ne veux même pas essayer ? Si je pars, ce sera pour de bon cette fois. Je sais que tu ne me crois pas parce que je dis toujours ça, mais cette fois, c'est la dernière. Dis-moi seulement que tu fais ça parce que tu paniques à l'idée que je parte à Seattle.

Les yeux fixés sur le mur derrière moi, il se contente de dire.

– Je suis sûr que tu trouveras sans problème un endroit où loger jusqu'à lundi.

Comme je ne réagis pas, il tourne les talons et sort de la pièce. Je reste sur place, choquée qu'il n'ait même pas tenté de se battre plus que ça. De longues minutes s'écoulent avant que je ramasse finalement les débris de mon cœur sur le sol et que je fasse mes valises pour la dernière fois.

∞

## 53
### *Hardin*

Des trucs que je ne veux pas dire continuent à sortir de ma bouche. C'est comme si je n'avais absolument aucun contrôle sur elle. Évidemment que je ne veux pas qu'elle parte. Je veux la prendre dans mes bras et sentir ses cheveux. Je veux lui dire que je ferai n'importe quoi pour elle, que je changerai et que je l'aimerai jusqu'à ma mort. Au lieu de ça, je sors de la chambre et je la laisse plantée là, toute seule.

Je l'entends s'affairer. Je sais que je devrais y retourner pour l'empêcher de continuer à faire ses valises, mais à quoi bon ? Elle part lundi de toute manière, elle peut aussi bien partir tout de suite. Je suis toujours sidéré qu'elle ait envisagé la possibilité d'entretenir une relation à distance. Ça ne marcherait jamais. S'appeler une ou deux fois par jour, ne jamais dormir dans le même lit... Je ne pourrais pas supporter.

Au moins, comme nous avons mis un terme à notre relation, je serai libre de picoler et de faire tout ce qui me plaira... Mais, à quoi bon me leurrer, ce n'est pas ce que je veux vraiment. J'aimerais mieux rester assis sur le canapé et qu'elle me force à regarder en boucle des épisodes de *Friends* plutôt que faire la moindre chose sans elle.

Au bout de quelque temps, Tessa apparaît dans le couloir, son sac à l'épaule, en tirant deux valises derrière elle. Elle est très pâle.

– Je crois que je n'ai rien oublié, à part quelques livres, mais je les rachèterai.

Sa voix tremble.

Ça y est. Le moment que je redoutais depuis que je connais cette fille est arrivé. Elle me quitte, et moi je suis là et je ne fais rien pour la retenir. Je ne peux pas la retenir. Il était écrit qu'elle ferait de plus grandes choses que moi, et qu'elle vivrait avec quelqu'un de mieux. Je le sais depuis le début. J'espérais seulement avoir tort, comme toujours. Mais je ne dis rien.

– Ok.

– Ok.

Elle déglutit et redresse les épaules. Quand elle arrive devant la porte, elle lève un bras pour attraper ses clés sur le crochet, et son sac glisse de son épaule. Je ne sais pas ce qui ne va pas chez moi, je devrais la retenir, ou l'aider, mais je n'y arrive pas. Elle se retourne pour me regarder.

– Eh bien, c'est fini. Toutes les engueulades, les pleurs, le sexe, les rires, tout ça pour ça.

Elle ne crie pas. Il n'y a pas de colère dans sa voix, juste une voix blanche... Le blanc de la neutralité.

Je hoche la tête, incapable de sortir un mot. Si je *pouvais* parler, je rendrais probablement les choses mille fois plus difficiles pour nous deux. Je le sais bien.

Elle ouvre la porte et la maintient ouverte avec son pied de façon à pouvoir tirer ses valises derrière elle. Une fois sortie, elle jette un coup d'œil dans ma direction.

– Je t'aimerai toujours. J'espère que tu le sais.

Sa voix est si basse qu'elle est à peine audible.

*Tais-toi, Tessa. Je t'en prie.*

– Et une autre viendra qui t'aimera, autant que moi j'espère.

– Chut.

Je ne peux pas entendre ça.

– Tu ne seras pas toujours seul. Si tu te fais aider, si tu apprends à contrôler ta colère, tu pourrais trouver quelqu'un qui...

Je ravale la bile qui monte dans ma gorge et je m'avance vers la porte.

– Va-t'en, s'il te plaît, va-t'en.

Je lui ferme la porte à la figure. Malgré l'épaisseur du bois, je l'entends inspirer brusquement.

Je lui ai claqué la porte à la figure. *Mais qu'est-ce qui m'arrive, putain?*

Je commence à paniquer, et je laisse la douleur s'emparer de moi. Mes doigts passent dans mes cheveux, et mes genoux heurtent le sol en béton. Je ne sais tout simplement pas quoi faire de moi. Je suis officiellement le plus gros abruti que le monde ait porté, et je ne peux rien y faire. Ça paraît tellement simple, dit comme ça: pars avec elle à Seattle et vivez heureux jusqu'à la fin des temps. Mais ce n'est pas si simple. Tout sera différent là-bas, elle sera accaparée par son stage et ses nouveaux cours, elle se fera de nouveaux amis et de nouvelles expériences – de meilleures expériences – et elle m'oubliera complètement. Elle n'aura plus besoin de moi. J'essuie les larmes qui me montent aux yeux.

Quoi ? Pour la première fois, je me rends compte à quel point je suis égoïste.

Des nouveaux amis ? Qu'y a-t-il de mal à ses faire de nouveaux amis et de nouvelles expériences ? Je serais là, à ses côtés, pour partager ces fameuses expériences. Pourquoi est-ce que je me suis donné autant de mal pour l'empêcher de partir à Seattle au lieu de me réjouir qu'une telle opportunité se présente à elle ? Une occasion de prouver que je pouvais faire partie de quelque chose qu'elle désirait. Elle n'en demandait pas plus, et je n'ai pas été foutu de le lui donner.

Si je l'appelle tout de suite, elle va faire demi-tour et je pourrai faire mes valises et nous trouver un logement, n'importe lequel, à Seattle...

Non, elle ne le fera pas. Elle m'a donné ma chance de la retenir et je n'ai même pas essayé de la saisir. Elle a même tenté de me faire me sentir mieux tandis que je voyais la confiance qu'elle avait mise en moi se désintégrer sous mes yeux. J'aurais dû la réconforter, au lieu de ça je lui ai claqué la porte au nez.

*Tu ne seras pas toujours seul.* C'est ce qu'elle a dit, mais elle se trompe. Moi, je serai seul, mais pas elle. Elle trouvera quelqu'un qui l'aimera comme je n'ai pas réussi à le faire. Mais personne ne l'aimera autant que moi.

Pourtant, elle le mérite. J'ai du mal à respirer en réalisant qu'elle mériterait quelqu'un d'autre. De mieux que moi. Mais c'est le cours normal des choses. J'aurais dû la laisser partir depuis longtemps au lieu de planter mes griffes plus profondément en elle, et la laisser perdre son temps avec moi.

Je suis partagé. Une partie de moi espère qu'elle va revenir dès ce soir, peut-être demain, pour me pardonner. Mais l'autre moitié sait qu'elle a vraiment abandonné l'idée de me réparer.

Un peu plus tard, je me relève péniblement et me dirige à pas lourds vers la chambre. En entrant, je manque de m'écrouler de nouveau. Le bracelet que je lui ai offert est posé sur une pile de papiers, en compagnie de sa liseuse et d'un exemplaire des *Hauts de Hurlevent.* Je ramasse le bracelet et regarde le tatouage sur mon poignet.

Pourquoi a-t-elle choisi de le laisser ici ? C'est un cadeau que je lui ai fait à un moment où je cherchais désespérément un moyen de lui prouver mes sentiments. J'avais besoin de son amour et de son pardon, et elle me les a donnés. Je reconnais avec horreur le papier sous le bracelet, c'est la lettre que je lui avais écrite. Je la déplie et la relis. Mon cœur se déchire. Mon cerveau malade est submergé par les souvenirs : la première fois que je lui ai dit que je l'aimais, pour ensuite revenir sur cet aveu, le rencard avec la blonde avec qui j'ai essayé de la remplacer, ce que j'ai ressenti en la voyant dans l'embrasure de la porte après l'avoir lue. Je continue ma lecture.

*Tu m'aimes alors que tu ne devrais pas, et j'ai besoin de toi. J'ai toujours eu besoin de toi et ce sera toujours le cas. Quand tu m'as quitté la semaine dernière, j'ai cru mourir. J'étais perdu. Tellement perdu sans toi. J'ai eu un rencard avec quelqu'un. Je ne voulais pas te le dire, mais je ne veux pas prendre le risque de te perdre une deuxième fois.*

Mes doigts tremblent tellement que je manque de déchirer le papier en essayant de le tenir assez fermement pour pouvoir lire.

*Je sais que tu peux trouver quelqu'un de mieux que moi. Je ne suis pas romantique, je ne t'écrirai jamais de poèmes et je ne te chanterai pas de chansons.*

*Je ne suis même pas gentil.*

*Je ne peux pas te promettre de ne plus te faire souffrir, mais je peux te jurer que je t'aimerai jusqu'au jour de ma mort. Je suis quelqu'un d'horrible et je ne te mérite pas, mais j'espère que tu me laisseras une chance de regagner ta confiance. Je te demande pardon pour tout le chagrin que je t'ai causé et je comprendrais que tu ne veuilles pas me pardonner.*

Elle m'avait pardonné pourtant. Elle m'a toujours pardonné mes torts, mais pas cette fois. J'étais censé regagner sa confiance, et pourtant j'ai continué à la faire souffrir encore et toujours. D'un geste rapide, je déchire cette confession pathétique en petits morceaux. Ils tombent en tourbillonnant avant de former un ensemble éparpillé sur le sol en béton glacé.

*Tu vois, je détruis tout !* Je sais ce que ce damné truc représentait pour elle et je l'ai mis en pièces.

– Non, non, non, non !

Je me précipite sur le sol en essayant frénétiquement de rassembler les morceaux et de reconstituer la page. Mais ils sont trop nombreux. Je ne parviens pas à les regrouper, je n'arrête pas de les faire tomber et de les regarder flotter ici et là. C'est ce qu'elle a dû ressentir en essayant de recoller les morceaux avec moi. Je me relève et donne un coup de pied dans le tas de papiers que j'ai rassemblés avant de les ramasser pour les poser en tas sur le bureau. Je mets un livre par-dessus pour les empêcher de s'envoler, et je m'aperçois que c'est *Orgueil et préjugés*, évidemment, putain !

Je retourne m'allonger sur le lit et j'attends le bruit de la porte qui s'ouvre, me signalant qu'elle est revenue.

J'attends pendant des heures et des heures, mais rien ne vient.

∞

# 54
### *Tessa*

Je n'ai pas dit la vérité à Steph. Je ne veux parler à personne de mes difficultés relationnelles, surtout pas avant d'avoir eu le temps de réfléchir aux derniers événements. C'est précisément pour ça que je me suis réfugiée chez Steph. Landon connaît trop bien la situation et je ne souhaite pas l'ennuyer une fois de plus. Je n'ai pas vraiment le choix, normal quand on n'a qu'un ami et qu'il se trouve être le beau-frère de votre mec.

Enfin, ex à présent...

Quand Steph s'inquiète au téléphone, je la rassure.

– Non, non, ça va. C'est juste que... Hardin est... il est parti avec son père et je n'ai pas la clé de l'appart. Alors je dois trouver quelque part où habiter jusqu'à son retour lundi.

– C'est du Hardin tout craché.

Je suis soulagée que mon mensonge ait marché.

– Ok, tu n'as qu'à venir ici. C'est toujours la même chambre, ce sera comme au bon vieux temps.

Elle a l'air contente, et je m'efforce de rire.

*Super. Comme au bon vieux temps.*

– Je dois aller au centre commercial avec Tristan tout à l'heure, mais tu peux rester là si tu veux, ou venir avec nous. Comme tu le sens.

– J'ai un tas de choses à préparer pour partir à Seattle, alors je resterai dans la chambre si ça ne te dérange pas.

– Non, non. J'espère que tu es prête pour ta fête demain soir.

– Ma fête ?

Ah oui, la fête ! J'ai eu tellement de choses en tête que j'ai complètement oublié l'apéro dînatoire que Steph a prévu pour mon départ. Elle a l'air d'y tenir, et comme je lui demande un service, autant être sympa.

– Allez, viens ! Je sais qu'Hardin n'est probablement pas d'accord, mais...

– Ce n'est pas Hardin qui décide de ce que je fais, je te rappelle.

Elle se met à rire.

– Je sais. Je dis juste que nous ne nous reverrons plus, après.

– Ok, je vais y réfléchir. J'arrive.

Au lieu d'aller directement à la cité U, je fais un tour en voiture avant. Je veux être sûre de ne pas m'effondrer devant elle. *Ne pas pleurer. Ne pas pleurer.* Je me mords les joues pour empêcher mes larmes de couler.

Heureusement, la douleur m'est devenue familière maintenant. Je ne la sens pratiquement plus.

Quand j'arrive chez Steph, elle est en train de s'habiller. Elle finit d'enfiler une robe rouge sur un collant noir en résille quand elle ouvre la porte en souriant.

– Tu m'as manqué !

En poussant un cri aigu, elle me prend dans ses bras. Je suis au bord des larmes, mais je tiens bon.

– Toi aussi, tu m'as manqué, même si ça ne fait pas si longtemps.

Je souris et elle hoche la tête. J'ai l'impression que l'épisode du salon de tatouage date d'un siècle, alors que ça fait moins d'une semaine.

– Tu as raison, mais ça m'a semblé long, pourtant.

Elle sort une paire de bottes de son placard et s'assied sur le lit.

– Je ne devrais pas en avoir pour longtemps. Fais comme chez toi... à part pour le ménage !

Elle a remarqué mon regard qui scrute le bazar de la chambre.

– Je n'en avais pas l'intention.

– Tu parles ! Mais je ne me fais pas d'illusion, tu vas le faire !

Elle rit et je me force à l'imiter. Ça ne marche pas vraiment et je finis par produire un son à mi-chemin entre un raclement de gorge et une toux, heureusement elle ne commente pas.

– Au fait, j'ai déjà dit à tout le monde que tu serais là. Ils étaient tout excités !

Elle sort de la chambre en refermant la porte derrière elle. J'ouvre la bouche pour protester, mais elle est déjà partie.

Trop de souvenirs me reviennent dans cette chambre. Je la déteste et je l'adore en même temps. Le côté que j'occupais est toujours vide, mais Steph a recouvert le lit de vêtements et de sacs de courses. Je passe la main sur le pied du lit, repensant à la première fois où Hardin a dormi avec moi dans ce lit étroit.

Il me tarde d'être loin de ce campus, de cette ville et de tous les gens qui y habitent. Je n'ai connu que des chagrins depuis que je suis arrivée à WCU, j'aimerais n'y être jamais venue.

Même les murs me rappellent Hardin. La fois où il avait jeté toutes mes notes de cours à travers la pièce, me donnant envie de le gifler, jusqu'à ce qu'il m'embrasse violemment contre cette cloison. Je porte la main à mes lèvres qui tremblent à l'idée que je ne l'embrasserai plus jamais.

Je ne crois pas être capable de rester dans cette chambre ce soir. Mon esprit va mouliner sans répit, les souvenirs vont venir me hanter, rejouant toutes les scènes derrière mes paupières chaque fois que je les fermerai.

Il faut que je trouve quelque chose à faire pour me distraire. Je sors mon ordi pour essayer de me trouver un logement à Seattle. Comme je m'en doutais, c'est sans espoir. Le seul appart que je trouve est à une demi-heure en voiture des nouveaux bureaux des Éditions Vance, et légèrement au-dessus de mes moyens. J'enregistre quand même le numéro dans mon portable, au cas où.

Après une heure de recherches infructueuses, je finis par mettre mon orgueil dans ma poche et j'appelle Kimberly. Je ne voulais pas lui demander si elle et Christian pourraient m'héberger, mais Hardin ne m'a pas laissé le choix. Fidèle à elle-même, elle accepte et insiste sur le plaisir qu'ils auront à me recevoir dans leur nouvelle maison qui, d'après ce qu'elle me dit non sans fierté, est encore plus grande que celle qu'ils occupent actuellement.

Je lui promets de ne pas rester plus de deux semaines, le temps de trouver un appartement dans mes moyens, qui n'ait pas de barreaux aux fenêtres. Tout à coup, je réalise qu'à cause de toute cette histoire avec Hardin, j'ai presque oublié que quelqu'un s'est introduit dans notre appartement pendant notre absence. J'aimerais penser que ce n'était pas mon père, mais je ne suis pas sûre de pouvoir y croire. Si c'était bien lui, en tout cas il n'a rien volé. Peut-être n'avait-il tout simplement nulle part où aller pour passer la nuit ? J'espère qu'Hardin ne va pas le pourchasser et l'accuser d'effraction. À quoi bon ? Pourtant, je ferais peut-être mieux de le retrouver la première, mais il se fait tard et, franchement, j'ai un peu peur d'aller toute seule dans cette partie de la ville.

Vers minuit, je suis réveillée en sursaut par Steph qui rentre dans la chambre en titubant. Elle s'emmêle les pieds et tombe sur son lit. Je n'ai aucun souvenir de m'être endormie assise au bureau, et ma nuque me fait mal quand je lève la tête. Quand je la masse, la douleur est encore plus vive.

– N'oublie pas la fête en ton honneur demain.

Elle a tout juste le temps de me dire ça avant de s'endormir. Je vais lui ôter ses boots et elle commence à ronfler. Je la remercie en silence d'être une si bonne pote qui me laisse dormir dans sa chambre sans que je l'ai prévenue. Elle gémit et murmure quelque chose d'incompréhensible avant de se retourner et de se remettre à ronfler.

J'ai passé la journée à lire dans mon ancien lit. Je n'ai envie d'aller nulle part ni de parler à personne, et surtout je ne veux pas risquer de tomber sur Hardin, même s'il y a peu de chances que ça arrive. Il n'a aucune raison de se trouver dans les parages, mais j'ai le cœur brisé et je suis un peu parano, alors je préfère ne prendre aucun risque.

Steph ne se réveille pas avant quatre heures de l'après-midi.

– Je vais commander une pizza, ça te dit ?

Elle enlève son épais maquillage de la veille avec une petite serviette sortie de son sac.

– Bonne idée.

Mon estomac se met à gronder, me rappelant que je n'ai rien mangé de la journée.

Nous nous préparons à manger et passons un long moment à discuter de son départ imminent pour la Louisiane. Elle m'annonce que les parents de Tristan sont très mécontents qu'il change de fac à cause d'elle.

– Je suis sûre qu'ils vont s'y faire. Ils t'apprécient, non ?

– Ouais, plus ou moins. Mais sa famille fait une fixation sur WCU, ils parlent d'héritage... bla-bla-bla.

Elle lève les yeux au ciel, ce qui me fait rire. Je n'ai pas envie de lui expliquer ce que représente pour les familles la perpétuation d'un héritage.

– Parlons de ce soir. Tu sais ce que tu vas mettre ? Tu veux que je te prête quelque chose en souvenir de tes premières teufs ?

Je fais non de la tête.

– Je n'arrive pas à croire que j'aie accepté après... (je m'arrête juste avant de mentionner Hardin)... toutes les fois où tu m'a obligée à venir à ces fêtes.

– Mais là, c'est la dernière. Et puis tu sais bien que tu ne te feras jamais de potes aussi cool que nous à Seattle !

Elle bat des cils et je pousse un petit grognement.

– Je me rappelle la première fois où je t'ai vue. J'ai ouvert la porte de cette chambre et j'ai cru que j'allais faire une crise cardiaque. Sans vouloir te vexer. Tu as dit que tu organisais d'énormes fêtes, et ma mère a failli tomber dans les pommes ! Elle voulait que je change de chambre, mais j'ai refusé...

– Tu as bien fait, sinon tu ne sortirais pas avec Hardin.

Elle a un petit sourire moqueur puis détourne les yeux. Un instant, j'essaie d'imaginer ce qui se serait passé si j'avais changé de chambre et que je ne l'aie jamais revue. Malgré tout ce que nous avons traversé, je ne voudrais pour rien au monde revenir en arrière.

– C'est bon, le passé est derrière nous. On se prépare ?

Elle m'attrape par les bras pour me faire lever.

– J'avais oublié à quel point je déteste les douches communes.

Je ronchonne en me séchant les cheveux avec ma serviette.

– Elles ne sont pas si mal.

Steph rit et je pense avec regret à la douche de notre appart. Tout ici me fait penser à Hardin, et je fais tout mon possible pour garder mon sourire de façade. Au fond de moi, je suis à vif.

Finalement, une fois le maquillage appliqué et les cheveux bouclés, Steph m'aide à zipper la robe jaune et noire Karl Marc John que je viens d'acheter. La seule chose qui me fasse tenir, c'est l'espoir de m'amuser à cette fête et d'y trouver au moins deux heures de paix.

Un peu après huit heures, Tristan vient nous chercher. Steph ne me laisse pas prendre ma voiture parce qu'elle projette de me faire boire jusqu'à ce que je voie double. Et je crois que cette idée ne me déplaît pas. Au moins, je ne verrai plus les fossettes d'Hardin chaque fois que je ferme les yeux

– Où il est Hardin, en ce moment ? demande Nate depuis le siège passager.

J'ai un moment de panique.

– Il n'est pas en ville. Il est parti avec son père.

– Vous ne partez pas à Seattle lundi, tous les deux ?

– Ouais, c'est ce qui est prévu.

J'ai les mains moites. Je déteste mentir et je le fais très mal.

Nate se retourne vers moi en souriant gentiment.

– Eh bien, je vous souhaite bonne chance. J'aurais bien aimé le voir avant son départ.

La douleur en moi s'intensifie.

– Merci, Nate. Je lui transmettrai le message.

Quand on se gare devant la fraternité, je regrette instantanément d'être venue. Je savais que ce n'était pas une bonne idée, mais je n'étais pas très claire et je me disais que j'avais besoin de me distraire. Pourtant, ce n'est pas une distraction. Ce n'est qu'un rappel permanent de tout ce que j'ai subi et de tout ce que j'ai perdu.

Chaque fois que je viens ici, je le regrette systématiquement. Mais je finis toujours par me retrouver quand-même dans cette maudite maison de fraternité.

Steph passe son bras sous le mien en souriant de toutes ses dents.

– Que le spectacle commence !

Pendant un instant, ses yeux brillent d'un éclat particulier et je ne peux m'empêcher de me demander si elle ne me cache pas quelque chose.

∞

## 55
### *Hardin*

En frappant à la porte du bureau de mon père, je me sens un peu fébrile. Je n'en reviens pas d'en être arrivé là. C'est moi qui viens lui demander conseil ! J'ai besoin de quelqu'un qui m'écoute et qui peut comprendre ce que je ressens.

Sa voix résonne à l'intérieur de la pièce.

– Entre, mon petit.

Mon pas est hésitant. Je sais que la situation est embarrassante mais nécessaire. Je m'assieds dans le fauteuil qui fait face à son grand bureau, et je vois son visage passer de l'attente à la surprise. Il étouffe un petit rire.

– Excuse-moi, je croyais que c'était Karen.

Mais il voit que je ne suis pas d'humeur à plaisanter. Il s'interrompt et me regarde attentivement. Je hoche la tête et détourne les yeux.

– Je ne sais pas ce que je fais ici, mais je ne sais pas à qui d'autre m'adresser.

Je me prends la tête dans les mains et mon père vient s'asseoir sur le bord de son bureau d'acajou.

– Je suis heureux que tu sois venu me parler.

Il observe ma réaction.

– Je ne dirais pas exactement ça.

En fait si, mais je ne veux pas qu'il pense que j'ai une grande révélation à lui faire, ou je ne sais quoi, même si on peut voir les choses comme ça. Je le regarde hocher la tête lentement. Ses yeux se posent partout dans la pièce sauf sur moi.

– Tu n'as pas à t'inquiéter, je ne vais pas piquer une crise ni casser quelque chose. Je n'en ai pas l'énergie.

Je fixe les rangées de plaques commémoratives sur le mur derrière lui. Comme il ne réagit pas, je pousse un soupir. Évidemment, on dirait qu'il n'attendait que ça, comme un signe de ma faiblesse.

– Tu veux me raconter ce qui s'est passé ?

– Non, je n'y tiens pas.

Je contemple les livres alignés sur le mur.

– D'accord...

Je soupire de nouveau.

– Je n'y tiens pas vraiment, mais j'imagine que je vais le faire quand même.

Pendant un court instant, mon père prend un air perplexe et ses yeux bruns s'élargissent comme pour m'observer avec plus d'attention. En attendant le piège, j'en suis sûr.

– Si j'avais le choix, je ne serais pas là, tu peux me croire. Mais ce connard de Landon n'est pas objectif, il prend toujours son parti.

Je sais que c'est loin d'être vrai, mais je ne veux pas écouter les conseils de Landon pour l'instant. Et même plus, je n'ai pas envie de lui avouer quel imbécile j'ai été ni les vacheries que j'ai balancées à Tessa ces derniers jours. Son opinion ne compte pas vraiment pour moi, mais pour une raison qui m'échappe, elle compte plus que celle de n'importe qui, sauf de Tessa, bien sûr. Mon père me lance un sourire crispé.

– Je sais bien.

– Bien.

Je ne sais pas par où commencer et, franchement, je ne sais toujours pas ce qui m'a amené ici. Je comptais plutôt prendre un verre dans un bar, mais sans que je sache comment, je me suis retrouvé dans l'allée devant chez mon père.

La façon dont Tessa dit toujours « ma mère » et « mon père » au lieu de « maman » ou « papa » me rendait dingue dans le temps, mais maintenant je l'ai intégrée à mon vocabulaire. D'ailleurs, il a de la chance que je parle de lui en l'appelant « père » ou « papa » et non « Ken » ou « connard » comme je l'ai fait pendant la majeure partie de ma vie.

– Bon, comme tu l'as probablement deviné, Tessa vient de me quitter définitivement.

Je lève les yeux vers lui. Il fait de son mieux pour garder un visage impartial en attendant que je poursuive. Mais je me contente d'ajouter :

– Je ne l'ai pas retenue.

– Tu es sûr qu'elle ne reviendra pas ?

– Certain. Elle m'a donné de nombreuses occasions de la retenir, mais là, elle n'a pas essayé de m'appeler ni de m'envoyer un seul texto depuis...

Je lance un coup d'œil à la pendule sur le mur.

– Depuis bientôt vingt-huit heures et je n'ai pas la moindre idée d'où elle peut bien être.

J'espérais que je trouverais sa voiture dans l'allée quand je suis arrivé chez mon père et Karen. Je suis sûr que c'est une des raisons qui m'ont amené ici, au départ. Où pourrait-elle être sinon ?

– Ce n'est pas la première fois que ça vous arrive, à tous les deux. Et vous trouvez toujours un moyen de...

– Est-ce que tu m'écoutes ? Je t'ai dit qu'elle ne reviendrait pas.

– J'ai entendu. Je me demande simplement en quoi cette fois est différente des autres.

Je le fusille du regard, mais il me fixe, impassible, et je me retiens de quitter son bureau.

– C'est fini, c'est tout. Je ne sais pas comment je le sais, et tu me prends sans doute pour un débile d'être venu te voir, mais je suis fatigué, papa. J'en ai tellement marre d'être comme ça, et je ne sais pas ce que je peux y faire.

*Putain. J'ai l'air trop pathétique, merde !*

Il entrouvre la bouche mais se ravise aussitôt et reste silencieux.

– Je t'en veux, je t'en veux *vraiment*. Parce que si tu avais été présent, tu m'aurais peut-être montré comment... je ne sais pas, comment ne pas traiter les gens comme de la merde. S'il y avait eu un homme à la maison pendant mon enfance, je ne serais peut-être pas quelqu'un d'aussi merdique. Si je ne trouve pas de solution pour Tess et moi, je vais finir comme toi. Enfin comme toi, avant que tu ne deviennes comme ça.

Je fais un geste vers son pull sans manches et son pantalon parfaitement repassé.

– Si je ne trouve pas un moyen de cesser de te détester, je ne serai jamais capable de...

Je n'ai pas envie de terminer cette phrase devant lui. Ce que je veux dire, c'est que si je ne peux pas en finir avec ma haine, je ne serai jamais capable de montrer à Tessa combien je l'aime. Ni de la traiter comme il faut, comme elle le mérite.

Les mots que je n'ai pas prononcés flottent dans l'air étouffant de ce bureau aux murs lambrissés, comme le spectre d'un esprit torturé que ni l'un ni l'autre ne savons comment exorciser.

– Tu as raison.

Je suis stupéfait qu'il le reconnaisse enfin.

– Vraiment ?

– Tout à fait. Si tu avais eu un père pour te montrer comment devenir un homme, tu serais mieux armé pour affronter ces choses, et la vie en général. Je me suis reproché ton... (je le regarde s'escrimer à trouver ses mots et je me penche un peu en avant)... *comportement*. Oui, c'est de ma faute si tu es ainsi. Tout vient de moi et des erreurs que j'ai commises. Je porterai cette culpabilité ma vie entière. Je te demande pardon, mon fils.

Sa voix se brise sur les derniers mots et, tout à coup, je me sens... terriblement nauséeux.

– Tout ça c'est très bien, tu peux être pardonné, mais le problème, c'est comment je suis, maintenant ! Qu'est-ce que je suis censé faire ?

Je joue avec les petites peaux autour de mes ongles et je remarque que les jointures de mes doigts ne sont pas éclatées, pour une fois, ce qui est exceptionnel ! Pour une raison inconnue, ça apaise un peu de ma colère.

– Il doit bien y avoir une solution.

– Je pense que tu devrais parler à quelqu'un.

Cette réponse ne fait que redoubler ma colère. *Ah bon, je devrais parler à quelqu'un, c'est tout ce que tu as trouvé ?*

– Et qu'est-ce qu'on fait, là ? On parle, non ?

– Je voulais dire, un professionnel. Tu as en toi une grande colère depuis ton enfance, et à moins de trouver un moyen de la laisser sortir, ou au moins de la gérer de façon saine, j'ai bien peur que tu ne progresses pas. Ce n'est pas moi qui peux te donner ces outils. C'est moi qui suis à l'origine de cette douleur, et dans tes moments les plus furieux, tu mettrais en doute ma parole même si elle pouvait t'aider.

– Alors j'ai perdu mon temps en venant te voir, c'est ça ? Il n'y a rien que tu puisses faire ?

Je savais que j'aurais dû choisir l'option bar. Je pourrais en être à mon deuxième whisky-Coca en ce moment.

– Ce n'était pas une perte de temps. C'était vraiment une étape importante dans tes efforts pour devenir une personne meilleure.

Il me regarde dans les yeux et je peux presque sentir sur ma langue le goût du whisky que je devrais être en train de boire en ce moment.

– Elle sera très fière de toi.

*Fière ?* Pour quelle raison serait-elle fière de moi ? Hallucinée que je sois ici, peut-être, mais fière... non.

– Elle m'a traité d'alcoolo.

– Et elle a raison ?

L'inquiétude se lit sur son visage.

– Je ne sais pas. Je ne crois pas, mais je n'en sais rien.

– Si tu ne sais pas répondre, il faudrait peut-être que tu te poses la question avant qu'il ne soit trop tard.

Je scrute le visage de mon père, discernant une vraie inquiétude dans ses yeux. S'il a peur, je devrais peut-être m'inquiéter moi aussi.

– Pourquoi t'es-tu mis à boire au départ ?

J'ai toujours voulu trouver la réponse à cette question, mais je ne me suis jamais senti autorisé à la poser.

Il soupire et il se passe la main sur ses cheveux courts.

– Ta mère et moi n'étions pas dans les meilleurs termes à cette époque-là, et la spirale infernale a commencé quand je suis sorti un soir et que je me suis soûlé. J'étais tellement ivre que je n'ai pas pu rentrer à la maison. Mais j'ai aimé la sensation que cela me procurait, que je puisse bouger ou pas. L'alcool endormait la douleur que je ressentais, et c'est devenu une habitude après ça.

Je passais plus de temps dans ce satané bar qu'avec elle et toi. J'en suis arrivé à un point où je ne pouvais plus fonctionner sans l'alcool, mais en vérité, je ne fonctionnais pas plus avec. La bataille était perdue d'avance.

Je n'ai pas de souvenirs avant que mon père devienne un alcoolique. J'avais toujours pensé qu'il l'était déjà avant ma naissance.

– Qu'y avait-il de si douloureux que tu essayais d'y échapper ?

– C'est sans importance. Ce qui compte, c'est que je me suis finalement réveillé un jour et que j'ai arrêté de boire.

– Après nous avoir quittés.

– Oui, mon fils, après vous avoir quittés, ta mère et toi. Vous vous en sortiez mieux sans moi, tous les deux. J'étais incapable d'être un père ou un mari. Ta mère t'a très bien élevé. Je regrette qu'elle ait dû le faire seule, mais c'était mieux sans moi dans les parages.

La colère bouillonne en moi et j'enfonce mes doigts dans les accoudoirs du fauteuil.

– Mais tu réussis à être un mari pour Karen et un père pour Landon.

Ça y est. Je l'ai dit. J'ai nourri tellement de ressentiment envers ce putain de connard d'alcoolo qui a bousillé ma vie, mais qui a réussi à se remarier et à prendre en charge un nouveau fils. Sans oublier qu'il est riche maintenant, alors que nous n'avions pas un sou pendant mon enfance. Karen et Landon ont tout ce que ma mère et moi aurions dû avoir.

– Je sais que ça ressemble à ça, Hardin, mais ce n'est pas vrai. Quand j'ai rencontré Karen, cela faisait deux ans que j'avais arrêté de boire. Landon avait déjà seize ans et je n'ai pas essayé d'être une figure paternelle pour lui. Il a grandi sans homme à la maison lui non plus, alors il m'a vite accepté. Je n'avais pas l'intention de fonder une nouvelle famille ni de te remplacer. Je n'aurais jamais pu. Tu n'as pas voulu me laisser revenir, et je ne te le reproche pas, mais j'ai passé la plus grande partie de ma vie dans le noir. Une obscurité aveuglante. Et Karen a été ma lumière, tout comme Tessa l'est pour toi.

Mon cœur manque de s'arrêter au nom de Tessa. J'étais tellement replongé dans mon enfance merdique que j'ai réussi à arrêter de penser à elle pendant un moment.

– Je ne pouvais qu'être heureux et reconnaissant que Karen entre dans ma vie, avec Landon. Je donnerais n'importe quoi pour avoir avec toi la même relation que j'ai avec lui. Ça arrivera peut-être un jour.

Je vois que mon père est hors d'haleine après cette longue confession, et je ne trouve rien à dire. Je n'ai jamais eu ce genre de conversation avec lui ni avec personne dans ma vie, à part Tessa. Il semble qu'elle soit toujours l'exception.

Je ne sais pas quoi lui dire. Je ne lui pardonne pas d'avoir bousillé ma vie et d'avoir préféré la boisson à ma mère, mais j'étais sincère quand j'ai dit que j'essaierais de lui pardonner. Si je n'y arrive pas, je ne pourrai jamais être normal. En fait, je ne suis même pas sûr d'être capable de l'être un jour, mais je voudrais au moins passer une semaine sans briser quelque chose ou quelqu'un.

Je repense à la tristesse sur le visage de Tessa quand je lui ai dit de quitter l'appartement. Mais au lieu d'essayer de l'effacer de mon esprit, comme je fais toujours, je m'y attarde. J'ai besoin de me rappeler ce que je lui ai fait et de ne plus me dérober aux conséquences de mes actes.

Mon père interrompt le cours de mes pensées.

– Tu ne dis rien.

L'image du visage de Tessa s'estompe et, bien que j'essaie de m'y raccrocher, elle s'efface. Me seule consolation est de savoir qu'elle ne tardera pas à revenir me hanter.

– Je ne sais pas trop quoi dire. C'est dur à encaisser, je ne sais pas quoi penser.

Ma franchise me terrifie et j'attends qu'il le prenne mal. Mais non. Il se contente de hocher la tête et se lève.

– Karen prépare le dîner. Si tu veux rester.

– Non merci.

J'ai envie de rentrer à la maison. Le problème, c'est que Tessa n'y est pas. Et en plus, c'est de ma faute, putain !

En partant, je tombe sur Landon, mais je ne m'arrête pas et file avant qu'il tente de m'imposer des conseils que je ne sollicite pas. J'aurais dû lui demander s'il savait où elle est. Je voudrais tellement le savoir. Mais je me connais, je m'y pointerais pour essayer de la convaincre de venir avec moi. J'ai besoin d'être avec elle, où qu'elle soit. En écoutant mon père m'expliquer pourquoi il a été aussi mauvais, j'ai fait un pas dans la bonne direction. Mais je ne vais pas arrêter tout d'un coup, comme par miracle, de me comporter de façon tyrannique. Et si Tessa est quelque part où je ne veux pas qu'elle soit. Avec Zed, par exemple...

*Est-ce qu'elle est avec Zed ? Putain de merde, est-ce qu'elle pourrait être avec lui ?* Je ne crois pas, mais je ne lui ai pas laissé la possibilité d'avoir beaucoup de potes. Et si elle n'est pas avec Landon...

Non, elle n'est pas avec Zed. Un point, c'est tout.

Je continue à m'en persuader en prenant l'ascenseur jusqu'à notre appartement. Quelque part, j'espère que le connard qui s'est introduit dans notre appart, qui que ce soit, est revenu. Cela me ferait du bien d'avoir un exutoire pour passer ma colère naissante.

Un frisson me court dans le dos puis dans tout le corps. Et si Tessa avait été à la maison quand l'intrus est entré ? L'image de mes cauchemars, de son visage rougi et couvert de larmes, passe devant mes yeux, et tout mon corps se tend. Si jamais quelqu'un essayait de lui faire du mal, ce serait sa dernière action ici-bas.

Quel putain d'hypocrite je fais ! Je suis là à menacer de tuer quiconque lui ferait du mal alors que c'est la seule chose que je suis capable de faire, apparemment.

Je bois un verre d'eau et parcours des yeux l'appartement vide, un long moment. Pour m'occuper, je jette un coup d'œil dans les livres de Tessa. Elle en a laissé un paquet et je sais que ça lui a fait mal de les abandonner. Une preuve de plus que je suis toxique.

Mon regard est attiré par un carnet en cuir caché entre deux éditions différentes d'*Emma*. Je passe le doigt sur le fermoir et le feuillette. L'écriture de Tessa couvre chaque page. Est-ce une sorte de journal dont j'ignorais l'existence ?

*Introduction à la religion du monde*, c'est le titre soigneusement inscrit sur la première page. Je m'assieds sur le lit et commence ma lecture.

∞

# 56
*Tessa*

Logan m'interpelle depuis l'autre côté de la cuisine, mais lorsqu'il comprend que je ne l'entends pas, il se rapproche de moi.

– C'est cool que tu sois venue. Je me demandais si on te verrait.

Il me lance un grand sourire.

– Je n'allais pas manquer une fête en l'honneur de mon départ !

D'une main tremblante, j'incline mon gobelet pour trinquer.

– Tu m'as manqué, ça fait un moment que personne n'a essayé d'étrangler Molly !

Il rigole et rejette la tête en arrière pour boire directement au goulot. Il cligne des yeux, se racle la gorge et secoue la tête d'une telle façon que je compatis à l'idée de l'intensité de la brûlure qu'il vient de s'infliger.

– Je t'admirerai toujours pour ça.

Il me passe la bouteille. Je décline d'un mouvement de la tête, en lui montrant le verre à moitié vide que je tiens à la main.

– Oh oh ! Quand on parle du loup...

Le regard de Logan se fixe derrière moi. Je n'ai pas envie de me retourner. Il me tend à nouveau la bouteille, et cette fois j'accepte.

– Tu peux la finir.

Il sourit en s'éloignant. Molly apparaît dans mon angle de vision, et elle lève son gobelet rouge pour me saluer.

– Aussi triste que je puisse être que tu déménages, je serai ravie de ne plus jamais te revoir. Hardin va me manquer, en revanche... ce que ce garçon sait faire avec sa langue...

Je lève les yeux au ciel en essayant de trouver une répartie, en vain. La jalousie coule dans mes veines comme de l'eau glacée et j'ai envie de l'étrangler, là tout de suite.

– C'est bon, dégage !

C'est tout ce que je trouve à dire. Elle se marre. Son rire est abject, en fait.

– Oh, arrête, Tessa ! J'ai été ta première ennemie à la fac, ça crée des liens, non ?

Elle me lance un clin d'œil en me donnant un coup de hanche au passage.

Décidément, cette fête était une très mauvaise idée. J'aurais vraiment mieux fait de ne pas venir, surtout sans Hardin. Steph a disparu de la circulation, et Logan qui a eu la gentillesse de me tenir compagnie pendant quelques instants a trouvé une fille à draguer. Je la vois d'abord de profil. Elle a l'air d'une fille plutôt saine et BCBG. Mais quand elle se retourne, j'ai un choc : l'autre moitié de son visage est couverte de tatouages. Aïe ! Je me demande s'ils sont permanents, tout en versant un peu plus d'alcool dans mon gobelet. Je décide de faire durer ce verre toute la soirée en le sirotant très lentement. Sinon, la façade que je m'efforce de garder va se fissurer pour finir par s'écrouler, et je vais passer pour l'emmerdeuse qui fond en larmes chaque fois que quelqu'un la regarde.

Je m'oblige à faire le tour de la maison à pas lents, à la recherche de la tignasse flamboyante de Steph, mais elle est introuvable. Quand je finis par repérer le visage familier de Nate, je vois qu'il est, lui aussi, occupé à draguer une fille et je ne veux pas taper l'incruste. Je me sens tellement étrangère ici. Pas seulement parce que je détonne avec tous ces gens, mais parce que j'ai le sentiment que, même si cette soirée a été présentée comme notre « fête d'adieu », personne ici ne se soucie sincèrement du fait qu'Hardin et moi disparaissions de leur vie. Ils montreraient peut-être un peu plus d'intérêt si Hardin m'avait accompagnée, c'est *lui* leur pote, après tout.

Au bout d'une heure passée assise toute seule au comptoir de la cuisine, j'entends finalement la voix de Steph.

– Ah, te voilà !

À ce moment de la soirée, j'ai déjà englouti un bol entier de bretzels et bu deux verres. J'étais en train de me demander si j'allais appeler un taxi, et voilà que Steph refait surface. Je vais faire un effort pour rester encore un peu. Tristan, Molly et Dan la suivent de près, mais je fais de mon mieux pour ne pas montrer mon animosité.

Hardin me manque.

– Je me demandais si tu étais partie.

J'essaie d'oublier à quel point ça me semble aberrant d'être ici sans Hardin. Depuis une heure, je résiste à la tentation de monter dans son ancienne chambre. Je meurs d'envie d'aller m'y cacher pour me soustraire à cette foule hostile, pour me rappeler... je ne sais quoi. Mon regard est sans cesse attiré vers l'escalier, et ça me tue à petit feu.

– Je t'ai apporté un verre.

En souriant, Steph s'empare du gobelet que je tiens à la main et le remplace par un autre identique, rempli d'un liquide rose.

– Cherry vodka sour, nunuche !

Devant mon air perplexe, elle pousse un cri aigu et je me force à rire tout en portant le gobelet à mes lèvres.

– À ta dernière fête ici !

Tout un tas d'inconnus trinquent avec nous. Molly regarde ailleurs tandis que je rejette la tête en arrière et que le doux arôme de cerise envahit mon palais.

– Ça c'est du timing ! dit Molly à Steph.

Je me retourne vivement. Je ne sais pas si j'ai envie de voir débarquer Hardin, mais mon dilemme est résolu quand Zed entre dans la cuisine, entièrement vêtu de noir.

J'ouvre la bouche et me tourne vers Steph.

– Tu m'avais dit qu'il ne serait pas là.

La dernière chose dont j'ai besoin en ce moment, c'est un autre rappel du chaos que ma vie est devenue. J'ai déjà fait mes adieux à Zed, et je ne suis pas disposée à rouvrir cette blessure.

Elle hausse les épaules.

– Désolée. Il vient de se pointer. Je n'en savais rien.

Elle se colle contre Tristan. Enhardie par la boisson, je lui lance un regard peu amène.

– Tu es vraiment sûre que cette fête est en mon honneur ?

Je sais que ça peut paraître ingrat de ma part, mais ça m'embête que Steph ait invité Zed et Molly. Si Hardin était là, il aurait sûrement pété les plombs.

– Mais bien sûr ! Écoute, je suis désolée qu'il soit là. Je vais lui dire de ne pas s'approcher de toi.

Elle se dirige vers Zed, mais je la retiens par le bras.

– Laisse tomber. Je ne tiens pas à me montrer désagréable. C'est bon.

Il est en pleine conversation avec une blonde qui entre avec lui dans la cuisine. Quand il lève les yeux et remarque ma présence, son sourire s'évanouit. Son regard fond sur Steph et Tristan, mais ils détournent les yeux et sortent de la pièce avec Molly et Dan sur les talons. Je me retrouve seule une fois de plus.

J'observe Zed alors qu'il se penche pour dire quelque chose à l'oreille de la blonde qui sourit et s'éloigne de lui.

– Salut.

Il sourit d'un air gêné et danse d'un pied sur l'autre quand il arrive près de moi.

– Salut.

Je bois une gorgée.

– Je ne savais pas que tu serais là.

On a parlé tous les deux en même temps et nous rions, aussi mal à l'aise l'un que l'autre.

– Toi d'abord.

Je suis soulagée de voir qu'il n'a pas l'air de m'en vouloir.

– Je disais juste que je ne savais pas que tu venais.

– Et je ne savais pas non plus que tu serais là.

– C'est bien ce que je pensais. Steph n'arrête pas de dire que c'est une fête d'adieu en mon honneur, mais je suis persuadée qu'elle dit ça seulement pour me faire plaisir.

J'avale une nouvelle gorgée. Ce cocktail est bien plus fort que les deux autres que j'ai bus avant.

– Tu es venue avec Steph ?

Il se rapproche encore.

– Ouais. Hardin n'est pas là, si c'est ce que tu veux savoir.

– Non, je...

Il regarde le gobelet vide que je pose sur le plan de travail.

– Qu'est-ce que c'est ?

– Cherry vodka sour. Ironique, non ?

Ça ne le fait pas rire. Ce qui me surprend, étant donné que c'est sa boisson préférée. Au lieu de ça, il me regarde embarrassé, avant de retourner à son gobelet.

– C'est Steph qui t'a donné ça ?

Son ton est grave... trop grave... Et mon esprit tourne au ralenti.

– Ouais... et alors ?

– Putain !

Il prend brusquement le gobelet sur le comptoir.

– Ne bouge pas d'ici.

Je remarque que ma tête se fait lourde tout à coup. J'essaie de fixer mon regard sur Zed qui sort de la cuisine, mais je suis distraite par les lampes au-dessus de moi qui se mettent à tourner... Les lumières sont si jolies, si distrayantes dans la façon qu'elles ont de danser sur la tête des gens.

Les lumières dansent ? Oui, elles dansent... Je devrais danser, moi aussi.

*Non, je devrais m'asseoir.*

Je m'appuie sur le comptoir et fixe le mur qui se déforme. Il ondule et se tord, se fondant dans les lumières qui brillent sur les gens... C'est joli, et perturbant aussi... Mais je ne suis pas sûre de savoir ce qui se passe, en réalité.

∞

## 57
### *Hardin*

Je feuillette le petit carnet et j'ai du mal à décider où commencer ma lecture. C'est un journal de son cours de religion. Il m'a fallu une bonne minute pour comprendre de quoi il s'agissait parce que, en dépit du titre sur la première page, chaque entrée commence par un mot et une date dont la plupart n'ont rien à voir avec la religion. De plus, ce n'est pas aussi structuré que les essais que Tess écrit d'habitude, c'est plus une suite de réflexions au fil de la plume.

*Douleur.* Le mot attire mon attention et je commence à lire.

*La douleur détourne-t-elle les gens de leur Dieu ? Si oui, de quelle manière ?*

*La douleur peut détourner n'importe qui de pratiquement n'importe quoi. La douleur peut vous rendre capable de faire des choses auxquelles vous n'auriez jamais pensé ; comme de tenir Dieu pour responsable de votre malheur.*

*La douleur... un mot si simple en apparence ; mais tellement chargé de sens. J'ai été amenée à comprendre que la douleur est l'émotion la plus forte qu'un être puisse éprouver. Contrairement aux autres, c'est la seule que l'humain a la certitude de ressentir à un moment ou à un autre de sa vie. Il n'y a aucun bon côté à la douleur, aucun aspect positif pour vous permettre de la regarder d'un autre point de vue... Il n'y a que la sensation impossible à endiguer de la douleur elle-même. Dernièrement, elle m'est devenue très familière – au point d'en être presque insupportable. Parfois, lorsque je suis seule, ce qui est le cas le plus fréquent depuis quelque temps, je me surprends à essayer de déterminer quel type de douleur est la pire. La réponse n'est pas aussi simple que j'aurais cru. La douleur lancinante, le genre de douleur qui vous frappe quand la même personne vous a fait souffrir de façon récurrente, et pourtant vous êtes là, je suis là, laissant la douleur se perpétuer… elle ne finit jamais.*

*C'est seulement pendant ces rares moments où il me serre sur sa poitrine et me fait des promesses, qu'apparemment il est incapable de tenir, ce n'est que là que la douleur disparaît. Et juste quand je m'habitue à cette liberté, que je crois être débarrassée de cette douleur auto-infligée, elle revient et m'assène un nouveau coup.*

Ce que je lis n'a rien à voir avec la religion, il s'agit de moi.

*J'ai remarqué que la pire est la douleur violente, brûlante, à laquelle on ne peut échapper. Elle apparaît quand vous avez fini par vous détendre et qu'enfin, vous respirez en décidant que tel problème est de l'histoire ancienne, alors qu'en fait il est toujours d'actualité et que ce sera encore comme ça demain et tous les jours à venir. Cette douleur apparaît quand vous avez tout misé sur une chose, sur une personne, et que la trahison – souvent sur un coup de tête – vous terrasse et vous donne l'impression de ne plus pouvoir respirer, de ne plus pouvoir vous raccrocher à cette fraction infime de ce qui demeure en vous et qui vous supplie de continuer, de ne pas abandonner.*

Bordel !

*Quelquefois, les gens se raccrochent à leur foi. Quelquefois, si vous êtes chanceux, vous pouvez vous épancher auprès d'une personne de confiance qui vous aidera à vous en sortir avant de vous y perdre. La douleur est l'un de ces endroits hideux dont on doit se battre pour sortir quand on y est allé une seule fois, et, même quand on pense qu'on s'en est échappé, on découvre qu'elle vous a marqué à jamais. Si, comme moi, vous n'avez personne sur qui compter, personne pour vous prendre la main et vous promettre que vous réussirez à traverser cet enfer, il ne vous reste qu'à nouer les lacets de vos boots, vous prendre par la main et vous en sortir tout seul.*

Je regarde la date en haut de la page. Elle a écrit ça pendant que j'étais en Angleterre. Je ferais mieux d'arrêter là ma lecture. Je devrais juste reposer ce foutu carnet et ne jamais le rouvrir, mais je n'y arrive pas. J'ai bien peur de ne plus jamais pouvoir être proche d'elle, maintenant.

Je saute à une autre page intitulée *Foi*.

*Que signifie pour vous le concept de foi ? Avez-vous la foi en un être supérieur ? Croyez-vous que la foi puisse apporter de bonnes choses dans la vie des gens ?*

Cela devrait être mieux. Cette entrée ne devrait pas avoir de rapport avec moi.

*Pour moi, avoir la foi signifie croire en quelque chose d'autre que vous-même. Je ne crois pas que deux personnes puissent avoir la même opinion de la foi, que leur seule croyance soit fondée sur la religion ou pas. Bien sûr, je crois en un être supérieur, c'est l'éducation que j'ai reçue. J'allais avec ma mère à l'église tous les dimanches, et la plupart du temps le mercredi aussi. Je ne vais plus à l'église, ce qui est certainement une erreur, mais je n'ai pas encore d'opinion tranchée sur ce que j'éprouve en ce qui concerne ma religion, maintenant que je suis adulte et que je ne suis plus obligée de faire ce que ma mère attend de moi.*

*Quand je pense à la foi, mon esprit ne se tourne pas automatiquement vers la religion. Cela devrait probablement être le cas, mais non. Mon esprit se tourne toujours vers lui, tout tourne autour de lui. Il est dans toutes mes pensées. Je ne suis pas tout à fait sûre que ce soit une bonne chose, mais c'est comme ça et je crois profondément que les choses finiront par s'arranger pour nous au bout du compte. C'est vrai, il a un caractère difficile et il est surprotecteur, voire paternaliste parfois... Ok, souvent. Mais j'ai foi en lui, je crois que ses intentions sont bonnes, même si ses actions sont exaspérantes. Notre relation me met à l'épreuve dans des proportions que je n'aurais jamais crues imaginables. Mais chaque seconde avec lui le vaut. Je crois sincèrement qu'un jour, sa peur profonde de me perdre se dissipera et que nous envisagerons notre avenir ensemble. C'est tout ce que je souhaite. Je sais qu'il le souhaite aussi, même s'il refuse de l'admettre. Je crois tellement en cet homme que je passe sur toutes mes larmes, sur toutes nos disputes stériles… Je passerai dessus rien que pour être encore avec lui le jour où il sera enfin capable d'avoir foi en lui-même.*

*D'ici là, je ne doute pas qu'un jour Hardin dira ouvertement et honnêtement ce qu'il ressent, mettant par là un terme à cette interdiction qu'il s'impose, celle d'avoir des sentiments et de les gérer comme il le conviendrait. Ce jour-là, il verra finalement qu'il n'est pas le « méchant » de l'histoire. Il fait tout ce qu'il peut pour l'être, mais au fond de lui c'est en réalité un héros. Il est mon héros, mon bourreau parfois, mais principalement mon héros. Il m'a sauvée. J'ai passé ma vie à faire semblant d'être quelqu'un d'autre, et Hardin m'a montré que je pouvais être moi-même. Je ne me conforme plus aux attentes de ma mère. Et je le remercie tendrement pour m'avoir aidée à en arriver là. Je crois qu'un jour, il verra à quel point il est incroyable. Il est incroyablement parfaitement imparfait et je l'aime trop pour ça.*

*Peut-être ne montre-t-il pas de façon conventionnelle l'héroïsme qui est au fond de lui, mais il essaie et c'est tout ce que je demande. Je crois que s'il poursuit ses efforts, il finira par s'autoriser à être heureux. Je continuerai à avoir foi en lui jusqu'à ce qu'il ait foi en lui-même.*

Je referme le carnet et me pince l'arête du nez en essayant de contrôler mes émotions. Tessa croit en moi pour une raison qui m'échappe. Je ne comprendrai jamais pourquoi elle a perdu son temps avec moi, mais quand je lis ses pensées intimes, le couteau se retourne dans la plaie et me transperce à nouveau.

Le fait de me rendre compte que nous sommes pareils, Tessa et moi, m'effraie et m'excite en même temps. Apprendre que tout son monde tourne… *tournait* autour de moi me rend heureux et m'étourdit. Mais je me rappelle vite que j'ai tout fait foirer et mon bonheur s'évanouit comme il était apparu. Je lui dois, et je me dois, de devenir meilleur. Je lui dois d'essayer de me débarrasser de ma colère.

Étonnamment, j'ai le sentiment d'avoir abandonné un poids énorme depuis que j'ai parlé avec mon père. Je n'irai pas jusqu'à dire que tous les souvenirs horribles et douloureux son pardonnés, ou que nous allons subitement devenir copains et regarder les matchs de foot ensemble à la télé, mais je le déteste moins. Je lui ressemble plus que je veux bien l'admettre. J'ai essayé de quitter Tessa pour son bien, mais il me reste encore à me montrer assez fort pour le faire. Alors, en un sens, il est plus fort que moi. Lui, il est vraiment parti et il n'est jamais revenu. Si j'avais un enfant avec Tessa et que je savais que j'allais bousiller leurs vies, je choisirais de partir, moi aussi.

Putain ! La pensée d'avoir un enfant me donne la nausée. Je serais le pire des pères, et Tessa s'en sortirait bien mieux sans moi. Je n'arrive déjà pas à lui montrer mon amour, à elle, alors qu'est-ce que ce serait avec un gosse.

– C'est bon ! Ça va comme ça !

Je me lève en parlant à voix haute. Et je pousse un soupir. Je vais dans la cuisine et j'ouvre un placard. Sur l'étagère, la bouteille de vodka à moitié vide m'appelle et me supplie de la déboucher.

Je suis vraiment un putain d'alcoolo. Je me penche sur le plan de travail de la cuisine, la bouteille de vodka à la main. Je dévisse le bouchon et porte la bouteille à mes lèvres. Une gorgée suffira à dissiper mon sentiment de culpabilité. Avec une gorgée, je peux me convaincre que Tessa va bientôt rentrer. Ce ne sera pas la première fois que j'engourdirai la douleur de la sorte, et ce ne sera pas la dernière. Rien qu'une gorgée.

En fermant les yeux et en rejetant la tête en arrière, je peux voir derrière mes paupières les yeux de Tessa emplis de larmes. Alors, j'ouvre les yeux et vide la vodka dans l'évier.

∞

# 58

*Tessa*

Je vois des bouches s'ouvrir, des lèvres bouger sans produire aucun son. La musique rebondit contre les murs et me prend la tête.

*Depuis combien de temps suis-je plantée là ? Quand suis-je entrée dans la cuisine ?* Aucun souvenir.

– Salut.

Dan passe devant moi et s'appuie contre le plan de travail. Je frissonne légèrement. Son visage est flou, je m'applique à essayer de recentrer ma vision sur lui.

– Salut...

Ma réponse sort troooop lentement. Il sourit.

– Ça va ?

Je hoche la tête. Je crois que oui.

– Je me sens un peu bizarre, quand même.

Je parcours la pièce du regard, à la recherche de Zed. J'espère qu'il ne va pas tarder à revenir.

– Comment ça, bizarre ?

– Je ne sais pas, genre, je me sens... toute drôle. Comme si j'étais soûle, mais au ralenti, et en même temps j'ai comme une poussée d'énergie.

J'agite la main devant mon visage... J'en vois trois. Dan rigole.

– Tu as dû boire *beaucoup*.

Je hoche la tête à nouveau. Je regarde par terre. J'observe une nana qui passe devant moi avec une lenteur d'escargot.

– Tu sais si Zed va revenir ?

Dan regarde autour de lui.

– Où il est parti ?

– Chercher Steph. Il y avait un truc au sujet de ce que j'avais bu.

Je me penche encore plus sur le comptoir. Je suis probablement à moitié couchée dessus, je ne pourrais pas vraiment dire.

– Ah bon ? Hum... tu veux que je t'aide à le trouver ? Je crois que je l'ai vu monter.

– Ok.

Je n'aime pas beaucoup Dan, mais il faut que je trouve Zed parce que j'ai la tête de plus en plus lourde. Je le suis tandis qu'il se fraie un chemin dans la foule et se dirige vers l'escalier. La musique est incroyablement forte maintenant, et tout en montant les marches, je me rends compte que ma tête oscille d'avant en arrière.

– Il est là haut ?

– Ouais. Je crois qu'il vient d'entrer là-dedans.

De la tête, il désigne une porte de l'autre côté du couloir.

– C'est la chambre d'Hardin.

Il hausse les épaules.

– Je peux m'asseoir une minute ? Je n'arrive plus à marcher.

Mes pieds pèsent une tonne, mais on dirait que mon esprit est de plus en plus brouillé.

– Oui, oui, tu pourras t'asseoir là-bas.

Dan m'attrape par le bras et m'emmène dans l'ancienne chambre d'Hardin. Je titube jusqu'au bord du lit et les souvenirs voltigent dans l'air autour de moi. Hardin et moi, assis sur le lit, à l'endroit même où je suis maintenant. C'est là que je l'ai embrassé pour la première fois. J'étais trop submergée et troublée par mon besoin grandissant d'être près de lui. Mon bad boy. C'était la première fois que j'entrevoyais un Hardin plus doux et plus gentil. Il ne l'est pas resté très longtemps, mais c'était sympa de faire sa connaissance.

Je lève les yeux vers Dan.

– Où est Hardin ?

Son expression change un bref instant, puis il ricane.

– Oh, il n'est pas là, tu as dit que tu étais sûre qu'il ne viendrait pas, tu te rappelles ?

Il ferme la porte à clé. *Qu'est-ce qui se passe?* Différentes éventualités se succèdent dans mon esprit, mais mon corps est trop lourd pour pouvoir bouger. J'ai envie de m'allonger, mais une alarme stridente résonne dans ma tête, me conseillant de résister. *Ne t'allonge pas! Ne ferme pas les yeux!*

– Ouvre cette porte.

J'essaie de me lever, mais la chambre se met à tourner.

Juste à ce moment-là, j'entends frapper. Mon soulagement est immense quand Dan déverrouille la porte qui s'ouvre pour laisser entrer Steph.

– Steph! Il... il est chelou.

Je ne sais pas comment lui expliquer, mais je sais qu'il allait faire quelque chose.

Elle regarde Dan, qui lui fait un sourire sinistre. Puis ses yeux reviennent sur moi.

– Qu'est-ce qu'il a fait?

– Steph...

J'ai besoin qu'elle m'aide à sortir de cette chambre hantée.

– Arrête tes jérémiades!

Le ton sec de sa voix me coupe le souffle.

– Quoi?

Mais elle se contente de sourire à Dan en plongeant la main dans un sac qu'elle a apporté. Quand je gémis de nouveau, elle s'arrête et me fusille du regard.

– Bon Dieu, tu ne vas pas la fermer? J'en ai plus que marre de t'entendre râler et te plaindre tout le temps.

Mon cerveau ne doit pas fonctionner normalement – ce n'est pas possible que Steph me dise des choses pareilles.

Elle lève les yeux au ciel.

– Berk! Et cette moue innocente et idiote, arrête un peu, tu veux!

Elle continue à fouiller dans son sac encore quelques secondes. Apparemment, elle cherche quelque chose.

– Ça y est, je l'ai. Tiens.

Elle tend un petit objet à Dan.

Je manque de tourner de l'œil, mais un léger bip me ramène à la conscience... pour quelques secondes de plus.

Je vois une petite lumière rouge, comme une cerise minuscule.

Comme un cherry vodka sour. Steph, Dan, Molly, Zed. La fête. Oh, non !

– Qu'est-ce que tu as fait ?

Elle se remet à rire.

– Je ne t'ai pas dit d'arrêter tes jérémiades ? T'inquiète pas, ça va aller.

Elle vient vers le lit. Dan a une caméra dans la main. La lumière rouge montre qu'elle tourne.

– N... ne... t'approche pas de moi.

J'ai voulu crier, mais seul un murmure est sorti de ma gorge. J'essaie de me lever, mais je retombe lourdement sur le lit. Je m'enfonce comme dans des sables mouvants.

– Je croyais que tu...

Mais Steph pose les mains sur mes épaules et me maintient sur le matelas. Je ne peux pas me relever.

– Tu croyais quoi ? Que j'étais ton amie ?

Elle s'agenouille sur le lit, au-dessus de moi. Elle attrape l'ourlet de ma robe KMJ et commence à la remonter sur mes cuisses.

– Tu étais bien trop occupée à faire la pute en allant et venant entre Zed et Hardin pour te rendre compte qu'en réalité je t'ai toujours méprisée. Tu ne crois pas que si j'avais vraiment eu de l'amitié pour toi, je t'aurais balancé qu'Hardin sortait avec toi pour gagner un pari ? Tu ne crois pas qu'une amie t'aurait prévenue ?

Elle a raison, et une fois de plus ma stupidité me crève les yeux. La douleur de la trahison est décuplée par l'ivresse. Quand je regarde Steph, la démone aux cheveux rouges, le visage grimaçant, tordu la pire des façons, et la lueur qui brille dans ses yeux noirs, un frisson me traverse le corps.

Elle ricane.

– Oh ! Au fait, j'espère que tu t'es bien amusée en attendant Hardin le jour de son anniversaire. C'est fou ce que je peux faire avec un petit texto. Alors avec une caméra, ça devrait être encore plus drôle, non ?

J'essaie de la repousser, mais c'est impossible. Elle n'a aucun mal à écarter mes attaques, et continue à remonter ma robe. Je ferme les yeux et imagine Hardin surgissant à mon secours. Mon chevalier en armure noire.

– Hardin le... saura.

Quelle menace pathétique !

– Haha, ouais, ben c'est justement le but ! Maintenant, ta gueule !

On frappe une nouvelle fois à la porte, et je tente encore vainement de la repousser.

– Ferme la porte. Magne-toi, dit Dan.

Je relève la tête et regarde vers la porte. Je ne suis pas surprise de voir apparaître Molly.

– Viens m'aider à lui enlever sa robe.

J'ai les yeux qui papillonnent et j'essaie de secouer la tête, mais ça ne marche pas. Rien ne marche. Dan va me violer, je le sais. C'était ça le plan de Steph, pour cette fête. Ça n'a jamais été un pot d'adieu. Le plan était de me détruire. Je me demande comment j'ai pu penser un instant qu'elle était mon amie.

Les cheveux de Molly tombent sur mon visage quand elle monte sur le lit à côté de moi, et Steph me pousse et roule sur le côté pour accéder plus facilement au dos de ma robe.

– P... our... qu... quoi ?

Ma voix se brise et je suis vaguement consciente que des larmes roulent sur mes joues et vont humecter les draps.

– *Pourquoi ?*

Dan approche son visage du mien.

– Pourquoi ? Ton connard de petit ami s'est enregistré en train de baiser ma sœur... voilà pourquoi !

Son souffle chaud sur mon visage est comme de la boue.

– Waouh ! intervient Molly d'une voix forte. Je croyais que tu avais dit que tu allais seulement prendre quelques photos d'elle !

– Oui, c'est ça... et peut-être une petite vidéo, répond Steph.

– Pas question ! Bon Dieu, non, tu ne peux pas le laisser la violer !

– Il ne va pas le faire... sérieux ! Je ne suis pas une psychopathe. Il va juste la toucher un peu et faire comme s'ils baisaient, comme ça quand Hardin verra la vidéo, il deviendra dingue ! Imagine sa tête quand il verra sa petite pute innocente se faire baiser par Dan ! (Elle rigole.) Je croyais que tu marchais avec nous. C'est ce que tu avais dit.

– Je suis d'accord pour le faire chier, mais tu ne vas pas enregistrer ça, quand même !

Molly chuchote, mais je l'entends parfaitement.

– Tu parles comme elle.

Steph me retourne après m'avoir retiré ma robe complètement.

– Arrête !

En entendant mon gémissement, Steph lève les yeux au ciel et Molly semble prête à vomir d'une seconde à l'autre.

– Je ne suis plus dans le coup.

Molly a l'air paniquée. Steph l'attrape violemment par l'épaule.

– La porte est là. Si tu dois te dégonfler, t'as qu'à descendre, on te rejoindra dans une minute.

On frappe encore une fois à la porte, cette fois j'entends la voix de Tristan.

– Steph, t'es là ?

*Pas lui, aussi !*

– Merde, chuchote Steph. Ouais, euh, je parle avec Molly. J'arrive.

J'ouvre la bouche, mais elle m'empêche de crier en collant sur mon visage sa main qui pue l'alcool.

Je cherche de l'aide dans le regard de Molly, mais elle détourne les yeux. Trouillarde.

– Attends-moi en bas, Bébé. J'arrive. Des histoires de filles, tu vois ?

Dans mon malheur, je suis soulagée de constater que Tristan n'était pas au courant des intentions abjectes de sa petite amie.

– D'accord.

– Dan, viens ici.

Steph me touche la joue.

– Ouvre les yeux !

Je les ouvre à peine quand je sens la main de Dan glisser en haut de ma cuisse. Je suis envahie par la peur, ma seule réaction est de refermer les yeux.

– Je descends, dit finalement Molly au moment où Dan approche sa petite caméra de son visage.

– Très bien, referme la porte.

– Pousse-toi !

Le lit bouge quand Steph se lève et que Dan prend sa place.

– Prends la caméra.

Je fais tout ce que je peux pour imaginer que ce sont les mains d'Hardin à la place de celles de Dan, mais c'est impossible. Les mains de Dan sont douces, trop douces, alors, j'essaie de penser à autre chose, n'importe quoi. Je me remémore la douceur de la couverture qui me touchait le visage quand j'étais petite...

La porte se ferme, me signalant que Molly est sortie, et je gémis encore une fois.

– Il va te casser la gueule.

Je m'étrangle et je garde les paupières serrées.

– Nan, pas de danger, il ne fera rien du tout, il aura bien trop peur que quelqu'un voie ça.

Ses doigts jouent avec l'élastique de ma culotte et il me murmure à l'oreille :

– C'est comme ça que ça marche.

Je rassemble toutes mes forces pour essayer de le faire tomber, mais je ne réussis qu'à secouer légèrement le lit.

Steph lâche un petit rire pervers et me colle la caméra dans la figure.

– Hardin est un con, ok ? Qui baise avec tout le monde. Il s'est fait la sœur de Dan, il m'a baisée, il a dragué des tas de meufs pour les niquer et les larguer après. C'est-à-dire jusqu'à ce qu'il te rencontre. Je ne comprendrai jamais ce qu'il te trouve.

Elle dit ça d'un air dégoûté.

– Tessa !

La voix de Zed tonne, venue de je ne sais où. Steph me couvre la bouche de nouveau quand je l'entends tambouriner à la porte.

– Pas un bruit !

J'essaie de lui mordre la main. Elle me donne une gifle, heureusement je la sens à peine.

– Ouvre cette putain de porte, Steph, tu m'entends ? Laisse-moi entrer.

*Est-ce qu'il est dans le coup, lui aussi ? Est-ce qu'Hardin avait raison à propos de lui ? Est-ce que tout le monde ici veut me faire du mal ?*

Ce n'est pas impossible, presque tous les gens à qui j'ai donné ma confiance depuis que je suis arrivée à la fac m'ont trahie. La liste ne fait que s'allonger.

– Je vais enfoncer la porte, je ne rigole pas. Va chercher Tristan.

Steph enlève immédiatement sa main de ma bouche.

– Attends !

Elle court vers la porte en criant, mais c'est trop tard. La porte explose dans un grand craquement et, soudain, la main de Dan n'est plus sur moi. Quand j'ouvre les yeux, il recule précipitamment en voyant Zed traverser la pièce à grandes enjambées, sa présence occupe tout l'espace.

– C'est quoi ce bordel ?

Il se précipite vers moi.

Quelqu'un me jette une couverture tandis que je tends les mains vers lui.

– Aide-moi.

Je prie pour qu'il ne soit pas impliqué dans ce cauchemar. Pour qu'il m'écoute vraiment. Il fait un grand pas vers Steph et lui arrache la caméra des mains.

– C'est quoi ton problème ?

Il jette la caméra sur le sol et la piétine avec détermination.

– Cool, mec, c'était juste une blague.

Elle croise ses bras sur sa poitrine, c'est précisément à ce moment-là que Tristan entre dans la chambre.

– *Une blague* ? Tu as mis quelque chose dans son verre et tu es là avec une caméra pendant que Dan essaie de la violer, bordel ! Ça n'a rien d'une blague !

Tristan reste bouche bée.

– Quoi ?

Manipulatrice comme toujours, Steph se met à verser des larmes de crocodile.

– Ne l'écoute pas.

Zed secoue la tête.

– Non, mec, c'est vrai. Tu peux demander à Jace. Elle lui a demandé un benzo, et maintenant regarde Tessa ! La caméra est juste là.

Il montre les morceaux sur le sol.

En tenant la couverture contre moi, j'essaie de m'asseoir. En vain.

– C'était une blague. On n'allait pas lui faire de mal.

Son rire sonne faux. Tristan regarde sa petite amie avec horreur.

– Comment as-tu pu faire ça ? Je croyais que c'était ton amie !

– Non, non, Bébé. Ce n'est pas aussi grave que ça en a l'air. C'est Dan qui a eu cette idée.

Dan lève les bras au ciel. Lui non plus n'a pas envie de porter le chapeau.

– Putain ! Ce n'est pas vrai, ce n'était pas mon idée ! C'était la tienne.

Il pointe le doigt vers Steph et regarde Tristan.

– Elle fait une fixation sur Hardin, putain... c'était son idée.

Tristan s'apprête à quitter la pièce, mais semble se raviser et balance son poing dans la figure de Dan qui s'écroule par terre, puis il repart en direction de la porte. Steph le rattrape.

– Ne m'approche pas ! Toi et moi, c'est fini, hurle-t-il avant de disparaître.

Elle se retourne et regarde tout le monde dans la pièce.

– Merci beaucoup, putain !

J'ai envie de rire devant l'ironie de la situation : c'est elle qui a organisé ce spectacle funeste, mais elle en veut à tout le monde quand ça lui revient en pleine figure. Et si je n'étais pas en train d'essayer de reprendre mon souffle, je rirais pour de bon.

Zed se penche vers moi.

– Tessa, ça va ?

– Non...

Je suis de plus en plus étourdie.

– Je te demande pardon de t'avoir laissée seule. Je n'aurais pas dû.

Zed resserre la couverture autour de moi. Il passe un bras sous mes jambes, l'autre dans mon dos et me soulève du lit.

Il me porte à travers la chambre pour m'en faire sortir, mais il marque l'arrêt devant Dan, qui est tout juste en train de se relever.

– J'espère qu'Hardin te tuera quand il saura ce que tu as fait. C'est tout ce que tu mérites.

J'ai vaguement conscience des soupirs de stupéfaction et des chuchotements sur notre passage quand Zed me fait traverser la foule en me portant dans ses bras. Mais je m'en fiche. J'ai juste envie d'échapper à cet endroit, sans le moindre regard en arrière.

– C'est quoi, putain ?

Je reconnais la voix de Logan.

– Tu veux bien remonter chercher sa robe et son sac ?

– Ouais, sûr, mec.

Zed sort à reculons par la porte de devant et l'air froid me saisit. Je crois que je frissonne, mais je n'en suis pas sûre. Zed essaie de serrer la couverture autour de moi, mais elle glisse sans arrêt. Je ne lui suis pas d'un grand secours étant donné que j'arrive à peine à bouger le bras.

– J'appelle Hardin dès que je t'ai déposée dans mon pick-up.

– Non, s'il te plaît.

Hardin va être fou furieux. La dernière chose dont j'ai besoin, c'est qu'on me hurle dessus alors que j'arrive à peine à garder les yeux ouverts.

– Tessa, je pense vraiment que je devrais l'appeler.

– Non, je t'en prie.

Je recommence à pleurer. Hardin est la seule personne que j'ai envie de voir en ce moment, mais je sais comment il réagira quand il apprendra ce qui s'est passé. Je me demande ce qu'il aurait fait à Steph et Dan si c'était lui qui nous avait surpris. Quelque chose qui l'aurait conduit droit en prison, j'en suis sûre.

– Ne lui dis rien, rien du tout.

– Il finira bien par le savoir. Même si la vidéo est détruite, il y a trop de gens au courant.

– S'il te plaît.

J'entends son soupir de frustration tandis qu'il déplace le poids de mon corps sur un seul bras pour pouvoir ouvrir la portière passager de son camion.

Logan réapparaît au moment où il me dépose sur le siège glacé.

– Tiens, ses affaires. Elle va bien ?

Il a l'air vraiment inquiet.

– Oui, je crois. Elle a pris du benzo.

– Comment ça ?

– C'est une longue histoire. T'en as déjà pris ?

– Ouais, une fois, mais la moitié d'un seulement, et j'ai perdu conscience au bout d'une heure. Il faut espérer qu'elle ne va pas avoir des hallu. Ça a des effets bizarres sur certaines personnes.

– Merde.

J'imagine la tête de Zed en train de tripoter le piercing de sa lèvre.

– Hardin est au courant ?

– Pas encore...

Ils continuent à discuter tous les deux comme si je n'étais pas là. Je suis soulagée quand le chauffage du camion s'allume.

– Je dois la ramener chez elle.

Quelques secondes plus tard, Zed monte dans le camion à côté de moi. Il me regarde d'un air inquiet.

– Si tu ne veux pas que je lui dise, où tu veux aller ? Tu peux venir chez moi, mais tu sais qu'il sera furieux quand il l'apprendra.

Si j'étais capable de faire une phrase cohérente, je lui dirais que nous avons rompu, mais comme je ne peux pas, je produis une espèce de son à mi-chemin entre un cri et une toux.

– Mère.

C'est tout ce que j'arrive à dire.

– Tu es sûre ?

– Oui... pas Hardin, s'il te plaît.

Il hoche la tête, et le pick-up s'ébranle et descend la rue. J'essaie de me concentrer sur sa voix tandis qu'il parle au téléphone, mais dans mes efforts pour rester assise, je perds le fil et quelques minutes plus tard, j'abandonne et ferme les yeux.

∞

# 59

## *Hardin*

*L'amour est l'émotion la plus importante que l'on puisse éprouver. Que ce soit l'amour que l'on voue à Dieu ou à un autre être humain, c'est la plus puissante, la plus énorme, la plus incroyable des expériences. Le moment où l'on réalise que l'on est capable d'aimer quelqu'un plus que soi-même est certainement le moment le plus déterminant de toute une vie. Ça l'a été pour moi en tout cas. J'aime Hardin plus que moi-même, je l'aime plus que tout.*

Mon téléphone se met à vibrer sur la table basse pour la cinquième fois en deux minutes. Je décide finalement de répondre pour pouvoir l'envoyer balader.

– Qu'est-ce que tu veux, putain ?

– C'est...

– Accouche, Molly, j'ai autre chose à faire que t'écouter.

– C'est au sujet de Tessa.

Je me lève d'un bond, faisant tomber le carnet par terre. Mon sang se glace dans mes veines.

– De quoi tu parles, bordel ?

– Elle est... écoute, je sais que tu vas flipper, mais Steph a mis quelque chose dans son verre et Dan est...

– T'es où?

– La fraternité.

À peine a-t-elle dit ça que j'ai déjà raccroché. J'attrape mes clés et sors précipitamment de l'appart.

***

J'ai le cœur prêt à exploser pendant tout le trajet. Qu'est-ce qui m'a pris de prendre un appart aussi loin du campus ? Ces trente kilomètres sont les plus longs de ma vie.

Putain ! Steph a donné quelque chose à Tessa... c'est quoi son problème, merde ! Et Dan ? Ce connard est mort s'il touche à un de ses cheveux.

Je grille tous les feux rouges sans tenir compte des flashes qui me signalent que je vais recevoir au moins quatre contraventions par la poste.

*C'est Tessa...* La voix de Molly résonne en boucle dans ma tête jusqu'à ce que j'arrive enfin à la fraternité. Je ne prends pas le temps d'arrêter le moteur. Une foule d'imbéciles complètement partis sont entassés dans le séjour et dans les couloirs, et je joue des coudes pour essayer de trouver Tessa.

Je tombe d'abord sur Nate, je l'attrape par le col et le plaque contre le mur.

– Où est-elle ?

– Je n'en sais rien ! Je ne l'ai pas vue !

Il crie et je relâche ma prise.

– Où est Steph ?

– Dans la cour, je crois. Ça fait un moment.

Je le lâche, il trébuche en avant en me lançant un regard assassin.

Paniqué, je me précipite vers le jardin... Si Tessa est dehors dans le froid avec Steph et Dan...

Les cheveux rouges de Steph flamboient dans l'obscurité. Sans une seconde d'hésitation je l'attrape et la soulève par le col de son blouson de cuir. Elle commence à battre des bras.

– Qu'est-ce qui te prend, bordel ?

Je gronde sans la lâcher.

– Où est-elle ?

– Je n'en sais rien, moi. Et toi ?

Je la fais tourner sur elle-même pour la regarder en face.

– Dis-moi où elle est, putain !

– Tu ne me fais pas peur.

– Si j'étais toi, je ne serais pas si tranquille. Dis-moi où est Tessa *immédiatement* !

Je hurle. Steph se recroqueville, elle perd de son assurance et finit par secouer la tête.

– Je n'en sais rien, putain ! Elle doit être dans les vapes maintenant.

– Tu es une malade, une garce répugnante. À ta place, je dégagerais avant que je la retrouve. Dès que je saurai qu'elle va bien, plus rien ne m'empêchera de venir m'occuper de toi.

Pendant un moment, j'ai envie de lui casser la gueule, mais je sais que je ne serais pas capable de le faire. Je préfère ne pas imaginer la réaction de Tessa si je levais la main sur une femme, même une peste comme Steph.

Je tourne les talons et rentre dans la maison. Je n'ai pas de temps à perdre à ces petits jeux.

– Où est Dan Heard ?

En passant, je m'adresse à une blonde assise toute seule en bas de l'escalier.

– Lui ?

Elle pointe un ongle verni vers le haut des marches.

Sans répondre, je monte les marches quatre à quatre. Dan ne se rend compte de ma présence qu'au moment où je le plaque au sol, bousculant un couple au passage. Je le retourne et l'immobilise en lui serrant le cou. Ça me rappelle quelque chose.

– Où est Tessa, bordel ?

Je resserre ma prise. Le visage de Dan commence à prendre une nuance de rose assez intéressante. En guise de réponse, il produit un son étranglé absolument pathétique. J'enfonce mes doigts un peu plus fort dans sa trachée.

– Si tu lui as fait le moindre mal, même ta propre mère ne te reconnaîtra plus.

Il bat l'air de ses pieds, je me tourne vers le mec qui est avec lui.

– Où est Tessa Young ?

Il lève les mains pour montrer son innocence.

– Je... je ne la connais pas, mec. Je te jure.

Ce trouillard crie en reculant pendant que je continue à étrangler son pote.

Le visage de Dan est passé au violet.

– Tu vas me le dire, oui ou non ?

Il hoche la tête frénétiquement.

– Parle, bordel !

Je le lâche.

– Elle est... Zed.

Il parle et tousse en même temps. Ma vision s'obscurcit tandis que toutes mes craintes se matérialisent brusquement.

– *Zed* ? C'est lui qui a tout organisé, c'est ça ?

À ce moment-là, Molly sort d'une des chambres qui bordent le couloir.

– Non. Il n'a rien à voir avec ça. Ce n'est pas lui. Je veux dire, il a entendu Steph dire qu'elle faisait quelque chose, mais je ne crois pas qu'il l'ait prise au sérieux.

Je lance à Molly un regard hébété.

– Où est-elle ? Où est Tessa ?

– Je ne sais pas. Je crois qu'elle est partie avec Zed.

– Qu'est-ce qu'ils lui ont fait ? Dis-moi tout, maintenant.

Je me relève en laissant Dan sur le sol. Il se masse le cou en essayant de reprendre son souffle. Molly secoue la tête.

– Ils ne lui ont rien fait. Il les a arrêtés avant.

– Qui « il » ?

– Zed. Je suis descendue le chercher, lui et Tristan, avant qu'ils aillent trop loin. Steph était complètement déjantée. Comme si elle allait pousser Dan à violer Tessa ou un truc du genre. Elle a dit qu'elle voulait seulement faire semblant, mais je ne suis pas sûre, elle se conduisait comme une vraie tarée.

– Violer Tessa ? (Je m'étrangle.) Est-ce qu'il l'a... touchée ?

– Un peu.

Elle baisse les yeux avec tristesse. Je regarde Dan qui vient de s'asseoir. Je lui flanque ma botte dans la figure et il retombe immédiatement.

– Putain de merde ! Tu vas le tuer !

– Qu'est-ce que ça peut te foutre ?

J'essaie d'évaluer la force du coup qu'il faudrait que je lui donne pour lui endommager définitivement le cerveau. Du sang dégouline sur sa joue et du coin de sa bouche. Parfait.

– Je ne... En fait, je me fous complètement de toute cette histoire.

– Alors pourquoi tu m'as appelé ? Je croyais que tu détestais Tessa.

– C'est vrai, ça tu peux me croire. Mais ce n'est pas une raison pour laisser quelqu'un la violer.

– Eh bien...

J'allais la remercier, mais je me rappelle à temps quel genre de garce elle sait être, alors je me contente de hocher la tête et je pars pour essayer de retrouver Tessa.

Et d'abord, qu'est-ce que Zed faisait là ? Ce fils de pute a le chic pour toujours se pointer au bon moment.

Je suis tellement soulagé de savoir qu'elle a échappé au foutu plan de Steph et Dan pour se venger de moi que je mets mon extrême jalousie de côté. Cette histoire est une énième preuve que je suis néfaste à Tessa. Si je n'avais pas merdé avec la sœur de Dan, ceci ne serait jamais arrivé. Maintenant, Tessa a été droguée et elle est avec Zed. Qui sait ce qu'il va essayer lui faire, putain !

Ça y est. Je sais à quoi l'enfer ressemble. Savoir qu'elle s'est trouvée dans une telle situation à cause de moi. Elle a failli être violée par ma faute.

Exactement comme dans mes cauchemars... et je n'étais pas là pour l'empêcher. Comme je n'ai pas été capable d'empêcher ce qui est arrivé à ma mère.

Je déteste cette idée. Je me déteste tellement, putain ! Je détruis tout ce que je touche et tout ceux que je côtoie. Je suis un poison, et elle l'ange qui se désagrège lentement.

– Hardin !

Je rencontre Logan au bas de l'escalier.

– Tu sais où sont Zed et Tessa ?

Ces mots sont comme de l'acide sur ma langue.

– Ils sont partis il y a un quart d'heure environ. J'ai supposé qu'ils allaient chez vous.

Donc elle n'a parlé de notre rupture à personne.

– Elle... elle allait bien ?

– Je ne sais pas trop. Elle avait l'air dans les vapes. Ils lui ont donné un benzo.

– Putain !

Je vais vers la porte en me tirant les cheveux.

– Si tu as des nouvelles de Zed avant que je les trouve, surtout appelle-moi.

Logan acquiesce d'un signe de tête et je cours vers ma voiture. Heureusement, on ne me l'a pas volée. Malgré tout, quelqu'un en a quand même profité pour faire le con et a renversé une bière sur le pare-brise avant de laisser le gobelet vide sur le capot. Bandes de connards !

J'appelle Tessa, et je finis par bredouiller un message sur sa boîte vocale.

– Réponds-moi, s'il te plaît... je t'en prie, réponds.

Je sais qu'elle n'est probablement pas capable de répondre maintenant, mais Zed pourrait au moins le faire pour elle. Ça me rend malade de la savoir dans cet état alors que je ne suis pas là pour la protéger. Je cogne des poings sur le volant et je démarre. C'est une catastrophe, putain, et pour tout arranger, elle est avec Zed. Je ne lui fais pas plus confiance qu'à Dan ou Steph.

Ce n'est pas entièrement vrai, mais quand même. Quand j'arrive chez Zed, je suis en larmes. De vraies larmes ruissellent sur mes joues, me rappelant quel raté je suis. J'ai laissé tout ça arriver. Je n'ai pas empêché qu'on la drogue, qu'on manque de la violer et qu'on l'humilie. J'aurais dû être là. Personne n'aurait osé faire ça *si j'avais été là.* Elle a dû avoir si peur...

Je soulève mon t-shirt pour m'essuyer les yeux et je me gare devant chez Zed. Son pick-up n'est pas sur le parking... *Où est-il, putain ? Où est-elle ?*

J'essaie d'appeler Tessa, puis Zed, puis Tessa de nouveau. Personne ne décroche. Si jamais il lui fait quelque chose pendant qu'elle est inconsciente, je le tue.

*Où est-ce qu'elle pourrait aller d'autre ? Chez Landon ?*

– Hardin ?

Landon me répond d'une voix ensommeillée. Je mets le haut-parleur.

– Est-ce que Tessa est chez toi ?

Il bâille.

– Non... elle devrait ?

– Non, je n'arrive pas à la trouver.

– Est-ce que... Est-ce que ça va ?

– Oui… Non. Je ne sais pas où est Tessa et je ne sais pas où la chercher.

– Est-ce qu'elle veut que tu le saches ?

C'est une bonne question. Probablement que non. Mais encore une fois, en ce moment, elle n'est probablement pas capable de penser de façon cohérente.

– Je suppose que ton silence veut dire non, Hardin. D'après moi, si elle ne veut pas que tu la trouves, elle ne peut être que là où elle sait que tu n'iras pas.

– Chez sa mère.

Je grogne en me frappant la cuisse de ne pas y avoir pensé plus tôt.

– Oh ! J'ai vendu la mèche… Tu vas y aller ?

– Ouais.

*Est-ce que Zed serait prêt à faire deux heures de voiture pour l'emmener chez sa mère ?*

– Tu sais comment y aller ?

– Pas précisément, mais je peux faire un saut à l'appart pour chercher l'adresse.

– Je crois que je l'ai quelque part ici… Elle a laissé un formulaire de transfert il y a quelque temps. Je vais regarder et je te rappelle.

– Merci.

En attendant, impatient, je fais demi-tour sur le premier parking que je trouve. Je regarde par la vitre dans l'obscurité. Je dois me concentrer sur l'idée de la voir, de m'assurer qu'elle va bien.

– Tu vas m'expliquer ce qui se passe ? me demande Landon quand il me rappelle.

– Steph… tu sais, la rousse ? Elle a drogué Tessa.

Landon pousse un cri étouffé.

– Attends. Qu'est-ce que tu dis ?

– Ouais. C'est un truc de ouf, et je n'étais pas là pour lui venir en aide, alors elle est avec Zed.

– Elle va bien ?

Il a l'air de paniquer.

– Je n'en ai aucune idée, putain !

Je m'essuie le nez sur mon t-shirt. Landon me donne les indications pour aller à la maison où Tessa a passé son enfance.

Sa mère va péter un câble en me voyant, surtout dans ces circonstances, mais je m'en fous. Je n'ai pas la moindre idée de ce que je vais faire en arrivant là-bas, mais il faut que je la voie pour être sûr qu'elle va bien.

∞

## 60
### *Tessa*

– Qu'est-ce qui s'est passé ? Dites-moi toute l'histoire !

Ma mère crie tandis que Zed me sort de son pick-up en me portant dans ses bras. Je reprends vaguement conscience et suis terriblement gênée.

– L'ancienne coloc de Tessa a mis quelque chose dans son verre, et Tessa m'a demandé de la conduire chez vous.

Je suis soulagée que Zed ne lui donne pas tous les détails.

– Oh, mon Dieu ! Mais pourquoi a-t-elle fait une chose pareille ?

– Je ne sais pas, Madame Young... Tessa vous expliquera quand elle se réveillera.

*Mais je suis réveillée !* J'ai envie de crier, mais je n'y arrive pas. Ça fait bizarre, j'entends tout ce qui se passe autour de moi, mais je ne suis pas capable de prendre part à la conversation. Je ne peux ni bouger ni parler. Mon cerveau est embrumé et mes pensées sont incohérentes, mais je suis étrangement consciente de tout ce qui se passe. En même temps, ça change tout le temps : parfois, la voix de Zed se change en celle d'Hardin. Je perds la tête. Cette drogue me rend folle et je n'ai qu'une envie, que ça s'arrête.

Le temps passe – combien de temps, je n'en ai aucune idée –, et on me pose sur ce qui me semble être un canapé. Lentement, peut-être même avec réticence, les bras de Zed s'écartent de moi.

– Eh bien, je vous remercie de l'avoir amenée ici. C'est vraiment effrayant. Quand va-t-elle se réveiller ?

La voix de ma mère me perce les tympans. J'ai la tête qui tourne lentement.

– Je ne sais pas. Je pense que les effets durent douze heures au maximum. Cela fait déjà trois heures.

– Comment est-ce qu'elle a pu être aussi stupide ?

Ma mère parle sèchement, et le mot « stupide » résonne dans ma tête un moment puis s'estompe peu à peu.

– Qui ? Steph ?

– Non, Theresa. Comment a-t-elle pu être assez stupide pour sortir avec des gens comme ça ?

– Ce n'est pas de sa faute. C'était censé être une fête pour son départ. Tessa pensait que cette fille était son amie.

– Son amie ? Je vous en prie ! Tessa aurait mieux fait de se méfier de cette fille, et de toute votre bande, d'ailleurs.

– Avec tout le respect que je vous dois, vous ne me connaissez pas. Je viens juste de faire deux heures de voiture pour ramener votre fille.

Ma mère soupire et je me concentre sur le claquement de ses talons sur le carrelage de la cuisine.

– Avez-vous besoin d'autre chose ? demande Zed.

Je remarque que le canapé est beaucoup plus doux que les bras de Zed. Les bras d'Hardin sont doux et durs à la fois. J'ai toujours aimé regarder ses muscles se tendre sous sa peau. Mes pensées se troublent de nouveau. Je déteste ce va-et-vient incessant entre clairvoyance et confusion.

De loin, j'entends la voix de ma mère.

– Non. Merci de l'avoir ramenée. Je me suis montrée grossière avec vous, je vous prie de m'excuser.

– Je vais chercher ses affaires dans ma voiture, et je vous laisse.

– D'accord.

Je n'entends pas le bruit du camion de Zed qui démarre. Il ne revient pas, à moins que je l'aie manqué. Je suis en pleine confusion. J'ai la tête lourde. Je ne sais pas depuis combien de temps je suis allongée là, mais j'ai soif. Est-ce que Zed est déjà parti ?

– Qu'est-ce que vous faites là, bon sang ?

C'est ma mère qui crie, perçant la brume de mon esprit d'un éclair de lucidité. Malgré tout, je ne sais toujours pas ce qui se passe.

– Elle va bien ?

Cette voix haletante, essoufflée. Hardin.

Il est là. Hardin.

À moins que ce ne soit la voix trompeuse de Zed. Non, je sais que c'est Hardin. Je sens qu'il est là.

– Je vous interdis d'entrer dans cette maison. Vous m'entendez ? Ne faites pas comme si vous n'aviez pas entendu !

J'entends la porte moustiquaire qui se ferme en claquant et ma mère qui continue à hurler.

Puis je crois sentir qu'il pose sa main sur ma joue.

∞

# 61

## *Hardin*

Ils ne doivent pas être là depuis bien longtemps. J'ai largement dépassé les limitations de vitesse sur tout le trajet. Au moment où j'aperçois le pick-up de Zed dans l'allée de la petite maison en briques, je manque de vomir. Quand je le vois sortir sur le porche, je vois rouge.

Zed se dirige lentement vers son camion, et je me gare au milieu de la rue, je ne veux pas me mettre derrière lui pour qu'il puisse foutre le camp d'ici.

*Qu'est-ce que je vais dire à Zed ? Qu'est-ce que je vais lui dire, à elle ? Est-ce qu'elle sera même capable de m'entendre ?*

– Je savais que tu viendrais, me dit-il calmement quand je me pointe devant lui.

– Pourquoi je ne viendrais pas ?

Je retiens la colère qui monte en moi.

– Peut-être parce que tout ça est entièrement de ta faute.

– Tu déconnes ? Est-ce que c'est de ma faute si Steph est une putain de psychopathe ?

*Oui, oui, précisément.*

– Non, mais c'est de ta faute si tu n'as pas accompagné Tessa à cette fête. Tu aurais dû voir son visage quand j'ai défoncé cette porte.

Il secoue la tête comme pour se débarrasser de ce souvenir. Ma poitrine se serre. Tessa n'a pas dû lui dire que nous n'étions plus ensemble. *Est-ce que ça veut dire qu'elle y croit encore, malgré tout ?*

– Je... je ne savais même pas qu'elle y allait, alors va te faire foutre. Où est-elle ?

– À l'intérieur.

C'est évident. Il me jette un regard assassin.

– Ne me regarde pas comme ça, putain. Et d'abord, tu ne devrais même pas être là, je te rappelle.

– Si je n'avais pas été là, elle aurait été violée et Dieu sait quoi encore.

Je l'attrape par le col de son blouson de cuir et je le plaque contre la portière de son camion.

– Tu peux la « sauver » autant que tu veux, elle ne voudra jamais de toi. Ne l'oublie pas !

Je le pousse encore une fois puis je recule. J'ai envie de le frapper, de lui exploser le nez pour être ce connard aussi arrogant, mais Tessa est juste à côté, dans cette maison, et il est plus important pour moi d'aller la voir tout de suite. En passant devant la portière du côté passager, je vois le sac de Tessa sur le siège et aussi... une robe.

*Elle n'a pas de vêtements ?*

– Pourquoi sa robe est là ?

J'ouvre précipitamment la portière et ramasse ses affaires. Il ne répond pas immédiatement, je lui lance un regard assassin.

– Ils l'ont déshabillée.

Il a l'air sombre.

– Putain.

Je tourne les talons et je remonte l'allée vers la maison de la mère de Tessa.

Quand j'arrive sous le porche, Carol sort pour bloquer la porte d'entrée.

– Qu'est-ce que *vous* faites là, bon sang !

Sa fille a été agressée et la première chose qu'elle fait, c'est de me crier dessus. Charmant !

– Il faut que je la voie.

J'attrape la poignée. Elle fait non de la tête, mais s'écarte de mon chemin. J'ai l'impression qu'elle sait que j'entrerai de toute façon.

– Je vous interdis d'entrer dans cette maison.

Je ne tiens pas compte des ses cris et passe devant elle.

– Vous m'entendez ?

La porte se referme en claquant derrière moi, je parcours du regard le séjour exigu pour trouver ma petite amie.

Je reste pétrifié en la voyant. Elle est allongée sur le canapé, les genoux légèrement pliés. Ses cheveux entourent sa tête d'un halo blond et ses yeux sont fermés. Carol continue de me harceler, me menaçant d'appeler les flics, mais je n'en ai rien à foutre. Je m'approche de Tessa, puis je m'agenouille à côté d'elle pour être au niveau de son visage. Sans réfléchir, je caresse sa pommette de mon pouce et je prends sa joue en feu dans ma paume.

– Bon sang.

Je regarde attentivement sa poitrine qui monte et qui descend lentement.

– Putain Tess, je te demande pardon. Tout ça est de ma faute.

J'espère qu'elle peut entendre les mots que je murmure à son oreille. Elle est magnifique, immobile et calme, avec ses lèvres entrouvertes et cette innocence qui transparaît sur son visage à couper le souffle.

Bien évidemment, Carol vient interrompre ce moment, déversant sa colère sur moi.

– Alors là, c'est bien vrai ! Tout est de votre faute. Maintenant, sortez de chez moi avant que je vous fasse virer par la police.

Je ne me retourne même pas.

– Vous ne voulez pas arrêter deux minutes ? Je n'irai nulle part. Allez-y, appelez la police. Faites-les venir ici à cette heure de la nuit. Tout le monde en ville en parlera et vous savez aussi bien que moi que vous n'y tenez pas du tout.

Sans la voir, je sais qu'elle me jette un regard meurtrier, que dans son imagination elle me poignarde dans le dos, mais je ne peux détacher mon regard de la jeune femme devant moi.

– Très bien, vous avez cinq minutes.

Elle martèle le tapis de ses hauts talons de la façon la plus affreuse qui soit. *Pourquoi, d'ailleurs, est-elle encore si chic à cette heure de la nuit ?*

– J'espère que tu m'entends, Tessa.

Mes yeux débordent de larmes qui coulent sur sa peau diaphane.

– Je suis tellement désolé. Déjà, je n'aurais jamais dû te laisser partir. Qu'est-ce que j'avais dans la tête ? Je pense que tu serais fière de moi, enfin... un peu. Je n'ai pas tué Dan quand je l'ai trouvé, je lui ai seulement donné un coup de pied dans la gueule... Oh, je l'ai un peu étranglé aussi, mais il respire toujours. Et j'ai failli prendre une cuite, mais je me suis abstenu. Je ne pouvais pas faire pire que ce que j'avais déjà fait. Je sais que tu crois que je m'en fiche, mais tu te trompes. Le truc, c'est que je ne sais pas comment m'y prendre pour te le montrer.

Je m'arrête pour examiner la façon dont ses paupières réagissent à ma voix.

– Tessa, tu m'entends ?

– Zed ?

C'est à peine un chuchotement et, l'espace d'un instant, je pourrais jurer que le diable me fait marcher.

– Non, Bébé, c'est Hardin. Je suis Hardin, pas Zed.

Je ne peux retenir la contrariété que je ressens en l'entendant prononcer ce nom avec tant de douceur.

– Pas Hardin.

Ses sourcils se relèvent avec perplexité, mais ses yeux restent fermés.

– Zed ?

J'écarte ma main de sa joue.

Quand je me relève, sa mère a disparu. Je suis étonné qu'elle ne soit pas restée, penchée sur mon épaule, pour m'écouter présenter mes excuses à sa fille.

C'est alors que, comme si elle avait entendu mes pensées, elle surgit dans la pièce.

– Vous avez fini ?

Je lève la main.

– Non.

Je devrais. C'est Zed que Tessa réclame, après tout.

Mais, timidement, comme si elle voulait bien admettre qu'elle ne contrôle pas le monde entier, sa mère me demande :

– Pourriez-vous la porter dans sa chambre avant de partir ? Elle ne va pas rester sur le canapé.

– C'est ça, je ne suis pas admis dans cette maison, mais...

Je m'interromps, sachant que ça ne servirait à rien de me prendre la tête une fois de plus avec cette femme. Je me contente de hocher la tête.

– Bien sûr. Où est sa chambre ?

– La dernière porte à gauche.

Elle disparaît aussitôt. Je ne sais pas de qui Tessa tient sa gentillesse, mais il ne fait aucun doute que ce n'est pas de cette femme.

En soupirant, je passe un bras sous les genoux de Tess, l'autre sous sa nuque, et je la soulève doucement. Un léger grognement s'échappe de ses lèvres quand je la serre contre ma poitrine. Je garde la tête légèrement baissée en la portant dans le couloir. Cette maison est beaucoup plus petite que je l'avais imaginé.

La dernière porte à gauche est entrouverte. Quand je la pousse du pied, je suis étonné du sentiment de nostalgie qui m'envahit devant cette chambre qui m'est pourtant inconnue. Un lit étroit est poussé contre le mur du fond. Il occupe pratiquement la moitié de l'espace dans cette pièce minuscule. Le bureau dans le coin est presque aussi grand que le lit. J'ai l'impression de voir une Tessa adolescente assise devant son grand bureau pendant des heures, s'acquittant de ses innombrables devoirs. Les sourcils froncés, un rideau de cheveux lui tombant sur les yeux, elle les repousse rapidement de la main avant de coincer son crayon derrière son oreille.

Telle que je la connais maintenant, je n'aurais pas imaginé qu'elle possède des draps roses et une couette mauve. Ce sont probablement des reliques de l'époque où la jeune Tessa traversait cette phase Barbie qu'elle a décrite un jour comme étant « la meilleure et la pire période de sa vie ». Je me rappelle qu'elle racontait comment elle éprouvait sans cesse le besoin de poser à sa mère des questions du genre : Où travaille Barbie ? Quelle université a-t-elle fréquentée ? Est-ce qu'elle aura des enfants un jour ?

Je baisse les yeux vers la Tessa adulte qui est dans mes bras et je réprime un rire en pensant à son insatiable curiosité – une des choses que je préfère chez elle et que je déteste à la fois. Je repousse la couverture et la dépose doucement sur le lit, m'assurant qu'il n'y ait qu'un oreiller sous sa tête.

La petite commode en bois craque quand j'ouvre le premier tiroir, à la recherche de vêtements pour couvrir son corps à moitié nu. À l'idée que Dan l'a déshabillée, je serre les poings sur un vieux t-shirt que j'ai pris dans la commode. Je soulève Tessa avec précaution et le lui passe par-dessus la tête. Ses cheveux sont emmêlés, mais quand j'essaie de les lisser, c'est encore pire. Elle gémit encore et ses doigts se crispent. Elle essaie de bouger mais en vain. Ça me fait horreur. Je ravale la bile qui monte dans ma gorge et j'essaie d'écarter la pensée des mains de ce connard sur elle.

Par respect, je détourne les yeux en faisant passer ses bras dans les manches du t-shirt. Elle est enfin habillée. C'est là que je surprends Carol debout dans l'embrasure de la porte avec, sur le visage, une expression attendrie et coincée tout à la fois, et je me demande depuis combien de temps elle est là.

∞

## 62
### *Tessa*

*Arrêtez !* J'ai envie de hurler. Je ne sais pas depuis combien de temps ils se disputent comme ça. J'ai perdu le fil du temps. Tout est sens dessus dessous. J'entends des portes qui claquent et Hardin et ma mère qui se disputent. Mais il y a surtout cette obscurité dans laquelle je tombe, attirée vers le fond...

À un moment, je demande à Hardin :

– Et Zed ? Tu t'es battu avec lui ?

Du moins, je fais tout mon possible pour le dire. Je ne suis pas sûre que les mots sortent de ma bouche, qu'elle est bien synchronisée avec mon cerveau.

– Non, c'est Hardin. Je suis Hardin, pas Zed.

Hardin est ici, mais pas Zed. Attends une minute, Zed est là aussi, non ?

– Non, Hardin, as-tu fait du mal à Zed ?

L'obscurité me tire vers la direction opposée à sa voix. La voix de ma mère envahit la pièce et l'emplit de son timbre autoritaire, mais je ne saisis pas une seule de ses paroles. La seule chose qui me semble claire, c'est la voix d'Hardin. Pas ce qu'il dit, mais la façon dont le son de sa voix pénètre en moi.

À un certain moment, je sens quelque chose passer sous moi. Les bras d'Hardin ? Je n'en suis pas complètement sûre. On me soulève du canapé, et ce parfum mentholé familier m'emplit les narines. Pourquoi est-il là ? Comment m'a-t-il retrouvée ?

Quelques secondes plus tard, on me pose gentiment sur un lit et on me soulève de nouveau. Je n'ai pas envie de bouger. En tremblant, les mains d'Hardin me passent un t-shirt et j'ai envie de lui hurler d'arrêter de me toucher. Je ne veux pas qu'on me touche. Mais au moment où les doigts d'Hardin effleurent ma peau, ils effacent le souvenir répugnant des mains de Dan.

– Touche-moi encore, s'il te plaît. Fais-le disparaître.

Je le supplie, mais il ne répond pas. Il continue à me caresser la tête, le cou, les cheveux et j'essaie de lever une main pour prendre la sienne, mais elle est trop lourde.

– Je t'aime et je suis profondément désolé.

C'est ce que j'entends avant de reposer ma tête sur l'oreiller.

– Je veux la ramener chez nous.

Non, laisse-moi ici. S'il te plaît. Mais ne t'en va pas...

∞

# 63
## *Hardin*

Carol croise les bras sur sa poitrine.

– Il n'en est pas question.

– Je le sais.

Je bous de rage et me demande comment Tessa réagirait si j'engueulais sa mère. Le gémissement étouffé qui s'échappe de ses lèvres quand je sors dans le couloir me fend le cœur.

– Où étiez-vous ce soir quand cela s'est produit ?

– Chez nous.

– Pourquoi n'étiez-vous pas là pour empêcher ça ?

– Qu'est-ce qui vous rend si sûre que je n'étais pas dans le coup ? Habituellement, vous êtes plus prompte à me mettre sur le dos tous les malheurs du monde.

– Parce que je sais que malgré vos mauvais choix et votre attitude discutable, vous ne laisseriez pas faire quelque chose comme ça si vous pouviez l'empêcher.

*Est-ce un compliment, venant d'elle ?* Un compliment ambigu, certes... mais je le prends quand même comme tel, surtout étant donné les circonstances !

– Eh bien...

Elle lève la main pour me faire taire.

– Laissez-moi terminer. Je ne vous mets pas sur le dos *tous* les malheurs du monde. Juste *les siens.*

Elle fait un signe en direction de sa fille endormie, ou à demi-consciente, allongée sur le lit étroit.

– Je ne vais pas dire le contraire.

Je soupire, vaincu. Je sais qu'elle a raison. On ne peut pas nier que j'ai pratiquement tout détruit dans la vie de Tessa.

*C'est mon héros, mon bourreau parfois, mais surtout mon héros.*

C'est ce qu'elle a écrit dans son journal. Moi, un héros ? Je suis loin d'en être un, putain.

– Nous sommes au moins d'accord sur quelque chose.

Ses lèvres se retroussent en un demi-sourire qu'elle efface aussitôt pour regarder ses pieds.

– Alors, si vous n'avez plus besoin de rien, vous pouvez partir.

– Ok...

Je jette un dernier regard vers Tessa avant de me retourner vers sa mère qui me fixe.

– Quelles sont vos intentions en ce qui concerne ma fille ?

Sa question n'est pas dénuée d'autorité, mais il me semble y percevoir un peu de crainte, aussi.

– Je veux savoir quelles sont vos intentions à long terme parce que chaque fois que je la vois, il lui est arrivé quelque chose, et ce n'est jamais bon. Quels sont vos projets avec elle, à Seattle ?

– Je ne pars pas à Seattle avec elle.

Les mots pèsent une tonne sur ma langue.

– Quoi ?

Elle s'éloigne dans le couloir et je lui emboîte le pas.

– Je ne pars pas. Elle part sans moi.

– Je ne vous cache pas que cela me ravit, mais puis-je vous demander pourquoi ?

Elle hausse un sourcil à la courbe parfaite, et je détourne les yeux.

– Je ne pars pas, c'est tout. C'est mieux pour elle, de toute manière.

– J'ai l'impression d'entendre mon ex-mari. Quelquefois, je me dis que c'est de ma faute si Tessa s'est entichée de vous. Cela m'inquiète.

Elle se lisse les cheveux d'une main parfaitement manucurée en prenant un air indifférent quand elle parle de Richard.

– Il n'est pour rien dans sa relation avec moi, elle le connaît à peine. Les quelques jours qu'ils ont passés ensemble dernièrement le prouvent. Elle ne se souvient pas assez de lui pour que cela affecte ses choix en matière d'hommes.

– *Dernièrement ?*

Les yeux de Carol s'arrondissent de surprise et je regarde avec horreur son visage se vider de ses couleurs. Le peu de compassion qui semblait s'être installé entre nous disparaît.

*Merde. Putain. Putain de merde.*

– Elle... euh... on est tombés sur lui il y a quelques jours.

– Richard ? Il l'a retrouvée ?

Sa voix se brise.

– Non, on l'a croisé par hasard.

Ses doigts se mettent à courir nerveusement sur les perles autour de son cou.

– Où ça ?

– Je ne crois pas que je devrais vous parler de ça.

– *Je vous demande pardon ?*

Elle baisse les bras et reste plantée là, bouche bée.

– Si Tessa voulait que vous sachiez qu'elle a vu son père, elle vous l'aurait dit.

– Ceci va au-delà du fait que vous ne m'aimez pas, Hardin. Est-ce qu'elle l'a vu *souvent* ?

Ses yeux gris deviennent soudain brillants. Pourtant, la connaissant, je pense que cette femme n'est pas capable de pleurer devant qui que ce soit, surtout pas devant moi.

Je soupire. Je ne veux pas trahir Tessa, mais je n'ai pas non plus envie d'envenimer les choses avec sa mère.

– Il a habité chez nous quelques jours.

– Si je comprends bien, elle n'avait pas l'intention de me le dire ?

Sa voix est rauque.

– Probablement pas. On ne peut pas dire qu'il soit très facile de vous parler.

Je me demande si c'est le bon moment de lui dire que je le soupçonne de s'être introduit chez nous pendant notre absence.

– Parce qu'avec vous, ça l'est ? Moi, au moins je m'intéresse à son bien-être, je ne peux pas en dire autant de vous !

Elle a élevé la voix et je m'avance vers elle. Je savais qu'une conversation courtoise entre nous ne pouvait pas durer très longtemps.

– Je tiens à elle bien plus que n'importe qui, même que vous.

– Je suis sa mère, personne ne l'aime plus que moi. Le simple fait que vous pensiez le contraire montre à quel point vous êtes insensé.

Elle fait les cent pas en faisant claquer ses talons.

– Vous savez ce que je crois ? Je crois que vous me détestez parce que je vous fais penser à lui. Pour ne pas vous détester vous-même... Mais vous voulez que je vous dise quelque chose ? Vous et moi, nous nous ressemblons aussi. Bien plus que Richard et moi, en fait. Nous refusons tous les deux d'assumer la responsabilité de nos erreurs. À la place, nous accusons les autres. Nous isolons ceux que nous aimons et nous les obligeons à...

– Non ! Vous avez tort !

Ses larmes m'empêchent d'aller au bout de ma pensée : qu'elle finira sa vie toute seule.

– Non, je n'ai pas tort. Mais je m'en vais. La voiture de Tessa est restée quelque part du côté de la cité U, alors je la ramènerai demain à moins que vous ne vouliez aller la chercher vous-même.

Carol s'essuie les yeux.

– Très bien. À cinq heures demain.

Elle lève vers moi des yeux rougis. Son mascara a coulé.

– Mais cela ne change rien, je ne vous aimerai jamais.

– Et je m'en foutrai toujours.

Je me dirige vers la porte d'entrée en me demandant sérieusement si je ne devrais pas retourner dans sa chambre et emmener Tessa avec moi.

– Hardin, en dépit de mes sentiments pour vous, je sais que vous aimez ma fille. Je veux juste vous rappeler, une fois de plus, que si vous l'aimez sincèrement, vous cesserez d'intervenir dans sa vie. Elle n'est plus la fille que j'ai déposée à la porte de cette horrible fac il y a six mois.

– Je sais.

J'ai beau détester cette femme, elle me fait pitié, parce que, comme moi, elle passera probablement seule le reste de sa vie.

– Vous pouvez me rendre un service ?

Elle me jette un regard suspicieux.

– Quel genre ?

– Ne lui dites pas que je suis venu. Si elle ne s'en souvient pas, ne le lui dites pas.

Tessa est tellement dans les vapes qu'elle ne se rappellera probablement rien du tout.

Carol me regarde, puis hoche la tête.

– Ça, je peux le faire.

∞

# 64
## *Tessa*

J'ai la tête lourde, trop lourde, et la lumière qui passe au travers des rideaux jaunes est trop brillante.

Des rideaux jaunes ? Je rouvre les yeux et je vois aux fenêtres les rideaux jaunes familiers de ma chambre d'autrefois. Ces rideaux nous ont toujours rendues dingues, mais ma mère n'avait pas les moyens d'en acheter d'autres, alors on a appris à vivre avec. C'est alors que les douze heures qui viennent de s'écouler me reviennent par bribes, en un ensemble incohérent.

Il me faut plusieurs secondes, voire plusieurs minutes, pour que mon cerveau se risque à appréhender ce qui a pu se passer.

Le souvenir le plus vivace de cette nuit, c'est la trahison de Steph. C'est un des souvenirs les plus douloureux que j'aie jamais eu à affronter. Comment a-t-elle pu me faire ça ? Comment peut-on faire une chose pareille, à moi ou à n'importe qui ? L'idée en elle-même est si tordue, si mauvaise, et je n'ai rien vu venir. Elle a mis quelque chose dans mon verre pour ralentir mes réactions, ou même pire pour que je perde conscience, tout ça pour pouvoir se venger sans raison d'Hardin et moi. J'ai eu si peur hier soir, et alors que je croyais qu'elle assurait ma sécurité, elle s'est transformée si rapidement en une véritable prédatrice que je n'ai rien vu venir.

J'ai été droguée, dans une fête, par quelqu'un que je croyais être mon amie. J'essuie d'un geste rageur les larmes qui inondent mon visage.

L'humiliation remplace la douleur de la trahison quand je revois Dan et sa caméra. Ils m'ont enlevé ma robe... jamais je n'oublierai le petit voyant rouge de la caméra, seul point lumineux dans la pénombre de la chambre. Ils voulaient me violer, enregistrer la scène et la montrer à des gens et surtout à Hardin. Je porte la main à mon estomac, espérant ne pas être malade, encore une fois.

Chaque fois que je crois que j'ai une trêve dans la bataille permanente qu'est devenue ma vie, il m'arrive quelque chose de pire. Et je continue à me mettre dans ces situations. Steph, quand même ! Je n'arrive toujours pas à y croire. Si ce qu'elle m'a dit est vrai, si elle a fait ça seulement parce qu'elle ne m'aime pas et qu'elle en pince pour Hardin, pourquoi ne pas me l'avoir dit tout de suite ? Pourquoi avoir fait semblant d'être mon amie tout ce temps, simplement pour me piéger ? Comment a-t-elle pu me sourire, faire du shopping avec moi, écouter mes confidences et partager mes inquiétudes, tout en préparant un truc pareil dans mon dos ?

Je me redresse lentement, mais c'est encore trop rapide. Mon sang bat derrière mes tympans et j'ai envie de me précipiter dans la salle de bains pour me forcer à vomir, au cas où j'aurais encore de la drogue dans l'estomac. Mais je ne bouge pas et referme les yeux.

Quand je peux les ouvrir de nouveau, ma tête est un peu moins lourde et je réussis à sortir du lit de mon enfance. Je ne porte qu'un petit t-shirt que je ne me rappelle pas avoir enfilé. Je n'ai pas de pantalon. C'est ma mère qui a dû m'habiller... bien que ça ne lui ressemble pas.

Le seul pantalon de pyjama qui reste dans ma commode est trop court et trop serré. J'ai pris du poids depuis que je suis partie, mais je me sens plus à l'aise dans mon corps... Plus que jamais auparavant.

D'un pas mal assuré, je sors de la chambre et file dans la cuisine où je trouve ma mère en train de lire un magazine. Sa robe noire est impeccable, et elle porte des chaussures à talons hauts. À la pendule, je constate qu'il est un peu plus de quatre heures de l'après-midi.

– Comment te sens-tu ? me demande-t-elle timidement en se tournant vers moi.

– C'est horrible.

Je suis incapable de faire bonne figure.

– J'imagine, après la nuit que tu as passée.

*Et c'est reparti.*

– Prends un café et un Advil, ça ira mieux après.

Je hoche la tête et j'attrape un mug dans le placard.

– Je vais à l'église dans la soirée. Je suppose que tu ne m'accompagneras pas ? Tu as manqué le service de ce matin.

– Non, je ne suis pas d'humeur à aller à l'église pour le moment.

Il n'y a que ma mère pour me demander de l'accompagner à l'église quand je me réveille d'un sommeil provoqué par la drogue des violeurs.

Elle saisit son sac à main sur la table de la cuisine et se tourne vers moi.

– Très bien. Je saluerai Noah et ses parents pour toi. Je serai rentrée vers huit heures, peut-être un peu plus tard.

Je ressens une pointe de culpabilité en entendant le nom de Noah. Je ne l'ai toujours pas appelé depuis que j'ai appris le décès de sa grand-mère. Je sais que j'aurais dû le faire. Je le ferai après la fin du service, si je retrouve mon téléphone, bien sûr.

– Comment j'ai atterri ici hier soir ?

Je voudrais bien réussir à assembler les pièces du puzzle. Je me souviens de Zed surgissant dans l'ancienne chambre d'Hardin et réduisant la caméra en miettes.

– Un jeune homme t'a amenée. Il s'appelle Zed, je crois.

Elle baisse les yeux sur son magazine et s'éclaircit la voix doucement.

– Oh.

Je déteste ça. Ne pas savoir. J'aime avoir le contrôle, et hier soir je ne contrôlais plus ni mes pensées ni mon corps.

Ma mère me lance un regard dénué d'expression.

– Appelle-moi si tu as besoin de quelque chose.

Elle se dirige vers la porte.

– Ok...

Elle se retourne et lance un dernier regard réprobateur à mon pyjama trop serré avant de quitter la maison.

– Et va voir dans mon dressing, tu trouveras bien quelque chose à te mettre.

Au moment où la porte se referme, j'entends brusquement la voix d'Hardin dans ma tête.

*Tout ça est de ma faute.*

Ça ne peut pas être Hardin qui a dit ça – mon cerveau me joue des tours. Il faut que j'appelle Zed pour le remercier. Je lui dois tant. Je lui suis tellement reconnaissante ! Je ne sais pas quoi faire pour le remercier de m'avoir sauvée et d'avoir fait tout ce chemin pour me raccompagner ici. Je n'ose pas imaginer ce qui se serait passé devant cette caméra s'il n'était pas intervenu.

Des larmes salées se mélangent à mon café noir pendant la demi-heure qui suit. Finalement, je m'oblige à quitter la table pour aller dans la salle de bains et me laver de tous les événements répugnants de la nuit. Quand je me retrouve dans le dressing de ma mère à la recherche de quelque chose sans soutien-gorge à armatures incorporées, je me sens déjà beaucoup mieux.

– Tu n'as pas un seul vêtement *normal* ?

Je ronchonne en poussant cintre après cintre : il n'y a que des robes de cocktail. J'en suis au point où je préférerais encore rester nue quand je finis par trouver un pull couleur crème et un jean sombre. Le jean me va parfaitement et le pull me serre la poitrine, mais je suis contente d'avoir réussi à trouver une tenue basique, alors je ne vais pas me plaindre.

En fouillant la maison à la recherche de mon téléphone et de mon sac, je me rends compte que je n'ai pas le moindre souvenir qui pourrait me donner une indication sur leur emplacement. Pourquoi mon cerveau refuse-t-il de remettre les choses en place ? Je suppose que ma voiture est toujours garée devant la chambre de Steph. Avec un peu de chance, elle n'aura pas tailladé les pneus.

Je retourne dans mon ancienne chambre et j'ouvre le tiroir du bureau. Mon téléphone se trouve à l'intérieur, posé sur mon petit sac. Je l'allume et j'attends que l'écran s'éclaire. Je m'apprête à l'éteindre quand il se met à vibrer sans arrêt. Texto après texto, message vocal après message vocal défilent sur le petit écran.

Hardin… Hardin… Zed… Hardin… Inconnu… Hardin… Hardin…

Une sensation des plus inconfortables se loge dans mon estomac quand je lis son nom sur l'écran. Il sait. C'est certain. Quelqu'un l'a mis au courant. C'est pour ça qu'il a appelé si souvent et envoyé tant de messages. Je devrais l'appeler, au moins pour lui dire que je vais bien avant qu'il ne meure d'inquiétude. Même au point où nous en sommes de notre relation, il est probablement contrarié de savoir ce qui s'est passé… et « contrarié » est sûrement un euphémisme.

Je raccroche après six sonneries, au moment où j'entends le début de son message dans sa boîte vocale, et je vais dans la chambre de ma mère pour essayer de me coiffer. Mon apparence est vraiment le dernier de mes soucis en ce moment, mais je n'ai pas non plus franchement envie de supporter les remarques désobligeantes de ma mère si je ne fais pas un effort pour avoir une allure décente. Ça me permet également de penser à autre chose. Je masque les cernes profonds sous mes yeux, j'applique un peu de mascara et je me brosse les cheveux. Ils sont pratiquement secs maintenant, et j'amplifie des doigts leur ondulation naturelle. L'effet n'est pas aussi réussi que je le voudrais, mais je n'ai pas l'énergie suffisante pour me bagarrer avec les petits frisottis. Ça ira bien comme ça.

Des coups légers frappés à la porte me tirent de mon hébétude. *Qui peut bien venir à cette heure?* Mon estomac se serre à l'idée qu'Hardin est peut-être de l'autre côté de la porte à l'instant même.

– Tessa?

J'entends la porte s'ouvrir et Noah apparaît dans le living. Un sentiment de soulagement se mêle à la culpabilité que je ressens en voyant ce sourire hésitant et familier.

– Salut…

Il hoche la tête en dansant d'un pied sur l'autre. Sans réfléchir, je me jette littéralement sur lui pour lui passer les bras autour du cou. J'enfouis mon visage dans sa poitrine et je me mets à pleurer.

Il m'entoure de ses bras puissants et me serre contre lui, nous évitant à tous deux de basculer.

– Ça va ?

– Oui, je suis juste... Non, ça ne va pas.

Je relève la tête pour éviter de mettre du mascara sur son cardigan.

– Ta mère m'a dit que tu étais en ville.

Il me tient contre lui et j'apprécie ce contact familier.

– Alors, je me suis esquivé avant la fin du service pour venir te voir avant que tout le monde ne débarque. Qu'est-ce qui s'est passé ?

– Tellement de trucs ! Trop pour que je puisse t'expliquer maintenant. Tout ça paraît si dramatique.

Je m'écarte de lui avec un petit grognement.

– La fac, ça ne se passe pas comme tu l'espérais ?

Il me sourit avec compassion. Je secoue la tête et lui fais signe de me suivre dans la cuisine, où je prépare du café.

– Pas vraiment. Je pars à Seattle.

– C'est ce que ta mère m'a dit.

Il s'assied à la table.

– Tu as toujours l'intention d'aller à WCU au printemps ? Je ne recommanderais cette fac à personne.

Ma tentative de plaisanter à mes propres dépens échoue lamentablement et mes yeux s'emplissent de larmes.

– Ouais, c'est ce qui est prévu. Mais... la fille avec qui je sors... on se demande si on ne va pas partir à San Francisco. Tu sais combien j'aime la Californie.

Je ne m'attendais pas à ça. Noah a quelqu'un. Je suppose que j'aurais dû m'en douter, mais ça fait trop bizarre.

– Oh !

C'est tout ce que je trouve à dire. Les yeux bleus de Noah brillent sous les néons de la cuisine.

– Oui, ça se présente assez bien. J'ai essayé de prendre les choses du bon côté, tu vois... après ce qui s'est passé.

Je ne tiens pas à ce qu'il aille au bout de sa pensée, qui ne ferait que renforcer mon sentiment de culpabilité à propos de la façon dont nous avons rompu.

– Et comment vous vous êtes rencontrés ?

– Eh bien, elle travaille chez Zooms, une boutique du centre commercial près de chez toi et...

Je l'interromps.

– Tu es venu en ville ?

Ça me fait tout drôle qu'il ne me l'ait pas dit, qu'il ne soit pas passé me voir... En même temps, je comprends.

– Ouais, pour voir Becca. J'aurais dû t'appeler, mais les choses étaient tellement compliquées entre nous...

– Je sais, ne t'inquiète pas.

Ce nom, Becca, me dit quelque chose... Mais le souvenir s'estompe aussitôt.

– En fait, je pense qu'après ça on s'est rapprochés. On a eu quelques problèmes ici et là et pendant un moment, j'ai pensé que je ne pouvais pas lui faire confiance, mais ça se passe plutôt bien maintenant.

L'entendre parler de ses affaires de cœur me renvoie aux miennes.

– Moi, je crois que je ne peux plus faire confiance à personne, maintenant.

Noah fronce les sourcils et j'ajoute précipitamment :

– À part toi, bien sûr. Je ne parlais pas de toi. Mais tous les gens, sans exception, que j'ai rencontrés depuis mon arrivée dans cette fac m'ont menti d'une façon ou d'une autre.

Même Hardin. Surtout Hardin.

– C'est ce qui s'est passé la nuit dernière ?

– Oui, si on veut...

Je ne sais pas ce que ma mère lui a dit.

– Je me disais bien que c'était grave, pour que tu rentres à la maison.

Je hoche la tête et il me prend la main par-dessus la table.

– Tu m'as manqué.

De la tristesse perce dans sa voix. Je le regarde, les yeux grands ouverts. Je sens que mes larmes ne sont pas loin.

– Je te demande pardon de ne pas t'avoir appelé quand j'ai appris pour ta grand-mère.

– Ça ne fait rien, je sais que tu es très occupée.

Il se renfonce sur le dossier de sa chaise.

– Ce n'est pas une excuse. J'ai été horrible avec toi.

– Mais non.

Il secoue la tête lentement.

– Tu sais bien que si. Je t'ai vraiment mal traité depuis que je suis partie d'ici, et je te demande pardon. Tu n'avais pas mérité ça.

– C'est bon, assez d'autoflagellation ! Je vais bien, maintenant.

Il me rassure d'un sourire chaleureux, mais ma culpabilité ne diminue pas pour autant.

– Je maintiens que je n'aurais pas dû me conduire comme ça.

C'est alors qu'à ma grande surprise, il me pose une question à laquelle je ne me serais pas attendue de sa part.

– Si tu pouvais reprendre toute notre histoire au début, qu'est-ce que tu changerais ?

– La façon dont j'ai géré les choses. Je n'aurais pas dû t'attacher pour m'en aller sans prévenir. Je te connais pratiquement depuis toujours et je t'ai laissé tomber du jour au lendemain, c'était horrible de ma part.

– C'est vrai. Mais je comprends mieux maintenant. Il y avait erreur de casting. Je veux dire, nous étions très bien ensemble, mais je pense que c'était justement ça le problème.

La petite cuisine semble plus grande tout à coup, quand le poids de ma culpabilité commence à disparaître.

– Tu le penses vraiment ?

– Tout à fait. Je t'aime et je t'aimerai toujours. Mais je ne t'aime pas comme je croyais t'aimer, et toi tu ne m'aimeras jamais comme tu l'aimes, lui.

Je m'étrangle quand il fait référence à Hardin. Il a raison, il a totalement raison, mais je ne peux pas parler d'Hardin avec Noah. Pas tout de suite. Il faut que je change de sujet.

– Alors, cette Becca te rend heureux, donc ?

– Oui. Tu serais probablement surprise, ce n'est pas le genre de fille auquel tu t'attendrais, mais en même temps, Hardin n'est pas exactement le genre de type pour qui j'aurais pensé que tu me quitterais. Je suppose que nous avions tous les deux besoin de changement.

Il rigole doucement, sans amertume. Il a raison, une fois de plus.

– J'imagine que oui.

Nous continuons à discuter avec légèreté quand nous sommes interrompus par d'autres coups frappés à la porte.

– J'y vais.

Noah se lève et sort de la cuisine avant que j'aie le temps de l'arrêter.

∞

## 65
*Hardin*

Je regarde les minutes défiler sur la pendule, et ça me tue à petit feu. Je préférerais m'arracher les cheveux que rester assis là, à attendre dans cette satanée allée que cinq heures sonnent. Je ne vois pas la voiture de la mère de Tessa. Landon est garé plus loin. Heureusement pour moi, il tient vraiment à Tessa, je n'ai donc eu aucun mal à le convaincre de me suivre pour pouvoir me ramener après.

Il me menace au téléphone.

– Va frapper à la porte, sinon j'y vais.

– J'y vais. Putain, attends une minute. Je ne sais pas s'il y a quelqu'un.

– S'il n'y a personne, tu laisses la clé dans la boîte aux lettres et on y va.

C'est précisément pour ça que je ne l'ai pas encore fait. J'ai envie qu'elle soit dans la maison. Je veux savoir si elle va bien.

– J'y vais.

Je raccroche au nez de mon casse-couilles de quasi-frère.

Les dix-sept marches qui mènent à la porte d'entrée sont les plus dures de ma vie. Je frappe à la porte, mais je ne suis pas sûr d'avoir frappé assez fort. Putain! Je tambourine cette fois. Trop fort, vraiment trop fort. Le montant en aluminium se plie légèrement. Merde.

La porte s'ouvre en grinçant, et au lieu de Tessa, de sa mère ou de n'importe qui d'autre que j'aurais préféré voir sur cette foutue planète, je me retrouve face à Noah.

– C'est pas vrai, putain !

Il essaie de me claquer la porte au nez, mais je la coince avec mon pied.

– Fais pas le con !

Je pousse la porte et il recule.

– Qu'est-ce que tu fais ici ?

Il fronce les sourcils avec un air de profond mécontentement. C'est plutôt moi qui devrais lui demander ce qu'*il* fout là, merde ! Ça ne fait pas trois jours que nous sommes séparés, Tessa et moi, et ce connard est déjà en train de replacer ses pions.

– Je viens lui ramener sa voiture. Elle est là ?

Je regarde derrière lui, mais je ne vois rien du tout.

– Peut-être. Est-ce qu'elle sait que tu dois venir ?

Noah croise les bras et je dois mobiliser tout le self-control dont je dispose pour ne pas le flanquer par terre avec un pain, l'enjamber – ou même lui marcher dessus – et aller la trouver.

– Non, je veux juste savoir si elle va bien. Qu'est-ce qu'elle t'a dit ?

Je recule sur le porche.

– Rien. Ce n'était pas nécessaire. Elle n'a pas besoin de me dire quoi que ce soit. Je sais qu'elle ne viendrait pas se réfugier ici si tu ne lui avais pas fait quelque chose.

Je fronce les sourcils.

– En fait, tu te trompes. C'était pas moi... cette fois.

Mon aveu a l'air de le surprendre, alors je continue. Sans hostilité, pour l'instant.

– Écoute, je sais que tu me détestes et tu as toutes les raisons de le faire, mais *je la verrai*, que tu le veuilles ou non, alors tu peux soit me laisser passer soit...

– Hardin ?

C'est la voix de Tessa. Un petit murmure qui se perd dans la brise, et elle apparaît derrière Noah.

– Salut...

J'entre dans la maison et Noah se montre suffisamment raisonnable pour ne pas essayer de m'en empêcher.

Je m'approche d'elle et prends son visage dans mes mains.

– Est-ce que tu vas bien ?

Elle rejette la tête en arrière brusquement – je préfère croire que c'est parce que mes mains sont froides – et s'écarte de moi.

– Ouais, ça va.

Je sais qu'elle ment. Les questions sortent de mes lèvres en cascade.

– Tu es sûre ? Comment tu te sens ? As-tu réussi à dormir ? Est-ce que tu as mal à la tête ?

– Oui, ça va, un peu, oui.

Elle hoche la tête entre chaque réponse, mais j'ai déjà oublié ce que je lui ai demandé.

– Qui est-ce qui t'a prévenu ?

Elle rougit.

– Molly.

– Molly ?

– Ouais, elle m'a appelé quand tu étais... euh... dans mon ancienne chambre.

J'ai du mal à cacher ma panique.

– Oh...

Elle regarde derrière moi, vers un point très éloigné, les sourcils froncés. Est-ce qu'elle se rappelle que je suis venu hier ? Est-ce que je veux qu'elle s'en souvienne ? Bien sûr que oui.

– Mais ça va, oui ?

– Oui.

L'air inquiet, Noah s'approche de nous.

– Tessa, qu'est-ce qui *s'est passé* ?

Je comprends qu'elle ne tient pas à ce que Noah sache toute la vérité. Je préfère ça, même si ce n'est pas à mon avantage.

– Rien, tu n'as pas à t'inquiéter.

J'ai répondu à sa place. Mais il insiste.

– C'était grave ?

– Je t'ai dit que tu n'avais pas à t'inquiéter.

Je gronde et il avale sa salive. Je me retourne vers Tessa.

– Je t'ai ramené ta voiture.

– C'est vrai ? Merci, je craignais que Steph n'ait explosé le pare-brise ou un truc de ce genre.

Elle soupire, ses épaules tombent un peu plus à chaque mot. Sa tentative de plaisanter n'a convaincu personne, pas même elle.

– Pourquoi tu t'es tournée vers elle, d'ailleurs ? Pourquoi elle en particulier ?

Elle regarde Noah, puis moi.

– Noah, tu veux bien nous laisser une minute ?

Il hoche la tête et lui lance un regard censé la mettre en garde, j'imagine, avant de nous laisser seuls dans le petit séjour.

– Oui, pourquoi elle ? Dis-le moi, s'il te plaît.

– Je ne sais pas. Je n'avais nulle part où aller, Hardin.

– Tu aurais pu aller chez Landon. Tu as pratiquement ta chambre à toi, là-bas.

– Je ne veux pas continuer à entraîner ta famille dans nos histoires. Je l'ai déjà assez fait, et ce n'est pas juste pour eux.

– En plus, tu étais sûre que j'irais.

Elle baisse les yeux.

– Je n'y serais pas allé.

– Je vois.

Elle a dit ça tristement. Putain, ce n'est pas ce que je voulais dire.

– Tu ne comprends pas. Je voulais dire que j'allais te laisser un peu d'espace.

– Oh.

– Tu es très silencieuse.

– C'est juste que... je ne sais pas. Les dernières heures ont été très longues.

Elle fronce les sourcils. J'ai envie d'aller vers elle, de lisser ce front soucieux et de l'embrasser pour lui faire oublier sa douleur.

*Pas Hardin, Zed.*

C'est ce qu'elle a crié dans son état de semi-inconscience.

– Je sais. Est-ce que tu te rappelles quelque chose ?

Je ne suis pas certain d'avoir envie d'entendre sa réponse. Je m'attends à ce qu'elle me dise de partir ou même à ce qu'elle m'engueule, mais non. Au lieu de ça, elle hoche la tête, s'assied sur un bout du canapé et me fait signe de m'asseoir de l'autre côté.

∞

# 66

### *Hardin*

J'ai envie de me rapprocher d'elle, d'attraper ses mains tremblantes et de trouver un moyen d'effacer ses souvenirs. Ça me tue de savoir qu'elle a traversé une telle épreuve et, une fois de plus, je suis bluffé par sa force de caractère. Elle est assise, droite comme un piquet, et prête à me parler.

– Pourquoi es-tu venu ici ?

Au lieu de répondre, je demande :

– Pourquoi est-il ici, *lui* ?

Je fais un signe de tête vers la cuisine. Je suis *sûr* que Noah est debout contre le mur en train de nous écouter. Je ne peux vraiment pas le supporter, bordel ! Mais étant donné les circonstances, je ferais mieux de la fermer à ce sujet.

Elle joue avec ses mains.

– Il est venu prendre de mes nouvelles.

– Il n'a pas besoin de faire ça. Je suis là, moi.

Elle plisse le front.

– Hardin, pas aujourd'hui, s'il te plaît.

– Excuse-moi...

Je recule, je me sens encore plus con que tout à l'heure.

– Dis-moi, pourquoi tu es venu ici ?

– Pour te ramener ta voiture. Tu veux que je me casse, c'est ça ?

Je n'avais même pas envisagé cette possibilité. Et ça me brûle comme de l'acide. Ma présence ici pourrait peut-être lui rendre les choses encore plus difficiles. Le temps où elle trouvait du réconfort auprès de moi est bien révolu.

– Ce n'est pas ça... mais je ne sais plus où j'en suis.

– À propos de quoi ?

Ses yeux brillent sous les lampes tamisées du séjour de sa mère.

– Toi, la nuit dernière, Steph, tout ça. Tu étais au courant que c'était un jeu pour elle et qu'en réalité elle me déteste depuis le début ?

– Non, bien sûr que non.

– Tu n'avais pas la moindre idée de ses sentiments envers moi ?

*Bon Dieu !* Mais je dois être honnête.

– Plus ou moins, j'imagine. Molly en a vaguement parlé une fois ou deux, mais sans développer, et je ne savais pas que ça pouvait être à ce point, je me demandais même si Molly ne racontait pas n'importe quoi.

– Molly ? Depuis quand Molly s'intéresse à ce qui peut m'arriver ?

Tessa veut toujours que les choses soient noires ou blanches, et je secoue la tête, un peu triste que tout ne soit pas si simple.

– Ce n'est pas le cas. Elle te déteste toujours autant. Mais elle m'a appelé après cette histoire chez Applebee, et j'étais furieux. Je ne voulais pas qu'elle ou Steph détruisent notre relation. Je pensais que Steph jouait sa garce indiscrète. Pas que c'était une putain de psychopathe.

Quand je regarde Tessa, elle est en train d'essuyer ses larmes. Je me rapproche d'elle sur le canapé, mais elle recule.

– Hé, il n'y a pas de problème.

Je lui attrape le bras pour l'attirer contre ma poitrine. Je pose la main sur ses cheveux. Tout d'abord elle essaie de se dégager mais, au bout de quelques secondes, elle capitule.

– Je voudrais tout reprendre au début. Je voudrais oublier tout ce qui est arrivé pendant ces six derniers mois.

Mon cœur se serre, mais je hoche la tête pour montrer que je comprends, même si ce n'est pas ce que je veux. Je ne veux pas qu'elle m'oublie.

– Je déteste la fac. J'attendais ça avec tellement d'impatience, mais j'ai accumulé les erreurs et les déceptions.

Elle tire sur mon t-shirt et s'approche plus près de moi. Je ne dis rien, j'ai trop peur qu'elle se sente encore plus mal qu'elle ne l'est déjà. Quand j'ai frappé à la porte, je ne m'attendais pas à me retrouver avec Tessa en pleurs dans mes bras.

– Je suis ridicule de faire tant d'histoires.

Elle s'écarte de moi trop vite et, un instant, j'envisage de la reprendre dans mes bras.

– Non, pas du tout. Je te trouve même particulièrement calme si on pense à ce que tu as subi. Dis-moi ce dont tu te souviens. S'il te plaît.

– C'est très flou dans ma tête, en fait. C'était si... étrange. Je me rendais compte de tout, mais rien n'avait de sens. Je ne sais pas comment expliquer. Je ne pouvais pas bouger, mais je pouvais sentir les choses.

Elle frissonne.

– Sentir les choses ? Où est-ce qu'il t'a touchée ?

Je ne veux pas le savoir, en réalité.

– Mes jambes... ils m'ont déshabillée.

– Seulement les jambes ?

*Je t'en prie, dis oui.*

– Oui, je crois bien. Ça aurait pu être bien pire si Zed...

Elle s'arrête net. Reprend sa respiration.

– En tout cas, avec ces cachets j'avais l'impression de peser une tonne... je ne sais pas comment expliquer ça.

Je hoche la tête.

– Je vois ce que tu veux dire.

– Quoi ?

Des lambeaux de souvenirs se bousculent dans mon esprit, je me vois perdre conscience dans des bars et tituber dans les rues de Londres. La notion que j'avais de faire la fête à une certaine époque était complètement différente de maintenant.

– Ça m'est arrivé d'en prendre pour rigoler.

– Vraiment ?

Elle me regarde bouche bée.

– Je pense que « rigoler » n'est pas le bon mot. Plus maintenant, en tout cas.

Elle hoche la tête et me lance un sourire soulagé. Elle arrange le col de son pull et je constate qu'il est plutôt serré sur elle.

– D'où tu sors ça ?

– Quoi, ce pull ? C'est à ma mère... ça ne se voit pas ?

Elle tire sur le tricot épais.

– Je ne sais pas. C'est Noah qui a ouvert la porte... J'ai pensé que j'étais tombé dans une machine à remonter le temps.

La blague lui fait briller les yeux. Toute sa tristesse est momentanément envolée et elle se mord les lèvres pour s'empêcher de rire.

Elle renifle et tend la main vers la petite table pour prendre un kleenex dans une boîte fleurie.

– Non, rien de ce genre.

Putain, même après avoir pleuré, elle est trop belle.

– J'étais inquiet.

Son sourire s'évanouit. *Merde.*

– C'est justement ce qui me perturbe. Tu m'as dit que tu voulais abandonner, mais là tu me dis que tu t'inquiétais pour moi.

Elle me lance un regard dénué d'expression, les lèvres tremblantes. Elle a raison. Je ne le reconnais pas toujours, mais là c'est vrai. Je passe des heures à m'inquiéter pour elle. L'émotion... c'est ce qu'elle m'apporte. J'ai besoin d'être rassuré.

Mais elle se méprend sur le sens de mon silence.

– Ça va. Je ne t'en veux pas. Je te remercie d'être venu me ramener ma voiture. Ça me touche.

Je reste muet sur le canapé, incapable de dire un mot pendant plusieurs minutes.

– Ce n'est rien.

Je hausse les épaules. Il faut que je dise quelque chose de vrai, n'importe quoi. Après avoir observé encore un peu mon silence douloureux, Tessa change de ton.

– Comment comptes-tu rentrer ? Attends... comment as-tu su comment venir ici ?

*Merde.*

– Landon. Il me l'a dit.

Ses yeux s'éclairent soudain.

– Oh. Il est là ?

– Ouais, il est dehors.

Elle rougit et se lève d'un bond.

– Oh, je te retarde. Je suis désolée.

– Non, ça va. Ça ne le dérange pas d'attendre dehors.

*Je n'ai pas envie de partir. Sauf si tu viens avec moi.*

– Il aurait dû entrer.

Elle regarde vers la porte.

– Ça va.

Ma voix est beaucoup trop aiguë.

– Merci de m'avoir ramené ma voiture...

Elle essaie de se débarrasser de moi poliment. Je la connais.

– Tu veux que j'aille chercher tes affaires ?

– Non, je pars demain matin, alors c'est mieux de tout laisser dedans.

Chaque fois qu'elle ouvre la bouche, c'est pour me rappeler qu'elle part pour Seattle. Pourquoi en suis-je encore surpris ? Je continue à attendre qu'elle change d'avis, mais ça n'arrivera jamais.

∞

# 67

## *Tessa*

– Qu'est-ce que tu as fait pour Dan ?

Hardin se dirige vers la porte, mais j'ai envie d'en savoir plus sur la nuit dernière. Tant pis si Noah peut nous entendre. Quand nous passons devant lui dans le couloir, Hardin ne lui adresse même pas un regard. Noah, lui, lui jette un regard assassin.

– Tu dis que Molly t'a prévenu. Alors qu'est-ce que tu as fait ?

Je connais suffisamment Hardin pour savoir qu'il n'est pas resté sans rien faire. Je suis encore étonnée de l'intervention de Molly – j'étais loin de m'attendre à ça quand elle est entrée dans la chambre hier soir. Ce simple souvenir me fait frissonner.

Hardin a un petit sourire.

– Rien de bien terrible.

*Je lui ai seulement donné un coup de pied dans la gueule...*

– Tu lui as donné un coup de pied dans la figure...

J'essaie de creuser dans le magma de ma tête.

Il hausse un sourcil.

– Ouais... c'est Zed qui te l'a dit ?

– Je... je ne sais pas...

Je me souviens d'avoir entendu ces paroles, mais impossible de me rappeler qui les a prononcées.

*C'est Hardin, pas Zed.*

C'est Hardin qui a dit ça. Sa voix semble si réelle dans mon esprit.

– Tu es venu ici, c'est ça ? Cette nuit ?

J'avance vers lui. Il recule jusqu'au mur.

– Oui, tu es venu. Je m'en souviens. Tu as dit que tu avais failli prendre une cuite et que tu ne l'avais pas fait...

– Je ne pensais pas que tu t'en souvenais.

– Pourquoi ne pas me l'avoir dit, tout simplement ?

Ma tête me fait souffrir quand j'essaie de dissocier les hallucinations provoquées par la drogue de la réalité.

– Je ne sais pas. J'allais le faire, et puis tout est devenu si familier et tu me souriais, je ne voulais pas gâcher ce moment.

Il hausse les épaules et regarde fixement le grand tableau sur le mur.

– Comment veux tu que ça gâche quoi que ce soit ?

– Ce n'est pas moi qui t'ai raccompagnée ici, c'est Zed.

J'avais bien eu cette impression, plus tôt. Tout ça est trop frustrant.

– Alors, tu es venu plus tard ? Qu'est-ce que je faisais ?

Je voudrais qu'Hardin m'aide à remettre les différents événements dans l'ordre. Apparemment, je n'y arrive pas toute seule.

– Tu étais allongée sur le canapé, tu pouvais à peine parler.

– Oh...

– Tu l'appelais.

Il ne réussit pas à cacher le dépit dans sa voix grave.

– Qui ça ?

– Zed.

La réponse est simple, mais je perçois l'émotion qu'il y a derrière.

– Mais non.

Ça n'a pas de sens.

– C'est trop frustrant.

J'essaie de creuser dans la boue qui encrasse mon cerveau et je finis par trouver une bribe de sens... Hardin qui parle de Dan, Hardin qui me demande si je l'entends, et moi qui lui demande des nouvelles de Zed...

– Je voulais savoir comment il allait, si tu lui avais fait mal, je suppose.

Le souvenir est flou, mais il est bien là.

– Tu as prononcé son nom à plusieurs reprises. Ce n'est pas grave. Tu étais tellement dans les vapes.

Il baisse les yeux vers le tapis et ne les relève pas.

– Je ne m'attendais pas à ce que tu veuilles de moi, de toute manière.

– Je ne me souviens pas de tout, mais je sais que j'avais peur. Je me connais assez bien pour savoir que c'est toi que j'appellerais et personne d'autre.

*Pourquoi est-ce que je viens de dire ça ?*

Hardin et moi avons rompu, encore une fois. C'est notre deuxième vraie rupture, mais j'ai le sentiment qu'il y en a eu bien davantage. Peut-être parce que, cette fois, je ne lui ai pas sauté dans les bras au premier geste d'affection de sa part. Cette fois, j'ai quitté la maison. Cette fois, je pars pour Seattle dans moins de vingt-quatre heures.

– Viens là.

Il m'ouvre grand les bras.

– Je ne peux pas.

– Mais si, tu peux.

Chaque fois qu'Hardin est dans les parages, quelles que soient les circonstances, son corps m'est si familier qu'il pénètre chaque fibre de mon être. Soit nous nous engueulons, soit nous nous sourions, ou encore nous nous moquons l'un de l'autre. Il n'y a jamais de juste milieu. C'est presque instinctif pour moi d'aller chercher le réconfort dans ses bras, de rire de son sale caractère et d'oublier les problèmes qui nous ont amenés à la situation horrible dans laquelle nous nous trouvons à ce moment-là.

– Nous ne sommes plus ensemble, je te rappelle.

Je le dis surtout pour me le rappeler à moi-même.

– Je sais.

– Je ne peux pas faire comme si de rien n'était.

Je mords ma lèvre inférieure et m'efforce de ne pas faire attention à la façon dont ses yeux se voilent à mes propos.

– Je ne te le demande pas. Tout ce que je te demande, c'est de venir ici.

Ses bras sont toujours ouverts, larges et accueillants, qui m'appellent et me tirent de plus en plus près.

– Si je fais ça, nous allons seulement retomber dans le même cycle infernal auquel nous avons tous les deux décidé de mettre un terme.

– Tessa...

– Hardin, je t'en prie.

Je recule. Le living est beaucoup trop petit pour que je puisse l'éviter et mon self-control commence à me faire défaut.

– D'accord.

Il soupire en se passant la main dans les cheveux, son signe habituel de frustration.

– Nous avons besoin de ça, tu le sais aussi bien que moi. Nous devons faire un break.

– Un break ?

Il a l'air blessé, furax, et j'ai un peu peur de ce qu'il va me sortir. Je n'ai pas envie de me disputer avec lui, surtout pas aujourd'hui.

– Oui, quelque temps séparés. On n'arrive pas à s'entendre et tout semble toujours se retourner contre nous. Tu as dit toi-même l'autre jour que tu en avais marre. Tu m'as fichue à la porte de l'appart.

Je croise les bras sur ma poitrine.

– Tessa... putain, tu ne peux pas...

Il me regarde dans les yeux et s'arrête au milieu de sa phrase.

– Combien de temps ?

– Quoi ?

– Combien de temps, séparés ?

– Je...

Je ne m'attendais pas à ce qu'il soit d'accord.

– Je ne sais pas.

– Une semaine ? Un mois ?

Il veut des précisions.

– Je ne sais pas Hardin. Nous avons tous les deux besoin de nous retrouver.

– C'est quand je suis avec toi que je me retrouve.

Ses mots me vont droit au cœur et je m'oblige à détacher mon regard de son visage avant de perdre le peu de résistance qui me reste.

– Moi aussi, Hardin, et tu le sais bien. Mais tu as tant de colère en toi. Tu dois faire quelque chose à ce sujet, et moi j'ai besoin de temps pour me retrouver.

– Alors, c'est encore de ma faute ?

– Non, c'est de la mienne aussi. Je suis trop dépendante de toi. Je dois y travailler.

– Depuis quand est-ce que tout cela a de l'importance ?

– Depuis que nous avons eu cette crise à l'appart il y a quelques jours. En fait, ça nous pendait au nez depuis un moment. Seattle et la dispute de l'autre soir, c'était juste la cerise sur le gâteau.

Quand je trouve finalement le courage de le regarder, je vois que son expression a changé.

– D'accord, j'ai compris le message. Je suis désolé, je sais que j'ai beaucoup merdé. Nous avons déjà retourné le problème de Seattle dans tous les sens et il est peut-être temps que je t'écoute un peu plus.

Il tend la main et je le laisse prendre la mienne, provisoirement stupéfaite devant ce nouvel esprit de conciliation.

– Je vais te lâcher un peu, ok ? Tu es passée par suffisamment de trucs merdiques ces dernières vingt-quatre heures. Je ne veux pas être un problème supplémentaire... pour une fois.

– Merci.

– Tu pourras me prévenir quand tu seras à Seattle ? Et manger un peu, et te reposer, s'il te plaît.

Ses yeux verts sont doux, chaleureux et rassurants.

J'ai envie de lui demander de rester, mais je sais que ce n'est pas une bonne idée.

– Je vais faire ça, promis. Merci. Vraiment.

– Tu n'as pas besoin de me remercier.

Il enfonce les mains dans les poches de son slim noir et il scrute mon visage.

– Je saluerai Landon de ta part.

Et il s'en va. Je ne peux pas m'empêcher de sourire en le voyant traîner à côté de la voiture de Landon, les yeux fixés sur la maison de ma mère un long moment avant de s'installer sur le siège passager.

∞

## 68
*Tessa*

Dès que la voiture de Landon a disparu, une énorme sensation de vide envahit ma poitrine, et je recule dans l'entrée en laissant la porte se refermer.

Noah est appuyé sur le chambranle de la porte, entre le living et la cuisine.

– Il est parti ?

– Ouais, il est parti.

Ma voix me semble étrangère à moi-même.

– Je ne savais pas que vous étiez séparés.

– Eh bien, nous... on essaie seulement de prendre un peu de recul.

– Je voudrais te demander quelque chose, et après on n'en parle plus.

Il scrute mon visage.

– Je connais ce regard, tu vas trouver une échappatoire.

Malgré tout le temps qui a passé depuis que nous ne sommes plus ensemble, Noah lit toujours en moi comme dans un livre ouvert.

– Qu'est-ce que tu veux savoir ?

Il plonge son regard bleu dans le mien, qu'il soutient courageusement pendant un long moment.

– Si tu pouvais revenir en arrière, est-ce que tu le ferais, Tessa ? Je t'ai entendu dire que tu voudrais effacer les six derniers mois... mais si tu le pouvais, le ferais-tu, vraiment ?

*Est-ce que je le ferais ?*

Je m'assieds sur le canapé pour réfléchir à sa question. Est-ce que j'effacerais tout ? Tout ce qui m'est arrivé au cours des six derniers mois ? Le pari, les disputes interminables avec Hardin, la spirale descendante de ma relation avec ma mère, la trahison de Steph, toute cette humiliation, tout ça.

– Oui, sans hésitation.

La main d'Hardin sur la mienne, ses bras tatoués autour de moi, qui m'attirent contre sa poitrine. La façon dont il riait si fort parfois que ses yeux se fermaient et que le son de son rire emplissait mes oreilles, mon cœur, et l'appart tout entier, un tel bonheur que je me sentais plus vivante que jamais.

– Non, je ne pourrais pas.

Noah secoue la tête. Il rigole et s'assied sur le fauteuil en face du canapé.

– Oui ou non ? C'est la première fois que je te vois si indécise.

Je secoue la tête avec fermeté.

– Je n'effacerais rien.

– Tu es sûre ? Ça a été une mauvaise année pour toi... Et encore, je n'en sais pas la moitié.

– Je suis sûre.

Je hoche la tête plusieurs fois en m'asseyant sur le bord du canapé.

– Mais il y a des choses que je ferais différemment, avec toi par exemple.

Noah me fait un petit sourire.

– Ouais, moi aussi.

– Theresa.

Une main me secoue par l'épaule.

– Theresa, réveille-toi.

– Je me lève.

J'ouvre les yeux en grognant. Le living. Je suis dans le living, chez ma mère. Je repousse une couverture d'un coup de pied... Une couverture avec laquelle Noah m'a recouverte quand je me suis allongée après que nous avons bavardé encore un peu, puis regardé la télé ensemble. Exactement comme au bon vieux temps.

Je me tortille pour me dégager de la poigne de ma mère.

– Quelle heure est-il ?

– Neuf heures du soir. Ça fait un moment que j'ai envie de te réveiller.

Elle pince les lèvres. Ça a dû la rendre folle de me laisser dormir toute la journée. Curieusement, cette idée me fait rire.

– Excuse-moi. Je ne me rappelle même pas m'être endormie.

Je me lève en m'étirant.

– Noah est parti ?

Je jette un coup d'œil dans la cuisine, il n'y est pas.

– Oui. Madame Porter avait vraiment envie de te voir, mais je lui ai dit que le moment était mal choisi.

Elle se dirige vers la cuisine. Je la suis en humant l'odeur du repas en train de cuire.

– Merci.

Je regrette de n'avoir pas dit au revoir à Noah, d'autant que je ne sais pas quand je vais le revoir.

– J'ai vu qu' Hardin avait ramené ta voiture.

Elle ne cache pas sa réprobation. Quelques minutes plus tard, elle se retourne et me tend une assiette avec de la salade et des tomates grillées. Sa conception d'un vrai repas ne m'a pas manqué, mais je lui prends l'assiette des mains sans faire de commentaire.

– Pourquoi ne m'as-tu pas dit qu'Hardin est venu hier soir ? Ça me revient maintenant.

Elle hausse les épaules.

– C'est lui qui me l'a demandé.

En m'asseyant à table, je joue avec le contenu de mon assiette.

– Et tu en as tenu compte ? C'est nouveau !

Je crains sa réaction à ma provocation... Elle prépare sa propre assiette.

– Ce n'est pas pour lui que je l'ai fait. Je n'en ai pas parlé parce qu'il vaut mieux pour toi que tu l'oublies.

Ma fourchette me glisse entre les doigts et tombe sur mon assiette avec un claquement aigu.

– Je ne pense pas que ce soit mieux pour moi de me cacher des choses.

Je fais tout ce que je peux pour rester calme et contrôler ma voix, vraiment. Pour le souligner, je me tamponne les coins de la bouche avec une serviette de table parfaitement pliée.

– Theresa, ne rejette pas tes frustrations sur moi. Quoi que cet homme ait pu faire pour te rendre comme tu es devenue, c'est de ta faute, pas de la mienne.

Au moment où ses lèvres peintes s'étirent en un sourire suffisant, je me lève de table, jette ma serviette dans mon assiette et sors de la pièce en trombe.

– Et où vas-tu comme ça, jeune fille ?

– Me coucher. Je me lève à quatre heures et j'ai un long trajet qui m'attend.

Je claque la porte de ma chambre. Je m'assieds sur mon lit d'enfant et, immédiatement, les murs gris clair semblent se refermer sur moi. Je déteste cette maison. Ce n'est pas bien, mais c'est comme ça. Je déteste ce que je ressens quand j'y suis, comme si je ne pouvais pas respirer sans me faire réprimander. Je n'avais jamais réalisé à quel point j'avais été enfermée et contrôlée toute ma vie jusqu'à ce que découvre la liberté avec Hardin. J'adore manger des pizzas, passer la journée entière nue, au lit, avec lui. Pas de serviette de table pliée. Pas de brushing. Pas d'horribles rideaux jaunes.

Sans prendre le temps de réfléchir, je l'appelle et il répond.

– Tess ?

Il est tout essoufflé.

– Euh, salut.

– Qu'est-ce qui ne va pas ?

Il souffle.

– Rien, tu vas bien ?

– Allez, Scott. Reviens ici...

C'est une voix de femme derrière lui. Mon cœur se met à battre la chamade tandis qu'un éventail de possibilités se déploie dans mon esprit.

– Oh, tu n'es pas... je vais te laisser.

– Non, ça va. Elle peut attendre.

Le bruit de fond diminue peu à peu. Il doit s'éloigner de la personne en question.

– Non, ça ne fait rien. Je ne veux pas... t'interrompre.

Quand je regarde le mur gris qui est le plus près de mon lit, je pourrais jurer qu'il s'est rapproché de moi. Comme s'il allait me tomber dessus.

– D'accord.

*Quoi ?*

– Ok, salut.

Je raccroche rapidement et je porte la main à ma bouche pour m'empêcher de vomir sur le tapis.

Il y a sûrement une explication logique à...

Mon téléphone vibre à côté de ma cuisse, le nom d'Hardin s'affiche sur l'écran, c'est plus fort que moi, je réponds.

– Je ne suis pas en train de faire ce que tu crois... Je n'avais même pas réalisé l'impression que ça pouvait donner, dit-il immédiatement.

Un vent violent souffle autour de lui, étouffant sa voix.

– Ça ne fait rien, vraiment.

– Non, Tess, ça ne fait pas rien, si j'étais avec quelqu'un d'autre là tout de suite, ça ne ferait pas rien, alors arrête de faire semblant.

Je m'allonge sur le lit, je dois admettre qu'il a raison.

– Je n'ai pas pensé que tu faisais quoi que ce soit.

C'est un demi-mensonge. Quelque part, je savais qu'il ne faisait rien, mais mon imagination m'a encore entraînée sur ce chemin.

– Tant mieux, ça veut dire que tu me fais peut-être confiance finalement.

– Peut-être.

– Ce qui n'a plus beaucoup d'importance maintenant que tu m'as quitté.

Ce ton sec, une fois de plus.

– Hardin...

Il soupire.

– Qu'est-ce qu'il y a ? Ta mère te fait chier ?

– Non, ne parle pas d'elle comme ça. Enfin, il y a un peu de ça quand même, mais rien de bien terrible. Non, c'est juste que je... Je ne sais pas pourquoi je t'ai appelé, en réalité.

– Eh bien...

Il marque une pause, j'entends une portière de voiture se fermer.

– Tu veux qu'on parle...

– On peut faire ça ? Tu serais d'accord ?

Il y a quelques heures à peine, je lui disais que j'avais besoin de plus d'indépendance, et me voilà qui l'appelle à la moindre contrariété.

– Bien sûr.

– Où es-tu, d'abord ?

Il est important que cette conversation reste aussi neutre que possible. Même s'il est impossible que les choses soient neutres entre Hardin et moi.

– Dans un gymnase.

Je manque de m'esclaffer.

– Un gymnase ? Depuis quand tu fréquentes ce genre d'endroit ?

Hardin est une des rares personnes qui bénéficient d'un corps incroyablement bien fait sans avoir recours à la muscu. Il est naturellement parfaitement gaulé : grand, les épaules larges, même s'il prétend avoir été maigre et dégingandé, adolescent. Ses muscles sont fermes sans être trop développés, son corps est un parfait mélange de douceur et de fermeté.

– Je sais. Elle me donnait des coups de pieds au cul. J'étais réellement gêné.

– Qui ?

J'ai parlé un peu brusquement. *Calme-toi, Tessa, c'est évidemment la femme que tu as entendue.*

– Oh, la coach. J'ai décidé d'utiliser le bon d'essai de kick-boxing que tu m'as offert pour mon anniversaire.

– C'est vrai ?

Imaginer Hardin faisant du kick-boxing me donne des idées que je ne devrais pas avoir. Comme lui en train de transpirer, par exemple...

– Ouais.

Il est un peu timide en disant ça. Je secoue la tête pour effacer les images d'Hardin torse nu.

– C'était comment ?

– Pas mal, même si je préfère un autre genre de sport. Mais l'avantage, c'est que je suis beaucoup moins tendu que je l'étais il y a quelques heures.

Je plisse les yeux en entendant ça, même s'il ne me voit pas. Je passe les doigts sur le tissu à fleurs de ma couette.

– Tu penses y retourner ?

J'ai finalement l'impression que je peux respirer de nouveau tandis qu'Hardin me raconte combien ça s'est mal passé pendant la première demi-heure de la séance, qu'il n'arrêtait pas d'insulter la coach jusqu'à ce qu'elle le frappe derrière la tête, à plusieurs reprises, ce qui a fini par provoquer son respect, et il a arrêté de jouer au con avec elle.

– Attends. Tu es toujours là-bas ?

– Non, je suis rentré.

– Tu es parti... comme ça ? Tu lui as dit ce que tu viens de me dire ?

– Non, pourquoi ?

Comme si tout le monde se conduisait comme lui !

J'aime l'idée qu'il ait laissé tomber ce qu'il était en train de faire simplement pour parler avec moi. Ce n'est pas bien, mais tant pis.

– On n'est pas très bon pour cette histoire de break.

– On ne l'est jamais.

Je le vois sourire même s'il est à plus de cent cinquante kilomètres de moi.

– Je sais, mais...

– C'est notre version du break. Tu n'as pas sauté dans ta voiture pour venir me rejoindre. Tu m'as seulement téléphoné.

– Je suppose que c'est ça...

J'accepte d'être d'accord avec sa logique un peu tordue. Mais, dans un sens, il a raison. Je ne sais pas encore si c'est une bonne ou une mauvaise chose.

– Noah est toujours là ?

– Non, ça fait des heures qu'il est parti.

– Tant mieux.

Je sonde l'obscurité qui s'étend au-delà des rideaux affreux de ma chambre quand Hardin se met à rire.

– Ça fait trop bizarre de parler au téléphone, sérieux !

– Pourquoi ?

– Je sais pas. Ça fait plus d'une heure qu'on parle.

Je regarde mon téléphone pour voir l'heure, et c'est vrai, il a raison.

– Ça ne m'a pas semblé si long.

– Je sais. Je ne parle jamais au téléphone. Sauf quand tu m'appelles pour me casser les pieds et me dire de rapporter quelque chose. Ou parfois j'appelle un pote, mais ça ne dure jamais plus de deux minutes.

– C'est vrai ?

– Ben oui, pour quoi faire ? Tous mes potes passaient leur temps à écouter leurs petites amies leur parler de vernis à ongles, ou de toutes ces conneries dont les meufs peuvent parler pendant des heures.

Il rigole d'un ton léger et je fronce les sourcils en me rappelant qu'Hardin n'a jamais eu l'occasion d'être un adolescent normal.

– Tu n'as pas manqué grand-chose, je t'assure.

– Avec qui tu parlais pendant des heures, toi ? Noah ?

– Non, je n'ai jamais fait ça non plus. J'avais trop le nez dans mes romans.

Je n'ai peut-être jamais été une vraie ado, moi non plus.

– Eh bien, je suis heureux que tu aies été une intello, alors.

– Theresa !

Je suis brusquement rappelée à la réalité par les appels répétés de ma mère.

– Oh, c'est l'heure d'aller au lit ?

Hardin se moque de moi. Notre truc on-fait-un-break-mais-on-se-parle-au-téléphone est devenu encore plus bizarre au cours de l'heure qui vient de s'écouler.

– Attends.

Je couvre le téléphone, le temps de dire à ma mère que j'arrive.

– Il faut que j'aille voir ce qu'elle veut.

– Tu pars vraiment demain ?

– Oui.

Il reste silencieux un moment.

– Ok, eh bien, bon voyage...

– Je peux t'appeler demain matin ?

J'ai la voix qui tremble.

– Non, il vaut mieux qu'on arrête de faire ça.

Ma poitrine se serre.

– Enfin, pas trop souvent, en tout cas. Ça n'a pas de sens de se parler tout le temps si on n'est plus ensemble.

– D'accord.

Ma réponse sonne comme une défaite.

– Bonne nuit, Tessa.

Et il raccroche.

Il a raison. Je le sais. Mais le fait de le savoir ne rend pas les choses moins difficiles. J'aurais mieux fait de ne pas l'appeler du tout.

∞

## 69
### *Tessa*

Il est cinq heures moins le quart et, pour une fois, ma mère n'est pas encore habillée pour sortir. Elle porte un peignoir sur son pyjama de soie et des mules coordonnées aux pieds. J'ai encore les cheveux humides après ma douche, mais j'ai pris le temps de me maquiller et d'enfiler ma dernière robe Karl Marc John.

Ma mère m'observe des pieds à la tête d'un œil critique.

– Tu as tout ce qu'il te faut, c'est sûr ?

– Oui, tout ce que je possède est dans ma voiture.

– D'accord. N'oublie pas de faire le plein avant de quitter la ville.

– Tout va bien se passer, maman.

– Je sais. J'essaie seulement de me rendre utile.

– Je sais.

J'écarte les bras pour l'embrasser, mais elle me prend brièvement dans ses bras de façon si sèche que je recule pour me servir une tasse de café pour la route. Au fond de moi, j'ai toujours le petit espoir idiot, irrationnel, de voir apparaître des phares dans l'obscurité. Hardin descendrait de voiture, ses valises à la main, et me dirait qu'il est d'accord pour venir à Seattle avec moi.

Mais c'est précisément ça, l'irrationnel.

À cinq heures dix, j'embrasse ma mère une dernière fois et je monte en voiture. Heureusement, j'ai pris la précaution d'allumer le chauffage à l'avance. L'adresse de Kimberly et Christian est programmée dans le GPS. Il ne cesse de s'arrêter pour recalculer alors que je n'ai même pas encore quitté l'allée.

Il faut vraiment que je change de téléphone. Si Hardin était là, il me répéterait que c'est une bonne raison pour prendre un iPhone.

Mais voilà, Hardin n'est pas là.

Le trajet est long. Je ne suis qu'au début de mon aventure et, déjà, un profond malaise monte en moi. Dans chaque petite ville que je traverse, je me sens de plus en plus angoissée, et je me demande si ça va être encore pire à Seattle.

Quand je regarde la pendule sur le tableau de bord, je vois que ça ne fait qu'une heure que je suis partie, même si, quand j'y pense, cette heure a passé assez vite. Curieusement, ça me met de meilleure humeur.

Quand je regarde de nouveau, vingt minutes ont passé en un clin d'œil. Plus je m'éloigne, plus j'ai l'esprit léger. Je ne suis pas dominée par la panique en conduisant le long de routes sombres et inconnues. Je me concentre sur mon avenir. Cet avenir que personne ne peut m'enlever ni m'obliger à laisser tomber. Je fais de fréquents arrêts pour prendre un café, un snack, ou simplement pour respirer l'air frais du matin.

Quand le soleil finit par se montrer, à mi-chemin de mon voyage, je contemple la vive lumière jaune et orange qu'il projette. La façon dont les couleurs se mélangent rend le début de cette journée magnifique. Mon humeur s'allège et je me retrouve en train de chanter avec Taylor Swift et de pianoter sur le volant tandis qu'elle parle de « créer des problèmes », l'ironie de ces paroles me fait rire.

Quand je passe le panneau qui m'accueille à l'entrée de la ville de Seattle, je ressens un trac positif. Ça y est, j'y suis. Moi, Theresa Young, je suis officiellement à Seattle, prenant ma vie en main à un âge où la plupart des gens en sont toujours à se demander ce qu'ils veulent faire de la leur.

J'ai réussi. Je n'ai pas reproduit les erreurs de ma mère qui comptait sur les autres pour décider de son avenir. On m'a aidée, bien sûr – et je suis reconnaissante de ça – mais c'est à moi qu'il revient de passer à l'étape suivante. J'ai un stage super cool, une amie impertinente et son fiancé qui l'adore, et une voiture qui contient tout ce que je possède.

Je n'ai pas d'appartement... Je n'ai rien d'autre que mes livres, quelques cartons sur le siège arrière et mon boulot.

Mais ça va marcher.

C'est sûr. C'est obligé.

Je serai heureuse à Seattle. Ce sera exactement comme je l'ai imaginé. C'est sûr.

Chaque kilomètre s'étire en longueur. Chaque seconde est pleine de souvenirs, d'adieux et de doutes.

La maison de Kimberly et Christian est encore plus grande que ce que j'imaginais d'après la description que Kimberly m'en avait faite. L'allée à elle seule m'intimide. Des arbres bordent la propriété, les haies autour de la maison sont taillées au cordeau et, dans l'air, flotte un parfum de fleurs que je ne reconnais pas. Je me gare derrière la voiture de Kimberly et j'inspire profondément avant de descendre. La grande porte de bois est surmontée d'un énorme V, et je suis en train de glousser devant l'arrogance d'une telle décoration quand Kimberly ouvre la porte.

Elle hausse les sourcils et suit mon regard.

– Ce n'est pas nous qui l'avons mis ! Je te jure, les gens qui habitaient là avant nous s'appelaient Vermon !

Je hausse les épaules

– Je n'ai rien dit.

– Je sais ce que tu penses : c'est hideux. Christian est orgueilleux, mais même lui ne ferait pas ça.

Elle tape sur la lettre de ses ongles vernis et je ris. Elle me fait signe d'entrer.

– Tu as fait bonne route ? Entre, il fait froid dehors.

Depuis l'entrée, j'apprécie la douce chaleur et l'odeur d'un feu de cheminée.

– Ça a été... Mais un peu long.

Elle fronce le nez.

– J'espère ne jamais avoir à refaire ce trajet. Christian est au bureau. J'ai pris ma journée pour t'aider à t'installer. Smith va rentrer de l'école dans quelques heures.

– Je te remercie encore de me recevoir chez toi. Je te promets que je ne resterai pas plus de deux semaines.

– Pas de stress. Tu es à Seattle, enfin !

Elle rayonne et je réalise enfin : je SUIS à Seattle !

# 70
## *Hardin*

– Alors, c'était comment le kick-boxing, hier ?

La voix de Landon est étranglée par l'effort, et son visage déformé par une grimace qui lui donne l'air stupide tandis qu'il soulève un autre sac de terreau. Après l'avoir posé à sa place, il met les mains sur ses hanches et roule les yeux de façon exagérée.

– Tu pourrais m'aider, tu sais ?

– Je sais.

Assis dans un fauteuil, je pose les pieds sur une des étagères en bois qui se trouvent dans la serre de Karen.

– Le kick-boxing en soi, c'est pas mal. Mais le coach était une femme et ça, franchement, ça craint.

– Pourquoi ? Parce qu'elle t'a mis son pied aux fesses ?

– Au *cul,* tu veux dire ? Non, elle ne l'a pas fait.

– Pourquoi y es-tu allé, d'abord ? J'avais dit à Tess de ne pas t'offrir ce pass pour le gymnase, parce que tu ne l'utiliserais pas.

La rage me prend à cette façon qu'il a de l'appeler « Tess », ça ne me plaît pas du tout, putain.

*Cool, ce n'est que Landon.* Avec toutes les embrouilles que je dois gérer en ce moment, Landon est le dernier de mes soucis.

– Parce que j'étais enragé. J'avais l'impression que j'allais tout démolir dans ce foutu appart. Je suis tombé sur ce bon en fouillant dans les tiroirs de la commode. J'ai direct enfilé mes baskets et j'y suis allé.

– Tu as mis le bazar dans les tiroirs ? Tessa va te tuer...

– Elle n'en saura rien... Elle n'habite plus là, je te rappelle.

J'essaie de prendre une voix normale. Il me regarde, l'air contrit.

– Excuse-moi.

– C'est rien.

Je soupire, je n'arrive même pas à trouver une réponse spirituelle.

– J'ai du mal à compatir, alors que rien ne t'empêche d'être là-bas avec elle.

– Va te faire foutre !

J'appuie ma tête contre le mur derrière moi, je sens bien qu'il m'observe.

– Ça n'a aucun sens.

– Pour toi, peut-être.

– Pour elle non plus. Pour personne, d'ailleurs.

– Je n'ai pas à me justifier.

– Alors, qu'est-ce que tu fais là ?

Au lieu de lui répondre, je jette un coup d'œil autour de la serre, incapable de dire ce que je fais dans cet endroit.

– Je n'ai pas d'autre endroit où aller.

*Il croit peut-être qu'elle ne me manque pas à chaque seconde, putain ! Que je ne préférerais pas être avec elle plutôt qu'ici à discuter avec lui.*

Il me jette un regard en coin.

– Et tes potes ?

– Tu veux dire ceux qui ont drogué Tessa ? Ou celle qui m'a piégé pour que je balance tout au sujet du pari ? À moins que tu ne parles de celui qui passe son temps à essayer de la sauter ? Tu veux que je continue ?

– Je pense que ce n'est pas la peine. Toutefois, j'aurais pu te le dire, que tes potes craignaient. (Son ton moralisateur m'agace profondément.) Alors qu'est-ce que tu vas faire ?

Je me dis qu'il vaut mieux maintenir la paix plutôt que de l'assassiner, alors je me contente de hausser les épaules.

– Rien de plus que ce que je fais en ce moment.

– Tu vas traîner comme ça à te morfondre ?

– Je ne me morfonds pas. Je fais ce que tu m'as dit, *je m'améliore.*

Je souligne mon propos en dessinant des guillemets dans l'air.

– Tu l'as eue depuis qu'elle est partie ?

– Ouais, elle m'a envoyé un texto ce matin pour me dire qu'elle était bien arrivée. Elle habite chez Vance, c'est ça ?

– Pourquoi tu n'essaies pas de le découvrir toi-même ?

Putain, ce qu'il peut être agaçant !

– Ce n'est pas la peine, je le sais. Où elle serait, sinon ?

La suggestion de Landon arrive sans attendre.

– Chez ce Trevor ?

Son sourire narquois me donne envie de lui en foutre une. Si je le taclais là maintenant, il ne sentirait probablement rien, il n'est qu'à un mètre du sol après tout. Ça ne laisserait peut-être même pas de marques...

– J'avais complètement oublié Trevor, sérieux !

Je me masse les tempes furieusement. Trevor est presque aussi exaspérant que Zed. La seule différence, c'est que je crois qu'il a vraiment de bonnes intentions en ce qui concerne Tessa, ce qui ne fait que me contrarier davantage. Ça le rend plus dangereux.

– Alors, c'est quoi la prochaine étape dans ton Plan d'Amendement Personnel ?

Le sourire de Landon s'éteint rapidement et son visage devient soudain grave.

– Sans rigoler, je suis vraiment fier de toi, tu sais. C'est chouette de voir que, pour une fois, tu persévères dans tes efforts, au lieu d'arrêter dès qu'elle te pardonne. Elle sera très touchée de voir que tu t'y tiens.

Je laisse retomber mes pieds et je me balance légèrement sur mon fauteuil. Ce genre de discussion éveille quelque chose en moi.

– N'essaie pas de me faire la morale. Je n'ai encore rien fait, ça ne fait qu'un jour.

Un long jour de tristesse et de solitude.

Landon me regarde avec des yeux ronds pleins de compassion.

– Non, je suis sérieux. Tu ne t'es pas réfugié dans la boisson, tu ne t'es pas battu, tu ne t'es pas fait arrêter et je sais que tu es venu parler à ton père.

Je reste bouche bée.

– Il te l'a dit ?

Quel salaud !

– Non, il ne me l'a pas dit. J'habite ici, et j'ai vu ta voiture.

– Oh...

– Tessa serait vraiment très touchée que tu lui aies parlé.

– C'est bon, maintenant. Putain, tu n'es pas mon psy. Arrête de faire comme si tu étais mieux que moi et comme si je n'étais qu'un putain d'animal blessé que tu dois...

– Pourquoi est-ce que tu ne peux pas simplement accepter un compliment sans agressivité ? Je n'ai jamais dit que j'étais mieux que toi. Tout ce que j'essaie de faire, c'est d'être là, comme un ami. Tu es seul, tu l'as dit toi-même, et maintenant que tu as laissé Tessa partir à Seattle, tu n'as plus une seule personne pour te remonter le moral.

Il me regarde fixement, mais je détourne les yeux.

– Il faut que tu arrêtes de repousser les gens, Hardin. Je sais que tu ne m'aimes pas. Tu me détestes parce que tu crois que je suis responsable des problèmes que tu as avec ton père. Mais moi, je tiens beaucoup à vous, Tessa et toi, que ça te plaise ou non.

– Ça ne me plaît pas.

Pourquoi faut-il qu'il dise toujours des conneries de ce genre ? Je suis venu pour... je ne sais pas moi, pour lui parler. Mais pas pour *parler avec* lui, pas pour qu'il me dise combien il se soucie de moi.

*Et pourquoi se soucierait-il de moi, d'ailleurs ?* Je me suis conduit comme un connard avec lui depuis le premier jour. Mais je ne le déteste pas, non. Est-ce que c'est vraiment ce qu'il croit ?

– Eh bien, c'est une de ces choses sur lesquelles tu dois travailler.

Il se lève et sort de la serre en me laissant seul.

– Putain.

Je donne un coup de pied dans l'étagère devant moi. Un craquement sinistre résonne dans la pièce et je me lève d'un bond. J'essaie de rattraper les cartons de fleurs, les pots en terre et les trucs au hasard avant qu'ils n'aillent s'écraser sur le sol. Peine perdue ! En quelques secondes, tout est en morceaux par terre. Ce n'est pas vrai ! Je n'ai même pas fait exprès de casser tout ce bordel, et je me retrouve avec, à mes pieds, un tas de terre, de fleurs et de pots cassés.

Je peux peut-être réussir à nettoyer un peu avant que Karen...

– Oh, mon Dieu !

Je l'entends bloquer sa respiration et je me retourne vers la porte. Elle se tient là, debout, une petite truelle à la main.

*Merde !*

– Je n'ai pas fait exprès de renverser l'étagère, je te le jure. J'ai donné un coup de pied en l'air et j'ai accidentellement heurté l'étagère, et tout ce bordel s'est mis à tomber. J'ai essayé de le rattraper.

Je parle à toute vitesse pour m'expliquer tandis que Karen se précipite vers un tas de poteries en morceaux.

Elle essaie de reconstituer un pot de fleur bleu qui n'a aucune chance de reprendre sa forme initiale. Elle ne dit rien, mais je l'entends renifler et elle lève le bras pour essuyer les larmes sur ses joues d'une main couverte de terre.

– J'avais ce pot depuis que j'étais petite. C'est le tout premier pot que j'ai utilisé pour transplanter une bouture.

– Je...

Je ne sais pas quoi lui dire. J'ai déjà cassé des tas de trucs, mais c'est la première fois que c'est un accident. Je me sens vraiment nul.

– Ce pot et ma porcelaine étaient les seules choses qui me restaient de ma grand-mère.

La porcelaine que j'ai réduite en miettes.

– Karen, je suis vraiment désolé. Je...

– Ce n'est rien, Hardin.

Elle soupire et rejette les morceaux du pot de fleurs sur le tas de terre.

Mais non, ce n'est pas rien, je le vois dans ses yeux. Je vois combien elle est triste et je suis étonné du poids de la culpabilité qui m'oppresse à ce constat. Elle fixe les débris du pot encore quelques secondes, et je l'observe en silence. J'essaie d'imaginer Karen petite fille. Je parie qu'elle était une de ces filles qui sont gentilles avec tout le monde, même avec des connards dans mon genre. Je pense à sa grand-mère, probablement aussi adorable qu'elle, qui lui a donné quelque chose que Karen jugeait assez important pour le conserver toutes ces années. Je n'ai jamais rien eu dans ma vie qui n'ait été détruit.

– Je vais finir de préparer le repas. Il n'y en a pas pour longtemps.

En s'essuyant les yeux, elle quitte la serre de la même façon que son fils quelques minutes plus tôt.

∞

# 71

## *Tessa*

Il est impossible d'ignorer Smith, et sa façon adorable de se déplacer, de regarder les choses, de vous accueillir avec une poignée de main cérémonieuse, pour ensuite vous poser une foule de questions tandis que vous essayez de faire ce que vous avez à faire. Alors, je peux difficilement lui en vouloir quand il vient me rejoindre pendant que je suis en train de ranger mes vêtements, pour me demander de sa voix calme :

– Où il est, ton Hardin ?

Ça me brise le cœur d'avoir à lui annoncer que je l'ai laissé à WCU, mais ce petit garçon est tellement mignon qu'il apaise un peu ma tristesse.

– Et c'est où, WCU ?

Je fais mon possible pour sourire.

– C'est loin d'ici.

Smith cligne de ses beaux yeux verts.

– Il va venir ?

– Je ne pense pas. Tu l'aimes bien, Hardin, on dirait, Smith ?

Je ris en mettant ma vieille robe bordeaux sur un cintre pour l'accrocher dans le placard.

– Ouais. Il est rigolo.

– Hé, moi aussi, je suis rigolote.

Je plaisante, mais il se contente d'un petit sourire timide.

– Pas vraiment.

Sa franchise me fait rire de plus belle.

– Hardin me trouve rigolote, lui.

– C'est vrai ?

Smith observe tous mes gestes et commence à m'aider à défaire mes bagages et à replier mes vêtements.

– Oui, mais il ne l'admettra jamais.

– Pourquoi ?

– Je ne sais pas.

Je hausse les épaules. Probablement parce que je ne suis pas très drôle, et quand j'essaie de l'être, c'est encore pire.

– Alors, dis à ton Hardin de venir habiter ici, comme toi.

Il sort ça comme une évidence. Comme un roi publiant un décret.

– Je le lui dirai. Ce n'est pas la peine de plier ça.

J'attrape le t-shirt bleu qu'il tient dans ses petites mains.

– J'aime bien plier.

Il cache le t-shirt dans son dos.

– Tu feras un bon mari, un jour.

Je souris. Il me sourit aussi en montrant ses fossettes. Au moins, il a l'air de m'aimer plus qu'avant.

– Je ne veux pas être un mari.

Il fronce le nez en disant ça, et je lève les yeux sur ce gamin de cinq ans qui parle comme une grande personne.

– Tu changeras d'avis un jour.

– Non.

Ceci met un terme à notre discussion et nous finissons de ranger mes affaires en silence.

Mon premier jour à Seattle touche à sa fin, demain sera mon premier jour dans les nouveaux bureaux. Ça me stresse beaucoup. Je n'aime pas trop la nouveauté. À vrai dire, elle me terrifie. J'aime contrôler chaque situation et pénétrer un nouvel environnement avec un projet solide. Je n'ai pas eu le temps de vraiment préparer ce changement, à part mon inscription à mes nouveaux cours, et franchement je ne suis pas aussi impatiente que je le devrais. À un moment, pendant que j'étais occupée à me morigéner, Smith a disparu sans que je m'en aperçoive, en laissant sur le lit une pile de vêtements parfaitement pliés.

Demain après le boulot, il faudra que je sorte pour faire un tour dans Seattle. J'ai besoin de retrouver ce qui m'attirait tant dans cette ville. Parce que pour le moment, dans cette chambre inconnue, à des kilomètres de tout ce qui m'est familier, je me sens vraiment seule...

∞

# 72

## *Hardin*

Je regarde Logan descendre sa pinte de bière d'un trait. Il pose le verre sur la table et s'essuie la bouche.

– Steph est une psychopathe. Personne ne l'aurait imaginée capable de tels actes.

Il rote.

– Dan savait. Et si je découvre que quelqu'un d'autre était au courant...

Il me regarde d'un air solennel.

– Personne d'autre ne le savait. Enfin, à ma connaissance.

Une grande brune apparaît à côté de lui et il l'attrape par la taille.

– Nate et Chelsea ne vont pas tarder, lui dit-il.

– Une soirée entre couples. Il est temps que je me casse.

Je m'apprête à me lever, mais Logan m'arrête.

– Il n'y a pas que des couples. Tristan est célibataire maintenant, et Nate ne sort pas avec Chelsea. Ils sont seulement plan cul.

– Laisse-moi deviner, Zed va venir aussi ?

Logan secoue la tête.

– Ça m'étonnerait. Je crois qu'il était encore plus furax que toi après ce qui s'est passé. Il ne nous a pas adressé la parole depuis.

– *Personne* n'est plus furax que moi.

Traîner avec mes anciens potes ne risque pas de m'aider à m'amender. Ça me fout encore plus en colère. Comment est-ce qu'on peut oser dire que Zed se soucie plus de ce qui arrive à Tessa que moi ?

Logan agite une main en l'air.

– Ce n'est pas ce que j'ai voulu dire... au temps pour moi. Prends une bière et détends-toi.

Il cherche la serveuse des yeux.

Je jette un coup d'œil et je vois Nate, la fameuse Chelsea et Tristan qui traversent le petit bar dans notre direction.

– Non merci.

Je parle doucement en essayant de me contrôler. Logan essaie juste de m'aider, mais il m'agace. Tout le monde m'agace.

Tristan me tape sur l'épaule.

– Ça fait un bail !

Il essaie de la jouer légère, mais ça ne fonctionne pas.

– Je suis désolé de ce que Steph a fait. Je n'avais pas la moindre idée de ce qu'elle avait en tête, sérieux.

Il plombe encore plus l'atmosphère.

– Je n'ai pas envie d'en parler.

J'ai répondu énergiquement, mettant un terme à cette discussion.

Alors que tous mes potes boivent et parlent de trucs dont je me fous complètement, mes pensées s'envolent vers Tessa. *Que fait-elle en ce moment ? Est-ce qu'elle se plaît à Seattle ? Est-ce qu'elle se sent aussi mal à l'aise chez les Vance que je le suppose ? Est-ce que Christian et Kimberly sont sympas avec elle ?*

Bien sûr qu'ils le sont. Kimberly et Christian sont toujours sympas. En réalité, je ne fais que contourner la vraie question : est-ce que je lui manque autant qu'elle me manque ?

– T'en veux un ?

Nate interrompt le cours de mes pensées en agitant un verre à shot devant mes yeux.

– Non, j'ai ce qu'il me faut.

Je lui montre mon soda sur la table et il hausse les épaules avant d'avaler cul sec.

C'est bien la dernière chose que j'ai envie de faire là, tout de suite. Boire jusqu'à se rendre malade ou tomber dans les vapes leur plaît peut-être, mais moi j'ai dépassé ça. Ils ne connaissent pas le luxe d'avoir la voix de quelqu'un dans la tête qui leur dit de devenir meilleur, de faire quelque chose de leur vie. Ils n'ont pas trouvé la personne qui les aime assez pour leur donner envie de se bonifier.

Une fois, je lui ai dit : *je veux devenir quelqu'un de bien pour toi, Tess.* Jusqu'à présent, c'est pas terrible.

– Je m'arrache.

Je me lève et je pars sans que personne ne le remarque. Je viens de décider que je n'allais plus perdre mon temps à traîner dans les bars avec des gens qui finalement n'en ont rien à cirer de moi. Je n'ai rien contre la plupart d'entre eux, mais quand on y pense, aucun ne me connaît vraiment. Ils appréciaient seulement le mec grande gueule qui picolait et baisait tout ce qui bouge. J'étais un accessoire de plus dans leurs méga fiestas. Ils ne savent que dalle de moi. Ils ne savaient même pas que mon père est le putain de président de notre fac. Personne ne me connaît comme elle, personne n'en a même jamais éprouvé l'envie, à part elle. Elle pose toujours les questions les plus indiscrètes et les plus saugrenues du genre : À quoi tu penses ? Pourquoi tu aimes cette série ? À quoi crois-tu que l'homme à l'autre bout de la pièce réfléchit ? C'est quoi ton premier souvenir ?

J'ai toujours fait comme si j'étais irrité par son besoin de tout savoir alors qu'en fait cela ça me faisait me sentir... spécial. Comme si quelqu'un s'intéressait suffisamment à moi pour avoir envie de connaître la réponse à ces questions ridicules.

Une partie de mon cerveau me dit de prendre sur moi et de bouger mon cul jusqu'à Seattle, de défoncer la porte de chez Vance et de lui promettre de ne plus jamais la quitter. Mais ce serait trop simple. Une autre partie de moi, plus forte, celle qui gagne toujours, me dit que je suis trop taré. Je ne fais rien d'autre que bousiller tout ce qui compte dans ma putain de vie et dans celle des autres, et que donc je rendrais service à Tessa en la laissant tranquille. C'est la seule voix que j'arrive à écouter, surtout quand Tessa n'est pas là pour me dire le contraire.

Le plan de Landon pour que je devienne une meilleure personne a l'air super bien sur le papier, mais après ? Je suis censé croire que je pourrai rester comme ça tout le temps ? Je suis censé croire que je serai assez bien pour elle simplement parce que je déciderai de ne pas vider une bouteille de vodka quand je suis furieux ?

Tout ça serait beaucoup plus facile si je refusais d'admettre quel gros taré je suis. Je ne sais pas ce que je vais faire, mais le problème ne va pas se régler immédiatement. Pour ce soir, je vais rentrer regarder les séries préférées de Tessa à la télé. C'est-à-dire les pires, celles qui sont truffées de dialogues ridicules et horriblement mal interprétées. Je vais même probablement faire comme si elle était là à m'expliquer les scènes alors que je comprends très bien ce qui se passe. J'adore quand elle fait ça. C'est énervant, mais j'adore voir comment elle se passionne pour le moindre détail.

En sortant de l'ascenseur, je continue à planifier ma soirée. Je vais finir par regarder cette merde, puis manger, prendre une douche, probablement me branler en pensant à la bouche de Tessa autour de moi, et je ferai de mon mieux pour ne rien faire de stupide. Peut-être même que je vais nettoyer le bordel que j'ai laissé hier.

Je m'arrête devant la porte de mon appart et regarde dans le couloir. Comment ça se fait que cette putain de porte est entrebâillée ? Tessa est revenue ? Ou alors quelqu'un a forcé la porte encore une fois ? Je ne sais pas ce qui me mettrait le plus en colère.

– Tessa ?

Je pousse la porte avec mon pied et je crois défaillir en voyant son père écroulé contre le mur, couvert de sang.

– C'est quoi ce bordel ?

Je claque la porte en criant.

– Attention ! grogne Richard.

Je suis son regard dans le couloir et, par-dessus son épaule, j'aperçois quelque chose qui bouge.

Il y a un homme qui se penche sur lui. Je redresse les épaules et me prépare à charger s'il le faut.

C'est là que je reconnais le pote de Richard... Chad, je crois.

– Qu'est-ce qui lui est arrivé, putain ? Et qu'est-ce que vous foutez là ?

– J'espérais voir la fille, mais tu feras l'affaire.

Mon sang se met à bouillir.

– Foutez le camp d'ici et emmenez-le avec vous.

De la main, je désigne le sac à vin qui a amené ce mec chez moi. Son sang est en train de saloper le sol de mon appart.

Chad roule des mécaniques. Il est clair qu'il essaie de rester calme, mais qu'il a du mal.

– Le problème, c'est qu'il me doit un paquet de fric et qu'il n'a pas les moyens de payer.

De ses ongles crasseux, il gratte des petits points rouges sur ses bras.

Putain de toxico.

– Ce n'est pas mon problème, putain. Je vous ai déjà dit de vous barrer, et je n'ai pas la moindre intention de vous donner du fric.

Mais Chad se contente de sourire d'un air supérieur.

– Tu ne sais pas à qui tu parles, gamin.

Il donne un coup de pied dans les côtes de Richard. Un gémissement pathétique s'échappe de ses lèvres tandis qu'il glisse sur le sol.

Je ne suis *pas* d'humeur à discuter avec des putains de toxico qui s'introduisent dans mon appart.

– Je n'en ai rien à foutre de toi ni de lui. Tu te trompes grossièrement si tu crois que tu me fais peur.

*Qu'est-ce qui pourrait bien encore arriver cette semaine, putain?*

Non, c'est bon. Je préfère ne pas le savoir.

J'avance vers Chad et il recule, exactement comme je l'avais prévu.

– Barrez-vous ou j'appelle les flics. Et en attendant qu'ils arrivent pour te sauver, je vais te foutre une raclée avec la batte de base-ball que je garde à portée de main pour le cas où des connards comme toi essaieraient de jouer au con avec moi.

Je me dirige vers le placard du couloir, j'attrape l'arme contre le mur et je la brandis lentement pour lui montrer de quoi je parle.

– Si je pars sans le fric qu'il me doit, tu seras responsable de ce qui lui arrivera. Tu auras son sang sur les mains.

– Tu peux lui faire ce que tu veux, je n'en ai rien à foutre !

Mais, tout à coup, je ne suis plus aussi sûr que je le pense vraiment.

– D'accord !

Il parcourt le living des yeux.

– Bon, combien, putain ?

– Cinq cents.

– Pas question que je te donne cinq cents dollars.

Je sais ce que Tessa va ressentir quand elle apprendra que mes soupçons sont fondés et que son père est toxico, et rien que ça, ça me donne envie de lui jeter mon portefeuille à la figure et de lui donner tout ce que j'ai, juste pour être débarrassé de lui. J'ai horreur de constater que je ne m'étais pas trompé à propos de son père. Elle va bientôt devoir faire face à la vérité.

– Je n'ai pas cette somme sur moi.

– Deux cents ?

– D'accord.

Je n'y crois pas, je vais vraiment donner du fric à ce junkie qui est entré par effraction chez moi et qui a cassé la gueule du père de Tessa ! Je n'ai même pas deux cents dollars en liquide. Qu'est-ce que je suis censé faire ? Emmener ce sale type au distributeur ? C'est vraiment n'importe quoi, sérieux.

Qui tombe sur un merdier pareil en rentrant chez lui ?

Moi, putain. Qui d'autre ?

Et tout ça pour elle. Rien que pour elle.

Je sors mon portefeuille de ma poche et je lui lance les quatre-vingts dollars que je viens de retirer à la banque, puis je vais dans la chambre sans lâcher ma batte de baseball. J'attrape la montre que mon père et Karen m'ont offerte pour Noël et la lui lance. Pour un rebut humain aussi squelettique, Chad a encore de bons réflexes et il l'attrape au vol. Il doit vraiment en avoir besoin... Ou plutôt de ce qu'il pourra obtenir en échange.

– Cette montre vaut plus de cinq cents dollars. Maintenant barre-toi, putain.

Mais, en réalité, je n'ai pas envie qu'il parte. J'ai envie qu'il essaie de me tomber dessus, comme ça je pourrai lui fracasser la tête.

Chad se marre, puis il se met à tousser.

– À la prochaine, Rick.

Je le suis et je pointe la batte sur lui alors qu'il se dirige vers la porte.

– Au fait Chad, si jamais je te revois ici, *cette fois* je te tue.
Et je claque la porte sur sa sale gueule.

∞

## 73
### *Hardin*

Du bout de ma botte, je donne un petit coup dans la cuisse de Richard. Je suis super furax.

– Je suis désolé.

Il grogne en essayant de se relever mais, deux secondes après, il glisse à nouveau sur le plancher en grimaçant. Je n'ai pas la moindre envie de porter son sale cul, mais au point où on en est, je ne vois pas ce que je peux faire d'autre.

– Je vais te mettre sur une chaise, mais hors de question que tu t'asseyes sur mon canapé, pas avant que tu aies pris une douche.

– Ok.

Il ferme les yeux et je me penche vers lui pour le soulever. Il n'est pas aussi lourd que je croyais, surtout étant donné sa haute taille. Je le tire jusqu'à une chaise de cuisine. Dès que je l'ai assis dessus, il se penche en avant, les bras serrés autour du corps.

– Et maintenant ? Qu'est-ce que je vais bien faire de toi ?

Si Tessa était là, qu'est-ce qu'elle ferait ? Comme je la connais, elle lui ferait couler un bain bien chaud et elle lui préparerait quelque chose à manger. Pas question, je ne ferai ni l'un ni l'autre.

– Ramène-moi.

De ses doigts tremblants, il soulève le col de son t-shirt déchiré. Mon t-shirt. Il ne l'a pas quitté depuis qu'il est parti d'ici ? Il essuie le sang qui coule de sa bouche, l'étalant paresseusement sur son menton et dans son épaisse touffe de poils emmêlés.

– Te ramener où ?

J'aurais peut être mieux fait d'appeler la police en entrant dans l'appart ? Je n'aurais peut-être pas dû donner cette montre à Chad... Je n'avais pas les idées claires à ce moment-là, je ne pensais qu'à laisser Tessa en dehors de ça. Mais, de toute façon, elle est déjà complètement en dehors de ça. Elle est si loin.

– Qu'est-ce qui t'a pris de l'amener ici ? Si Tessa avait été là...

Ma voix se brise.

– Elle a déménagé. Je savais qu'elle ne serait pas là.

Il parle avec difficulté. Je sais que c'est dur pour lui de parler, mais j'ai besoin de réponses et ma patience a des limites.

– Est-ce que c'est toi qui es venu il y a quelques jours ?

– Oui. C'était seulement pour manger et me doucher.

– Tu as fait tout ce chemin juste pour manger et te doucher ?

– Ouais. La première fois, j'ai pris le bus. Aujourd'hui, Chad (il reprend sa respiration et hurle de douleur avant de changer de position) m'a proposé de m'emmener, mais il m'est tombé dessus dès que nous sommes entrés.

– Comment vous avez fait pour entrer, putain ?

– J'avais pris le double de clé de Tessa.

*Il l'a pris ou elle le lui a donné ?*

Il fait un signe de tête vers l'évier.

– Dans le tiroir.

– Alors, dis-moi si je me trompe, tu voles une clé de mon appart et tu te dis que tu peux venir quand ça te chante pour prendre une douche. *Ensuite,* tu amènes Chad le junkie chez moi, et il te fout une raclée dans mon salon parce que tu lui dois du fric ?

– Il n'y avait personne. J'ai pensé qu'il n'y aurait pas de problème.

– Tu n'as pas pensé, c'est ça le problème ! Et si c'était Tessa qui était rentrée ? Tu réalises ce que ça lui ferait de te voir comme ça ?

Je suis complètement à côté de la plaque, là. Ma première réaction, c'est de virer ce vieux fou de notre – de *mon* appart – et de le laisser se vider de son sang dans le hall. Mais je ne peux pas parce qu'il se trouve que je suis désespérément amoureux de sa fille, et si je faisais ça, je n'arriverais qu'à la blesser encore plus que je ne l'ai déjà fait. C'est pas génial, l'amour ?

– Alors, qu'est-ce qu'on fait maintenant ? Je t'emmène à l'hôpital ?

– Je n'ai pas besoin d'aller à l'hôpital, un bandage ou deux, ça suffira. Tu peux appeler Tessie de ma part pour lui dire que je suis désolé.

D'un geste, je repousse sa suggestion.

– Non. Elle ne doit rien apprendre de tout ça. Je ne veux pas qu'elle s'inquiète.

– Ok.

Il recommence à s'agiter sur sa chaise.

– Ça fait combien de temps que tu consommes ?

Il déglutit.

– Je ne consomme pas.

– Arrête ton baratin, ne me prends pas pour un con, putain. Raconte.

Il a l'air perdu dans ses pensées, distrait.

– Ça fait un an à peu près, mais j'essaie vraiment d'arrêter depuis le jour où je suis tombé sur Tessie dans la rue.

– Ça va lui briser le cœur, tu le sais, non ?

J'espère qu'il le sait. Et je n'aurai aucun problème à le lui rappeler autant de fois qu'il faudra, si jamais il oublie.

– Je sais, je vais m'amender pour elle.

*On en est tous là...*

– Il faudrait peut-être que tu accélères un peu ta désintox, parce que si elle te voyait maintenant...

Je ne termine pas ma phrase. Je me demande si je devrais l'appeler pour lui demander ce que je suis censé faire de son père, mais je sais que ce n'est pas la bonne solution. Je ne vais pas l'embêter avec ça, pas tout de suite. Pas quand elle tente de transformer ses rêves en réalité.

– Je vais dans ma chambre. Ne te gêne pas pour prendre une douche, manger ou ce que tu avais l'intention de faire avant que je rentre et que je t'interrompe.

Je sors de la cuisine et je me dirige vers ma chambre. Je ferme la porte derrière moi et m'adosse contre le mur. Ces dernières vingt-quatre heures ont été les plus longues de ma vie.

∞

# 74

## *Tessa*

Je ne peux m'empêcher d'afficher un sourire idiot pendant tout le temps où Kimberly et Christian me font visiter mon nouveau bureau. Les murs sont d'un blanc éclatant, les plinthes et la porte sont gris foncé et le mobilier noir, brillant et moderne. Il est aussi grand que mon bureau précédent, mais ici la vue est incroyable, littéralement à couper le souffle. Les nouveaux locaux des Éditions Vance sont situés au centre-ville de Seattle. De là, on aperçoit la ville en bas, florissante, toujours en mouvement, en perpétuel changement. Et moi, je suis là, au centre de tout.

– C'est fantastique ! Merci beaucoup.

Mon enthousiasme débordant serait probablement jugé peu professionnel par la plupart des gens.

– Tout ce dont tu as besoin est à portée de main : le café, la cuisine, tout est là.

Christian regarde la ville en bas avec fierté et passe le bras autour de la taille de sa fiancée.

– Arrête de te vanter, s'il te plaît.

Il ne s'offusque pas de la moquerie de Kimberley et lui pose un doux baiser sur le front.

– Bon, eh bien on va te laisser. Au boulot !

Christian fait mine de me réprimander. Kimberly l'attrape par sa cravate et le tire pratiquement hors de la pièce.

J'arrange les objets sur mon bureau à ma façon et je lis un peu. Quand arrive l'heure du déjeuner, j'ai envoyé au moins dix photos à Landon. Et à Hardin. Je savais qu'il ne répondrait pas, mais je n'ai pas pu m'en empêcher. Je voulais lui montrer la vue – peut-être que ça le fera changer d'avis ? En fait, je me trouve une excuse pour le manque de jugement passager qui m'a fait lui envoyer ces photos. Mais il me manque. Voilà, je l'ai dit. Il me manque terriblement et j'espérais qu'il répondrait, même par un simple message. Mais rien.

Landon, lui, a envoyé un commentaire très enthousiaste à chacune de mes photos, même la plus ringarde où on me voit avec un mug à café portant l'inscription « Éditions Vance » sur le côté.

Plus je pense à ma décision impulsive d'envoyer ces photos à Hardin, plus je la regrette. Et s'il le prenait mal ? Il a une tendance à ça. Il pourrait penser que j'essaie de le rabaisser. Ce n'était pas du tout mon intention, et je ne peux qu'espérer qu'il verra les choses autrement.

Je devrais peut-être lui envoyer un autre texto pour m'expliquer. Ou lui dire que j'ai envoyé les photos par erreur. Je ne sais pas ce qui serait le plus plausible.

Je me prends trop la tête avec ça. Après tout, ce ne sont que des photos. Et je ne peux pas être tenue pour responsable de la façon dont il les interprète.

Quand j'entre dans la salle de repos située à mon étage, je trouve Trevor assis à une table avec une tablette devant lui.

– Bienvenue à Seattle.

Ses yeux bleus rayonnent.

– Salut.

Je reçois son accueil enthousiaste avec un sourire en passant ma carte de crédit dans la fente de l'énorme distributeur. J'appuie sur quelques boutons numérotés et je suis récompensée par un sachet de crackers au beurre de cacahuètes. Je suis trop nerveuse pour avoir faim. Je sortirai pour déjeuner demain quand j'aurai eu l'occasion d'explorer le quartier.

– Alors, ta première impression de Seattle, ça te plaît ? m'interroge Trevor.

Après lui avoir demandé l'autorisation du regard, je me glisse dans le fauteuil en face de lui.

– Je n'ai pas vu grand-chose pour le moment. Je ne suis là que depuis hier, mais j'adore ces nouveaux bureaux.

Deux femmes entrent dans la pièce et sourient à Trevor. L'une d'elles se retourne pour me sourire et je lui fais un petit signe de la main. Elles se mettent à discuter, la plus petite des deux, qui a des cheveux noirs, ouvre la porte du frigo et en sort une barquette-repas à réchauffer au micro-ondes.

– Tu devrais partir en exploration, alors. Il y a trop de choses à faire ici. C'est une belle ville.

La Space Needle, le Centre des Sciences du Pacifique, les musées, tu trouves tout ce que tu veux.

– J'ai très envie de voir la Space Needle et le marché de Pike Place.

Je me sens un peu mal à l'aise parce que chaque fois que je lève les yeux vers les deux femmes, je constate qu'elles chuchotent en me regardant.

Je suis un peu parano aujourd'hui.

– Oui, il faut que tu voies ça. Tu as trouvé où loger ?

Il glisse le doigt sur l'écran de sa tablette pour fermer la fenêtre, et m'accorde une totale attention.

– En fait, j'habite chez Kimberly et Christian pour l'instant... Seulement pour une semaine ou deux, jusqu'à ce que j'aie trouvé mon propre appart.

L'urgence qui transparaît dans ma voix est gênante. Je déteste être obligée d'habiter chez eux parce qu'Hardin à gâché l'occasion de louer le seul appartement que j'avais trouvé. J'ai envie de vivre seule et de ne pas me prendre la tête parce que je suis un boulet pour quelqu'un.

– Je peux me renseigner pour savoir s'il y a des appartements libres dans mon immeuble.

Il arrange son nœud de cravate et lisse le tissu argenté avant de passer la main sur les revers de son veston.

– C'est gentil, mais je ne suis pas sûre que ton immeuble soit dans mes moyens.

Il est directeur financier et moi je suis stagiaire, une stagiaire bien payée d'accord, mais je suis certaine que je ne pourrais même pas me payer le container à ordures.

Il rougit.

– Ok.

Il vient de se rendre compte de l'énorme différence entre nos revenus.

– Je peux toujours me renseigner. On ne sait jamais. Quelqu'un peut avoir entendu parler de quelque chose.

– Merci. Je suis sûre que je me sentirai plus à l'aise à Seattle quand je me serai effectivement trouvé un chez-moi.

– C'est sûr. Cela peut prendre un peu de temps, mais je suis certain que tu vas te plaire ici.

Son sourire est chaleureux et accueillant.

– Tu as des projets après le boulot ?

Ma question est sortie spontanément.

– Oui, mais je peux annuler.

– Non, non, ce n'est pas la peine. Je me disais seulement que comme tu connais la ville, tu pourrais me faire visiter, mais si tu as quelque chose de prévu, ne t'inquiète pas.

J'espère que je me ferai des amis à Seattle.

– J'adorerais te faire visiter. J'avais juste prévu d'aller courir, c'est tout.

– Courir ? Pour quoi faire ?

Je fronce le nez.

– Pour le plaisir.

– Je ne vois pas très bien où peut être le plaisir.

Je rigole et il secoue la tête avec une expression de désapprobation amusée.

– Je cours en général tous les jours après le boulot. Je commence seulement à me familiariser avec la ville et c'est un bon moyen d'apprendre à se repérer. Tu devrais venir une fois.

– Je ne sais pas...

Cette idée m'attire moyen.

– On peut marcher si tu préfères. J'habite dans Ballard, c'est plutôt cool comme quartier.

– Oui, j'en ai entendu parler.

Je me rappelle avoir regardé sur Internet les sites montrant les différents quartiers de Seattle.

– Allons visiter Ballard à pied, alors.

Il est vraiment adorable.

C'est plus fort que moi, je me demande ce qu'Hardin penserait de ça. Il méprise Trevor et il a déjà du mal à s'accommoder de nos arrangements « spatiaux ». Mais de toute manière, quelle que soit la distance entre Hardin et moi, métaphorique ou réelle, Trevor n'est rien de plus qu'un copain pour moi. Je n'ai pas du tout l'esprit au flirt, surtout avec quelqu'un d'autre qu'Hardin.

– D'accord.

Il sourit, visiblement étonné que j'aie accepté de l'accompagner.

– Ma pause déjeuner est terminée, je dois retourner travailler, je t'enverrai mon adresse par SMS, ou on peut partir directement d'ici, si tu veux.

– On n'a qu'à partir d'ici, j'ai des chaussures adéquates !

Je lui montre mes chaussures plates en me félicitant mentalement de n'avoir pas mis de talons aujourd'hui.

– Super. Je te retrouve à ton bureau à cinq heures ?

Il se lève.

– Oui, c'est parfait.

Je me lève et jette l'emballage des crackers dans la poubelle.

– On sait tous pourquoi elle a eu ce boulot, de toute manière.

C'est une des deux femmes qui dit ça dans mon dos. Curieuse, je me retourne, mais elles se taisent et fixent leur repas. Je ne peux m'empêcher de penser qu'elles parlaient de moi. Apparemment, ça ne va pas être évident de me faire des amies ici.

– Ne fais pas attention, ces deux-là passent leur temps à colporter des ragots.

Trevor pose sa main dans mon dos et m'escorte à l'extérieur de la salle.

Une fois de retour dans mon bureau, je sors mon téléphone du tiroir. Deux appels manqués, les deux viennent d'Hardin.

J'hésite à le rappeler tout de suite. *Il a appelé deux fois, il y a peut-être un problème. Je l'appelle.* Mon débat intérieur n'a pas duré longtemps.

Il répond à la première sonnerie et parle précipitamment.

– Pourquoi tu n'as pas répondu quand j'ai appelé ?

Je me lève brusquement, légèrement paniquée.

– Quelque chose ne va pas ?

– Non, tout va bien.

Je peux me représenter avec exactitude les mouvements de ses lèvres quand il parle.

– Pourquoi m'as-tu envoyé ces photos ?

Je jette un coup d'œil dans la pièce, craignant de l'avoir contrarié.

– J'étais tellement contente de mon bureau que je voulais que tu le voies. J'espère que tu ne t'es pas dit que c'était mesquin et que je me vantais. Je suis désolée si...

– Non, ça m'a étonné, c'est tout.

Au bout de quelques secondes je romps le silence.

– Je n'en enverrai plus. Je n'aurais même pas dû envoyer celles-ci.

Je pose mon front sur la vitre et je regarde les rues de la ville.

– Ce n'est pas grave, ne t'en fais pas... Alors c'est comment là-bas ? Tu te plais ?

Sa voix est sombre et je voudrais effacer le froncement qui ne doit pas manquer de déformer son visage en ce moment.

– C'est très joli.

Il me reprend. J'étais sûre qu'il allait le faire.

– Tu n'as pas répondu à ma question.

– Je me plais ici.

– Tu as l'air vraiment enthousiaste !

– Non, je suis vraiment contente, il faut juste que... je m'adapte. C'est tout. Quoi de neuf, chez nous ?

J'ai posé cette question pour faire durer la conversation, je n'ai pas envie de raccrocher tout de suite.

– Rien.

– Cette conversation t'ennuie ? Je sais bien que tu as dit que tu ne voulais pas qu'on se parle au téléphone, mais c'est toi qui m'as appelée, alors je...

– Non, ça ne m'ennuie pas. Ça ne m'ennuie jamais de parler avec toi, je voulais seulement dire que je ne pense pas que ce soit une bonne idée de se parler pendant des heures tous les jours si nous ne sommes plus ensemble, parce que ça n'a pas de sens et ça ne fait que me torturer.

– Mais ça te fait plaisir de parler avec moi ?

Je suis vraiment pathétique, mais j'ai besoin de l'entendre.

– Oui, bien sûr.

On entend un klaxon dans le fond et j'imagine que c'est lui qui est au volant.

– Bon, alors quoi ? On va bavarder au téléphone, comme des potes ?

Je ne perçois nulle colère dans sa voix, seulement de la curiosité.

– Je ne sais pas. On pourrait peut-être essayer ?

Cette séparation est tellement différente de la première : cette fois, nous nous sommes séparés en bons termes et ce n'est pas une rupture claire et nette. Je ne suis pas prête à décider si une rupture définitive avec Hardin est vraiment ce dont j'ai besoin, alors je repousse cette idée, je la mets de côté pour y revenir plus tard.

– Ça ne marchera pas.

– Je n'ai pas envie que nous devenions des étrangers l'un pour l'autre et qu'on ne se parle plus, mais je n'ai pas changé d'avis pour le break.

– D'accord, parle-moi de Seattle, alors.

∞

## 75
### *Tessa*

Après avoir passé la moitié de l'après-midi au téléphone avec Hardin et n'avoir pratiquement pas travaillé, mon premier jour dans ce nouveau bureau se termine et j'attends patiemment Trevor devant la porte.

Hardin était si calme tout à l'heure et sa voix était si claire, comme s'il était concentré sur quelque chose. Debout là, dans le couloir, je ne peux contenir mon bonheur. La communication n'est pas rompue entre nous. C'est tellement mieux maintenant que nous ne cherchons plus à nous éviter. Pourtant, au fond de moi, je sais que ça ne pourra pas durer. J'ai envie qu'il soit ici avec moi, qu'il me tienne dans ses bras, qu'il m'embrasse, qu'il me fasse rire.

C'est probablement ça qu'on appelle le déni.

Pour l'instant, ça me va. Je préfère le déni à la tristesse.

Je soupire en appuyant la tête contre le mur. Je commence à regretter d'avoir demandé à Trevor de sortir. Je préférerais de loin être chez Kimberly, au téléphone avec Hardin. Si seulement il était venu avec moi, c'est lui qui viendrait me chercher ce soir. Il pourrait avoir un bureau à côté du mien et passer me voir plusieurs fois par jour. Entre-temps, je trouverais bien des prétextes pour aller dans le sien. Je suis sûre que Christian lui donnerait du boulot. Il a dit clairement à plusieurs reprises qu'il voudrait qu'Hardin revienne travailler pour lui.

On pourrait déjeuner ensemble, et peut-être même revivre certains moments que nous avons partagés dans les anciens bureaux. Je nous revois, Hardin derrière moi, et moi penchée sur mon bureau, les cheveux fous...

– Désolé d'être en retard, ma réunion s'est prolongée.

Trevor vient interrompre ma rêverie et je sursaute, surprise et gênée. Je repousse mes cheveux et déglutis.

– Oh, euh, ce n'est pas grave. J'étais en train de... t'attendre, tout simplement.

S'il savait à quoi je pensais ! Dieu merci, il n'en a pas idée.

Il incline la tête.

– On y va ?

– Oui.

Nous bavardons de choses et d'autres en traversant le bâtiment. Le silence règne dans les bureaux presque vides. Trevor me raconte qu'il est allé faire les magasins pour s'acheter un costume pour le mariage de notre collègue Krystal, le mois prochain. Au passage, je me demande combien de costumes Trevor peut bien posséder.

Nous arrivons à nos voitures. Je suis la BMW de Trevor dans les rues encombrées de la ville et nous finissons par arriver dans Ballard. D'après les blogs que j'ai consultés avant mon départ, c'est un des quartiers les plus branchés de Seattle. Les rues étroites sont bordées de cafés, de restaurants végétariens et de bars trendy. Je me gare au sous-sol de l'immeuble de Trevor et rigole en repensant à sa proposition de m'aider à trouver un appart dans un endroit aussi friqué.

Trevor sourit et me fait signe de le suivre.

– Je dois me changer, tu t'en doutes.

Une fois dans son appartement, il disparaît et j'ai tout loisir de contempler, avec une curiosité non dissimulée, son living spacieux. Sur le manteau de la cheminée, des cadres sont pleins de photos de famille et de coupures de presse. Une sorte de sculpture faite de moulages de bouteilles de vin fondues occupe toute la surface de la table basse. Il n'y a pas un grain de poussière dans les coins. Je suis impressionnée.

– Je suis prêt !

Trevor sort de sa chambre en zippant son sweat-shirt rouge. Je suis toujours décontenancée quand je le vois habillé si décontracté – ça le change tellement de son look habituel !

Après avoir longé deux pâtés de maisons – où je repère au passage une enseigne KMJ, chouette ! –, nous sommes frigorifiés et grelottons tous les deux.

– Est-ce que tu as faim ? On pourrait manger un morceau.

Il fait des petits nuages de fumée en parlant. Je hoche la tête avec conviction. Mon estomac crie famine, me rappelant qu'un sachet de crackers au beurre de cacahuètes en guise de déjeuner est largement insuffisant.

Je laisse Trevor choisir l'endroit, et nous nous retrouvons dans un petit resto italien. L'odeur d'ail me flatte les papilles et c'est l'eau à la bouche que je suis le serveur qui nous escorte vers un petit box, dans le fond.

∞

## 76

### *Hardin*

Richard sort de la salle de bains en essuyant son visage fraîchement rasé avec une serviette blanche.

– Tu as l'air beaucoup plus... *présentable* maintenant.

– Cela fait des mois que je ne m'étais pas rasé, dit-il en passant la main sur son menton.

– Tu m'en diras tant.

Je lève les yeux au ciel et il me lance un petit sourire.

– Encore merci de m'héberger...

– Ça ne va pas durer, alors ne me remercie pas.

Je reprends une bouchée de la pizza que j'avais commandée pour moi... et que j'ai finalement partagée avec Richard. Je dois faire en sorte de soulager Tessa. Elle a déjà trop de choses à gérer en ce moment, et si je peux l'aider d'une façon ou d'une autre en réglant le problème de son père, je le ferai.

– Je le sais. Ça m'étonne déjà que tu ne m'aies pas encore fichu dehors.

Il éclate de rire. Comme si c'était un sujet de plaisanterie. Je le regarde, médusé. Ses yeux, soulignés de cernes profonds qui tranchent sur son teint pâle, lui mangent la moitié du visage.

Je soupire.

– Pas tant que moi !

Richard frissonne sous mon regard – pas parce que je l'intimide mais sous l'effet du manque de je ne sais quelle saloperie de drogue à laquelle il est accro.

J'aimerais bien savoir s'il en a apporté chez nous quand il est venu ici la semaine dernière. Mais si je lui demande et qu'il me dit oui, je vais péter un câble et le virer immédiatement. Pour le bien de Tessa, et le mien, je me lève et sors du living en emportant mon assiette vide. La vaisselle sale s'empile dans l'évier, mais je n'ai pas la moindre envie de remplir le lave-vaisselle.

– Tu n'as qu'à la laver pour la peine.

Du couloir, je l'entends glousser. Il entre dans la cuisine juste au moment où j'arrive à la porte de la chambre que je referme derrière moi.

J'ai envie de rappeler Tessa, juste pour entendre sa voix. J'ai envie de savoir comment s'est passé le reste de sa journée... Qu'a-t-elle l'intention de faire en sortant du boulot ? Est-ce qu'elle est restée devant son téléphone à sourire bêtement après que nous avons raccroché tout à l'heure, tout comme je l'ai fait ?

Probablement pas.

Je sais maintenant que toutes mes fautes passées m'ont rattrapé – c'est pour ça qu'il m'a été donné de rencontrer Tessa. Une punition sans merci sous la forme d'une récompense magnifique. L'avoir eue à moi pendant des mois pour qu'elle me soit reprise, même si elle continue à s'agiter devant moi par le biais de ces coups de téléphone insignifiants. Je ne sais pas combien de temps je vais tenir avant de me soumettre à mon destin et m'autoriser à rompre avec ce déni.

Du déni, c'est exactement de ça qu'il s'agit.

Cette issue n'est pas inéluctable, pourtant. Je peux changer le cours des choses. Je peux devenir celui qu'elle veut que je sois plutôt que de l'entraîner dans ma chute.

Tant pis, je l'appelle.

Son téléphone sonne, mais elle ne décroche pas. Il est presque six heures. Elle devrait être sortie du travail et rentrée à cette heure-ci. Où est-ce qu'elle irait sinon, putain ?

Tout en hésitant à appeler Christian, j'enfile mes baskets, j'attache distraitement les lacets et j'enfonce les bras dans les manches de mon blouson.

Je sais qu'elle sera contrariée – furieuse même – que j'appelle Christian, mais j'ai déjà essayé de la joindre six fois et elle n'a jamais répondu. En grognant, je passe les doigts dans mes cheveux. Quel merdier, cette histoire de break, ça me tape vraiment sur les nerfs.

– Je sors.

Mon invité impromptu hoche la tête, incapable de parler à cause des chips qu'il se colle dans la bouche par poignées. Au moins, il n'y a plus de vaisselle sale dans l'évier.

Où est-ce que je vais aller, putain ?

Quelques minutes plus tard, je gare ma voiture sur le parking derrière le petit gymnase. Ma colère est en train de monter, je ne sais pas quoi faire à part prendre ma voiture pour aller à Seattle la chercher. Impossible... ça ne ferait qu'aggraver les choses.

∞

# 77
## *Tessa*

Mon assiette à peine vidée, je m'agite sur ma chaise. Au moment de passer commande, je me suis aperçue que j'avais oublié mon portable dans ma voiture et ça me rend dingue. Ça ne devrait pas, je ne reçois pas beaucoup d'appels. Pourtant, c'est plus fort que moi, je me dis qu'Hardin... peut-être... m'a au moins envoyé un texto. Je fais tout mon possible pour écouter Trevor qui parle d'un article qu'il a lu dans le *Times,* j'essaie de ne pas penser à Hardin, mais je n'y arrive pas. Pendant tout le dîner, je suis distraite, Trevor l'a certainement remarqué, mais il est trop gentil pour me le reprocher.

– Tu n'es pas d'accord ?

La voix de Trevor me tire de mes pensées. Je pars en rétropédalage pour essayer de retrouver de quoi il parle. L'article parlait du système de santé... je crois.

– Si, bien sûr.

Je n'ai pas la moindre opinion sur le sujet, mais j'aimerais bien que le serveur se dépêche de nous apporter l'addition.

À point nommé, le jeune homme pose sur la table un petit porte-carte et Trevor sort précipitamment son portefeuille.

– Je peux...

Mais il glisse plusieurs billets dans le porte-carte et le garçon disparaît dans la cuisine du restaurant.

– Je t'invite.

Je le remercie d'un signe de tête avant de jeter un coup d'œil à la grosse pendule au-dessus de la porte. Il est sept heures passées, ça fait plus d'une heure que nous sommes là. Je pousse un soupir de soulagement quand Trevor se lève en tapant dans ses mains.

– Bon. Allons-y.

En retournant chez lui, nous passons devant un petit café et Trevor hausse les sourcils en guise d'invitation.

– Peut-être un autre soir de la semaine ?

– Ça me paraît une bonne idée.

Le coin de sa bouche se soulève en ce fameux demi-sourire que je lui connais, et nous continuons à marcher jusqu'à son immeuble.

Après une accolade amicale et un bonsoir rapide, je monte dans ma voiture et me précipite sur mon téléphone. Je suis hystérique et morte d'angoisse, mais je refuse de céder à ces sentiments. Neuf appels manqués, tous sans exception viennent d'Hardin.

Je le rappelle immédiatement et, bien sûr, je tombe sur son répondeur. Le retour entre chez Trevor et chez Kimberly me paraît interminable. La circulation dans Seattle est horrible et terriblement bruyante. Les klaxons et les petites voitures qui font du gymkhana entre les files, c'est épuisant, et quand je finis par me garer dans l'allée, je suis prise d'une migraine épouvantable.

Quand je passe la porte d'entrée, Kimberly est assise sur le canapé de cuir blanc, un verre de vin à la main.

– Ta journée s'est bien passée ?

Elle se penche en avant pour poser son verre sur la table en verre devant elle.

– Très bien, mais les embouteillages dans cette ville sont hallucinants ! J'ai une migraine d'enfer.

Je gémis en me laissant tomber dans un fauteuil écarlate près de la fenêtre.

– Oui, c'est pénible. Tu veux un verre pour faire passer ta migraine ?

Elle se lève et se dirige à l'autre bout de la pièce. Sans me laisser le temps de protester, elle verse le vin blanc pétillant dans un verre à long pied et me le tend. Je bois une petite gorgée. C'est frais, acidulé et doux à la fois sur la langue.

– Merci.

Je souris et reprends une gorgée plus longue cette fois.

– Alors... tu étais avec Trevor, c'est ça ?

Kimberly est d'une indiscrétion adorable.

– Oui, nous sommes allés dîner, en amis.

– En amis, bien sûr !

Elle me fait marcher et je ne peux pas faire autrement que de rire.

– J'essaie seulement d'éviter toute ambiguïté.

Ses yeux bruns brillent de curiosité.

– Et Hardin sait que tu es *amie* avec Trevor ?

– Non, mais j'ai l'intention de le lui dire dès que je l'aurai au téléphone. Il n'apprécie pas trop Trevor, je ne sais pas pourquoi.

Elle hoche la tête.

– Je peux le comprendre. Trevor pourrait être mannequin s'il n'était pas si timide. Tu as vu ces yeux bleus ?

Elle appuie ses paroles en s'éventant avec les doigts et nous gloussons comme des écolières.

– Tu veux dire, ses yeux *verts*, ma chérie ?

Christian est apparu si soudainement dans l'entrée que je manque lâcher mon verre. Kim lui fait un grand sourire.

– Bien entendu.

– Je suppose que moi aussi je pourrais être mannequin.

Il accompagne sa plaisanterie d'un clin d'œil. Je suis soulagée qu'il le prenne aussi bien. Hardin, lui, aurait fichu en l'air la table basse s'il m'avait entendue parler ainsi.

Christian vient s'installer sur le canapé à côté de Kimberly et elle grimpe sur ses genoux.

– Et Hardin, ça va ? Tu l'as eu au téléphone, j'imagine ?

Je détourne les yeux.

– Oui, brièvement. Il va bien.

– Quelle tête de mule ! Je lui en veux toujours de ne pas avoir accepté ma proposition, surtout vu les circonstances actuelles.

Christian sourit et embrasse Kim dans le cou, juste au-dessous de l'oreille. Ces deux-là n'ont pas honte de se donner en spectacle. J'essaie de regarder ailleurs, mais je n'y arrive pas.

Attends...

– Quelle proposition ?

Je ne cache pas ma surprise.

– Eh bien, le poste que je lui ai proposé. Je croyais t'en avoir parlé. J'aimerais qu'il vienne travailler ici. Je veux dire, il n'a plus qu'un semestre à faire, il aura son diplôme en avance, non ?

*Quoi ? Pourquoi je ne suis pas au courant ?* C'est la première fois que j'entends parler de cette histoire. Mais je ne montre rien.

– Euh... ouais, je crois.

Christian serre Kimberly dans ses bras et la berce contre lui.

– C'est un vrai génie, ce garçon. S'il s'appliquait un peu, il obtiendrait des résultats époustouflants.

– C'est vrai qu'il est super intelligent...

Et c'est la vérité. Le cerveau d'Hardin ne cesse de me surprendre. C'est une des choses que je préfère chez lui.

Christian boit une gorgée dans le verre de Kim.

– Et une bonne plume, en plus de ça. Je ne sais pas pourquoi il a arrêté d'écrire. J'attendais avec impatience de lire la suite de son travail.

Christian pousse un soupir tandis que Kim desserre sa cravate gris argent.

Je suis abasourdie par cette nouvelle. Hardin... écrit ? Je me souviens vaguement de l'avoir entendu dire qu'il s'y était un peu essayé pendant sa première année de fac. Mais il n'est jamais entré dans les détails. Chaque fois que j'abordais le sujet, il changeait de conversation ou prenait l'air dédaigneux comme si c'était sans importance.

– Ouais.

Je vide mon verre et me lève en montrant la bouteille.

– Je peux ?

– Bien sûr, ne te gêne pas. On en a plein la cave.

Trois verres de vin plus tard, ma migraine s'est envolée et ma curiosité à grandi en proportions. J'attends que Christian revienne sur le sujet d'Hardin écrivain ou de la proposition de job, en vain. Il plonge dans une discussion de boulot concernant des pourparlers qu'il a eus avec un groupe de presse en vue de développer l'activité cinéma et télévision des Éditions Vance. C'est très intéressant, mais j'ai envie d'aller dans ma chambre pour rappeler Hardin. Dès qu'une ouverture se présente, je leur souhaite bonne nuit à tous les deux et me retire.

– Emporte la bouteille, me dit Kimberly au moment où je passe devant la table.

Je hoche la tête et suis son conseil.

∞

# 78
## *Hardin*

Quand je rentre à l'appartement, mes jambes me font encore souffrir d'avoir donné autant de coups de pied dans ce sac. J'attrape une bouteille d'eau dans le frigo en tentant d'ignorer l'homme qui dort sur mon canapé. Je me répète que je le fais pour elle. Uniquement pour elle. J'avale la moitié de la bouteille, je sors mon téléphone de mon sac de gym et je l'allume. Juste quand j'essaie de l'appeler, son nom apparaît sur l'écran.

– Allô ?

Tout en répondant, j'enlève mon t-shirt trempé de sueur et le jette par terre.

– Salut.

C'est tout ce qu'elle dit.

C'est un peu court. Trop court. J'ai envie de parler avec elle. J'ai besoin qu'elle ait envie de parler avec moi.

Je repousse mon t-shirt du pied, puis je le ramasse en me faisant la réflexion que si elle me voyait, elle me reprocherait d'être aussi bordélique.

– Qu'est-ce que tu fais de beau ?

– Je suis sortie faire une petite visite de la ville. J'ai essayé de te rappeler, mais je suis tombée sur ton répondeur.

Le son de sa voix calme ma mauvaise humeur.

– Je suis retourné au gymnase.

Je m'allonge sur le lit, regrettant qu'elle ne soit pas ici avec moi, sa tête sur ma poitrine, plutôt que là-bas à Seattle.

– Ah oui ? C'est super ! J'enlève mes chaussures.

– Ok...

– Je ne sais pas pourquoi je te dis ça.

– Tu as bu ?

Je m'assieds en m'appuyant sur un coude.

– Un peu de vin.

J'aurais dû comprendre tout de suite.

– Avec qui ?

– Kimberly et Monsieur Vance... je veux dire Christian.

– Oh.

Je ne suis pas très sûr d'apprécier qu'elle aille boire un coup dans une ville inconnue, mais je sais que ce n'est pas le moment d'en parler.

– Il dit que tu es un écrivain étonnant.

Je sens un reproche dans sa voix. *Putain.*

– Pourquoi il a dit ça ?

J'ai le cœur qui bat plus vite.

– Je ne sais pas. Pourquoi tu n'écris plus ?

Sa voix est pleine de vin et de curiosité.

– Je ne sais pas. Mais je ne t'ai pas appelée pour parler de moi. Je veux parler de toi et de Seattle et de la raison pour laquelle tu m'as évité.

– Il a aussi dit que tu passais ton diplôme le semestre prochain, dit-elle sans répondre à ma question.

Christian ne sait visiblement pas tenir sa langue ni s'occuper de ses affaires.

– Ouais, et alors ?

– Je n'étais pas au courant.

Je l'entends se déplacer en grognant, apparemment irritée.

– Je n'avais pas l'intention de te le cacher, on n'a pas eu l'occasion d'en parler, c'est tout. Tu ne vas pas passer ta licence tout de suite, alors qu'est-ce que ça peut faire ? Ce n'est pas comme si j'allais partir quelque part.

– Ne quitte pas.

Qu'est-ce qu'elle fabrique, bon sang ? Combien de vin a-t-elle bu ?

Je l'entends marmonner.

– Qu'est-ce que tu fais ?

– Quoi ? Oh, je m'étais coincé une mèche de cheveux dans les boutons de mon chemisier. Excuse-moi. Je t'écoutais, je te promets.

– Pourquoi as-tu interrogé ton boss à mon sujet, d'abord ?

– C'est lui qui a parlé de toi. Tu sais, comme il t'a proposé un job plusieurs fois et que tu as refusé, tu constitues un *sujet de conversation.*

– Ce n'est pas nouveau.

Je ne me rappelle pas précisément avoir parlé de cette offre, mais je ne la lui ai pas cachée intentionnellement.

– J'ai toujours été clair à propos de Seattle.

– C'est le moins qu'on puisse dire.

Et je l'imagine très bien en train de lever les yeux au ciel, encore une fois.

Je change de sujet.

– Tu n'as pas répondu quand je t'ai appelée, et pourtant j'ai appelé un paquet de fois.

– Je sais. J'avais laissé mon téléphone chez Trevor...

Elle s'arrête au milieu de sa phrase.

Je me lève d'un bond et je me mets à arpenter la chambre à grands pas. *J'en étais sûr,* putain !

– Il m'a fait visiter la ville, c'est tout.

Elle est bien prompte à se défendre.

– Tu n'as pas répondu à mes appels parce que tu étais avec ce *connard de Trevor* ?

Je gronde et mon pouls s'accélère à chaque seconde qui passe dans le silence qui suit ma question.

– Ne commence pas à me chercher des histoires avec Trevor, ce n'est qu'un copain et c'est toi qui n'as pas voulu venir ici. Ce n'est pas toi qui choisis mes amis, c'est clair ?

– Tessa...

Mon ton est menaçant.

– *Hardin Allen Scott !*

Elle éclate de rire.

– Qu'est-ce qui te fait rire ?

Je ne peux pas me retenir de sourire. Bordel ! Je suis nul.

– Je... n'en sais rien !

Son rire résonne à mes oreilles et me va droit au cœur.

– Tu devrais poser la bouteille de vin.

Je regrette de ne pas voir son expression quand je la gronde comme ça.

– Tu ne peux pas m'y obliger.

C'est un défi, prononcé d'une voix impertinente.

– Si j'étais là, c'est ce que je ferais, tu peux me croire.

– Qu'est-ce que tu ferais d'autre si tu étais là ?

Je me laisse retomber sur le lit. Est-ce qu'elle veut m'entraîner là où je pense ? Je ne sais jamais avec elle, surtout quand elle a trop bu.

– *Theresa Lynn Young*, est-ce que par hasard tu essaierais d'avoir une relation sexuelle par téléphone avec moi ?

Elle est prise d'une violente quinte de toux. Elle a dû s'étrangler en buvant du vin.

– Quoi ? Non ! Je posais une question, c'est tout.

– Tu ne vas pas dire oui, ça c'est sûr.

Je ris de son ton horrifié.

– À moins que... c'est quelque chose que toi, tu aimerais faire ?

– Tu es sérieuse ?

À cette simple idée, ma queue se contracte.

– Peut-être. Je ne sais pas. Tu es vraiment en colère à propos de Trevor ?

Le son de sa voix est beaucoup plus enivrant que tout le vin que je pourrais ingurgiter.

Bon sang, oui ! Je suis furax de savoir qu'elle était avec lui, mais je n'ai pas envie de parler de ça en ce moment. Je l'entends avaler bruyamment.

– Je me fous de Trevor pour l'instant. Ne siffle pas toute la bouteille, tu vas être malade.

Je l'entends avaler de nouveau.

– Tu ne peux pas me donner des ordres à distance.

Elle est en train de vider la bouteille, pour se donner du courage, j'en suis sûr.

– Je peux te donner des ordres où que je sois, Bébé.

Je souris en me passant les doigts sur les lèvres.

– Je peux te dire quelque chose ?

– Je t'en prie.

– Je pensais à toi, tout à l'heure, quand tu es venu dans mon bureau, la première fois...

– Tu étais avec lui et tu pensais à la fois où je t'ai baisée ?

J'espère qu'elle va dire oui.

– Je l'attendais à ce moment-là.

– Dis-moi tout, dis-moi à quoi tu pensais.

C'est tellement bizarre. Chaque fois que je parle avec elle, c'est comme si rien n'avait changé. La seule différence en ce moment, c'est que je ne peux pas la voir ni la toucher. Putain, j'ai envie de la toucher, de passer ma langue sur sa peau douce...

– Je pensais à la façon dont...

Elle s'arrête pour boire.

– Ne sois pas gênée, continue.

– Je pensais que ça m'avait vraiment plu, et ça m'a donné envie de recommencer.

– Avec qui ?

Je veux juste l'entendre me le dire.

– Avec toi, rien que toi.

– C'est bien. Tu es toujours à moi. Même si tu m'obliges à te donner de l'espace, tu es toujours à moi, seulement à moi, tu le sais, hein ?

J'ai posé la question aussi doucement que possible.

– Je sais.

Ma poitrine se gonfle de plaisir, et un immense soulagement m'envahit quand elle me dit ça.

– Et toi, es-tu à moi ?

Sa voix est beaucoup plus assurée que tout à l'heure.

– Oui, pour toujours.

Ça ne peut pas être autrement. C'est comme ça depuis le premier jour. Mais je ne le dis pas, attendant sa réaction avec anxiété.

– C'est bien. Maintenant, dis-moi ce que tu ferais si tu étais ici, et ne laisse aucun détail de côté.

∞

# 79

*Tessa*

Un peu partie et la tête lourde, je me sens bien. Grisée à la fois par le vin et par la voix sensuelle d'Hardin, je souris. J'adore ce côté malicieux chez lui, et s'il veut jouer, alors jouons.

– Ah, non. C'est toi qui commences, dis-moi ce que tu voudrais que je fasse.

Je bois directement au goulot.

– Je te l'ai dit, déjà.

– Bois encore un coup, j'ai l'impression qu'il faut que tu aies bu pour pouvoir me dire ce que tu veux.

– Très bien.

Je passe l'index sur le bord du cadre de lit en bois.

– Je voudrais que tu me bascules sur ce lit... et que tu me prennes comme tu l'as fait sur le bureau.

Je ne ressens pas de gêne, mais une sensation de chaleur remonte le long de mon cou pour s'installer sur mes joues.

Hardin jure à mi-voix, je sais qu'il ne s'attendait pas vraiment à une réponse aussi directe.

– Et...

– Eh bien...

Je m'arrête, le temps de boire une autre lampée pour me donner de l'assurance. Nous n'avons encore jamais fait ça, Hardin et moi. Ça lui est déjà arrivé de m'envoyer des textos suggestifs, mais là... c'est autre chose.

– Vas-y, dis-le, n'aie pas peur.

– Tu me tiendrais par les hanches, comme tu fais toujours, et je m'accrocherais aux draps pour ne pas perdre l'équilibre. Tu planterais tes doigts dans ma peau, ce qui laisserait des marques...

Je serre les cuisses quand j'entends sa respiration haletante dans mon téléphone.

– Caresse-toi.

Je regarde vivement autour de moi, oubliant un instant que personne ne peut entendre notre conversation.

– Quoi ? Non.

– Si.

– Je ne peux pas faire ça ici. Ils vont m'entendre.

Si ce n'était pas Hardin au bout du fil, je serais horrifiée.

– Mais non. Vas-y. Tu en meurs d'envie, je le sais.

*Qu'est-ce qu'il en sait ? Est-ce que j'en ai envie ?*

– Allonge-toi, ferme les yeux, écarte les jambes et je te dirai quoi faire.

Sa voix a beau être suave, ses paroles me parviennent comme des ordres indiscutables.

– Mais, je...

– Fais-le.

Son ton autoritaire me fait hésiter tandis que ma raison et mes hormones se livrent bataille. Je dois avouer que l'idée fait monter la température dans la pièce d'au moins dix degrés.

– Ok. Maintenant que tu es d'accord, dis-moi quand tu auras enlevé ta culotte.

Je me dirige à pas de loup jusqu'à la porte pour tourner le verrou. La chambre de Kimberly et Christian, ainsi que celle de Smith, sont à l'étage, mais je ne sais pas s'ils sont montés. J'écoute attentivement, et quand j'entends une porte se fermer au-dessus, je respire.

Je prends précipitamment la bouteille et je la vide. La chaleur en moi est passée d'une flamme vacillante à une fournaise torride. Je m'allonge sur le lit en t-shirt et en culotte.

– Tu es toujours là ?

J'imagine son sourire diabolique.

– Oui, je... me prépare.

Je n'en reviens pas d'accepter de faire ça.

– Arrête de te prendre la tête. Tu me remercieras après.

– Arrête de toujours lire dans mes pensées.

N'empêche, j'espère qu'il a raison.

– Tu te rappelles ce que je t'ai montré, non ?

Je hoche la tête en oubliant qu'il ne me voit pas.

– Je vais prendre ce silence gêné pour un oui. Parfait. Alors, appuie de tes doigts où tu l'as fait l'autre jour...

∞

## 80
### *Hardin*

Tessa étouffe un petit cri, et je sais qu'elle a suivi mes instructions. Je l'imagine très bien, allongée sur le lit, les jambes écartées. *Putain de merde !*

– Bon Dieu, je voudrais être là en ce moment, pour te regarder.

J'essaie de ne pas me laisser distraire par l'afflux de sang qui durcit ma queue.

– Ça te plaît, hein, de me regarder ?

– Ouais, tu peux le dire. Et toi, tu aimes ça quand je te regarde, je le sais.

– C'est vrai, tout comme toi tu aimes que je te tire les cheveux.

Instinctivement, je mets la main entre mes jambes. Des images de Tessa se tordant sous ma langue, la main dans mes cheveux et gémissant mon nom, envahissent mon esprit et j'appuie plus fort. Il n'y a qu'elle pour me faire bander aussi vite.

Elle gémit tout bas, trop bas. Elle a besoin d'encouragements.

– Fais des petits cercles avec tes doigts, plus vite. Imagine que je suis là, c'est moi, ce sont mes doigts qui font des cercles sur toi, et c'est trop bon, putain, tu vas jouir.

Je baisse le son de ma voix de crainte que mon emmerdeur d'hôte ne se trouve dans le couloir.

– Oh, là, là...

Elle halète et gémit de nouveau.

– Ma langue, aussi, Bébé, qui roule sur ta peau, mes lèvres posées sur toi, pour te sucer, te mordre, t'agacer.

Je baisse mon short de gym et je commence à me caresser doucement. Je ferme les yeux et je me concentre sur ses halètements, ses suppliques et ses gémissements.

– Fais comme moi. Caresse-toi.

Je l'imagine s'agiter sur le matelas tandis qu'elle se donne du plaisir.

– C'est ce que je fais.

*Putain, je veux la voir.*

– Parle-moi encore.

J'adore la façon dont elle me supplie, et dont son innocence s'envole dans ces moments-là. Elle aime m'entendre dire des obscénités.

– J'ai envie de te baiser. Non. J'ai envie de t'allonger sur le lit et de te faire l'amour, fort et vite, si puissamment que tu hurles mon nom tandis que je te pénètre de plus en plus profondément.

– *Je suis...*

Un gémissement sort de sa gorge. Et son souffle se coupe.

– Vas-y, Bébé, lâche-toi. J'ai envie de t'entendre.

Je me tais quand j'entends ses petits cris et ses gémissements, je suis sûr qu'elle mord l'oreiller ou le matelas. L'entendre jouir me rend dingue, et je me répands dans mon boxer en prononçant son nom dans un cri étranglé.

On n'entend plus que nos respirations qui s'accordent pendant plusieurs secondes ou plusieurs minutes. J'ai perdu la notion du temps.

– C'était...

Elle s'arrête, hors d'haleine. J'ouvre les yeux et j'appuie mes coudes sur le bureau devant moi. Ma poitrine se soulève et j'essaie de reprendre ma respiration, moi aussi.

– Ouais.

– J'ai besoin d'un moment pour me remettre.

Elle rigole. Un sourire écarte lentement les coins de ma bouche.

– Et moi qui croyais que nous avions pratiquement tout fait, déjà.

– Oh ! Il y a encore un tas d'autres choses que je voudrais te faire. Mais, hélas, il faudrait que nous soyons dans la même ville pour ça.

– Alors, tu n'as qu'à venir ici.

Je mets le haut-parleur et j'examine ma main.

– Tu as dit que tu ne voulais pas de moi là-bas. On a besoin de mettre de la distance entre nous, tu te souviens ?

– Je sais. On a vraiment besoin d'espace... et il semblerait que ça marche pour nous. Tu ne trouves pas ?

– Non.

Je mens. En fait, je sais qu'elle a raison. J'ai essayé d'être une meilleure personne pour elle et j'ai peur qu'elle me pardonne trop vite, cette fois encore. Si nous... ou plutôt *quand* nous nous retrouverons, je veux que les choses se passent différemment, pour elle. Je veux que le changement soit radical, afin de lui prouver que le schéma habituel – le cycle sans fin, comme elle l'appelle – est terminé.

– Tu me manques tellement, vraiment.

Je sais bien qu'elle m'aime, n'empêche, chaque fois qu'elle me le dit, ça me rassure et c'est comme un poids ôté de ma poitrine.

– Tu me manques aussi.

Plus que tout.

– Ne dis pas « aussi ». C'est comme si tu disais que tu es d'accord avec moi.

Son sarcasme me ravit et mon sourire s'élargit.

– Tu me voles mes idées, bravo pour l'originalité ! Tu n'as pas le droit !

– Je le prends !

Si elle était là, elle me tirerait la langue pour me défier.

– Merde, tu es bien insolente ce soir.

Je me lève, j'ai besoin de prendre une douche.

– En effet.

– Et en feu. Qui aurait cru que je pourrais te convaincre de te toucher au téléphone ?

Je ricane en sortant dans le couloir.

– Hardin !

J'étais sûr qu'elle allait pousser un cri horrifié.

– Tu devrais bien savoir depuis le temps que tu peux me faire faire pratiquement tout ce que tu veux.

– Si seulement c'était vrai...

Si ça l'était, elle serait ici en ce moment.

Dans le couloir, le contact du sol glacé sous mes pieds nus me fait grimacer. Mais tout à coup, je laisse tomber mon téléphone. Richard surgit à côté de moi.

– Excuse-moi, mec, j'avais trop chaud tout à l'heure, alors j'ai...

Il se tait en me voyant me baisser pour ramasser mon téléphone, mais c'est trop tard.

– C'était qui ?

La voix de Tessa sort de mon téléphone sur haut-parleur.

La Tessa relax a disparu, maintenant elle est en alerte maximum.

– Hardin, c'était *qui* ?

*Bordel.*

Je fais silencieusement signe à son père de se barrer et je ramasse mon téléphone, coupe le haut-parleur et je rentre précipitamment dans la salle de bains.

– C'est...

– C'était mon père ?

Je préférerais lui cacher la vérité, mais ce serait complètement con, et je m'efforce de l'être moins, maintenant.

– Oui, c'était lui.

J'attends son hurlement.

– Qu'est-ce qu'il fait là ?

– Je... enfin...

– Tu l'héberges chez toi ?

Elle m'évite la panique d'avoir à trouver les mots pour lui expliquer cette situation complètement tarée.

– On peut dire ça comme ça.

– Je ne comprends pas.

– Moi non plus.

– Pour combien de temps ? Pourquoi tu ne me l'as pas dit ?

– Je suis désolé... ça ne fait qu'un jour ou deux.

J'entends de l'eau couler dans une baignoire. Ça veut dire qu'elle va bien. Mais, quand même, elle me demande :

– Et d'abord, pourquoi il est venu là ?

Je ne peux me résoudre à lui dire toute la vérité, pas tout de suite.

– J'imagine qu'il ne savait pas où aller.

Je tourne le robinet de la douche. Elle pousse un soupir.

– Je vois...

– Tu es fâchée ?

– Non, je ne suis pas fâchée. Je suis surprise... Je n'en reviens pas que tu le laisses habiter avec toi.

– Moi non plus.

La petite salle de bains se remplit de vapeur et j'essuie le miroir de la main. Je ressemble à un fantôme. Des cernes profonds sont apparus sous mes yeux, dus au manque de sommeil. La seule chose qui me maintient en vie, c'est la voix de Tess au téléphone.

– Je suis très touchée, Hardin.

– C'est vrai ?

Elle réagit beaucoup mieux que ce que je croyais.

– Bien sûr que c'est vrai.

Je me sens tout étourdi, brusquement, comme un petit chien à qui on vient de donner une récompense... Et, à ma grande surprise, ça me va très bien !

– Tant mieux.

Je ne sais pas quoi dire d'autre. Je m'en veux un peu de ne pas lui parler des *habitudes* de son père, mais le moment est mal choisi.

– Attends... Mon père était là pendant que tu... *tu vois ce que je veux dire ?*

Un léger ronronnement se met en route à l'autre bout de la ligne. Elle a dû allumer le ventilateur dans la salle de bains pour couvrir sa voix.

– Il n'était pas dans la chambre. Ce n'est pas mon genre !

Je plaisante pour détendre l'atmosphère et elle répond par un petit gloussement.

– Ça ne m'étonnerait pas de toi, pourtant.

– Non, Madame. C'est une des rares choses dans lesquelles je ne donne pas, que tu le croies ou non. Je ne te partagerai jamais, Bébé, même pas avec ton père !

Je ne peux pas m'empêcher de rire quand elle pousse un petit cri dégoûté.

– Tu es un vrai malade !

– C'est vrai.

Elle rigole. Le vin la rend aventureuse et pique son sens de l'humour. Moi ? Eh bien, je n'ai aucune excuse pour afficher ce sourire idiot sur mon visage.

– Il faut que je me douche, je suis là, à poil, couvert de... tu vois ce que je veux dire.

– Moi aussi... enfin je veux dire, moi aussi j'ai besoin d'une douche.

– Ok... donc je pense qu'il est temps qu'on raccroche... Dors bien, Tessa.

– Toi aussi.

Elle joue les prolongations, mais je raccroche avant elle.

L'eau chaude coule en cascade sur mon corps. Je ne me suis pas encore totalement remis de notre séance au téléphone. Non seulement c'est super excitant mais ça prouve aussi qu'elle me fait toujours suffisamment confiance pour se dévoiler comme ça. Perdu dans mes pensées, je savonne ma peau tatouée. J'ai du mal à imaginer qu'il y a seulement deux semaines, nous prenions notre douche ensemble...

*– Je crois que c'est celui que je préfère.*

*Elle a posé le doigt sur un tatouage en me regardant à travers ses cils humides.*

*– Pourquoi ? Moi je le déteste.*

*J'ai regardé ses doigts menus suivre les contours de la grosse fleur gravée près de mon coude.*

*– Je ne sais pas. Je trouve ça beau, cette fleur, au milieu de toute cette noirceur.*

*Son doigt est passé sur le dessin macabre d'un crâne, juste au-dessous.*

*– Je ne l'ai jamais vu comme ça.*

*J'ai relevé son menton pour l'obliger à me regarder dans les yeux.*

*– Tu vois toujours la lumière en moi... Comment est-ce possible alors qu'il n'y en a pas ?*

*– Il y en a beaucoup. Et tu finiras par la voir, toi aussi. Un jour.*

*Elle a souri et s'est dressée sur la pointe des pieds pour poser ses lèvres au coin de ma bouche. L'eau ruisselait entre nos lèvres et elle a souri avant de reculer.*

*– J'espère que tu as raison.*

*Je l'ai dit si bas qu'elle n'a pas entendu.*

Ce souvenir me hante et revient en boucle alors que j'essaie de l'effacer. Tessa est dans toutes mes pensées, tout le temps.

Je voudrais pouvoir me voir comme elle me voit. Je voudrais pouvoir la croire quand elle dit que je suis bon pour elle. Mais ce n'est pas possible, taré comme je suis.

*Ça me touche beaucoup, Hardin.*

Elle a dit ça, il y a quelques instants.

Peut-être que si je réussis à continuer comme ça et que je me tiens à l'écart de ce qui peut m'attirer des ennuis, je pourrai continuer à faire des choses qui la touchent. Je peux peut-être la rendre heureuse au lieu de lui rendre la vie impossible. Et peut-être que je pourrai voir un peu de la lumière qu'elle prétend voir en moi.

Il reste peut-être de l'espoir pour nous, après tout.

**À SUIVRE...**

∞

# REMERCIEMENTS

Je n'arrive pas à croire que j'écris des remerciements pour mon troisième livre. Déjà ! Le temps a passé à une vitesse incroyable, mais j'ai adoré cette course folle. Il y a tant de gens dans ma vie que je voudrais remercier, je vais essayer d'en faire tenir le plus grand nombre ici.

Tout d'abord, mes fidèles lecteurs et Afternators. Votre soutien et votre amour ne manquent jamais de m'impressionner. Vous assistez en nombre à chacune de mes signatures, vous me racontez votre journée sur twiter, vous vous intéressez à la mienne, et vous êtes toujours mes cyber-potes, partout où je vais. J'ai l'impression qu'il existe entre nous un lien qui va au-delà de la simple relation écrivain/lecteur, nous sommes plus que ça, plus que des amis. Vous êtes ma famille, et je ne vous remercierai jamais assez d'être là pour moi. Il nous reste deux livres à écrire dans cette série, et j'espère que vous ressentez toujours la même fierté. Je vous aime tous de façon insensée, et vous êtes tout pour moi.

Adam Wilson, mon éditeur et super héros chez Gallery. Nous avons abattu tellement de travail ensemble. Grâce à tes commentaires et tes plaisanteries, j'apprends à devenir un meilleur écrivain, et tu partages mon sens de l'humour. Au début, j'avais peur de tomber sur le « grand méchant éditeur », mais je n'aurais pas pu espérer mieux que toi ! Merci !

Ashleigh Gardner, tu es devenue une amie très chère pour moi. Je l'ai déjà dit, mais c'est sincère, tu es le genre de femme que j'admire. Tu es forte et féroce, mais aussi si douce et dingue à la fois. Tes conseils de lecture sont toujours excellents et tu m'emmènes dans des restaurants inconnus où tu ne te moques pas de moi quand je demande une fourchette pour manger du ceviche, ou quand je ne comprends pas quelque chose (même sans rapport avec la nourriture – ah ! ah !). C'est simple, je t'admire beaucoup, je suis vraiment heureuse pour ton nouveau mariage, et je te remercie pour tout.

Candice Factor, depuis que nous nous connaissons, nous nous sommes découvert tant de choses en commun que c'en est presque inquiétant. J'ai su tout de suite qu'Amy et toi étiez du même monde que moi. J'aime la passion avec laquelle tu parles de tout – nous nous ressemblons aussi dans ce domaine. Tu es si sincère et si naturelle, et je suis trop heureuse de travailler avec toi et de te compter parmi mes amies.

Nassa Khan, merci de m'avoir appris à parler en public et à répondre à une interview sans que cela tourne au parfait désastre. Avec toi, tout devient amusant et tu ne hausses le ton que lorsque je donne mon adresse mail sans te consulter avant (ah ! ah !). Tu es aussi une amie maintenant, et nous nous apprêtons à aller chez AMA (dans la vraie vie, pas quand tu liras ceci) et je suis trop heureuse que ce soit toi qui viennes avec moi. Merci pour tout !

Caitlin, Zoe, Nick, Danielle, Kevin (les deux), Tarun, Rich, tout le monde à Wattpad – vous constituez tous sans aucun doute la meilleure équipe que l'on puisse imaginer. Je sais que quand vous avez signé avec Wattpad, aucun d'entre vous n'imaginiez que vous auriez tant à faire pour After et pour moi, et je tiens à vous remercier pour m'avoir accueillie dans votre famille et m'avoir tant aidée. Je suis tellement impatiente de voir ce que l'avenir nous réserve ! Vous êtes tous si créatifs, si drôles et si audacieux, et je tiens beaucoup à chacun d'entre vous. Merci pour les fous rires, pour les séances de photos de Nick, le vin, la visite d'appartements super-géniale malgré la pluie, et l'énorme quantité de trucs à grignoter à notre disposition chaque fois que je viens vous voir.

Allen et Ivan, sans Wattpad, je ne me serais jamais trouvée moi-même, alors merci pour avoir créé l'une des choses les plus importantes de ma vie. Je sais que je ne suis pas la seule à le penser.

Kristin Dwyer, merci de m'avoir fait rire et de m'appeler « mec » tout le temps. Je suis si contente de travailler avec toi et j'apprécie toutes les heures de travail que tu me consacres. Je t'adore, j'adore ton humour, ta capacité de travail et ta façon de me rappeler que le bien est toujours vainqueur du mal, et tout ce que tu fais pour moi.

Tout le monde chez Gallery qui m'a accueillie, moi l'auteur inexpérimentée, « fangirl » et loufoque et qui n'a, en gros, aucune idée de ce qu'elle fait mais qui adore le faire ! Je vous suis reconnaissante de tout ce que vous faites pour ce projet, depuis l'équipe commerciale jusqu'à l'équipe de production. Jean Bergstrom et Louise Burke, pour avoir laissé Adam me signer un contrat. Martin Karlow, je sais que tu as beaucoup travaillé et je t'en remercie. Steve Breslin, comme le dit Adam, « c'est toi qui maintiens ce train sur ses rails. »

Christina et Lo, vous avez été tous les deux des mentors et des amis pour moi et je vous adore tous les deux !

À tous les Tessa et les Hardin du monde qui aiment passionnément et font des erreurs en chemin.

Tous mes amis et ma famille qui m'ont soutenue depuis que j'ai vendu la mèche et qu'ils ont appris que je venais d'écrire quatre livres sans qu'ils le sachent. Je vous aime tous.

Et pour finir, Mon Jordan. Tu es tout pour moi et je ne te remercierai jamais assez d'avoir été mon roc pendant cette année et les nombreuses qui ont précédé. Nous avons tellement de chance de nous être trouvés si tôt dans notre vie, et ça a été une aventure formidable de grandir avec toi. Tu me fais rire et me donnes des idées de meurtre (pas pour de vrai, parce que tu me manquerais sans doute un peu par moment). Je t'aime.

∞

# DÉCOUVREZ LES SÉRIES NEW ROMANCE

PARUES ET À PARAÎTRE CHEZ HUGO ROMAN

AFTER
“LE PHÉNOMÈNE LITTÉRAIRE
DE SA GÉNÉRATION.”
ENFIN DISPONIBLE EN FRANCE
AFTER
ANNA TODD
SAISON 1
AFTER
ANNA TODD
AFTER WE COLLIDED · SAISON 2
AFTER
AFTER WE FELL · SAISON 3
AFTER
AFTER WE RISE · SAISON 4
AFTER
ANNA TODD
AFTER EVER HAPPY · SAISON 5
Hugo Roman
AVRIL 2015
SAISON 4
MAI 2015
SAISON 5

S. C. Stephens
INDÉCISE
[Thoughtless]

S. C. Stephens
INSATIABLE
[Effortless]

S. C. Stephens
INTRÉPIDE
[Reckless]
Hugo Roman

**Christina Lauren**
*Wild Seasons – 3 tomes :*
mars, mai, octobre 2015

**K.A. Tucker**
*Ten Tiny Breaths – 3 tomes :*
février, avril, juin 2015

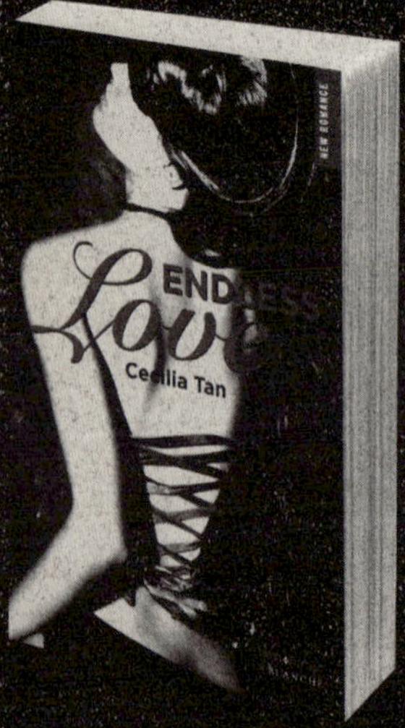

**Cecilia Tan**
*Endless Love - 3 tomes :*
janvier, mars, mai 2015

**Laura Trompette**
*Ladies' Taste - 3 tomes :*
avril, juillet, septembre 2015